JULIE COHEN | Das Gefühl, das man Liebe nennt

Julie Cohen im Gespräch

Worum geht es in Ihrem Roman?
Der Roman erzählt die Geschichte von Felicity, einer Künstlerin, die mit Quinn eine glückliche Ehe führt. Bis zu dem Tag, an dem sie wie aus dem Nichts einen vertrauten Duft wahrnimmt. Dieser Duft ruft eine Flut an Erinnerungen und Gefühlen in ihr hervor – Gefühle für einen anderen Mann, den sie viele Jahre zuvor geliebt und verloren hat.

Worauf sollten wir hören – auf unser Herz oder unseren Verstand?
Wir sprechen von Herz und Verstand, als wären sie voneinander getrennt. Doch all unsere Gedanken und Gefühle entstehen in unserem Gehirn. Herz und Verstand sind keinesfalls gegensätzlich, sie sind wie zwei Seiten einer Münze. Ich denke, dass wir auch Gefühle entwickeln können, die unser Verstand nicht begreift, und genau das erlebt Felicity: Sie will nichts für Ewan empfinden, und trotzdem fühlt sie sich zu ihm hingezogen.

Sie erzählen aus Felicitys und aus Quinns Perspektive. Warum?
Felicity ist in vielerlei Hinsicht unzuverlässig als Erzählerin – sie tut und denkt Dinge, die noch nicht einmal sie selbst nachvollziehen kann. Ihre Stimme spiegelt das Gefühlschaos wider, in das sie gerät. Die Sicht ihres Ehemanns dagegen ist beständiger, gibt der Geschichte ein solides Fundament. Ich hoffe, dass man spürt, wie sehr Quinn Felicity liebt und warum. Die Liebe zwischen den beiden ist das Herz der Geschichte – auch wenn sie auf die Probe gestellt wird.

Zur Autorin

Julie Cohen wurde in Maine, USA, geboren und lebt heute mit ihrem Mann und ihrem Sohn in Berkshire, England. Sie leitet Schreibworkshops und widmet sich den Rest der Zeit dem Schreiben. *Das Gefühl, das man Liebe nennt* ist nach *Mit den Augen meiner Schwester* und *All unsere Träume* ihr dritter Roman im Diana Verlag.

JULIE COHEN

Das Gefühl, das man Liebe nennt

Roman

Aus dem Englischen von Ute Brammertz

Diana Verlag

Die Originalausgabe erschien 2014 unter dem Titel *Where Love Lies*
bei Bantam Press, an imprint of Transworld Publishers, London

MIX
Papier aus verantwortungsvollen Quellen
FSC® C014496
FSC
www.fsc.org

Verlagsgruppe Random House FSC® N001967
Das für dieses Buch verwendete
FSC®-zertifizierte Papier *Holmen Book Cream*
liefert Holmen Paper, Hallstavik, Schweden.

Deutsche Erstausgabe 07/2015

First published in the United Kingdom by Transworld, London

Redaktion | Heiko Arntz
Umschlaggestaltung | t.mutzenbach design, München
Umschlagmotiv | © shutterstock
Satz | Leingärtner, Nabburg
Druck und Bindung | GGP Media GmbH, Pößneck
Printed in Germany

ISBN 978-3-453-35838-6

www.diana-verlag.de

Für Ken

Teil 1

Was soll man machen, wenn man dreißig ist und an der eigenen Straßenecke auf einmal von einem Glücksgefühl – dem reinen Glück! – überwältigt wird, als hätte man auf einmal ein helles Stück dieser späten Nachmittagssonne verschluckt und als brennte sie einem in der Brust und jagte einen kleinen Funkenregen in jede Faser, in jeden Finger und jede Zehe?

Katherine Mansfield,
Glückseligkeit

1

Ich weiß genau, wo ich hinmuss.

Ich war erst einmal in dem Restaurant, aber sobald ich in Richmond aus der U-Bahn steige, kommt mir alles wieder bekannt vor. Ich taste nach meiner Oyster-Card und gehe draußen vor dem Bahnhof gleich nach links. Ein junger Straßenmusiker mit wilden Dreadlocks spielt »Walking on Sunshine«. Er geht mit dem ganzen Körper mit, zupft die Saiten und zuckt und singt gegen den dämmernden Londoner Abend an. Ich greife in meine Jackentasche und lasse ein Pfundstück in seinen Gitarrenkoffer fallen.

Ich werfe einen Blick auf meine Uhr. In fünf Minuten bin ich mit Quinn verabredet. Es ist knapp kalkuliert, aber soweit ich mich erinnern kann, habe ich genug Zeit, um an mein Ziel zu gelangen. Ich gehe an vertrauten Ladenfronten vorüber und biege an der Kreuzung rechts ab. Das Restaurant Cerise befindet sich um die nächste Ecke, ein gelber Backsteinbau, mit einem verschnörkelten Schild aus Schmiedeeisen. Wir wollen uns ein bisschen was gönnen, nachdem wir beide den Tag mit Terminen in London verbracht haben – Quinns Idee, weil ich ihm gesagt habe, dass sie im Cerise die beste Crème brûlée servieren, die ich jemals außerhalb von Paris gegessen habe.

Ich biege um die Ecke, aber da ist kein Restaurant.

Einen Augenblick stehe ich da und spähe die Straße hinauf und hinab. Vielleicht haben sie es frisch gestrichen. Ich sehe von einem Haus zum anderen, aber da ist kein schmiedeeisernes Schild, kein breites Schaufenster, durch das man die Tische im Innern sehen kann. Nervosität macht sich in meinem Magen breit und steigt mir die Kehle empor.

Eine kleine Verspätung ist nicht schlimm, hat meine Lektorin Madelyne gesagt, vor gerade erst zwei Stunden, auf der anderen Seite von London. Aber das hier ist keine *kleine Verspätung*.

Ich schüttele den Kopf. Natürlich. Das Restaurant befindet sich nicht in dieser Straße, es ist noch ein Stück weiter weg. Wie dumm von mir. Ich gehe zum Ende der Straße und über die Kreuzung.

Quinn kommt nie zu spät. Quinn kommt meistens zu früh. Ihm ist es lieber, sich noch ein wenig umzusehen oder Zeitung zu lesen, als irgendwo gehetzt aufzutauchen. Man sollte meinen, dass er mich mittlerweile gut genug kennt und dass er es bei mir anders hält. Aber nichts da. Einmal habe ich versucht, ihn darauf hinzuweisen. Er hörte aufmerksam zu, wie er es stets tut, wenn ich versuche, ihm etwas zu erklären, da sagte er: »Ich würde trotzdem lieber ein wenig Zeitung lesen.« Ende der Diskussion. Ich habe gelernt, dass Quinn Quinn ist und er sich nicht ändert.

Und obwohl er nie ungeduldig oder verärgert reagiert, versuche ich, nicht so oft zu spät zu kommen. Ich habe mir sogar eine Armbanduhr gekauft. Ich hasse die Vorstellung, dass er immer wieder wartet.

Es ist warm. Ich ziehe meine Jacke aus und hänge sie mir über den Arm. Das Restaurant sollte genau hier sein, auf der linken Seite. Aber das ist es nicht. Da ist ein Starbucks.

Ich runzele die Stirn. Irgendwie muss ich falsch abgebogen sein. Dieser Starbucks sieht genau wie jeder andere

Starbucks auf der Welt aus und ganz bestimmt nicht wie ein französisches Restaurant. Wahrscheinlich bin ich diese Straße zu weit gegangen. Ich drehe mich um und gehe den Weg zurück, den ich gekommen bin.

Mein Handy klingelt. Es ist Quinn. »Hallo, hallo!«, sage ich betont fröhlich.

»Hallo, Liebes. Wo bist du? Bist du noch im Zug?«

»Nein, nein, ich bin in Richmond, ich bin auf dem Weg. Ich bin wohl falsch abgebogen, aber es dauert nicht mehr lange.«

»Schön«, sagt er. »Bis gleich, Liebes.«

Er legt auf, und ich stecke das Handy in meine Handtasche zurück. Er sagt immer »Liebes«, immer – beim Weggehen am Morgen oder zur Begrüßung, wenn ich ein Zimmer betrete, oder am Ende eines Telefonats. Es markiert Anfangs- und Endpunkte. Sein Vater macht das mit seiner Mutter, und Quinn hat die Angewohnheit übernommen, als wäre sie angeboren.

An der Ecke nehme ich einen Duft wahr, ein vertrautes Parfum.

Ich bleibe stehen. »Mum?«

Meine Mutter ist nicht hier. Natürlich ist sie nicht hier. Doch ich rieche den Duft so deutlich, als wäre sie eben an mir vorübergegangen.

Ich sehe mich um. Zwei Mädchen im Teenageralter teilen sich einen Kopfhörer, ein Mann geht mit einem Terrier spazieren, ein junges Pärchen, sie mit Hidschab und er mit einem Kindersportwagen. Da ist eine Frau fast am Ende der Straße, die sich von mir entfernt. Sie trägt ein Top und hochgerollte Jeans, ihre Schultern sind sonnengebräunt. Ihre Haare sind im Rücken zu einem langen silbernen Zopf geflochten.

»Mum?« Ich eile ihr nach. Sie biegt um die Ecke, und als ich dort ankomme, ist sie verschwunden.

Aber ich kann immer noch das Parfum riechen. Es ist so vertraut, ein Blumenduft, aber der Name fällt mir nicht ein, und meine Mutter benutzte ohnehin nie Parfum. Doch dieser Geruch gehört trotzdem zu meiner Mutter: Er wühlt etwas tief in meinem Innern auf, ein Gefühl voll Hoffnung und Melancholie. Ich gehe weiter die Straße entlang und glaube, die Frau vor mir zu erspähen, auf der Brücke, die über die Themse führt.

Es kann nicht meine Mutter sein. Es ist unmöglich. Aber mir geht immer noch alles durch den Kopf, das ich ihr erzählen muss: *Ich bin verheiratet. Ich habe ein Haus. Es tut mir leid. Es tut mir so leid, was du meinetwegen getan hast.*

Ich stoße an die Einkaufstüte eines Mannes, der mir entgegenkommt, und die Tüte fällt mit lautem Dosengeschepper auf den Bürgersteig. »Hey, mach doch die Augen auf!«

»Es tut mir leid, tut mir leid«, sage ich, vielleicht zu ihm, vielleicht zu der Frau vor mir. Ich bücke mich nach seiner Tüte, aber er hat sie sich bereits wieder geschnappt. Er mustert mich von Kopf bis Fuß.

»Keine Sorge, Süße, ist mir ein Vergnügen.«

»Tut mir leid«, sage ich erneut und gehe rasch weiter über die Brücke.

»Versuch's mal mit Lächeln!«, brüllt er mir hinterher.

Zwischen uns sind Menschen, und sie geht schnell. Der Zusammenstoß mit dem Mann mit der Einkaufstüte hat mich noch weiter zurückfallen lassen. Doch der Duft ist genauso stark wie zuvor, und während ich mich ihr nähere und dabei Fußgängern ausweiche, pocht mein Herz immer heftiger. Es ist unmöglich, dass diese Frau meine Mutter Esther Bloom ist und sie sich umdreht und *Darling!* sagt.

Es ist unmöglich, dass sie mich in die Arme schließt und mir vergibt. Ich weiß, dass es unmöglich ist, und dennoch kann ich den Blick nicht von ihr abwenden. Es ist, als wüsste mein Körper nicht, was mein Kopf weiß. Ich kann meine Füße nicht daran hindern, ihr zu folgen, jetzt schneller, im Laufschritt, während meine Ballerinas über den Bürgersteig klappern und Schweiß den Kragen meiner Bluse feucht werden lässt. Die Jacke rutscht mir vom Arm. Ohne auf Knitterfalten zu achten, stopfe ich sie in die Handtasche und eile weiter.

Die Frau öffnet die Tür einer Imbissbude. Keuchend berühre ich sie an der Schulter.

Es ist nicht die Schulter meiner Mutter. Sie fühlt sich ganz falsch an. Die Haut dieser Frau ist dunkler als die meiner Mutter, das Haar ist grauer, feiner – doch mein Körper hegt diese irrationale Hoffnung, dass ihr Gesicht das von Esther sein wird, wenn sie sich umdreht.

»Mum?«, stoße ich keuchend hervor.

Sie ist es nicht. Es ist eine Fremde. Sie sieht meiner Mutter kein bisschen ähnlich.

»Entschuldigung.« Ich weiche zurück. »Verzeihen Sie vielmals, ich habe Sie verwechselt.«

Sie zuckt die Schultern, wendet sich ab und betritt den Imbiss. Der Blumenduft ist verschwunden, der Geruch von Hefeteig und Schmelzkäse übertönt alles.

Meine Mutter mochte Pizza nicht besonders. Ich reibe mir die Stirn und sehe mich um. Es ist dunkler geworden. Die Straßenlampen sind angegangen. Diese Straße ist mir völlig unbekannt, und noch vor nicht einmal zehn Minuten glaubte ich genau zu wissen, wo ich war. Es ist, als hätte sich die Stadt, als hätte sich die ganze Welt um mich herum verändert.

In meiner Tasche klingelt das Handy. Ich weiß, dass es Quinn ist, der sich fragt, wo ich stecke. Ich gehe nicht ran. Ich werde gleich bei ihm sein. Ich eile zurück über die Brücke. Auf der Straße herrscht jetzt ziemlich viel Verkehr. Die Autos haben die Scheinwerfer eingeschaltet. Ich sehe ein Schild, das den Weg zum Bahnhof weist, und gehe in die Richtung. Diese Straße sieht auch fremd aus, aber wenn sie mich zurück zum Bahnhof führt, ist es gut, denn von dort aus finde ich den Weg ganz bestimmt.

Auch wenn es mir beim ersten Mal nicht gelungen ist.

Wie konnte ich mich so verlaufen?

Ich greife nach dem noch immer klingelnden Handy. Manchmal ist es besser, eine Niederlage einzugestehen, und Quinn liebt es ohnehin, einem den Weg zu beschreiben.

Zwei Dinge geschehen gleichzeitig: Mein Handy hört auf zu klingeln – und ich erblicke das Restaurant. Es ist ungefähr dreißig Meter entfernt, nicht auf der Straßenseite, auf der ich es erwartet hatte, und Quinn steht davor, im grauen Anzug, das Handy in der Hand. Er hat inzwischen die Krawatte abgenommen und den Hemdkragen aufgeknöpft. Seine dunklen Haare stehen in der Stirn strubblig ab, weil er ständig mit den Fingern hindurchfährt. Das Restaurant ist gelb gestrichen, mit einem schmiedeeisernen Schild über dem Eingang. Licht strömt durch das Fenster. Alles ist genau so, wie es sein sollte.

Er bemerkt mich und geht über die Straße, weicht dabei einem Taxi aus. Ich küsse ihn auf die Wange, auf der ein Dreitagebart wächst.

»Ich habe mir Sorgen gemacht, Liebes«, sagt er und erwidert den Kuss. »Was ist passiert?«

Ich betrachte meinen Ehemann, schlank, blass, ernst, seine grauen Augen. Die Zeitung, die er während des Wartens gelesen hat, steckt unter seinem Arm. Er ist noch nie im Leben zu spät gekommen, und er ist bestimmt noch nie einer Frau gefolgt, die es gar nicht gibt – oder nur noch in der Erinnerung.

»Ach«, erwidere ich, »ich bin bloß falsch abgebogen.«

2

Im Zug lehne ich an Quinns Schulter und döse halb, versuche, mir den Duft ins Gedächtnis zu rufen, dem ich in Richmond gefolgt bin. Er verblasst bereits in meiner Erinnerung. Es war etwas Blumiges. Etwas Exotisches. Etwas, das ich schon viele Male zuvor gerochen habe, auch wenn ich nicht recht weiß wo.

Er gehörte nicht unbedingt zu der Frau, der ich folgte. Vielleicht trug jemand anders das Parfum. Vielleicht waren es wirklich Blumen – Blumen in einem Blumenkasten oder in einem Garten. Vielleicht war es ein Parfum, das aus einer Boutique auf die Straße geströmt war und zufälligerweise einem anderen Parfum ähnelte, das ich von irgendwoher kenne.

Auf der Heimfahrt vom Bahnhof nach Tillingford mache ich das Fenster im Auto auf. Die frische Luft tut gut. »Madelyne wartet also ungeduldig auf dein neues Buch?«, fragt Quinn, obwohl wir das bereits beim Abendessen besprochen haben. Jedenfalls haben wir es so weit besprochen, wie ich möchte.

»Sie sagt, sie freut sich darauf.«

»Geht mir ebenso. Und, habt ihr zusammen ein paar Ideen entwickelt?«

Ich setze mich aufrechter hin. »Halt an.«

»Alles in Ordnung?«

»Ja, ja! Halt an!«

Er fährt in eine Haltebucht, und ich springe aus dem Wagen. »Komm schon!«, rufe ich und laufe zu einem Zauntritt zwischen den Weißdornhecken.

»Was machst du da, Felicity?«

Quinn hat den Motor abgestellt, aber die Autoscheinwerfer angelassen. Er steht an der offenen Wagentür und sieht mir nach. Die Straße ist ruhig, die Nacht duftet nach Wiese und Tau.

»Schalte die Scheinwerfer aus und komm mit! Wir müssen es uns ansehen.«

»Bist du … Oh, na gut.« Die Autotür geht zu. Ich schwinge ein Bein über den Zauntritt und springe hinüber. Eine Nessel verbrennt mein nacktes Fußgelenk, aber ich gehe weiter und schlängele mich durch eine Baumgruppe. Silbernes Licht weist mir den Weg. Hinter mir höre ich Quinns raschelnde Schritte. Ich warte, damit er aufholen kann, und als ich ihn neben mir stehen spüre, gehe ich weiter, durch die letzten Bäume auf das Feld.

Ohne die Bäume können wir den Vollmond sehen, silbern und ungewöhnlich groß am Horizont.

»Sollte ich deshalb anhalten?«, fragt Quinn.

»War es das nicht wert?« Ich blicke zum Mond. »Ich wünschte, ich wüsste, wie die einzelnen Krater heißen.«

»Mare Tranquillitatis«, sagt er. »Mare Serenitatis, Mare Imbrium. Bedeutet so viel wie: Meer der Ruhe, Meer der Heiterkeit, Regenmeer.«

»Das sind schöne Namen. Woher kennst du sie?«

»Viele vergeudete Stunden mit einem Teleskop und einem Buch. Es gibt einen ›Ozean der Stürme‹ und ein ›Wolkenmeer‹. Alles auf einem Himmelskörper ohne das kleinste bisschen Wasser.«

»Es hat sich gelohnt anzuhalten, nicht wahr?«

Er nimmt meine Hand. Seine Finger sind warm in der Nacht, die sich abgekühlt hat. »Ja.«

Ich sehe wieder zum Mond.

»Ich weiß, wem dieses Feld gehört«, sagt Quinn. »Er wäre ziemlich überrascht, mich um diese Uhrzeit hier herumstehen zu sehen.«

»Wir müssen nicht herumstehen, wir können auch herumsitzen.« Ich setze mich auf das raue Gras am Feldrand. Dabei knistert es in meiner Handtasche, und ich ziehe eine Schachtel Makronen heraus. Ich biete Quinn eine an. »Makrone? Die Schachtel ist bloß ein bisschen eingedellt.«

Er fängt zu lachen an. »Du bist verrückt«, sagt er. »Ich liebe dich.«

»Ich liebe dich auch.« Ich lehne den Kopf an seine Schulter und lasse meine Gedanken in die ruhigen Meere des Mondes entschweben.

»Eine kleine Verspätung ist nicht schlimm«, hatte meine Lektorin Madelyne gestern Nachmittag gesagt, »aber das hier ist keine *kleine Verspätung*. Es sind nun schon achtzehn Monate, und der Vertrieb sitzt uns im Nacken.« Sie sah mich unglücklich an. »Sie müssen doch schon *irgendwelche* Zeichnungen haben?«

Wir waren in ihrem Büro, dem Eckzimmer, das auf den Park hinausgeht. Ihre Assistentin hatte uns Tee in einer richtigen Teekanne gekocht und auf einem richtigen Tablett hereingebracht. Es gab eine kleine Schachtel Makronen, die Madelyne mir zuschob, weil sie auf Diät war. Das ganze Büro war so ruhig, als wären wirklich alle gerade am Lesen. Bücher säumten jede Wand. Über der Tür, durch die ich eingetreten war, befand sich das gerahmte Original des Umschlagmotivs meines ersten Bilderbuches. Ich spürte den starren Blick aus Igors großen Eulenaugen im Nacken, während ich auf dem Holzstuhl saß.

»Ich habe ziemlich viele Skizzen gemacht«, log ich, »aber nichts will richtig gelingen.«

Bisher hatten wir uns immer in Restaurants getroffen, Treffen, bei denen wir am Anfang das Geschäftliche abhakten und die restliche Zeit bei dem einen oder anderen Glas Rotwein Branchentratsch austauschten und Projekte schmiedeten. Hinter ihrem Schreibtisch wirkte Madelyne anders. Ihre Haltung war aufrechter, ihre zurückgebundenen Haare strenger.

»Ich bin mir sicher, dass das nur eine Phase ist«, fügte ich hinzu.

»Rohentwürfe, Skizzen, erste Figuren«, sagte sie. »Irgendetwas, das wir auf der Frankfurter Buchmesse schon einmal zeigen können. Wir haben den Erscheinungstermin schon zweimal verschoben. Ich mache mir Sorgen, dass bei so einer langen Pause viele Fans der Serie abspringen.«

»Das verstehe ich ja …«

»Wir alle lieben Igor! Und wir vermissen ihn.« Bei diesen Worten lächelte sie zum ersten Mal und setzte die Tasse ab. »Ich weiß, dass die letzten beiden Jahre sehr ereignisreich für Sie waren. Es gab Höhen und Tiefen, Ihre Hochzeit, dann Ihre Mutter …«

»Ja, aber es ist in Ordnung. Es ist in Ordnung. Ich werde Ihnen Skizzen schicken.«

»Um die Storyline machen Sie sich mal keine Sorgen. Da helfe ich Ihnen. Dazu bin ich schließlich da, nicht wahr? Schicken Sie mir einfach alles, was Sie haben, und wir gehen es gemeinsam durch.«

»Natürlich«, sagte ich. Aber die Wahrheit war, dass es nichts gab, was wir gemeinsam durchgehen konnten.

»Und wenn es sonst etwas gibt, worüber Sie reden wollen …«

»Ja. Natürlich. Es tut mir leid, dass das Buch so spät kommt, Maddie. Ich bin immer mit allem zu spät dran. Ich bin sogar zu meiner eigenen Hochzeit zu spät gekommen.«

Und wir lachten beide, dabei war es kein Scherz.

Als ich am nächsten Morgen erwache, ist Quinn bereits zur Arbeit gegangen. Ich begebe mich direkt ins Atelier, während ich mir meinen Morgenmantel überziehe und die Haare mit einem Gummi zurückbinde. Ich schalte den Computer und den Scanner ein, obwohl ich weiß, dass ich sie nicht brauchen werde, und ich räume einen Stapel Bücher von meinem Sessel neben dem Fenster, greife nach einem Skizzenblock und einem Bleistift und sehe in den Morgen hinaus.

Mein Atelier ist eigentlich das hintere Schlafzimmer von Hope Cottage, dem Haus, das Quinn und ich gekauft haben, kurz bevor wir heirateten. Dort gibt es mehr Tageslicht als im vorderen Schlafzimmer, in dem wir schlafen, und es geht auf den Garten hinaus – ein Wildwuchs aus Blumen und Unkraut, ein Rasen, der gemäht gehört, knorrige Obstbäume. Blüten von dem Kirsch- und dem Apfelbaum sind wie rosafarbener und weißer Schnee über das Gras geweht worden. An warmen Tagen nehme ich manchmal ein Kissen mit hinaus auf die Metallbank, an der die blaue Farbe abblättert, und lese im Schatten. Ich hatte mich auf Anhieb in den Garten verliebt, als wir das Cottage das erste Mal besichtigten. Es ist ein verwunschener Ort, wo Feen in Fingerhutblüten Unterschlupf finden. Das Haus liebe ich auch, mit seinen krummen Böden und den sich wölbenden Wänden – auch wenn die Decke im

Esszimmer einen Wasserfleck hat, weil das Reetdach längst erneuert werden müsste. Aber der Garten ist mein Lieblingsplatz.

Ein Amselmännchen hüpft über das Gras. Ich mache einen Strich auf der Seite, eine schwarze Kurve für Kopf und Flügel, füge dann einen spitzen Schnabel, ein glänzendes Auge hinzu. Ich skizziere den Löwenzahn hinter ihm. Das ist alles schön und gut, aber es ist nicht Igor die Eule.

In den vergangenen vier Jahren habe ich sechs *Igor die Eule*-Bücher gezeichnet und geschrieben – alle sechs, bevor ich Quinn begegnet bin. Die Grundkonstellation ist denkbar einfach gehalten: Igor ist eine kleine, flauschige Eule, viel kleiner als alle anderen in seiner Eulenfamilie und als all seine Eulenfreunde. Zum Ausgleich dafür, dass er so klein ist, nicht viel größer als ein Küken, löst er in jedem Band ein kniffliges Problem.

Beispielsweise hat Igor im ersten Buch, *Igor die Eule hebt ab*, ein Problem, weil seine Flügel zu klein sind. Er kann ein bisschen herumflattern, aber er kann nicht wie der Rest seiner Familie auf mächtigen Schwingen durch die Luft segeln, und deshalb ist er traurig. Er befürchtet, dass er nie eine richtige Eule werden wird. Er freundet sich mit einer Eichhörnchenfamilie an, die in einem Loch in einem abgestorbenen Baum am Fluss lebt. Als es eine Überschwemmung gibt, versucht Igor, seinen Freunden zu helfen, aber er ist zu klein, um sie auf seinem Rücken zu tragen und in Sicherheit zu bringen. Also erfindet er rasch eine Art Hängegleiter mit Flügeln aus abgeworfenen Federn und einem Gestell aus Zweigen, und die Eichhörnchen benutzen ihn, um sich in Sicherheit zu bringen. Und dann benutzt Igor ihn, um mit seiner Familie durch die Luft zu segeln, auf leisen Schwingen. Anscheinend ist er die einzige Hängegleiter fliegende Eule der Kinderliteratur, jedenfalls verkaufte sich das Buch besser, als ich je erwartet hätte.

Also erfand ich weitere Geschichten. Igor löst unter anderem einen Kriminalfall – in *Igor die Eule und das Affentheater* (niemand sonst hat bemerkt, dass die Ameisen die Nüsse stehlen) – und betätigt sich erneut als Lebensretter – in *Igor die Eule und die faulen Eier* (er ist so klein, dass er in eine zerbrochene Eierschale kriechen kann). In dem letzten Buch, demjenigen, das ich vor nunmehr fast zwei Jahren geschrieben und illustriert habe, bevor ich von der Krankheit meiner Mutter erfuhr, hat Igor die Eule seine eigene Eulenschule gegründet. Hier bringt er anderen Waldbewohnern bei, wie man knifflige Probleme löst, doch eine neidische Elster versucht, sein Unterfangen zu vereiteln. Letzten Endes findet Igor heraus, wer der Saboteur ist, und sie werden Freunde.

Ich presse die Lippen zusammen und zeichne Igor neben die Amsel, die ich skizziert habe. Große Augen, lächelnder Schnabel, Stummelflügelchen. Igor zu zeichnen ist nie das Problem. Ich zeichne Igor schon seit Jahren, seitdem ich ihn als Teenager erfand, um meine Mutter und mich auf langen Zugfahrten zu unterhalten, oder an Abenden bei Kerzenschein, wenn es keinen Strom gab, weil Esther es versäumt hatte, die Rechnung zu bezahlen. Meine Mutter, eine richtige Malerin, arbeitete am liebsten auf großen Leinwänden. Mir genügten Papierschnipsel und ein Kugelschreiber. Ich hauchte gegen eine Fensterscheibe und zeichnete in den Beschlag. Überall konnte ich mit ein paar Linien und Formen eine Geschichte erzählen, solange es eine kleine Geschichte war.

Seitdem meine Mutter an Krebs erkrankte, bin ich zigmal mit Zügen gefahren, und ich habe sogar einen Stromausfall mitgemacht. Aber ich habe keine neuen Geschichten gefunden, die ich erzählen möchte, keine neuen kniffligen Probleme, die eine kleine Eule lösen könnte.

Mit einem Seufzen stütze ich die Ellbogen auf dem Skizzenblock ab und blicke in den Garten. Das alte Fensterglas ist uneben, und wenn ich mich ein wenig zur Seite bewege, scheint das Gras anzuschwellen. Madelyne war freundlich und charmant wie immer, aber es ist klar, dass sie unglücklich ist mit der Situation. Vielleicht sollte ich mir eine andere Arbeit suchen. Aber das hier ist die erste, die mir wirklich Spaß gemacht hat. Bevor ich in die Sache hineinstolperte, war ich Kellnerin, arbeitete in Bars und Boutiquen, verdiente genug Geld, um zu reisen, und gab dann alles aus. Die Leute sagten, sie wären an meiner Kunst interessiert, aber das lag nur an meiner Mutter. Igor zu zeichnen, seine Geschichte zu erzählen, die Bücher in Händen zu halten, damit sogar Geld zu verdienen – all das gab mir das Gefühl, als würde ich endlich irgendwo Wurzeln schlagen. Und das Leben führen, das ich führen wollte.

Was wird passieren, wenn mir keine Geschichten mehr einfallen? Mein Verlag wird mich fallen lassen. Wahrscheinlich werde ich meinen Vorschuss zurückzahlen müssen, was kein allzu großes Problem wäre, aber es wäre beschämend. Ich werde mir etwas anderes suchen müssen, eine Beschäftigung wie die anderen Frauen im Dorf, um die Zeit herumzubringen, wenn sie keiner Arbeit nachgehen. Kaffeekränzchen. Wohltätigkeitsveranstaltungen. Literaturkreis.

Ich muss an das aufsteigende Panikgefühl denken, das ich gestern auf dem Weg zum Restaurant erlebt habe. War es Angst, weil ich irgendwo tief in meinem Innern weiß, dass die Igor-Geschichten an ihr Ende gekommen sind? Dass sie ihre Aufgabe erfüllt haben, meine Mutter zu unterhalten, weil ich sie liebte? Dass ich mich nun entschließen muss, etwas anderes mit meinem Leben anzufangen? Denn ich kann mir nicht mehr einfach einen Job in irgendeiner Bar suchen und dann nach Indien abschwirren, sobald ich genug Geld zusammenhabe. Ich bin verheiratet, ich habe mich entschieden, hier in Tillingford mit Quinn zu leben.

Welches Parfum hat die Frau getragen, die auf der Straße an mir vorüberging? Es roch so vertraut. Es ließ mich an die Vergangenheit denken, einen unbestimmten Moment, etwas, das ich vergessen habe.

Das Telefon läutet, und ich setze mich auf. Draußen hat es zu regnen angefangen, und die Amsel ist weggeflogen. Drinnen hat sich an meinem Computer der Bildschirmschoner eingeschaltet, willkürlich herumschwirrende Lichter, von denen jedes eine bunte Meteoritenspur hinter sich herzieht. Mein Notizblock ist leer bis auf zwei Vögel, einen echten und einen erfundenen. Ich gehe durch das dunkle Haus in die Küche, wo sich das Telefon befindet.

»Hallo, Liebes«, sagt Quinn. »Wie kommst du voran?«

»Langsam.«

»Kann ich helfen?«

»Oh, nein, danke. Ich glaube nicht. Ich habe bloß keinen guten Tag.«

»Aus dem Büromaterialschrank hier verschwinden ständig Briefumschläge. Du könntest Igor den Fall lösen lassen.«

Ich fingere an dem sich lösenden Saum der Blümchentischdecke herum. Menschen, die nicht kreativ sind, Menschen, die ihr Leben damit verbringen, reale Geschichten zu koordinieren und Fakten zu überprüfen, haben fast nie eine Vorstellung davon, wie viel Potenzial in einer richtig guten Idee steckt. Sie glauben, man könne einfach *irgendwas* nehmen, und mit der üblichen Routine würde das schon was ergeben. Meine Mutter hat mir niemals Vorschläge für die Igor-Geschichten gemacht. Sie wartete stets ab, bis ich eine neue Idee hatte, und dann hörte sie zu.

»War nur ein Scherz«, sagt Quinn.

»Ich dachte, du hättest den ganzen Vormittag Sitzungen.«

»Es ist Mittag«, erwidert er. Ich werfe einen erstaunten Blick auf die Uhr über der Spüle. »Wie dem auch sei, ich habe bloß gedacht, ich rufe an, um zu sehen, wie du vorankommst. Du schienst mir …«

»Mir geht's gut. Alles bestens.«

»… nachdenklich.«

Auf dem Abtropfgestell befinden sich Quinns Tasse und seine Schüssel vom Frühstück, die er abgewaschen hat. Wie ich sehe, hat er mir eine Tasse neben den Wasserkocher gestellt, meine mit Blättern bemalte Lieblingstasse. Ohne nachzusehen weiß ich, dass er einen Teebeutel hineingetan hat, damit ich nicht entscheidende Sekunden verliere, in denen ich doch zeichnen könnte. Die Tasse hat dort gestanden, während ich in meinem Bademantel dagesessen, in den Garten hinausgestarrt und nichts zustande gebracht habe. Ich sollte mich bei Quinn bedanken, ich sollte etwas Nettes und Liebevolles sagen, um ihm seine Mittagspause zu versüßen. Aber ich fühle Unmut in mir aufsteigen, wenn ich daran denke, dass ich in Zukunft vielleicht nichts Besseres zu tun haben werde, als Quinns Abwasch zu machen und Tee zu kochen.

Ich schließe die Augen. Das ist noch so eine Sache am Verheiratetsein: vernünftiges Abwägen. Zu tun, was am vernünftigsten ist, zu sagen, was am vernünftigsten ist, anstatt das, wonach man sich fühlt.

»›Meer der Ruhe‹«, sage ich. »War der Mond gestern Abend nicht unglaublich?«

Quinn

Die Taufe war gut verlaufen. Baby Jacob Edward Isaac Harrington, in Altweiß eingehüllt, verschlief den Wasserschwall, und der Regen beschränkte sich auf einen kurzen Schauer, während sie sich noch alle in Tillingfords Kirche aus dem zwölften Jahrhundert befanden. Jetzt drängte sich fast das ganze Dorf im Garten der Harringtons. Die junge Familie stand im Mittelpunkt. Das Baby, mittlerweile wach, wechselte zufrieden glucksend von einem Arm zum nächsten. Quinn stand mit dem Rücken zur Eibenhecke, hielt ein Glas Prosecco in der Hand und unterhielt sich mit Patrick, seinem Redakteur, der in einem der Neubauten gleich außerhalb der Ortschaft wohnte, über Gartenschuppen.

»Ich sage dir, das sind die einzigen ruhigen fünf Minuten, die ich momentan zu Hause bekomme: Wenn ich rausgehe, um die Schraubenschlüssel zu sortieren!«, sagte Patrick. »Den ganzen Tag nichts als Windeln und Babybrei. Später kommt dann Weetabix dazu. Hast du jemals versucht, angetrocknetes Weetabix von der Wand zu kratzen?«

»Wie Zement, nehme ich an?«

»Ich erwäge, das Haus damit neu zu verputzen. Und die Fragen von der Großen! ›Warum gibt es Schnecken, Daddy?‹, hat sie mich gestern gefragt. Nicht, warum sind Schnecken schleimig oder warum haben sie Häuser, nein. *Warum gibt es Schnecken?* Da ist man erst mal platt. Und dann liegt absolut überall Spielzeug herum. Heute Morgen bin ich mit dem nackten Fuß auf einen Legostein gestiegen. Wahrscheinlich war das Gefluche bis zu euch zu hören.«

»Und ich habe mich schon gefragt, was das für ein Lärm ist«, meinte Quinn. Er nahm Patricks Klagen nicht ernst. Der Mann hatte drei Fotos von seinen beiden Töchtern auf dem Schreibtisch und weitere in seinem Portemonnaie. Quinn glaubte an die Macht des Wortes – schließlich bestritt er seinen Lebensunterhalt damit –, aber manchmal sagten Taten mehr als Worte.

»Ihr seid als Nächstes dran«, sagte Patrick. Er grinste zufrieden und nahm einen Schluck von seinem Prosecco. »Wo steckt deine bessere Hälfte überhaupt?«

»Steht da beim Apfelbaum.« Quinn blickte quer durch den Garten zu Felicity, die mit Emma und Gurinder plauderte, jede mit einem Glas in der Hand. Sie war nicht zu übersehen. Alle anderen Frauen trugen pastellfarbene Kleider, Blumen und Pashminaschals und helle Schuhe, die Haare sorgfältig in Locken gelegt, geglättet oder gekämmt. Felicity trug ein schreiend-grünes Kleid mit einem Muster aus konzentrischen Kreisen und einem Spitzenunterrock, die nackten Füße steckten in roten Ballerinas. Ihre Haare waren zu einem unordentlichen Knoten hochgesteckt, aus dem einzelne Strähnen fielen. Die Augen waren mit Kajal umrandet, ihr Lippenstift hatte die gleiche Farbe wie die Schuhe.

Bevor Quinn Felicity begegnet war, hatte er noch nie eine Frau gekannt, die es wie sie schaffte, Nachlässigkeit als Souveränität erscheinen zu lassen.

Bevor Quinn Felicity begegnet war, hatte er viele Dinge nicht gekannt. Beispielsweise das Gefühl, als verstünde man seine Frau besser, wenn man sie in einem fremden

Garten beobachtete, als wenn man sich mit ihr in dem Haus unterhielt, das man gemeinsam bewohnte.

»Sie hat einen eigenen Stil, nicht wahr?«, meinte Patrick.

»Sie ist Künstlerin. Kommt aus einer Künstlerfamilie.« Quinn trank seinen Drink aus. »Sie ist wunderbar.«

Er hatte viele Freunde, die verheiratet waren, viele Freunde, die behaupteten, einander zu lieben. Dennoch beklagten sie sich übereinander, wenn sie getrennt waren. Sie schienen unbedeutende Schwierigkeiten zu haben, die wie Splitt zwischen ihnen rieben. Er hatte sich geschworen, dass er das nie täte, es nie zuließe.

»Was sollst du auch anderes sagen, du bist schließlich frisch verheiratet«, sagte Patrick. »Noch einen Drink?«

»Ja, bitte.«

Patrick ging, und Quinn steckte die Hände in die Hosentaschen und beobachtete Felicity. Die anderen beiden Frauen redeten ununterbrochen, aber Felicitys Aufmerksamkeit war ganz offensichtlich abgedriftet. Sie stand bei ihnen, aber ihre Augen blickten in die Ferne, ins Nichts, und das Lächeln war von ihrem Gesicht verschwunden. Ihre Miene wirkte angespannt, als lausche sie auf etwas, das sich knapp außerhalb ihrer Hörweite befand.

Was dachte sie, wenn sie so aussah? Was hörte und fühlte sie?

Anfangs, vor ihrer Heirat, hatte Quinn sie so etwas direkt gefragt. Er hatte alles über sie wissen wollen. Doch sie war so erschrocken gewesen, ihre Antworten fielen so vage aus, dass er aufgehört hatte zu fragen. Offensichtlich benötigte seine Frau auch in der Ehe eine gewisse Privatsphäre. Wenn auch nur in ihren Gedanken, während der kurzen Momente, in denen nur ihr Körper bei ihm war, nicht aber ihr Geist.

Quinn selbst öffnete Felicity gegenüber jederzeit seine ganze Gedankenwelt. Er konnte sich keinen einzigen Gedanken, kein einziges Gefühl vorstellen, das er nicht mit ihr teilen wollte. Seine Vergangenheit war ein offenes Buch. Sie lebten in dem Dorf, in dem er aufgewachsen war, unter Menschen, die er sein ganzes Leben lang kannte. Selbst *wenn* er dunkle Geheimnisse zu verbergen hätte – hier wäre es unmöglich.

Er dachte an das letzte Wochenende, als sie auf dem Feld gestanden und den Vollmond betrachtet hatten, wie er ihre Hand gehalten und die Namen der »Mondmeere« aufgezählt hatte. All die Stunden als Teenager mit dem Teleskop, das ihm sein Vater zu Weihnachten gekauft hatte: Ohne es zu wissen, hatte er einzig und allein deshalb etwas über den Mond gelernt, um viel später Felicitys Hand halten und ihr diese Namen in der silbern erleuchteten Nacht aufsagen zu können.

Quinn machte sich auf den Weg durch den überfüllten Garten zu seiner Frau, um unter dem Apfelbaum wieder ihre Hand zu ergreifen und sie in ihre gemeinsame Wirklichkeit zurückzuholen.

»Hier stecken Sie, Quinn Wickham! Gut, dass ich Sie erwische.« Irene Miller trat Quinn in den Weg.

Mrs. Miller war die größte Klatschbase landauf, landab. Sie hielt sich für eine Art Enthüllungsjournalistin. Quinn seufzte innerlich. Offensichtlich hatte sie wieder ein paar Geschichtchen für ihn, die sie ihm brühwarm berichten musste – und die er garantiert nicht abzudrucken beabsichtigte. In letzter Zeit hatte Mrs. Miller sich in den Kopf gesetzt, ihre eigene Kolumne zu bekommen, eine Klatschkolumne oder möglicherweise eine Reihe als Kummerkastentante. Patrick hielt es für eine lustige Idee, die der

Zeitung ein paar zusätzliche Abonnenten bescheren würde. Quinn war der Meinung, dass es im Dorf nur zu Missstimmung und Streit führen würde.

»Hallo, Mrs. Miller«, sagte er. »Ich hoffe, es geht Ihnen gut.«

»Ich habe da etwas für Sie.« Sie neigte sich ihm konspirativ zu. »Ich glaube, Sie sollten einmal mit dieser Bel Andrews reden.«

»Tatsächlich?«

»Sie ist dort drüben bei den Gurkensandwiches. Sie erwischen sie, wenn Sie sich beeilen. Im *Tillingford Tea Pot* heißt es, dass es in letzter Zeit ein paar inoffzielle Gemeinderatssitzungen gegeben hat.« Mrs. Miller tippte sich an die Nase. »Vertrauliche Gespräche. Es geht um den Haushalt.«

Bel Andrews, die Gemeinderätin, befand sich in der Tat am Sandwichtisch und sah so phlegmatisch und unverschwörerisch wie eh und je aus. Aus dem Augenwinkel bekam Quinn mit, wie Felicity sich umdrehte und hinter einer Hecke in der Nähe verschwand.

»Danke für den Tipp, Mrs. Miller. Ich werde ganz bestimmt so bald wie möglich mit Bel sprechen. Wenn Sie mich entschuldigen …« Damit trat er den Rückzug an.

Mrs. Miller folgte Quinns Blick. Felicity hatte ihr Glas und ihre Handtasche im Gras zurückgelassen. »Warum sind Sie und Ihre Frau so versessen darauf, hinter diese Hecke zu schlüpfen?«

»Zwetschgen«, sagte er rasch. »Wir suchen nach einem Ableger für unseren Garten. Nochmals vielen Dank, Mrs. Miller.«

»Ihr Vater hat sich nie hinter Hecken versteckt!«, rief sie ihm hinterher. Quinn winkte ihr beschwichtigend zu. Er spürte, dass sie ihn beobachtete.

Emma und Gurinder unterbrachen ihr Gespräch, als er sich ihnen näherte. »Hi, Quinn«, begrüßte Gurinder ihn. »Wir haben uns eben mit … Oh, sie ist gerade noch hier gewesen. Eine wirklich interessante Person, deine Frau. So anders.«

»Worüber habt ihr euch unterhalten?«, fragte er. Er konnte der Versuchung nicht widerstehen.

»Dass Emma in der Grundschule in dich verknallt war«, sagte Gurinder.

Emma errötete. »In der Grundschule war ich in *jeden* verknallt. Und *du* warst in David Enright verliebt, und jetzt sieh dir an, was aus ihm geworden ist.«

»*Ich* habe nicht David Enrights Bleistift geklaut und unter meinem Kopfkissen versteckt, wie du es mit Quinns gemacht hast.«

»Ist das wahr?«, fragte Quinn. »Ich hoffe, ich habe nicht auf dem Ende herumgekaut. Hört mal, hat Felicity gesagt, wohin sie wollte?«

Emma sah sich um. »Vielleicht noch einen Drink holen?«

»Wir haben nur ein bisschen rumgealbert«, sagte Gurinder. »Alte Geschichten ausgegraben. Es schien Felicity nichts auszumachen.«

Quinn glaubte nicht, dass Felicity sich an den Bekenntnissen eines Grundschulschwarms stören würde. Aber warum war sie dann einfach verschwunden? Er bedankte sich bei Gurinder und Emma und ging zu der Hecke. An der Stelle, wo Felicity verschwunden war, befand sich eine kleine Lücke, und er schob sich hindurch. Ein Zweig verfing sich in seinem Jackett, und er musste es lösen. Hinter sich hörte er die Frauen lachen.

Die Hecke trennte den Garten der Harringtons von den Thompsons nebenan. Die Thompsons waren ebenfalls bei der Tauffeier. Das Klettergerüst und die Schaukel standen verlassen auf der Wiese. Felicity kniete auf dem Rasen neben der Terrasse und hielt behutsam etwas in den Händen.

»Felicity?« Er ging zu ihr. »Was ist los?«

Er wollte sich nicht eingestehen, dass er sich erleichtert fühlte. Denn wenn er sich erleichtert fühlte, würde das bedeuten, dass er sich Sorgen gemacht hatte. Dass er befürchtete, seine Frau könnte tatsächlich einfach fortgehen. Könnte ihn in einem ihrer leeren, privaten Momente – in einem dieser Momente, in denen er sie nicht erreichen oder begreifen konnte – verlassen.

Die diffuse Angst war Teil seiner großen Liebe für sie. Das Glück, sie zu haben – er konnte es im Grunde noch immer nicht ganz fassen.

Ihr Haarknoten hatte sich fast vollständig gelöst, und an ihrem linken Oberarm befand sich ein langer roter Kratzer. »Ein Spatz«, erklärte sie ihm.

Er kniete neben ihr nieder. Feuchtigkeit vom Boden durchnässte seine Hose. Der Vogel war ein Haussperling, graubraun und schwarz. Er lag in ihren hohlen Händen, die Flügel angelegt, die Augen zu beinahe unsichtbaren Schlitzen geschlossen.

»Ich habe einen dumpfen Knall gehört«, sagte Felicity. »Ich glaube, er ist gegen die Glastür geflogen. Zuerst dachte ich, er ist tot, aber ich kann ihn atmen spüren.«

»Ist es denn gut, ihn aufzuheben?«

»Ich dachte mir, wenn er sich das Genick gebrochen hat, wird ihm das auch nicht mehr schaden. Was ist, wenn er sich die Flügel verletzt hat?«

»Anil ist auf der Taufe«, meinte er. »Ich weiß nicht, ob er auch Wildtiere behandelt, aber wir können ihn bitten, ihn sich kurz anzusehen.«

»Ich kann seinen Herzschlag spüren«, flüsterte sie. Sie berührte mit der Daumenspitze die graubraunen Federn auf seiner Brust. »Es ist wie ein einziges Vibrieren. Die Pausen sind ganz kurz. Leben sie schneller als wir, was meinst du? Nicht bloß kürzer, sondern auch schneller? Intensiver?«

Er öffnete bereits den Mund, wollte etwas erzählen über Kolibris und ihren Herzschlag – als der Vogel die Augen öffnete. Quinn fragte sich noch, wie der Spatz sie wohl sah – als zwei Riesen oder Ungeheuer vermutlich –, als der Vogel bereits auf die Beine hüpfte und sich mit einem papiernen Flattern aus Felicitys Händen in die Luft erhob. Sie lachte überrascht auf und hielt die Hände offen und leer.

Ihn überkam das jähe Verlangen, die Arme um sie zu legen. Sie festzuhalten. Mit ihr auf dem Gras zu liegen. Ihren Herzschlag zu spüren. Doch dies war der Garten der Thompsons, und von nebenan drang gedämpft der Partylärm herüber.

»Tja«, sagte Felicity und stand auf. »Glück gehabt.« Sie wischte sich Zweige und Gras vom Kleid. »Wir sollten wohl zurück zu den anderen gehen.«

Quinn erhob sich. »Ist dein Arm okay? Du hast da einen Kratzer.«

»Ach ja?« Felicity besah ihn sich. »Oh, alles in Ordnung.«

»Vielleicht sollten wir lieber vorne herumgehen, anstatt wieder durch die Lücke zu schlüpfen.«

»Es tut mir leid«, sagte Felicity, während sie den Weg zum Gartentor einschlugen. »Ich weiß, dass du dich auf der Party amüsiert hast.«

»Du hast mich vor Mrs. Millers Verschwörungstheorien gerettet.«

»Hast du gewusst, dass dir eine der Frauen dort in deiner Kindheit Bleistifte gestohlen hat?«

»Ja, aber was viel schlimmer ist: Morgen wird in ganz Tillingford über nichts anderes gesprochen, als dass Quinn und Felicity Wickham durch eine Hecke verschwunden sind.«

»Oje.« Sie runzelte die Stirn, und er legte ihr den Arm um die Taille. »Ich glaube nicht, dass ich deinen Bleistift gestohlen hätte«, meinte sie.

»Ich hätte ihn dir auch so gegeben.« Sie erreichten das Tor, und er öffnete es. »Ich hätte dir alles gegeben.«

3

Ich denke ständig daran, wie es sich angefühlt hat, als dieser Spatz aus meinen Händen aufflog. Zuerst war er da, leicht wie Flaum. Und dann spürte ich seine Krallen auf meinen Handflächen, einen Windhauch im Gesicht. Entflogen. Fort.

Quinn geht sich umziehen, aber ich bleibe in meinem Kleid. Ich schlüpfe aus den Schuhen und lege mich aufs Sofa, die nackten Füße auf der Armlehne. Der Prosecco hat mich schläfrig und entspannt gemacht. Als Quinn zurückkommt, hebt er meine Beine, setzt sich aufs Sofa und legt sich meine Füße auf den Schoß.

»Hat es dir gefallen?«, fragt er mich.

»Ich dachte, er wäre tot. Es war, als kehrte er ins Leben zurück, direkt in meinen Händen.«

Er lächelt. »Ja, und die Taufe?«

»Oh. Der Gottesdienst war in Ordnung. Ich kenne die Choräle immer noch nicht.«

»Ed und Alice wirken sehr glücklich. Anscheinend haben sie es schon eine Zeit lang versucht.«

»Ja, sehr glücklich«, sage ich. »Und sie genießen es, dass man jetzt haufenweise Dinge kaufen muss. Hast du ihren neuen Kinderwagen in der Diele gesehen? Hat etwas von einem Raumschiff.«

Er murmelt zustimmend und fängt an, mir den Fuß zu reiben. Quinn ist wunderbar im Füßemassieren. Anscheinend hat es ihm eine seiner Exfreundinnen, Maya, beigebracht, weil ihr immer die Füße wehtaten. Sie ahnte ja nicht, dass ich einmal die Nutznießerin ihrer Vorliebe für schlecht sitzende Schuhe sein würde. Es ist merkwürdig, dass jede Beziehung, die wir haben, außer der ersten, aus Dingen zusammengesetzt ist, die wir bereits gelernt haben, Gewohnheiten, die wir uns bei anderen Menschen zugelegt haben. Ich schließe die Augen und frage mich, was ich in die Beziehung mit Quinn mitgebracht habe. Die Sache ist die, dass er ganz anders ist als alle anderen Männer, mit denen ich je zusammen war.

»Ich habe nachgedacht«, sagt Quinn.

»Oje.«

»Immer gefährlich, ich weiß.« Er lässt den Daumen mein Fußgewölbe hinaufgleiten, was eigentlich kitzeln sollte, sich aber gut anfühlt. Sexy. »Aber Patrick hat heute etwas gesagt, das mir auch schon häufiger durch den Kopf gegangen ist. Ich meine, die Taufe war doch wirklich nett, und wie glücklich Ed und Alice sind, und ihre Eltern … Kurz, ich habe mich gefragt, ob du nicht auch meinst …« Er holt tief Luft. »Meinst du nicht, es ist an der Zeit, dass wir versuchen, ein Baby zu bekommen?«

»Ein Baby?« Ich setze mich aufrecht hin, verschränke die Beine im Schneidersitz. Quinn sieht mich an.

»Du weißt schon, das sind so kleine Wesen«, sagt er. »Trinken Milch. Du hast von ihnen gehört.«

»Ich habe von ihnen gehört, ja. Aber ich habe nicht gewusst, dass du eins willst.«

»Du hältst es für keine gute Idee, eine Familie zu gründen?«

»Ich – habe mir ehrlich gesagt noch keine Gedanken darüber gemacht. Ich meine, wir haben doch gerade erst geheiratet.«

»Nächsten Monat ist es ein Jahr her.«

»Wirklich?« Ein Jahr, ein ganzes Jahr, erstreckt sich hinter mir. Hinter uns. »Das ist aber schnell gegangen.«

»Ich dachte, das wäre einer der Gründe, warum wir dieses Haus gekauft haben«, sagt er. »Drei Schlafzimmer: eins für uns, eins für dein Atelier, eins für das Kinderzimmer. Mit Platz im Garten für einen Anbau, falls noch mehr Kinder kommen.«

Und ich habe gedacht, wir hätten das Cottage gekauft, weil es uns gefallen hat. Wegen der Rosen über der Tür und den Rissen im Putz und der goldenen Farbe des Reetdachs bei Sonnenuntergang. Ich habe gedacht, das dritte Schlafzimmer wäre ein Gästezimmer.

»Ich habe es immer wieder erwähnt«, sagt Quinn.

»Hast du?«

»Ja.« Seine Stimme klingt geduldig. »Ich habe dir erzählt, dass Mr. und Mrs. Ogden hier drei Kinder großgezogen haben und dass sie dann gemeinsam hier alt geworden sind. Ich habe dir erzählt, dass ihr Sohn Michael mein Mathelehrer in der Schule gewesen ist. Ich habe gesagt, es sei der richtige Ort für uns, um das Gleiche zu tun.«

»Das muss ich vergessen haben.«

Er seufzt kurz vor Ärger oder Enttäuschung.

»Ich habe einfach nicht darüber nachgedacht«, sage ich. »Aber du offensichtlich schon.«

»Ich dachte, das ist der normale nächste Schritt.«

»Ich weiß nicht. Ist es das? Sind wir ein normales Ehepaar?«

»Natürlich.«

Sind wir das wirklich? Sind wir wie diese Paare mit ihren Autos mit Allradantrieb, mit Babys in Tragetaschen, mit Kleinkindern in Anziehsachen, die gebügelt werden müssen? Die Paare, die von ihrer »besseren Hälfte« sprechen und den guten Ruf der örtlichen Schulen loben.

»Das kommt alles ein bisschen plötzlich für mich, Quinn. Ich meine, vor anderthalb Jahren habe ich dich noch nicht einmal gekannt.«

»Dir ist doch bestimmt aufgefallen, dass meine Mutter davon redet?«

»Ja, schon, aber das ist eben Molly. Ich dachte nicht, dass du überhaupt hinhörst.«

Er ist nicht verärgert. Er ist verletzt. Und jetzt habe ich auch noch seine Mutter beleidigt. Ich berühre ihn am Arm.

»Das ist alles so neu für mich, Quinn. Ja, wahrscheinlich hätte ich mir darüber Gedanken machen sollen. Du hast es offensichtlich getan, ich aber nicht. Aber ich werde jetzt darüber nachdenken. Das verspreche ich. Okay?«

Er beugt sich zu mir und küsst mich auf die Stirn. Dann steht er auf. »Danke. Möchtest du ein Käsebrot? Ich mache mir eines.« Ich schüttele den Kopf, und er lässt mich allein im Wohnzimmer zurück, wo ich nachdenke.

Bevor ich am nächsten Morgen aufstehe, ist Quinn bereits mit dem Fahrrad los, um die Zeitung zu kaufen. Ich sehe ihn zurückkommen, während ich am Schlafzimmerfenster stehe und mir die Strümpfe anziehe. Er schiebt das Fahrrad durch unser Eingangstor und lässt es unabgesperrt im Garten stehen. In Tillingford sperrt niemand jemals etwas ab. Dabei war es nicht so, dass im Dorf nichts abhandenkam. Quinn ist das Fahrrad sogar schon zweimal gestohlen worden – beide Male von dem kleinen Cameron Bishop, und beide Male ist Quinn zu den Bishops gegangen und hat es sich aus ihrem Schuppen zurückgeholt. Ich bin

Camerons Mutter Lisa Bishop schon mehrmals auf der Post begegnet, und sie hat nie ein Wort darüber verloren.

Vergangene Nacht habe ich nicht viel geschlafen, obwohl ich vor Quinn zu Bett gegangen bin und mich schlafend gestellt habe, als er nach oben kam. Quinn hat natürlich recht. Quinn hat fast immer recht. Man heiratet, und dann bekommt man Babys. Das ist der normale Gang der Dinge.

Quinn wäre ein wunderbarer Vater. Wir können es uns leisten, ein Baby zu bekommen. Wir sind finanziell abgesichert. Wir haben Versicherungen und bezahlen die Hypothekenraten pünktlich. Meinen Beruf kann ich ohne Weiteres von zu Hause ausüben. Das Baby würde auf dem Land aufwachsen, die Großeltern wären in der Nähe sowie eine Tante. Es war ideal. Es wäre ganz anders als in meiner Kindheit – die ständigen Umzüge von einem Land zum anderen, und mal hatten wir zu viel Geld, dann wieder zu wenig. Es gab nie das gesunde Mittelmaß. Das Baby von Quinn und mir würde in geordneten Verhältnissen aufwachsen. Es wüsste, wo sein Platz in der Welt ist. Es wäre nicht nur dem Namen, sondern gewiss auch dem Naturell nach ein Wickham.

Es wäre ganz bestimmt ganz anders als ich. Und das wäre wahrscheinlich gut so.

Ich gehe nach unten in die Küche. Am Türpfosten sind die Größen aller drei Ogden-Kinder markiert, alle paar Zentimeter, und immer mit Datum. Sie fangen bei etwa sechzig Zentimeter an und überragen mich dann irgendwann. Michael ist der Größte, Sophia ist die Kleinste. Das letzte Datum lautet 1978. Ich habe das bislang als ein sympathisches Überbleibsel aus der Vergangenheit des Cottages betrachtet. Jetzt wirkt es wie ein Verweis auf Zukünftiges.

Quinn hat den Wasserkocher eingeschaltet. Anhand der

ausgewaschenen Dose in der Spüle sehe ich, dass er bereits Futter für die Nachbarskatze hinausgestellt hat. Die Zeitung und ein Tetrapak Orangensaft befinden sich auf dem Tisch. »Morgen, Liebes«, sagt er und streckt sich, um an die Teebeutel zu kommen.

»Morgen.« Ich hole die Milch und stelle sie auf den Tisch. Jeden Samstag- und Sonntagmorgen Tee und Zeitung in der Küche. Wenn es eine wichtige Story gibt, kauft Quinn manchmal zwei Zeitungen. Er kocht den Tee, und ich gieße etwas Milch in beide Tassen. Er schenkt uns je ein Glas Saft ein und setzt sich zum Lesen hin.

Ich beobachte Quinn. Er ist völlig konzentriert. Wenn ich ihm später eine Frage zu dem Artikel stellen würde, den er gerade liest, würde er ihn mir nahezu wortwörtlich zitieren können.

Ich habe ihn schon mehrfach gefragt, warum er nie nach London gezogen ist, sich eine Stelle bei einer der großen Zeitungen gesucht hat, anstatt hier Chefredakteur eines Lokalblatts zu sein. »Ich lebe gern hier«, hat er geantwortet.

»Aber du könntest doch pendeln«, schlug ich vor. »Es dauert bloß eine Stunde hin und eine zurück.«

»Aber jeden Tag die Fahrerei. Und der Konkurrenzkampf. Ich bin nicht ehrgeizig, Felicity. Ich möchte bloß glücklich sein.«

Er wäre bestens aufgehoben in einer überregionalen Zeitung, da bin ich sicher. Er ist neugierig. Er merkt sich alles. Aber ich kann sehen, dass er gern hier wohnt, wo er aufgewachsen ist, wo er jeden kennt. Er mag es, dass man ihn als Sohn von Derek und Molly kennt, den Bruder von Suz, ein Mann, der seinen Weg in seiner eigenen Gemeinde gegangen ist, aus dem etwas geworden ist. Die Zeitung stand kurz vor dem Aus, als er sie übernahm. Er steigerte die Werbeeinnahmen, entwickelte eine Online-Präsenz, erweiterte die Nachrichten, sodass es um mehr als Pfadfindertreffen und Ernteberichte ging. Den Großteil der Ausgabe schreibt er selbst. Er wählt aus, welche Sachen unterstützt werden, wie dieser kleine Teil der Welt verbessert werden kann. Bei einem Wettbewerb »Regionalzeitung des Jahres« ist das Blatt lobend hervorgehoben worden, und er und seine Mitarbeiter glauben felsenfest daran, dass sie nächstes Jahr gewinnen werden. Das weiß ich, weil Patrick es mir erzählt hat. Quinn selbst würde es nie erwähnen.

Er blättert um. Ich trinke meinen Tee und betrachte seinen Kopf, seine Hände, die die Tasse halten, seine Augen, die den Wörtern folgen. Er hat nicht vergessen, was er gestern Abend erwähnt hat. Ich frage mich, wann er es erneut ansprechen wird.

Ich frage mich, was ich entgegnen soll.

Ich stehe auf, um Toast zu machen. »Was hast du heute vor?«

»Ich wollte nach dem Frühstück einen Spaziergang machen«, sagt er, den Blick immer noch auf die Zeitung gerichtet. »Bevor ich zu Mum und Dad gehe. Möchtest du mitkommen?«

»Oh.« Ich blicke nach draußen in den Sonnenschein. »Ich – sollte versuchen zu zeichnen.«

»Vielleicht würde es dich inspirieren.«

Ich streiche Butter und Marmelade auf die Toastscheiben, reiche ihm beide und stecke welche für mich in den Toaster. Seine Fragen hängen in der Luft: sowohl diejenige zu dem Spaziergang als auch diejenige, die ihn eigentlich interessiert, diejenige, die er gestern Abend gestellt hat.

»Besser nicht«, sage ich.

Die nächste Woche erwähnt Quinn das Thema Babys mit keiner Silbe. Nicht nur das: Wenn im Fernsehen eine Windelwerbung kommt, steht er sogar mit betont ausdrucksloser Miene auf, um Tee zu kochen. Ein anderes Mal sind wir auf einen Drink im Seven Stars, und Rowan, die Wirtin, erzählt uns, wie sie sich in einen Kinderwagen gebeugt hat, der einem Paar gehörte, das zum Mittagessen hergekommen war, und wie das Baby ihre Haare mit beiden Händen packte und nicht mehr loslassen wollte. Quinn unterbricht sie tatsächlich, bevor die Geschichte zu Ende ist, um uns von einer Nachrichtenmeldung über einen achtzigjährigen Mann aus der Gegend zu erzählen, der für einen wohltätigen Zweck den Kilimandscharo besteigen will.

Es wäre zum Lachen, wenn es nicht gleichzeitig so ernst wäre: Die Frage steht ungestellt zwischen uns im Raum. Ich sehe das Baby bereits leibhaftig vor mir, ein pummeliges rosafarbenes Etwas, das mitten im Raum schwebt, umschwirrt von all den anderen unbeantworteten Fragen dieser Ehe. Ich zeichne das dort schwebende Baby und werfe den Zettel anschließend weg. Stattdessen zeichne ich Blumen mit albernen Gesichtern. Mir fällt ein neuer Riss in der Wand neben der Haustür auf, und ich hefte die Blumen darüber.

Beim ersten Werbeblock im Fernsehen am Donnerstagabend erhebt sich Quinn wieder vom Sofa. »Tee?«, fragt er.

»Ja, bitte.«

Als er in die Küche geht, sehe ich ihm nach. Ich überlege, wie es wäre, wenn wir jetzt ein Baby hätten. Dort drüben unter dem Fenster lägen Spielsachen auf dem Boden herum. Das Baby wäre vielleicht hier bei uns und würde in meinen Armen schlafen. Oder es wäre oben, und auf dem niedrigen Tisch, auf den Quinn manchmal seine Füße legt, stünde ein Babyfon.

Es wäre gar nicht so anders. Es wäre nicht das Chaos. Die Dinge würden normal weitergehen. Alles würde normal weitergehen, allerdings unter der Voraussetzung, dass ich meine Sache gut machte.

4

Liebe Miss Bloom,
vielleicht erinnern Sie sich daran, dass ich Ihnen vor mehreren Monaten wegen der großen Retrospektive des Werkes Ihrer Mutter geschrieben habe, die die Gallery im Juli und August veranstalten wird. Wir sind hocherfreut, da es sich um die erste Ausstellung außerhalb Londons seit dem Ableben Ihrer Mutter handelt, zudem die erste mit etlichen Werken Esther Blooms, die sich viele Jahre verstreut in Privatsammlungen auf der ganzen Welt befunden haben.

Vor ein paar Wochen habe ich Ihnen die Einladung zur Ausstellungseröffnung geschickt. Viele Kuratoren, Kritiker, Historiker und Sammler werden zugegen sein, zusammen mit der internationalen Presse, und es wäre uns eine Ehre, Sie bei uns als Ehrengast begrüßen zu dürfen. Die Kosten für Ihre Anreise und Ihren Aufenthalt werden wir selbstverständlich übernehmen.

Vielleicht haben Sie inzwischen auf die Einladung geantwortet. Falls sich unsere Briefe gekreuzt haben sollten, möchte ich Sie bitten, mein erneutes Schreiben zu entschuldigen. Aber vielleicht ist die Einladung nicht angekommen oder verloren gegangen, weshalb ich mich nochmals mit Ihnen in Verbindung setze …

Ich falte das feste, cremefarbene Papier zur Hälfte und noch einmal und dann noch einmal. Ich drehe es zu einer engen Röhre und lasse es in den Altpapiereimer fallen.

Auf ihrem weißen Kopfkissen, die Haut gelblich wie Wachs, mit eingefallenen Wangen, so hatte sie dagelegen. Sie hatte meine Hand in die ihre genommen. »Es kommt, wie es kommen muss«, flüsterte sie. »Du musst loslassen, mein Darling. Reise mit leichtem Gepäck, mein Mädchen.«

Und all die anderen Dinge, die sie sagte, später.

Ich brauche keine Retrospektive, um an meine Mutter erinnert zu werden. Ich wünschte, ich könnte damit *aufhören*, mich an sie zu erinnern.

»Post, Liebes?«, ruft Quinn von oben, wo er sich die Krawatte umbindet, um sich für die Arbeit fertig zu machen.

»Nichts!«, rufe ich nach oben. Er erscheint am Kopf der Treppe.

»Ich dachte, ich hätte etwas gehört.«

»Nur Werbung.«

Da mir ein wenig übel ist, mache ich die Tür auf und trete auf den Steinplattenweg, in das wässrige Licht der Morgensonne. Eines Tages werde ich mich nur an die guten Dinge erinnern. Eines Tages werde ich aufhören, sie auf der Straße zu sehen. Eines Tages werde ich voll Freude an sie denken und nicht voll Kummer und Reue.

Ich wünschte, ich könnte sie fragen, was ich tun soll. Ob sie immer wusste, dass sie ein Kind wollte. Wie sie wusste, dass sie mich wollte. Ich weiß, was sie sagen würde, aber ich will es sie sagen hören. Ich möchte, dass sie mir ein Zeichen schickt.

Der Sonntagsbraten ist Tradition in der Familie Wickham. Manchmal essen wir bei uns und manchmal bei Suz und manchmal bei verschiedenen Tanten und Onkeln, aber meistens essen wir bei Molly und Derek, Quinns Eltern. Ihr Haus, das Old Vicarage, das sich von uns aus gesehen auf der anderen Seite der Dorfwiese befindet, ist zweihundertzwanzig Jahre alt, gebaut aus dem grauen Stein der Gegend und eingerichtet mit Chintz und Pferde- und Blumenaquarellen. Derek ist dort aufgewachsen.

Diese Woche hat Molly Lammbraten und einen Berg Kartoffelbrei gekocht. Ich sitze bei Tisch wie stets neben Quinn seiner Schwester Suz gegenüber. »Ich habe genug für eine ganze Armee gekocht«, sagt Molly, die mit einer Schüssel Brokkoli zu uns an den Tisch kommt, die dunklen Haare mit den silbernen Strähnen hinter die Ohren gesteckt. Sie lächelt ihre Familie an. Molly Wickham – füllig und freundlich, schlicht und konventionell – ist genau die Art Frau, die meine Mutter nie sein wollte. Sie ist allerdings eine sehr gute Köchin, und sie kocht tatsächlich immer genug für eine ganze Armee.

Quinn hilft seiner Mutter, die Teller mit Essen vollzuladen, während sein Vater und Suz den Wein und das Wasser einschenken. Mir ist aufgefallen, dass die Familie sich zum Erledigen von Aufgaben stets unwillkürlich in zwei Hälften aufteilt. Quinn und seine Mutter, Suz und ihr Vater, ordentliche, gemischtgeschlechtliche Teams. Einmal habe ich es Quinn gegenüber erwähnt, und er war verwirrt, als hätte ich ein Tabu berührt. Nun, vielleicht machen das alle Familien so, wenn zwei Elternteile da sind und zwei Kinder. Ich habe keine Ahnung.

»Wie läuft es mit der Arbeit, meine Liebe?«, erkundigt sich Molly, die mir einen Teller mit Fleisch reicht. An Mollys Tisch bekommen Angeheiratete das Essen als Erste serviert.

»Ganz gut, danke, Molly. Später mache ich ein paar Fotos, um sie als Hintergründe zu verwenden.«

»Letztens habe ich mich mit Ella Richardson über dich

unterhalten. Wir haben gesagt, wie wunderbar es sein muss, so kreativ zu sein. Es muss dich doch immer wieder aufs Neue erfüllen, oder?«

»Ja.«

Molly stellt oft Fragen, bei denen einem nichts anderes übrig bleibt, als sie zu bejahen. An dem Tag, an dem Quinn und ich heirateten, im Wagen auf dem Weg in die Kirche (die Kirche, in der sowohl Derek und Molly als auch deren Eltern geheiratet haben), legte sie mir die Hand aufs Knie und flüsterte mir zu: »Ich hoffe, du wirst mich immer als deine Mutter betrachten, Felicity?«

Sie hatte dieses freundliche Lächeln im Gesicht, und in ihren sanften grauen Augen bildeten sich Tränen. Es hätte viele Dinge gegeben, die ich ihr hätte sagen können, wenn ich über meine Mutter hätte sprechen wollen. Meine einzige Mutter, meine echte Mutter, meine schrullige und talentierte und liebevolle Mutter Esther Bloom, die sich niemals ersetzen ließ.

Aber im Grunde war nur eine Antwort möglich gewesen: »Ja.«

»Ja«, sage ich auch jetzt. »Ja, es ist wirklich sehr erfüllend.«

»Ich wünschte, ich wäre kreativ! Ich kann nichts außer Sticken, und da folgt man nur dem Muster, das auf dem Stoff aufgedruckt ist.«

»Kochen ist kreativ«, sagt Derek und nimmt seinen Teller entgegen. »Du bist eine sehr gute Köchin, Molly.«

»Na ja, da geht es nur darum, meine Familie satt zu bekommen. Aber es macht mir Spaß.« Sie reicht Suz einen Teller. »Ella hat erzählt, dass ihr Neffe nächste Woche zu Besuch kommt. Du erinnerst dich doch an George, Susan?«

»Ja, natürlich. Wie geht es ihm?«

»Sehr gut«, sagt Molly. Dann fügt sie mit leiser Stimme hinzu: »Geschieden«, als brächte es Unglück, es laut auszusprechen. Auf die gleiche Weise sagt sie »Krebs« und »Herzinfarkt«. »Vielleicht kannst du dich ja im Seven Stars auf einen Drink mit ihm verabreden? Ella meint, das würde ihn freuen. Vielleicht klappt es ja diesmal mit euch beiden.«

Suz räuspert sich und wendet sich an Quinn. »Wie siehst du eigentlich Howarths Aussichten bei der Nachwahl?«

»Nicht übel, auch wenn es mir leidtäte, wenn er gewinnt.«

»Ein wenig rechts von Attila dem Hunnen, dieser Howarth.« Suz nippt an ihrem Wein. »Guter Wein, Dad.«

»Ich finde, er hat ein paar vernünftige Ideen«, meint Derek. »Zum Beispiel, was er zum Thema Wohnungspolitik gesagt hat …«

»Und schon reden sie wieder über Politik«, sagt Molly zu mir und verdreht theatralisch die Augen. »Und gleich gehen sie sich an die Gurgel.«

Ich lächele über ihren Scherz und spieße ein Stück Brokkoli auf. Die Unterhaltung geht weiter, nicht viel lauter als das Kratzen von Gabeln und Messern auf den Tellern, und dreht sich angenehm harmlos um Politik und Neuigkeiten über Nachbarn und Freunde. Das Esszimmer ist groß und lichtdurchflutet, das größte Zimmer im Haus, gleich neben der Küche und mit Blick durch große Fenster auf den gepflegten Garten. Die meisten Kindheitsfotos, die Quinn mir gezeigt hat, wurden in diesem Haus oder im Garten aufgenommen. Auf dem mächtigen Esstisch liegt eine gebügelte weiße Tischdecke. Er wurde von einer früheren Generation gekauft, um Platz für eine wachsende Familie zu bieten. Es ist viel Platz für Enkelkinder.

»Felicity?«

Molly hat mir eine Frage gestellt. Ich zwinge mich, in die Gegenwart zurückzukehren.

»Wie bitte?«

»Ich habe gefragt, ob ihr etwas zu eurem Hochzeitstag geplant habt?«

»Oh. Wir haben noch nicht darüber gesprochen.« Ich sehe Quinn an.

»Ich habe die eine oder andere Idee«, meint er.

»Wie nennt man den ersten Hochzeitstag gleich wieder?«, überlegt Molly. »Papierhochzeit?«

»Ich habe eure Mutter fein zum Essen ausgeführt«, sagt Derek.

»Hast du nicht«, widerspricht Molly.

»Ich führe dich immer fein zum Essen aus. Ich weiß doch, was sich gehört. Ich kann mich noch gut daran erinnern. Du hattest Hummer.«

»Hatte ich nicht. An unserem ersten Hochzeitstag war ich mit Susan schwanger, und wir haben einen ruhigen Abend zu Hause verbracht.«

»Oh, natürlich. Du hast dich hundeelend gefühlt.«

»Bei Quinn war mir schlecht. Bei Susan ging es mir prima. Du bist in jeder Hinsicht ein sehr pflegeleichtes Baby gewesen, Susan.«

Ich betrachte meine Schwiegermutter. Das hier ist eine mögliche Zukunft für mich. In dreißig Jahren an diesem Tisch zu Quinns rechter Seite zu sitzen, Braten zu servieren und mit meinen erwachsenen Kindern in Erinnerungen an meine Schwangerschaften zu schwelgen. Eigentlich sollte es schwierig sein, sich das vorzustellen, aber in diesem Zimmer wirkt es beinahe unvermeidlich.

»Was möchtest du denn an unserem Hochzeitstag unternehmen?«, wendet sich Quinn an mich.

Ich würde gern eine Landkarte hervorholen und die Augen schließen und eine Reißzwecke hineinstecken und dorthin fahren, wo auch immer sie landet. Ich würde gern zusammen mit Quinn in einem Kino sitzen und in der hintersten Reihe heimlich aus einer versteckten Rotweinflasche nippen und wild herumknutschen. Ich würde gern einen neuen Tanz lernen oder auf das Konzert einer Band gehen, von der ich noch nie gehört habe, oder den ganzen Tag im Bett verbringen.

»Wir warten am besten ab, wonach uns an dem Tag ist«, erwidere ich.

Derek legt Messer und Gabel nieder. Er betrachtet seine Familie voll Zuneigung. »Das Essen war fabelhaft, Mutter«, sagt er. So wie er es immer tut.

»Du bist still gewesen«, sagt Suz zu mir, als wir zusammen am Spülbecken stehen. Ich spüle, und sie trocknet ab, denn sie weiß, wo alles hingehört, und außerdem (selbst wenn das niemand sagt) ist es weniger wahrscheinlich, dass sie etwas auf den Steinboden fallen lässt.

Suz sieht Quinn ähnlich. Sie beide kommen nach ihrer Mutter und haben dichte dunkle Haare und graue Augen. Suz' Haare sind glatt und zu einem Bob geschnitten. Die drei haben auch ähnliche Hände, mit langen Fingern und kurzen Nägeln. Die Schwester und der Bruder ihrer Mutter haben auch diese Hände und Augen, diese Haare. Ihre Zusammengehörigkeit ist an ihren Gesichtern abzulesen, aber auch daran, wie sie sich bewegen und wie sie reden. Suz ist Rechtsanwältin in derselben Kanzlei wie Derek, allerdings ist sie auf Eigentumsübertragungen spezialisiert, wohingegen er mit Testamentsvollstreckungen zu tun hat. Sie hat uns bei den juristischen Angelegenheiten für unser Haus geholfen.

»Quinn will ein Baby«, erzähle ich ihr.

Sie nimmt die Sauciere vom Abtropfgitter und trocknet sie ab, wobei sie sorgfältig auf den verschnörkelten Henkel achtgibt.

»Du wirkst nicht überrascht«, sage ich.

»Es überrascht mich nicht, dass Quinn eine Familie gründen möchte, wenn es das ist, was du meinst. Er würde einen sehr guten Vater abgeben.«

»Es würde eure Mutter glücklich machen.«

»Tja, das auch.« Sie stellt die Sauciere an ihren Platz auf der Anrichte. »Und meinen Vater – und mich natürlich auch.«

»Mich hast du nicht in die Liste aufgenommen.«

»Aufgrund der Tatsache, dass du das Thema angesprochen hast, vermute ich einmal, dass du dir nicht sicher bist.«

»Es ist nicht so, dass ich nicht möchte. Ich habe bloß noch nie darüber nachgedacht.«

»Dann solltest du dir Zeit lassen. Es eilt nicht.«

»Es hat nur so etwas – Verpflichtendes.«

»Deswegen spricht man ja wohl auch von ›ehelichen Pflichten‹.«

Sie sagt es ganz ruhig, neutral. Ich wusste, dass sie so reagieren würde, und genau deshalb habe ich das Thema ihr gegenüber angesprochen, aber jetzt bin ich mir nicht mehr sicher, ob es eine gute Idee war. Quinn ist ihr kleiner Bruder. Sie hat sich nie Sorgen deswegen machen müssen, dass sie ihn enttäuschen könnte oder dass sie nicht der Mensch sein könnte, der sie für ihn sein soll. Sie hat nie auch nur einen Augenblick lang das Vorhandensein seiner Liebe als etwas Kostbares und Geheimnisvolles empfunden.

»Falls du Zweifel haben solltest, solltest du sie mit Quinn besprechen.« Sie sieht mein Zögern und fügt hinzu: »Er wird dich verstehen, glaub mir. Er würde alles für dich tun.«

»Das ist Teil des Problems«, sage ich zu dem Seifenwasser im Spülbecken.

»Ihr *müsst* keine Kinder haben. Viele Paare entscheiden sich dagegen. Es ist sinnlos, sich ins Unglück zu stürzen, weil man es einem anderen Menschen recht machen will.«

»Ich liebe Quinn.«

»Daran besteht nicht der geringste Zweifel«, sagt Suz. »Jeder würde Quinn lieben.«

Doch was ich nicht laut frage, was ich nirgends außer in meinem eigenen Kopf sage, ist: *Aber liebe ich Quinn genug?* Denn wenn ich ihn *wirklich* liebte, hätte ich jetzt diese Zweifel nicht, oder?

Wie Quinn vorhergesagt hat, hat es angefangen zu nieseln, aber nach dem Aufräumen machen wir uns trotzdem alle fertig, um nach draußen zu gehen, ziehen Gummistiefel und Anoraks an. Der Sonntagsspaziergang ist beinahe so wichtig wie der Sonntagsbraten. Ich mochte schon immer Regenschirme lieber als Anoraks – Regenschirme sind etwas Schönes und Anoraks nicht. Für meine Sonntagsspaziergänge habe ich einen hübschen kirschroten.

Wir marschieren aus dem Haus, ein fröhlicher Haufen Wickhams mit mir hintendran. Obwohl ich es manchmal wirklich genieße, durchs Dorf zu spazieren, durch Felder und Wiesen, bin ich heute froh, dass ich meinen Fotoapparat mitgenommen habe. Er verschafft mir einen Vorwand, hinter den anderen zurückzubleiben. Ich balanciere den Regenschirm in der Armbeuge und mache unter dem Gehen Schnappschüsse. Regentropfen, die von Hecken tropfen, Spiegelbilder in Pfützen.

Es geht darum, Bilder von Dingen zu machen, die ich zeichnen möchte, aber ich bin mit den Gedanken nicht bei der Sache. Ich muss daran denken, dass Quinn auf einmal zur gleichen Zeit ein Baby haben möchte, zu der seine Eltern eins hatten. Als gäbe es in ihrer DNS ein Gen für den richtigen Zeitpunkt großer Ereignisse im Leben, wie es ein Gen für dunkle Haare und graue Augen gibt.

Und was wäre daran verkehrt? Es ist nichts verkehrt daran zu planen, vorhersehbar zu sein. Es ist nichts verkehrt daran, glücklich zu sein. Liegt es daran, dass meine eigene Kindheit so chaotisch war, weil wir von einem Ort zum anderen zogen, dass ich mich mit einem Leben nicht abfinden kann, bei dem jeder Schritt im Vorhinein geplant ist?

Ich habe mich für ein vorhersehbares Leben entschieden, als ich mich für Quinn entschied.

Außerdem war mein Leben davor ja gar nicht chaotisch. Es hatte einen Mittelpunkt, eine Konstante: meine Mutter. Alles andere um uns herum – Freunde, Häuser, Länder – mochte sich verändern, aber sie war immer da. Und sie liebte mich, ihre Felicity, ihr einziges Kind, ihre einzige Familie.

»Dein Vater«, pflegte sie mir zuzuflüstern, wenn sie mir einen Gutenachtkuss gab, an dem Ort, an dem wir uns für einen Tag oder einen Monat oder ein Jahr niedergelassen hatten, »dein Vater war der einzige Mann, den ich je wirklich geliebt habe. Und obwohl wir nicht zusammen sein konnten, hat er mir den kostbarsten Menschen in meinem Leben geschenkt.«

»Wen denn?«, flüsterte ich dann zurück und kuschelte mich in mein Bettzeug. Ich kannte die Antwort bereits.

»Dich, mein Darling«, sagte sie. »Das Geschenk bist du.«

Da sitzt ein Marienkäfer auf einem Blatt, leuchtend rot vor Grün. Ich richte den Fotoapparat darauf und mache eine Aufnahme. Ich blicke auf und sehe die Wickhams weit vor mir gehen, mit ihrem zielstrebigen Gang. Alle außer Quinn, der zu mir zurückgetrabt kommt. Die Hände hat er in den Taschen, und er lächelt. Der Anblick verursacht mir Schmetterlinge im Bauch.

»Dachte, du könntest einen Regenschirmhalter gebrauchen«, sagt er. Er nimmt mir den kirschroten Schirm aus der Hand. »Damit du dich aufs Fotografieren konzentrieren kannst.«

Eigentlich bin ich nicht auf Gesellschaft aus, aber es ist nett von ihm. »Danke«, sage ich also und gehe in die Hocke, um eine wilde Geranie zu fotografieren. Der Regen hat den Geruch der Dinge entfesselt, und ich atme Erde, grüne Stängel und noch etwas ein. Etwas Schweres, Exotisches, Blühendes. Ich habe es schon einmal gerochen, vor Kurzem, auf einer Londoner Straße. Und hier ist es wieder. Weiße, samtene Blütenblätter, eine Süße, die fast schon zu schwer ist.

Ich stehe auf. Quinn hält meinen Regenschirm und summt leise vor sich hin. Wir befinden uns auf einer Landstraße etwa eine halbe Meile vom Dorf entfernt, Häuser sind nicht in Sicht. Es gibt niemanden, der das Parfum tragen könnte, keine exotischen Blumen, die den Duft erzeugen könnten. Er erinnert mich an meine Mutter, aber meine Mutter ist tot.

»Riechst du das?«, frage ich Quinn.

Er schnuppert. »Macht jemand Feuer?«

»Nein, die Blumen …«

Wärme durchflutet mich, ein überschwängliches Glücksgefühl. Was für einen hinreißenden Ehemann ich doch habe und wie wunderbar es ist, hier draußen mit ihm auf dem Land zu sein.

Ich schlinge die Arme um ihn und küsse ihn auf die Lippen.

»Was habe ich richtig gemacht?«, fragt er anschließend, aber er ist sichtlich zufrieden.

»Ich liebe dich«, erkläre ich ihm. Mein Herz schlägt schnell, und ich habe ein Kribbeln in den Fingern. Meine Wangen fühlen sich gerötet an. »Ist das Frühjahr nicht fabelhaft?«

»Na ja, im Moment ziemlich nass, aber im Allgemeinen schon.«

Ich atme tief ein. »Ich liebe die Luft, wenn alles sprießt und wächst. Es riecht wunderbar.«

Und ich *fühle* mich wunderbar. Vor fünf Minuten habe ich mir noch Sorgen gemacht, wollte allein sein, habe Mum vermisst. Jetzt strömt eine kaum unterdrückte Freude durch meine Adern. Der kirschrote Regenschirm, das Grau des Himmels, der zerschlissene und abgetragene Kragen von Quinns blauem Anorak, der auf dem Blatt balancierende Marienkäfer. Ich habe das alles schon einmal gesehen, es ist vertraut und bezaubernd, und es soll auch alles hier sein, es ist alles aus einem Grund hier. Es ist alles genau richtig und gut, so wie die Welt eben sein soll – und ich bin ganz vernarrt darin.

Es ist eine absolut unglaubliche Erleichterung. Ich bin in meinen Mann verliebt. Vollkommen, von ganzem Herzen verliebt.

»Was ist so komisch?«, fragt Quinn.

»Nichts«, sage ich. »Nicht komisch, es ist – fantastisch.«

Ich umarme ihn und küsse ihn wieder, und dann kann ich nicht an mich halten, sondern vollführe auf der feuchten Straße in meinen Gummistiefeln eine kleine Pirouette.

Ich möchte nur noch tanzen. Ich möchte der ganzen Welt zulächeln.

Später im Bett, während mein Mann neben mir einschläft, mein Körper immer noch warm von seinen Händen, meine Lippen zart von seinen Küssen, denke ich an jenen Augenblick auf der Landstraße. Der Duft, so unglaublich vertraut, aus dem Nichts.

Ich wollte ein Zeichen, und vielleicht ist es das hier. Die Bestätigung, dass ich die richtige Entscheidung getroffen habe, indem ich geheiratet, indem ich mich für dieses Leben entschieden habe. Dass Quinn der Richtige ist, der Mensch, mit dem ich reisen soll, mit dem ich für immer zusammen sein soll. Dass ich zwar den einen oder anderen Zweifel gehegt haben mag, dass damit aber jetzt Schluss ist.

Ich strecke den Arm aus, streichele sein Gesicht. Er hat sich rasiert vor dem Zubettgehen, sein Gesicht war glatt an meinem, während wir uns liebten. Für dreißig sieht Quinn ziemlich jung aus. Gewöhnlich lässt er sich einen Dreitagebart stehen, damit die Leute ihn nicht für einen Mittzwanziger halten. Anscheinend muss der Chefredakteur einer Lokalzeitung über eine gewisse Seriosität verfügen. Wenn er sich dann rasiert, dann nur abends. Ich finde dieses Ritual faszinierend.

Dieser Quinn, dieser frisch rasierte Mann, existiert nur hier bei mir – des Nachts. Bis zum Morgen wird sein Kinn wieder rau sein. Seine Haut ist blass, die Haare sind dunkel, und die Stoppeln werden schon nach Stunden wieder sichtbar und fühlen sich wie feines Sandpapier an. Der Quinn mit dem glatten Gesicht gehört mir ganz allein.

Es ist eine der Überraschungen unserer Ehe. Mein schlanker, höflicher Ehemann, der Chefredakteur der Lokalzeitung, mit sanfter Stimme und sachkundig, ist in meinen Armen in der Dunkelheit fast ein anderer Mensch. Er ist massiver. Er fühlt sich größer und breiter an, als er aussieht.

Während ich einschlummere, denke ich an den Mythos von Amor und Psyche. Wie Psyche ihrem Mann Amor immer nur nachts im Bett begegnete, im Dunkeln, und ihn niemals bei Tag sehen durfte. Und wie Psyche immer neugieriger wurde zu erfahren, wie ihr Mann bei Licht betrachtet aussehen möge. Eines Nachts war sie unbedacht genug, eine Kerze anzuzünden. Einen Augenblick lang sah sie ihn – den schönsten Mann, den man sich nur vorstellen kann, den Gott der Liebe –, und dann fiel ein Tropfen Wachs von der Kerze auf seine Haut und weckte ihn, und er flog davon, und sie verlor ihn für immer.

Doch das ist bloß ein Mythos, eine Geschichte mit einer Moral: Hüte dich vor der Neugier. Was Quinn angeht, muss ich nicht neugierig sein. Ich weiß alles, was es zu wissen gibt. Und endlich empfinde ich auch so, wie ich sollte.

5

Dr. Johnson legt die Manschette des Blutdruckmessgeräts um meinen Arm und pumpt sie auf. »Okay«, sagt er und lässt die Luft entweichen. »Sonst bei Ihnen alles in Ordnung?«

»Ja«, erwidere ich. »Alles bestens.«

Ich war drauf und dran gewesen, den Termin abzusagen, den ich vor einem halben Jahr vereinbart hatte. Da ich aber Termine regelmäßig vergesse, wollte ich wenigstens diesen hier wahrnehmen, wenn ich mich schon einmal an einen erinnerte.

Was wird Quinn denken?, frage ich mich. Ihm wird aufgefallen sein, dass die Pillenpackung im Arzneischränkchen immer leerer wird, und er wird den Termin im Kalender gesehen haben. Wird er fragen, ob ich zu dem Termin gegangen bin? Und was, wenn ich sage, dass ich es getan habe?

Schließlich heißt es ja nicht, dass ich, bloß weil ich ein Wiederholungsrezept für die Antibabypille ausgestellt bekommen habe, die Tabletten durchgängig nehmen muss. Oder dass ich auch nur eine einzige nehme. Es ist nur praktisch, sie parat zu haben.

Dr. Johnson setzt sich wieder hinter seinen Schreibtisch. Er ist der Inbegriff eines Dorfarztes: lichtes weißes Haar, Tweedjackett. Er behandelt die Wickhams schon seit einer Ewigkeit. »Keine Migräne mehr?«

»Nein«, sage ich, wie ich es stets tue. »Nicht, seit ich ein Teenager war.«

»Sie Glückspilz.« Er klickt etwas auf seinem Computerbildschirm an, und das Rezept wird ausgedruckt. Aber er hat mich auf etwas gebracht.

»Ich rieche Dinge.«

Er sieht mich fragend an. »Sie riechen Dinge?«

»Wie ein Parfum oder eine Blume. Es ist bis jetzt zweimal vorgekommen. Quinn konnte es nicht riechen. Zwei oder drei Minuten lang war es richtig stark, und dann verschwand es vollständig.«

Er verengt die Augen zu Schlitzen. »Hm. Keine damit einhergehenden Kopfschmerzen?«

»Nein.«

»Wie häufig trat es auf, sagten Sie?«

»Nur zweimal, glaube ich. Beide Male war ich im Freien, und es war sehr stark zu riechen. Ich hielt es für Blumen, aber dann dachte ich, es müsse ein Parfum sein. Ich bin sogar einer Frau gefolgt, weil ich dachte, es käme von ihr. Und dann verschwand es.«

»Ist bei Ihren Migräneanfällen früher eine Aura vorangegangen?«

»Ich glaube nicht. Ich habe damals jedenfalls nichts gerochen.«

»Aber visuelle Störungen? Farben, Figuren, etwas in der Art?«

»Nein.«

»Tja.« Er runzelt die Stirn. »Wahrscheinlich ist es nichts Besorgniserregendes, aber wir sollten ein paar Dinge überprüfen. Ich vermute, dass dieser Phantomgeruch in Zusammenhang mit Ihrer früheren Migräne steht. Aber um auf Nummer sicher zu gehen, werde ich Sie an einen

Neurologen überweisen, um eine Expertenmeinung einzuholen.«

»Meinen Sie, das ist nötig?«

»Bloß zur Sicherheit.« Er greift nach einem Formular auf seinem Schreibtisch und beginnt, es auszufüllen. »In etwa zwei Wochen werden Sie schriftlich einen Termin erhalten.«

»Okay.«

»In der Zwischenzeit kann ich Ihnen leider kein Wiederholungsrezept für die Antibabypille ausstellen.«

»Wegen eines *Geruchs*?«

»Die Pille könnte dafür verantwortlich sein. Es gibt einen nachgewiesenen Zusammenhang zwischen der Pille, Migräne und Schlaganfällen. Auch das ist nichts Besorgniserregendes, zumal wenn es frühzeitig erkannt wird, aber das Risiko sollten wir nicht eingehen. Sie sollten auch die restlichen Tabletten in Ihrer derzeitigen Packung nicht nehmen.« Er zerknüllt das nicht unterschriebene Rezept und wirft es in den Papierkorb. »Ich könnte Ihnen eine reine Progesteron-Pille verschreiben, oder wir könnten uns über andere Methoden unterhalten.«

Ich setze mich aufrechter hin. Wenn der Geruch ein Zeichen war, dann ist das hier ein noch stärkeres. »Nein. Nein, es ist schon in Ordnung. Quinn und ich – wir haben sowieso vereinbart, damit aufzuhören.«

Dr. Johnson strahlt. »Also das halte ich für eine fabelhafte Idee.«

Am Abend befindet sich Quinn in der Nähe des Telefons, als es läutet. Er nimmt ab und hält den Hörer mit der Schulter ans Ohr, da er gerade Geschirr abtrocknet.

»Hi, Mum.« Wie immer klingt er erfreut, ihre Stimme

zu hören, obwohl wir sie erst vor zwei Tagen gesehen haben und sie am Sonntag wiedersehen werden. »Danke. Was denn für Neuigkeiten?«

Er hört zu und sieht dann zu mir. »Meine Mutter sagt, sie sei heute Dr. Johnson im Waitrose begegnet, und er habe ihr von der Neuigkeit berichtet. Ich glaube, sie erwartet, dass ich weiß, wovon sie redet.«

Meine Hände sind nass, aber ich greife nach dem Telefon. »Molly? Was hat Dr. Johnson dir erzählt?«

»Er sagt, du und Quinn, ihr habt beschlossen, eine Familie zu gründen! Oh, Felicity, ich bin überglücklich! Mir ist aufgefallen, dass du in letzter Zeit mit den Gedanken oft woanders warst, und kein Wunder. Ich habe geschwiegen, aber jetzt kann ich dir ja sagen, dass ich gehofft habe, ihr würdet es nicht zu lange hinausschieben. Heutzutage gibt es so viele Frauen, die erst spät versuchen, ein Kind zu bekommen, und dann müssen sie feststellen, dass es nicht klappt. Nicht wie damals, als ich noch jünger war, als jeder mit Anfang zwanzig und noch früher eine Familie gründete. Alles hat sich geändert, nicht wahr? Natürlich soll das nicht heißen, dass du Schwierigkeiten haben wirst. Dr. Johnson sagt, er geht davon aus, dass du kerngesund bist.«

Quinn beobachtet mich eingehend. Er legt das Geschirrtuch beiseite.

»Aber ich …«, setze ich an.

»Derek ist auch hier, er möchte etwas sagen.«

Bevor ich Molly unterbrechen kann, hat sie den Hörer an Derek weitergereicht. »Ich bin so stolz auf dich«, sagt er mir. »Du hast mich sehr glücklich gemacht, Liebes.«

Auf einmal brennen mir Tränen in den Augen. Quinn kommt auf mich zu, legt mir eine Hand auf die Schulter und streckt die andere nach dem Telefon aus. Ich schüttele den Kopf.

»Derek, das ist … Das ist wirklich lieb von dir, danke. Aber ich dachte nicht, dass der Arzt … Ich habe noch nicht mit Quinn darüber gesprochen.«

»Worüber gesprochen?«, fragt Quinn.

»Ich verstehe«, meint Derek. »Ich möchte nur, dass du weißt, dass ich mir keinen besseren Menschen als dich vorstellen könnte, der den Namen Wickham weiterführt. Du bist ein Teil unserer Familie, und wir werden alles tun, um euch zu helfen.«

»Babysitten!«, ruft Molly ganz aus der Nähe.

»Okay. Danke. Ähm, bis bald.«

Quinn nimmt mir den Hörer ab und stellt ihn zurück auf die Ladestation. »Worüber haben wir noch nicht gesprochen? Wovon reden meine Eltern? Es sind doch keine schlechten Neuigkeiten, oder? Hat der Arzt etwas gefunden?«

»Nein. Nein, mir fehlt nichts.«

»Warum weinst du?« Mit dem Daumen wischt er mir die Träne von der Wange.

»Es sind keine schlechten Neuigkeiten. Ich war nur … Dein Vater hat wirklich lieb reagiert.«

»Worauf denn?«

»Darauf, dass wir ein Baby bekommen wollen.«

Quinns Gesicht verwandelt sich. »Bist du … Du bist doch nicht schwanger, oder?«

»Nein, aber ich werde aufhören, die Pille zu nehmen. Dr. Johnson war besorgt, sie könnte Kopfschmerzen verursachen. Aber ich wollte sowieso aufhören. Du hast recht. Es ist eine gute Idee.«

»Oh, Felicity!« Er zieht mich in die Arme. Er küsst mich auf den Kopf. »Ich bin so, so glücklich, Liebes.«

Ich spüre, wie seine Begeisterung sich auf mich überträgt. Er bebt schier vor Glück.

»Ich auch«, sage ich. Mir ist leichter ums Herz, da mir die Entscheidung nun abgenommen ist. »Ich bin auch glücklich.«

6

Ich stehe im Schlafzimmer und bügele Quinns Hemden. Die ungebügelten liegen durcheinander in einem Korb neben mir, und die gebügelten hängen kühl und steif in seinem Schrank. Quinn hätte nichts dagegen, seine Hemden selbst zu bügeln, aber ich tue es gern. Es ist entspannend: mit dem heißen Bügeleisen über die Baumwolle fahren, die Falten glätten, Kragen und Manschetten platt drücken, die Spitze des Bügeleisens in Kräuselfalten und um Knöpfe schieben. Das Zimmer riecht nach warmem Stoff und nach Quinn. In der Küche läuft Radio 4 und sendet sein Gemurmel die Treppe zu mir hinauf, ein Kontrapunkt zu dem Regen draußen.

Ich stelle das Eisen auf das Brett und greife nach einem Kleiderbügel. Molly besteht auf Kleiderbügeln aus Holz, Kleiderbügel aus Metall oder Plastik kommen ihr nicht ins Haus. Sie hat uns bei unserem Einzug ungefähr hundert Stück geschenkt. Ich hatte keine Ahnung, dass es bei Kleiderbügeln Unterschiede gibt, aber man lernt eben nie aus. Es gibt ja auch Unterschiede bei Putzmitteln und Backofenreinigern, Mehl- und Salzmarken, Badebürsten und der Dicke von Handtüchern. Häusliche Harmonie setzt unendlich viel Wissen voraus, und Molly trägt es ständig im Kopf mit sich herum, zusammen mit Geburtstagen, Jahrestagen und den Daten von Ferien und Feiertagen. Manchmal denke ich darüber nach, was für eine Ordnung in ihrem Gehirn herrschen muss – alles einsortiert und etikettiert, wie in die Regale in ihrer Vorratskammer.

Als ich den Bügel in die Ärmel des Hemdes gleiten lasse, rieche ich ein Parfum.

Ich drehe mich um und sehe nach, ob jemand ins Schlafzimmer gekommen ist, aber da ist niemand. Es ist der gleiche Duft wie zuvor: stark, blumig, exotisch, vertraut. Laut Dr. Johnson existiert es nicht. Oder nur in meinem Kopf. Ein seltener Fall von Migräne.

Es fühlt sich aber überhaupt nicht wie die Migräne an, die ich als Teenager hatte. Ich pflegte den ganzen Tag mit einem feuchten Tuch auf der Stirn in einem abgedunkelten Zimmer zu verbringen. Ich wich vor jeglichem Licht zurück und konnte nichts essen. Meine Migräne hat sich von schmerzhaft zu wohlriechend entwickelt. Felicity der Glückspilz.

Ich atme tief ein. Ich kann riechen, was sich wirklich um mich herum befindet: Baumwolle und heißes Metall, Putzmittel und Staub, schwache Überreste von verbranntem Toast. Doch darüber schwebt der Blumenduft, stärker und hartnäckiger. Ich halte mir die Nase zu und kann ihn irgendwie immer noch riechen. Süß und samten, warm und tropisch, ein Hauch von Gewürzen und Geißblatt. Ein runder, reifer Duft, voll und weich und stark.

Und ich kenne ihn. Er bringt mich zum Lächeln. Woher kenne ich ihn?

Ohne jemanden, der mich ablenken könnte, und ohne nach der Quelle des Duftes suchen zu müssen, kann ich mich ganz auf ihn konzentrieren. Ich schließe die Augen und sehe Blumen: weiß mit einem gelben Herzen oder das Rosa und Orange eines Inselsonnenuntergangs, fünf vollkommene Blütenblätter wie eine Kinderzeichnung.

Ich sehe ganze Wolken von ihnen, mit wächsernen grünen Blättern, um einen Stuhl gehäuft. Die Blütenköpfe nicken leicht in der Brise von einem offenen Fenster.

Frangipani. Die Blüten heißen Frangipani.

In dem Sommer in London kamen wochenlang jeden Tag ganze Ladungen von den Blumen ins Haus, Duft und Schönheit ohne Ende. Abgeschnitten verwelkten sie in der Hitze, und ihre hellen Blütenblätter, mit den Füßen auf den unbehandelten Böden zertreten, gaben jeden Abend noch mehr Duft ab, und am Morgen kamen wieder frische Blumen. Es war der Sommer der Frangipani und …

Und da überkommt mich das Gefühl. Das Gefühl, dass gerade etwas Wunderbares geschieht, dass alles um mich herum schön und bedeutsam ist, dass ich mich am Rande eines noch größeren Glücks bewege. Mein Puls beschleunigt sich, und ich halte den Atem an. Meine Finger krümmen sich in meine Handflächen. Meine Haut kribbelt. Ich habe den Mittelpunkt von allem gefunden, und alles ist perfekt. Ich höre meinen rasenden Herzschlag in den Ohren und möchte singen, lachen, küssen.

Ich bin verliebt.

7

Dann ist es wieder vorbei. Ich taumele vorwärts und streife seitlich mit der Hand das heiße Bügeleisen. »Au!«, rufe ich aus, meine Hand zuckt zurück. Die Luft riecht nicht mehr nach Blumen. Mein Herz klopft immer noch heftig, aber das gewaltige Glück, das eben noch Besitz von mir ergriffen hatte, ist größtenteils verebbt und hat nur eine anhaltende Wärme zurückgelassen. Eine Erinnerung an Liebe, anstatt der Liebe selbst.

»Was ist passiert?«, frage ich laut und halte mir die Hand.

Niemand antwortet. Ich bin ganz allein, auch wenn ich das Gefühl hatte, als wäre jemand nahe genug, mich zu berühren, als ich die Augen geschlossen hatte. Womit sonst ließe sich diese Vorfreude erklären, dieses Verlangen?

Ich sehe mich um. Nichts hat sich verändert. Ein Wirrwarr aus Hemden im Korb, das heiße Bügeleisen, Kleiderbügel. Das Hemd, das ich gerade aufhängen wollte, liegt dort am Boden, wo ich es habe fallen lassen. Draußen regnet es. Ich schnuppere, aber der Zauber ist verflogen.

Mein Finger, den ich mir verbrannt habe, tut weh. Das Zimmer, das zuvor so deutlich gewesen ist, fühlt sich unwirklich an. Woher kamen die Blumen? Und dieses Gefühl? Und die Erinnerungen?

Ich stolpere ins Bad und halte die Hand unter kaltes Wasser. Laut meiner Armbanduhr können nicht mehr als ein paar Minuten vergangen sein.

Ich drehe mich um, gehe aus dem Cottage, hinaus in den Regen. Im Garten hebe ich das Gesicht zu den Wolken. Der Regen soll mir das Gesicht waschen, soll meine Gedanken klären.

Was in aller Welt ist gerade eben passiert? Und warum war es anders als die anderen Male, als ich Phantomblumen gerochen habe?

Der Regen klatscht mir die Haare an den Kopf, tropft in den Kragen meines Hemdes.

Der Unterschied besteht natürlich darin, dass ich diesmal allein war. Das erste Mal war ich auf einer Straße, und ich dachte, es ginge um meine Mutter. Das letzte Mal war ich mit Quinn zusammen. Ich hielt den Geruch für real. Ich dachte, die Gefühle, die mich überkamen, hätten mit ihm zu tun, weil er mein Ehemann ist und weil er neben mir stand.

Ich dachte, ich würde eine Woge der Liebe für meinen Mann empfinden. Den ich tatsächlich liebe. Natürlich liebe ich ihn.

Doch da ich die Migräne – oder was auch immer es sein mag – allein hatte, ohne Quinn in meiner Nähe, weiß ich, dass dieses Gefühl, dieses besondere Gefühl, nichts mit ihm zu tun hat. Warum sollte ich einen überwältigenden Anfall von Liebe erleben, während ich im Schlafzimmer stehe und Hemden bügele?

Tatsächlich geht es um einen anderen Mann, einen Mann in meiner Erinnerung, der nach Frangipani roch, der mir in dem Sommer eine Blüte hinters Ohr steckte. Ich weiß es, wie ich um meine eigene Vergangenheit weiß, wie ich um die verschiedenen Entscheidungen und Handlungen weiß, die dazu geführt haben, dass ich hier lebe, in diesem Cottage, und jetzt hier draußen im Regen stehe.

Es war Ewan. Dieser Geruch, dieses Gefühl, diese Erinnerung: Es ist Ewan. Nicht Quinn. Ewan, mit dem ich vor zehn Jahren zusammen war, einen Juli und einen August lang. Ich habe ihn seitdem nicht mehr gesehen. Ich habe an ihn gedacht, aber nicht oft. Aber es gibt nur einen Mann in meinem Leben, der nach Frangipani gerochen hat. Meine Gefühle für ihn sind verblasst. Man kann eine derart intensive Liebe nicht zehn Jahre lang künstlich aufrechterhalten, nicht für jemanden, den man aus den Augen verloren hat. Nicht für jemanden, den man nicht haben kann.

Doch die eigentliche Frage lautet: Warum kommt diese Erinnerung jetzt wieder an die Oberfläche und das so heftig?

»Mum?«, sage ich laut in den Regen. Keine Antwort. Ich öffne das Gartentor und überquere die kleine Straße, betrete die Dorfwiese. Die Häuser und Cottages von Tillingford umgeben sie wie die Steine einer prähistorischen Kultstätte. Das Pub an der einen Ecke, die Kanzlei der Wickhams auf der anderen. Das Haus von Derek und Molly direkt gegenüber. Etwas gedrungen und plump, aber vertrauenerweckend.

Ewan McKillan. Seine blauen Augen, die Art, wie seine braunen Haare in der Sonne rötlich glänzten, die blassen Sommersprossen auf seinen Armen, seine ausgeblichene Jeans mit dem Loch am Knie. Ich kann an nichts anderes mehr denken. Er trug Stiefel mit abgelaufenen Absätzen. Die Fingerkuppen seiner linken Hand hatten Hornhaut, und die Nägel an seiner rechten Hand waren länger als die an der linken. Ewan lächelnd, Ewan, wie er ein Pint austrank und schluckte, die Linie seines Halses, die Beschaffenheit seiner Haut, wie er die Stirn in Falten legte, wenn er zu singen anfing.

Ich weiß nicht, wo er jetzt ist. Ich habe seine Nummer gelöscht und den Zettel mit seiner Adresse fortgeschmissen. Noch Monate, nachdem wir uns getrennt hatten, glaubte ich, ihn auf der Straße zu sehen. Ich erwartete, dass er anriefe. Doch er tat es nicht, und allmählich verschwand er aus meinem Kopf, aus meinen Gedanken. *Reise mit leichtem Gepäck, mein Mädchen.*

Die Erinnerung an verflossene Liebhaber sollte sich eigentlich verflüchtigen, besonders wenn man verheiratet ist. Vielleicht gibt es gelegentlich ein Echo. Wenn ich manchmal ein Lied im Radio höre, denke ich an Ewan und wie er es spielen würde. Aber es sollte nur ein schwaches Echo sein. Aus einer lange zurückliegenden Zeit, überlagert von neueren Gefühlen und Ereignissen. Wenn man einem Verflossenen auf der Straße begegnet, sollte man lächeln und ein paar Minuten plaudern, vielleicht einen Kaffee trinken gehen und sich dann wieder trennen. Das, glaubte ich, würde ich tun, falls ich Ewan jemals wiedersähe. Vielleicht wäre da ein kurzer Schmerz, der Hauch eines Begehrens, wie ich es früher empfand, aber es wäre nicht das alte Gefühl. Lediglich eine angenehme Erinnerung.

Ich sollte nicht vor Liebe zu ihm entbrennen – zu *ihm*, Ewan – in meinem eigenen Schlafzimmer, das ich mir mit meinem Ehemann teile. Es sollte nicht so nah und unvermittelt sein, dass ich mich fühle, als wäre ich zehn Jahre in die Vergangenheit zurückgereist.

»Felicity?«

Die Stimme ertönt dicht hinter mir. Ich wirbele herum. Suz legt mir die Hand auf die Schulter. Sie trägt ein schickes Kostüm und hält einen großen Regenschirm über uns.

»Alles in Ordnung? Ich habe aus dem Fenster geschaut und habe dich hier draußen ohne Jacke stehen sehen.«

»Oh, ich … Ich habe bloß nachgedacht.«

Sie mustert mein Gesicht. »Du siehst merkwürdig aus.«

»Wie merkwürdig?«, frage ich, auf einmal in Sorge, meine Schwägerin könnte in meinen Kopf sehen, sie könnte sehen, worüber ich nachgedacht habe. Doch sie grinst nur.

»Ehrlich gesagt siehst du aus, als hättest du gerade eben einen großen Joint geraucht. Ein bisschen high, meine Liebe.«

Erst jetzt wird mir bewusst, dass ich lächele. Ich versuche, meine Mundmuskulatur zu entspannen, aber es scheint nicht zu funktionieren. Das Gefühl, das ich vor zehn Minuten empfunden habe, ist immer noch in mir und wärmt mich. »Ich habe aber nichts geraucht.«

»Und wenn, würde ich niemandem was davon sagen.«

Ich schüttele den Kopf. »Es ist nur … Ich mag den Regen.«

»Oh! Ich bin so froh, dass du ihr den Regenschirm gebracht hast, Susan.« Molly kommt über die Wiese auf uns zugeeilt, ein Tuch um die Haare gebunden, Gummistiefel an den Füßen. »Hier, Felicity, ich habe dir einen Regenmantel mitgebracht. Bei diesem Wetter solltest du nicht hier draußen sein, du holst dir noch den Tod.«

Sie legt mir den Regenmantel um die Schultern. Suz hält den Regenschirm über uns drei. Erst jetzt spüre ich, wie nass ich bin. Die Haare sind klatschnass. »Mir geht es gut«, erkläre ich, fange allerdings zu zittern an.

»Was ist mit deinem Finger passiert? Hast du da eine Blase?«

»Oh. Ich bin nur ans Bügeleisen gekommen. Es tut nicht weh.«

Molly legt missbilligend die Arme um mich. »Komm, jetzt brauchst du ein heißes Bad und dann trockene Kleidung. Und eine gute Tasse Tee.« Sie macht Anstalten, mich in Richtung des Old Vicarage zu ziehen, aber ich bleibe stehen.

»Ich glaube, das Bügeleisen ist noch an.«

»Dann gehen wir ins Cottage.« Sie zieht mich in die andere Richtung. Über Mollys Schulter sehe ich, dass Suz mir zuzwinkert.

»Ich gehe zurück an die Arbeit und überlasse dich Mums fähigen Händen.«

»Ich bin eigentlich nur herausgekommen, um ein bisschen frische Luft zu schnappen«, sage ich.

»Eine gute Tasse Tee und Salbe für die Verbrennung. Du bist gleich wieder wie neu, wart's ab.«

In Hope Cottage verfällt sie sofort in hektischen Aktionismus. Sie umwickelt mich mit einer Decke und bugsiert mich aufs Sofa, dann lässt sie mir ein Bad ein und sucht trockene Kleider heraus. Während ich in der Badewanne bin, bringt sie mir eine Tasse Tee, den Blick sorgsam abgewandt von meinem Körper zwischen dem Badeschaum mit Lavendelduft, den sie mir zu Weihnachten geschenkt hat. Sie stellt die Tasse auf den Wannenrand. »Ihr könntet eine reizende weiße Garnitur für euer Bad kaufen«, meint sie auf dem Weg nach draußen. »Das Zimmer würde heller wirken. Aber jetzt entspann dich erst mal.«

Wir haben das Badezimmer im ersten Stock nicht renoviert. Wanne, Waschbecken und Toilette sind lachsrosa, was zu der Blümchentapete passt, die sich hier und da bereits von der Wand löst. Die Kacheln sind blau geblümt. Das rosafarbene Bidet benutzen wir nicht, also habe ich eine Grünlilie hineingestellt. Sie gedeiht bestens.

Ich lege mich in dem heißen Wasser zurück, die Hand mit dem verbrannten Zeigefinger auf den Wannenrand abgestützt. Ich würde gern weiter über dieses Gefühl nachdenken, über Ewans Duft und warum er mich derart mit sich fortgerissen hat. Doch ich höre Molly, die geschäftig im Haus herumhantiert und mit sich selbst spricht. Den Geräuschen nach zu urteilen, bügelt sie Quinns Hemden fertig, und dann höre ich das Geklapper von Töpfen und Pfannen in der Küche.

Ich lege den Kopf auf den Wannenrand und blicke zur Decke hoch. Vielleicht liegt es an der Gegenwart meiner Schwiegermutter, aber die Euphorie, die ich auf der Dorfwiese empfunden habe, ist verschwunden, und ich fühle mich schwer und müde. Lavendel hat mich schon immer an einen Pullover erinnert, den ich einmal in einem Secondhandladen gefunden habe. Er war aus blassblauer Wolle, schön und leicht, aber der Geruch ging mit dem Waschen nicht weg, und jedes Mal, wenn ich ihn trug, roch ich wie eine alte Dame. Jetzt, wegen des Schaumbads, erinnert er mich an Molly. Das goldene Geschenkpapier, das sie Weihnachten benutzte, mit einem Stechpalmenzweig dekoriert.

Ein leises Klopfen lässt mich zusammenfahren und die Augen öffnen. Das Wasser ist lauwarm, und der Schaum ist beinahe ganz verschwunden. Die Tür geht auf, und Quinn streckt den Kopf herein. »Hallo, Liebes. Bist du eingeschlafen?«

Seine Haare sind nass, und als er das Badezimmer betritt, bringt er Regengeruch mit sich. Er berührt meine Schulter mit einer kühlen Hand. »Mum ist unten. Sie sagt, du bist wie eine Wassernymphe im Regen über die Dorfwiese gewandelt.«

»Das waren ja wohl nicht ihre Worte, oder?«

Er schüttelt den Kopf. »Sie hat uns Eintopf gekocht.« Er klappt den Toilettendeckel herunter und setzt sich, den Blick auf mich gerichtet. »Tut mir leid. Ich weiß, dass du erwachsen bist und im Regen spazieren darfst, wann immer du möchtest, aber du weißt ja, wie Mum ist.«

»Sie meint es nur gut. Abgesehen davon kam Suz sofort mit einem Regenschirm angestürzt.«

»Auf der Dorfwiese bleibt eben nichts unbemerkt. Alles in Ordnung? Du hast dir die Hand verbrannt?« Er hebt sie behutsam hoch.

»Es ist schon in Ordnung. Ich werde es überleben.« Ich gähne. »Aber ich bin fix und fertig.«

»Ich werde Mum sagen, dass du früh ins Bett willst. Bestimmt versteht sie den Wink.« Er steht auf und greift nach seiner Zahnbürste.

»Quinn? Denkst du manchmal an Exfreundinnen?«

Er sieht mich im Spiegel an und wirft mir ein schiefes Lächeln zu. »Du meinst, abgesehen von denjenigen, denen ich täglich im Pub oder auf der Straße über den Weg laufe?«

»Bei dir hört es sich an, als wärst du mit dem halben Dorf gegangen.«

»Nur mit ein oder zweien. Und nein, ich denke an keine von ihnen, jedenfalls nicht anders als im freundschaftlichen Sinne.« Er senkt den Blick, nimmt Zahnpasta und Zahnbürste zur Hand. »Denkst du an deine Exfreunde?«

»Oh, heute hat mich etwas an jemanden erinnert, den ich vor langer Zeit gekannt habe.«

Quinn fängt an, sich die Zähne zu putzen. Er wartet darauf, dass ich mehr sage, und einen Augenblick lang, während ich seinen Nacken betrachte, wie sich die Haare dort kräuseln, wenn sie feucht sind, spiele ich mit dem Gedanken, es ihm zu erzählen. *Ist es nicht seltsam*, würde ich also sagen, *dass ich das Gefühl hatte, zehn Jahre Distanz wären einfach verschwunden?*

Ist es nicht eigenartig, dass ich noch etwas für ihn empfinde?

Aber so etwas sagt man seinem Ehemann nicht, schon gar nicht im Badezimmer, während er sich die Zähne putzt. Man gibt diese Gefühle für einen anderen Mann nicht zu, nicht, wenn man sie noch hat, noch nicht einmal, wenn man bis heute dachte, sie wären verblasst.

»Lang, lang ist's her«, sage ich ihm. »Es ist nicht wichtig. Wie war dein Tag?«

Quinn

Manchmal, wenn er von der Arbeit heimkam, versuchte Felicity gerade zu zeichnen. Manchmal wartete sie auf ihn, voller Fragen, und wollte an seinem Tag teilhaben. Manchmal steckte sie mitten in einem spontanen Renovierungsprojekt. An einem Abend im letzten September stellte er bei seiner Rückkehr fest, dass sie jeden einzelnen Teppich im Erdgeschoss herausgerissen und in den Garten vor dem Haus geworfen hatte. Wogegen nichts einzuwenden war. Es waren grässlich gemusterte Dinger aus den Sechzigerjahren – damals hatten die Ogdens offensichtlich einen letzten Renovierungsversuch unternommen.

»Sieh mal!«, hatte sie zu ihm gesagt, während sie mitten im Esszimmer stand. »Diese Dielenbretter! Sind sie nicht prachtvoll? Das habe ich mir gleich gedacht. Schau mal hier.« Sie ging in die Knie und zeigte auf etwas.

»Da ist wohl der Holzwurm drin«, meinte er.

»Ja. Die ganzen geschwungenen Löcher, ist das nicht wunderschön?« Sie runzelte die Stirn. »Aber gegen den Holzwurm müssen wir wohl etwas unternehmen, sonst brechen wir irgendwann durch.«

Er küsste sie, den einzigen Menschen auf der Welt, der Holzwurmlöcher schön fände. Dann rief er Patrick an, um sich ein Geschäft, in dem man sich ein Schleifgerät leihen konnte, empfehlen zu lassen.

Gelegentlich, nicht oft, kam er nach Hause, und sie war nicht da. Es brannte vielleicht Licht, vielleicht aber auch nicht. Das Haus war dann voller Spuren von ihr: ein Lippenstiftabdruck an einem Glas, herumliegende Schuhe, das eingeschaltete Radio. Doch er wusste gleich, wenn er eintrat, dass sie fort war. Die Seele des Cottages fehlte. Gelegentlich hinterließ sie eine Nachricht, oder er bekam später eine SMS. Bei anderen Gelegenheiten tat sie es nicht. Sie kehrte dann mit einem Strauß Wiesenblumen zurück, die Stiefel matschig vom Feldweg. Einmal ließ sie ihr Handy auf dem Küchentisch, und während die Stunden verstrichen, stellte er sich vor, sie habe sich verirrt, sei verletzt, laufe davon. Er wollte nicht zu den Ehemännern gehören, die ihrer Frau nachspionierten, aber er war kurz davor gewesen, ihre beste Freundin Lauren anzurufen, als Felicity mit einer Schachtel hereinspazierte, in der sich zwei köstliche Eclairs befanden, für die sie mit dem Zug nach London gefahren war.

Als er heute sein Fahrrad gegen die Wand des Schuppens lehnte und das Haus durch die Küchentür betrat, hörte er sie oben in ihrem Atelier. Während er sich die Krawatte lockerte, stieg er die Treppe hinauf. Sie hatten von Anfang an Signale vereinbart. Wenn die Tür geschlossen war, arbeitete sie und wollte nicht gestört werden. Wenn sie offen stand, konnte er hineingehen, mit ihr plaudern, sich ihre Zeichnungen ansehen. Meistens war die Tür geschlossen, und die Zeichnungen, die er sah, hatten nichts mit ihrem Buch zu tun.

Er wusste, dass sie nicht weiterkam. Er stellte sich vor, wie sie in ihrem Atelier saß und mit dem Kopf gegen eine unsichtbare Wand rannte. Wie sie versuchte, sich eine Geschichte einfallen zu lassen, die nicht kommen wollte. Wenn er sie danach fragte, winkte sie ab, als wäre es nicht wichtig. Wenn er seine Hilfe anbot, schien sie das zu verärgern. Es war ihr anzusehen, wenn sie versuchte, diese Barriere in ihrem Innern zu durchbrechen. Sie wurde dann ruhig und distanziert, wie sie gewesen war, als sie sich zum ersten Mal in dem Zug begegneten, in sich zusammengekauert, mit gerunzelter Stirn das Blatt Papier vor sich anstarrend.

Die Tür war angelehnt. Er zögerte. »Hallo, Liebes, ich bin zu Hause!«, rief er. Als sie die Tür aufmachte, war sie eingehüllt in eine Duftwolke. »Puh!« Er hob die Hand ans Gesicht. »Ist dir irgendein Duftöl ausgelaufen?«

»Es ist ein Experiment.« Felicity stand an ihrem Schreibtisch. Sie hatte ihren Mac und den Scanner auf den Boden gestellt und den Schreibtisch mit Flaschen und Schachteln und Gegenständen bedeckt. Er sah die Plastikflasche mit Terpentinersatz und ein Parfumfläschchen. Ein Räucherstäbchen und eine mit Gewürznelken gespickte Orange und eine blassblaue Strickjacke.

»Was denn für ein Experiment?«

»Es geht um Gerüche.« Sie griff nach der Orange und hielt sie ihm hin. »Die hier zum Beispiel. Riech daran und sag mir, was du empfindest.«

Er schnupperte. »Weihnachten.«

»Weihnachten im Allgemeinen oder ein ganz bestimmtes Weihnachten?«

Er schloss die Augen und roch. Die Küche seiner Großmutter, geschrubbte Steinfliesen und Kräuter, die an den Balken trockneten. »Großmutter hat früher immer Glühwein gemacht. Suz und ich haben uns, als wir noch ganz klein waren, mal einen Becher stibitzt. Es war das allererste Mal, dass ich einen Rausch hatte.«

»Versuch das hier.« Ein Duftbäumchen mit Kieferngeruch.

»Eine Million Taxis.«

»Und was ist hiermit?« Sie reichte ihm eine kleine Flasche mit einer gelben Flüssigkeit.

»Ich weiß nicht, was das ist. Irgendein Öl?«

»Es ist Leinsamenöl. Man verwendet es beim Malen.« Sie schloss die Augen und atmete es tief ein. »So hat meine Mutter gerochen.«

Felicity sprach nie viel von ihrer Mutter. Er wusste, dass sie ein Einzelkind gewesen war und ihre Mutter eine bekannte Malerin. Er wusste, dass sie viel herumgereist waren, dass es irgendwie keinen Vater gab, dass ihnen nicht viel an materiellen Dingen gelegen hatte. Dass bürgerliche Beständigkeit ihnen fremd gewesen war. Er wusste, dass ihre Mutter ungefähr ein halbes Jahr bevor er Felicity kennengelernt hatte, verstorben war. Er wusste, auch wenn er nicht sicher war, ob er es wissen sollte, dass sich Esther Blooms Asche in einer Metallurne in einer Plastiktüte unter dem Sessel in Felicitys Atelier befand.

Quinn sah Felicity zu, wie sie den Duft ihrer Mutter einatmete. Seine eigene Mutter roch nach Puder und Maiglöckchen und zerlassener Butter. Er fragte sich, ob er versuchen würde, diesen Duft künstlich zu reproduzieren, wenn Molly einmal tot war.

»Sie könnte im Zimmer nebenan sein«, sagte Felicity. »Es ist wirklich erstaunlich.«

»Geruch bewirkt das«, sagte er. »Es soll das Sinnesorgan sein, das am stärksten mit unserem Gedächtnis verknüpft ist. Die entsprechenden Hirnregionen liegen anscheinend dicht beieinander oder so. Ich weiß noch, wie ich einmal ein Buch im Haus meiner Eltern genommen und aufgeschlagen habe, und etwas an dem Geruch erinnerte mich an einen Kater, den wir früher hatten. Ich hatte jahrelang nicht mehr an den Kater gedacht. Und das Merkwürdige war, dass es bei der Erinnerung um den sterbenden Kater ging. Ich erinnerte mich daran, wie ich ihn umarmte, nachdem er gestorben war, und sein Fell fühlte sich noch genauso an, aber sein Körper war ganz leblos. Ich muss vier oder fünf Jahre alt gewesen sein. Ich weiß noch, wie mein Dad ihn in einen Karton legte, um ihn im Garten zu begraben, und ich steckte seine Katzenminze-Maus zu ihm in den Karton, weil das sein Lieblingsspielzeug war.«

Felicity betrachtete ihn aufmerksam. »Das alles wegen eines Geruchs?«

»Ich muss das Buch damals aufgeschlagen haben, oder vielleicht war mal die Katzenminze-Maus darin. Ich weiß es nicht. Aber ja, all das wegen eines Geruchs. Ich kann ihn jetzt immer noch riechen, wenn ich nur darüber nachdenke.«

Er wartete darauf, dass sie sich revanchierte. Ihm etwas über ihre Mutter oder eine ihrer Erinnerungen erzählte. Doch sie betrachtete ihn nur, und Quinn hätte nicht zu sagen gewusst, was ihr durch den Kopf gehen mochte.

»Vermisst du sie?«, fragte er schließlich.

Es schien sie aus einer Art Trance zu holen. Sie nickte und verschloss die Flasche mit dem Leinsamenöl wieder. »Ich weiß nicht recht, ob ich es mag«, sagte sie und griff nach einer anderen Flasche. Diese war rechteckig und mit einem Blumenrelief verziert. Sie nahm den Kristallstöpsel heraus, reichte ihn Quinn zum Riechen. »Was hältst du hiervon?«

Es war Parfum, schwer und tropisch, zu süß, wie ein Zimmer voller Lilien. Er rümpfte die Nase. »Woher hast du das denn?«

»Gekauft. Hast du es schon einmal gerochen?«

»Nein. Ich glaube nicht.« Er drehte die Flasche in den Händen. *Frangipane*. »Nicht die Art Duft, den *du* tragen würdest, oder?«

»Ich nicht, nein.« Sie nahm es ihm wieder ab und sprühte es in die Luft. »Und als Parfum ist es anders. Nein, es kommt nicht ganz hin.«

»Kommt nicht hin? Inwiefern?«

»Es – hat Vanille oder so etwas mit drin. Etwas dazugemischt.« Sie stellte die Flasche ab, sehr entschieden, als wolle sie das Thema beenden. »Egal, es ist nicht wichtig.« Sie trat ans Fenster und machte es weit auf, um frische Luft hereinzulassen.

8

Der Brief vom Krankenhaus trifft ein paar Tage später ein, als Quinn bereits zur Arbeit ist. Ich öffne ihn. Er enthält einen Lageplan der Neurologieabteilung und einen Termin in acht Wochen, im August.

In der Neurologie bin ich noch nie gewesen, auch wenn ich bereits viel Zeit im Krankenhaus verbracht habe. Ich stelle mir sterile weiße Wände vor, Füße in Kreppsohlenschuhen auf glänzenden Böden und einen großen Apparat, um in Gehirne zu gucken. Ich stelle mir einen Arzt vor, der herauszubekommen versucht, warum mir mein Gehirn diese Erinnerungen eingibt, und der sie wie ein Krankheitssymptom oder eine Art Kopfschmerz behandelt, was lächerlich ist, denn ich bin kein bisschen krank.

Vielleicht verfolgt mich etwas, vielleicht habe ich ein Gehirn, das versucht, mir etwas zu sagen, mich an etwas zu erinnern, das ich vergessen habe. Aber ich bin *nicht* krank.

Letzten Endes handelt es sich um glückliche Erinnerungen. Ein Blumenduft und ein Gefühl überwältigender Liebe. Wer geht schon zum Arzt, um sich die Ursache für Glücksgefühle diagnostizieren zu lassen?

Tief in meinem Innern, irgendwo dort, wo die Sorgen leben, denke ich: *Aber was, wenn mit mir wirklich etwas nicht stimmt?*

Ich falte den Brief zusammen und lege ihn unter einen

Stapel mit Rechnungen in meinen Posteingangskorb. Mir geht es gut. Ja, ich fühle mich mehr als gut. Falls die Erinnerungen seltsam werden oder falls sich Kopfschmerzen einstellen, rufe ich Dr. Johnson an und frage ihn, ob er den Termin vorverlegen kann. Falls sie verschwinden sollten, sage ich ab.

Bis dahin würde ich lieber herausfinden, was dieser Geruch und dieses Gefühl zu bedeuten haben, und ein großer Apparat oder ein Arzt werden mir dabei nicht helfen können. Genauso wenig, wie sie meiner Mutter helfen konnten.

Der Dachboden in unserem Cottage hat niedrige Balken und ist voller Spinnweben. Es riecht nach feuchtem Reet. Als ich zum ersten Mal auf der wackeligen Aluminiumleiter hinaufsteige, vergesse ich die Taschenlampe, also muss ich wieder nach unten und eine holen. Im Lampenschein zeichnen sich umrisshaft Kartons ab, Koffer, die Dekorationen, die wir für unser erstes gemeinsames Weihnachten gekauft haben. Meine Plastikkiste mit Fotos befindet sich ganz am Rand, bei der Traufe. Ich ziehe sie zu der offenen Bodenluke, wo es heller ist, und setze mich so hin, dass meine Füße nach unten baumeln.

Sich alte Fotos anzusehen birgt ein gewisses Risiko. Einerseits ist es bloß altes Papier, erstarrte Erinnerungen. Es kann einem nichts tun. Alles, was sich in der Kiste befindet, ist vorbei. Andererseits kann man sich in Fotos verlieren, wenn man eine solche Kiste erst einmal geöffnet hat. Es ist schwierig, sich nicht an Dinge zu erinnern, die man vergessen möchte, nicht Entscheidungen zu bereuen, von denen man sich wünscht, man hätte sie nicht getroffen. Selbst die glücklichen Fotos sind gefährlich, wenn das darin eingefangene Glück verschwunden ist.

Ich weiß, dass ich irgendwo in dieser Schachtel Bilder von Ewan habe. Es gibt einen Streifen mit Porträts, die wir in einem Fotoautomaten gemacht haben, während wir Grimassen schnitten und uns küssten. Außerdem erinnere ich mich an ein Foto, das ein Mitglied seiner Band – Matt vielleicht oder war es Dougie? – in einem Klub gemacht hat, wo es so dunkel war, dass man Ewans Gesicht nur verschwommen erkennen kann. Aber hauptsächlich sind es Fotos, die ich selbst gemacht habe. Ich habe Ewan fotografiert, wie er lachte, rannte, schlief. Ich habe Fotos gemacht, als ich mit ihm in der Badewanne saß, im Park, wo er sich im Sonnenschein das Hemd ausgezogen hatte. Es gab etliche Filmrollen, die ich entwickeln ließ und in einem glänzenden Plastikumschlag aufbewahrte. Ich fing so viele Momente ein, weil sie mir so kostbar erschienen, weil er so schön war, dass ich es kaum fassen konnte.

Habe ich so viele Fotos gemacht, weil ich wusste, dass sie alles wären, was mir von ihm bleiben würde?

Von Quinn habe ich nicht so viele Fotos – jedenfalls keine Abzüge. Es gibt ein gerahmtes Bild in unserem Wohnzimmer – eine Schwarz-Weiß-Fotografie von uns an unserem Hochzeitstag, auf der Quinn einen Regenschirm über uns hält. Ich trage mein elfenbeinfarbenes Hochzeitskleid, und er trägt seinen feinen Cutaway. Er küsst mich auf die Wange, und ich blicke zum Himmel hinauf. Es ist ein schönes Foto, und ich erinnere mich auch noch ganz genau an den Moment – seinen warmen Arm um meine Taille, die auf den Regenschirm prasselnden Tropfen und wir darunter so beschützt, und wie er anschließend lachte und mir sagte, ich hätte ganz dreckige Füße.

In den letzten zehn Jahren hat sich die Technologie rasant verändert. Wir fotografieren mit unseren Handys und schicken uns die Bilder sofort zu. Meine Nikon ist eine Digitalkamera. Ich lade meine Fotos auf meinen Mac, aber ich drucke sie nicht aus. Es ist zu viel Aufwand. Meine Fotos von Quinn sind elektronische Informationen mit sofortigem Zugriff. Ich muss sie mir nicht ansehen, weil Quinn hier ist und bei mir wohnt.

Ich betrachte die Plastikkiste. Wenn ich die Hand hineinstecken und sofort den Umschlag mit Bildern von Ewan finden könnte, würde ich es wahrscheinlich tun. Doch da sind viele andere Bilder. Bilder von meiner Mutter, als sie noch gesund war. Bilder von mir, als Kind, an ihrer Hand.

Ich schiebe die Kiste zurück unter die Dachschräge und klettere wieder die Aluminiumleiter nach unten.

Ich treffe mich mit Lauren in ihrem Büro in der City. Lauren ist meine älteste Freundin. Meine Kindheit war zu sehr ein Vagabundendasein, als dass ich bleibende Freundschaften hätte schließen können, auch wenn ich mich immer noch an Jodie erinnere, mit der ich in der vierten Klasse zusammen zu Mittag aß, und an Aisha, die mir mit zwölf Jahren das Schminken beibrachte, und viele andere Mädchen, die eine Zeit lang meine besten Freundinnen waren. Manchmal frage ich mich, ob ich seither auf der Straße an diesen Menschen vorübergegangen bin, ohne sie als Erwachsene wiederzuerkennen.

Lauren und ich lernten uns in einer Jugendherberge in Mumbai kennen, als wir beide achtzehn waren. Beide reisten wir mit Rucksack um die Welt, waren berauscht von all den verschiedenen Sprachen, den unterschiedlichen Menschen, den Farben und Gerüchen. Sie hatte damals Dreadlocks und eine kleine runde Brille und badete geradezu in Patschuli-Öl. Mittlerweile hat sie ihre Augen einer Laserbehandlung unterzogen und trägt schicke Kostüme und handgefertigte Schuhe, arbeitet als Finanzberaterin und verbringt die Hälfte ihrer Zeit in London oder Brüssel, und die übrige Zeit jettet sie in Asien herum und hilft den Superreichen beim Geldsparen.

Als sie durch die Glastür in den Empfangsbereich kommt, dauert es wie immer einen Augenblick, bis ich diese elegante, gepflegte Frau wiedererkenne. In meiner Vorstellung ist sie immer noch der Teenager von damals, leicht übergewichtig, mit federndem Gang und mit unzähligen Webarmbändern aus Schnüren.

Dann lächelt sie, und es ist meine Freundin. »Fliss«, sagt sie und küsst mich auf beide Wangen. Ihre Haut ist kühl, die Haare sind geglättet. Alles an ihr ist teuer bis auf die herzliche Art, mit der sie mir die Hand drückt. »Macht es dir etwas aus, wenn wir im Gehen Mittag essen? Ich muss meine Schritte für heute absolvieren.«

»Schritte?«, frage ich und verlasse mit ihr das Gebäude. Zu ihrem Kostüm trägt sie Turnschuhe.

»Fitnessprogramm. Ich bin mit einem Personal Trainer in Brüssel zusammen – Hans. Habe ich dir davon erzählt? Er ist echt niedlich. Aber auch ein ziemlicher Sadist. Komm schon, noch fünfhundert Schritte! Und dann ist mir ein Wrap mit viel Eiweiß gestattet. Dir habe ich auch einen mitgebracht. Du wirst ihn hassen.« Sie schaltet irgendeine App auf dem Handy ein, und wir gehen in zügigem Tempo die Straße entlang, einen Bogen um andere Passanten machend.

»Ich dachte, du bist mit diesem Wertpapierhändler zusammen, Frank Soundso.«

»Der war verheiratet.« Sie schneidet eine Grimasse.

»Das ist der dritte Amerikaner, mit dem ich etwas hatte und bei dem sich herausgestellt hat, dass er verheiratet ist. Erinnere mich daran, für immer die Finger von Amerikanern zu lassen. Da würde ich noch lieber einen Marathon laufen, was ich laut Hans übrigens im nächsten Frühjahr tun soll. Wie geht's dem lieben Quinn?«

»Gut.«

»Wie geht's der anstrengenden Schwiegermutter?«

»Auch gut.«

»Dem Dorf Stepford?«

»Es ist durchaus nicht so schlimm wie Stepford. Im Gegenteil, es ist wirklich nett.«

»Und das Buch?«

»Zäh. Aber es wird schon werden.«

»Irgendwelche Neuigkeiten?«

Lauren mag Gewissheiten. Sie ist nicht eine von denen, die von Erinnerungen an die Vergangenheit heimgesucht oder von unerwarteten Gefühlen gebeutelt werden. Als ich ihr in der Jugendherberge in Mumbai begegnete, hatte sie im Kopf bereits ihre Checkliste zum Thema *Was Lauren mit ihrem Leben anfangen wird*. Sie hatte den Studienbeginn an der Sorbonne, wo sie ein Jahr BWL studieren wollte, um ein Jahr verschoben, damit sie um die Welt reisen und gezielt Erfahrungen sammeln konnte. Ich hingegen war auf Reisen, weil ich keine Ahnung hatte, was ich sonst hätte tun sollen.

Wenn ich ihr von den jähen Gefühlen erzählen würde, die ich für Ewan empfand, von den Phantomgerüchen und dem verrückten Verliebtsein, würde sie ihnen auf den Grund gehen wollen. Sie würde eine rationale Erklärung finden wollen, und dafür bin ich noch nicht ganz bereit. Außerdem bewundert Lauren Quinn. »Den musst du nehmen«, riet sie mir unter vier Augen, nachdem ich die beiden einander vorgestellt hatte. »Lass den ja nicht entwischen. Der Mann ist gut für dich. Wenn du ihn nicht heiratest, werde ich es tun.« Doch ich wusste, dass sie es nie und nimmer getan hätte. Sie hatte schon im Alter von dreizehn Jahren entschieden, dass sie nur einen Mann heiraten würde, der genauso viel besitzt wie sie.

Auf ihre Frage nach den Neuigkeiten winke ich ab. »Nicht der Rede wert.«

Sie reicht mir etwas in Klarsichtfolie Eingepacktes, und ich packe es aus und beiße hinein. Ich spucke es sofort wieder in die Folie. »Das ist echt widerlich.«

»Ich weiß.« Sie kaut ihren Wrap. Man muss dabei viel kauen. »Hans liebt sie. Null Kohlenhydrate.«

»Ist er dir finanziell ebenbürtig?«

»Er ist wohlhabend. Altes Geld. Hier, nimm einen Eiweißriegel.«

Der Eiweißriegel ist eine Spur schmackhafter. Meine Ballerinas sind dem Tempo, das Lauren vorgibt, nicht ganz gewachsen, und ich bin offensichtlich auch nicht so fit wie sie. Es lässt sich wohl sagen, dass Quinn kein Fitness-Sadist ist. Abgesehen davon habe ich den Großteil der letzten paar Wochen damit verbracht, in meinem Zimmer zu sitzen und auf einen leeren Skizzenblock zu starren. Oder im Regen herumzuspazieren, nachdem ich Gefühle verspürt habe, die ich mir nicht erklären kann. Unser Power-Walking führt uns ans Ende der Bishopsgate, wo wir den kleinen Park betreten.

»Erinnerst du dich noch an Ewan?«, frage ich sie.

»Ewan?«

»Ewan McKillan.«

Sie bleibt stehen. »Der dir das Herz gebrochen hat?«

»Na ja, ›Herz gebrochen‹ würde ich nicht direkt sagen.«

»Er hat dir das Herz gebrochen. Du hast alle Symptome gezeigt. Als du in Paris angekommen bist, warst du ein seelisches Wrack. Einen ganzen Monat lang bist du nur auf dem Père-Lachaise-Friedhof spazieren gegangen. Das nenn ich ›Herz gebrochen‹. So ein Dreckskerl.«

»Ewan hat mir nicht absichtlich das Herz gebrochen«, sage ich. Schließlich ist Lauren ihm nie begegnet. Keine meiner Freundinnen hat ihn kennengelernt. Ewan und ich waren eine verschworene Gemeinschaft – so lange wir es waren. »Unser Timing hat nicht gestimmt. Wir konnten nicht zusammen sein.«

»Wenn ich mich recht entsinne, hat er eine andere Frau geschwängert.«

»Das war, bevor er mich kennenlernte. Als wir zusammen waren, wusste er nicht, dass sie schwanger war.«

Sie schnaubt. »Behauptet er. Das ist nicht gerade *Romeo und Julia*, Fliss. Er war ein Mistkerl. Ohne ihn warst du besser dran.«

»Habe ich echt gewirkt, als wäre mein Herz gebrochen? So richtig todunglücklich?« Jetzt scheint es so weit weg zu sein. Jedenfalls der Liebeskummer. Ich versuche, mich daran zu erinnern, wie ich mich in dem Herbst gefühlt habe, während ich zwischen den Gräbern spazierte und den Katzen zusah, die auf den Grabsteinen herumtollten. Ich kann es in Worten denken, aber ich kann es nicht mehr empfinden.

»Du warst nur noch Haut und Knochen. Du hast fast nichts gegessen.«

»Zugegebenermaßen habe ich davor viel Zeit damit verbracht, von Luft und Liebe zu leben. Ich kann mich nicht erinnern, je mit Ewan im selben Zimmer gegessen zu haben.«

»Zu sehr mit Vögeln beschäftigt. Und Vögeln hat nichts mit dem echten Leben zu tun. Ein Mann, mit dem man nicht essen kann, ist ein Mann, bei dem man nicht bleiben kann.« Ich deute auf ihren Wrap mit hohem Eiweißgehalt, und sie schneidet eine Grimasse. »Schon verstanden. Wie dem auch sei, wir essen durchaus viel zusammen, Hans und ich. Es ist bloß nie etwas Leckeres.«

»Ewan war meine erste große Liebe«, sage ich. »Er war schön und aufregend. Ich war noch nie einem Mann wie ihm begegnet. Wenn ich mit ihm zusammen war, hatte ich das Gefühl – dass es uns vorherbestimmt war, zusammen zu sein. Dass ich genau da war, wo ich sein sollte, und alles auf der Welt hat gestimmt.«

»Was offensichtlich falsch war, da du nicht mehr mit ihm zusammen bist. Gott sei Dank, sage ich! Wer dich derart unglücklich machen kann, hat nicht einen einzigen Moment deiner Zeit verdient.« Wir haben eine Bank mit einem Mülleimer erreicht. Lauren wirft den Wrap in den Eimer und setzt sich auf die Bank, und ich setze mich zu ihr. »Scheiß drauf. Du hast recht. Ich werde Hans anrufen und ihm sagen, dass Schluss ist.«

»Das habe ich nicht gemeint«, meine ich beunruhigt. Doch Lauren greift bereits nach dem Handy.

»Oh. Er wird jetzt sowieso beschäftigt sein. Pilateskurs. Okay, sobald ich heute Abend nach Hause komme, rufe ich ihn an. Er hat zwischen halb neun und neun Uhr eine halbe Stunde frei.« Sie wendet sich mir zu. »Wie dem auch sei, schau dich doch jetzt an, Felicity. Heutzutage stimmt alles mit deiner Welt.«

»Meinst du?«

Sie mustert mich von Kopf bis Fuß. Es ist immer ein bisschen beunruhigend, wenn Lauren das tut, weil man kaum das Gefühl abschütteln kann, sie hätte jeden einzelnen Teil von einem beurteilt. Glücklicherweise weiß ich aus jahrelanger Freundschaft, wie lieb sie ist, wie gut sie es mit mir meint.

»Ich sag dir was«, antwortet sie. »Dich und Quinn zusammen zu sehen hat mich fast dazu gebracht, meine Checkliste zu ändern.«

»Deine *Checkliste* zu ändern?«

»Ich habe *fast* gesagt. Hör mal, als du mich zu deiner Hochzeit eingeladen hast, noch dazu als Brautjungfer – nun, ich muss gestehen, damit hatte ich nicht gerechnet. Eine kirchliche Hochzeit schien nie dein Ding zu sein. Ebenso wenig, dich in einem Cottage auf dem Land niederzulassen. Aber an deinem Hochzeitstag war es so offensichtlich. Alles war perfekt.«

»Es hat geregnet.«

»Ihr zwei seid füreinander bestimmt. Das sieht jeder. Du hast zugenommen, du siehst zufrieden aus.«

Ich ziehe mein Oberteil tiefer. »Seine Mutter ist eine gute Köchin.«

»Du bist gelassener, als du es früher gewesen bist. Geerdeter. Quinn vergöttert dich. Er sieht dich an, als hätte er im Lotto gewonnen. Ich dachte immer, es sollte einhundertprozentige Ebenbürtigkeit herrschen zwischen einem Mann und einer Frau – Einkommen, Hintergrund, Ehrgeiz, alles –, aber du und Quinn, ihr gebt mir Anlass zu denken, dass ich vielleicht unrecht habe.«

»Nein«, sage ich. »Wir sind nicht ebenbürtig. Quinn ist mir in so vielen Dingen überlegen.«

Sie lacht. »Siehst du, was ich meine?«

»Findest du nicht …«, setze ich an. Ich habe das noch nie zuvor laut ausgesprochen. »Findest du nicht, dass in einer solchen Liebe ein ziemlicher Erwartungsdruck herrscht?«

»Wie meinst du das?«

»Beispielsweise was du darüber gesagt hast, dass ich mich verändert habe. Und wenn ich gelassener und ruhiger wirke, weil Quinn das von mir erwartet? Wenn ich mich ihm zu Gefallen ändere, aber eigentlich gar nicht so sein *soll*?«

Lauren schüttelt den Kopf. »Du wärst lieber unglücklich und würdest mit einem gebrochenen Herzen Trübsal blasen?«

»Nein, aber …«

»Hör mal«, sagt sie. »Vergiss alle Exfreunde, die dir mal das Herz gebrochen haben. Darüber bist du jetzt hinweg.«

»Ja, aber die Sache ist die, Lauren …«

»Hi, Lauren«, sagt ein Kerl, der an uns vorübergeht und einen Wagen mit Sandwiches schiebt. Er hat Locken und trägt ein T-Shirt mit der Aufschrift: TWO SLICES CATERING – MIT UNS WIRD IHRE PARTY EIN HIT!

»Hey, Bill«, erwidert sie. Ich sehe ihr zu, wie sie ihm nachsieht, als er den Weg weitergeht.

»Du hast deine Checkliste wirklich geändert«, stelle ich fest.

»Was? Nein, ich habe gesagt, ich hätte sie *fast* geändert. Das ist bloß ein Typ, den ich grüße.«

»Ich habe damals nicht den ganzen Herbst damit verbracht, auf dem Friedhof herumzulaufen«, erkläre ich ihr. »Einen Teil habe ich damit verbracht, nach meinem Dad zu suchen.«

»Hast du ihn gefunden?«

»Nein. Ich weiß nicht einmal, wie er aussieht.«

Sie berührt meine Hand. »Das beweist, was ich gesagt

habe, Fliss. Wenn du glücklich bist, machst du dich nicht auf die Suche nach einem Dad, den du nie kennengelernt hast. Du bleibst bei dem Mann, der dich liebt, und du gründest einen Haushalt. Und du bist glücklich mit Quinn, auf eine Art, auf die du mit Ewan, wer auch immer er war, nie hättest glücklich sein können. Stimmt's?«

Meine Mutter hat Lauren ein paarmal getroffen. Nach dem zweiten Mal hatte sie genickt und gesagt: »Da ist mal eine Frau, die weiß, was sie will. Die Frage ist nur, ob sie merkt, wenn sie es hat.«

»Auf eine andere Art, als ich es mit Ewan gewesen bin«, sage ich. »Ich bin glücklich, ja.«

Doch nachdem ich mich am Eingang zu Laurens Bürogebäude von ihr verabschiedet habe, kehre ich nicht gleich nach Paddington zurück, um den Zug nach Hause zu nehmen. Stattdessen nehme ich die Central Line nach Stratford.

Es hat sich völlig verändert, seit ich zum letzten Mal dort war. Der Bahnhof ist neu, und das Einkaufszentrum Westfield sieht aus wie die Kulissen aus einem billigen Science-Fiction-Film. Ich drehe eine langsame Runde und versuche mich an den Weg zu erinnern, den ich vor zehn Jahren immer genommen habe. Schließlich entscheide ich mich, die Straße zu überqueren und meinem Instinkt zu folgen.

Ich war Studentin und kam fast jeden Tag zu Fuß von der U-Bahn. Es war ein ungewöhnlich heißer Sommer. Die Straßen schienen voller Zigarettenrauch und Dampf zu sein. Unter dem Gehen fallen mir Gebäude ins Auge, die ich wiedererkenne. Das hier ist der kleine Lebensmittelladen, in dem es Henna für die Haare und Chai-Tee gab, mit dem freundlichen Besitzer, der mich in gebrochenem Englisch begrüßte. Das Gemüse draußen sieht wenig ansprechend aus, schrumpelig und welk. Das Pub ist von einer Kette aufgekauft worden, jetzt gibt es dort Burger, aber das Gebäude ist noch dasselbe. Ich bleibe davor stehen, erinnere mich an blinkende Lichter, an Spielautomaten und den Geschmack von süßem Cider. Es war früher ein schreckliches Pub mit verdrecktem Teppich, vergilbten Wänden und geplatzten Plastikpolsterungen. Etwas abseits, in der hinteren Ecke, stand ein kleiner wackliger Tisch, der von der Straße aus nicht zu sehen war. Ich frage mich, ob er sich immer noch dort befindet.

Das Haus befindet sich ein Stück weiter die Straße runter. Es ist ein dreistöckiges Backsteinreihenhaus mit großen Fenstern im Erdgeschoss und im ersten Stock. Die Tür ist rot gestrichen. Ich stehe davor und halte mir die Haare mit einer Hand auf dem Kopf zusammen.

Meine Mutter, Esther Bloom, lebte drei Jahre lang in diesem Haus. Ich wohnte ebenfalls ein Jahr dort, als ich mein Studium an der Kunsthochschule anfing, das ich nie beendet hatte. Das Atelier befand sich im ersten Stock, dort war es am hellsten. Das Schlafzimmer meiner Mutter befand sich neben ihrem Atelier. Dort lag eine Matratze auf dem Boden, weil wir keine richtigen Möbel besaßen. Ich schlief im obersten Stockwerk in dem Schlafzimmer, das nach hinten auf den unkrautüberwucherten kleinen Garten hinausging, in einem richtigen Bett, einem Einzelbett aus Kiefernholz, das schon im Haus war, als wir einzogen.

Meine Mutter hatte Erfolg, aber Vorhänge besaßen wir trotzdem keine. Wir nagelten Stoffbahnen oben an die Fensterrahmen und banden sie mit Zwirn zurück. Manche Stoffe waren schön, von unserer Freundin Maria gewebt.

Manche waren zum Abdecken benutzt worden und mit Farbe bekleckst und rochen nach Ölfarbe. In meinem eigenen Schlafzimmer verwendete ich eine rote Wolldecke, die ich mit Lauren in Griechenland gekauft hatte.

Wir hatten eine nagelneue Küche: Arbeitsplatte, Hängeschränke, Fliesen an Wänden und auf dem Boden, Elektrogeräte. Bei unserem Einzug war da nichts gewesen, doch zu dem Zeitpunkt verfügte Esther über ziemlich viel Bares, also ging sie zu John Lewis und gab es aus. Sie kaufte die ganze Küche, einschließlich Geschirr, Glaswaren, Besteck und einem Satz teurer Pfannen mit Kupferboden, die unberührt in einem Schrank herumstanden. Esther kochte nur selten, und ich selbst war ein hoffnungsloser Fall. Einmal kaufte ich in dem Lebensmittelgeschäft eine Dose Okraschoten und kochte sie. Es sah wie Algen aus und schmeckte nach Urin. Oft brachten uns Besucher Mahlzeiten mit oder blieben und kochten. Es gab immer Wein. Ich erinnere mich an einen hünenhaften Mann namens John, der Brot backte und mit seinen dunklen Händen den hellen Teig knetete. Vielleicht war er einer der Menschen, die mir nach dem Tod meiner Mutter schrieben.

Ich gehe den gepflasterten Weg entlang und dann die Stufen zur Eingangstür hinauf. Da gibt es jetzt eine Reihe Türklingeln, und nach kurzem Überlegen drücke ich sie alle, eine nach der anderen. Kurz darauf wird die Tür von einer kleinen Frau Anfang zwanzig mit schwarzen Haarverlängerungen und einem Sweatshirt in Neonpink geöffnet. »Ja?«, fragt sie.

»Hi«, sage ich. »Ich heiße Felicity. Es klingt vielleicht ein bisschen komisch, aber ich habe früher in diesem Haus gewohnt und habe mich gefragt, ob ich mir die alten Räume vielleicht noch mal ansehen könnte? Bloß ganz kurz?«

Sie sieht mich an und zuckt dann die Schultern. »Nur zu.« Sie dreht sich um und geht den Flur entlang. Ich folge ihr. Zum ersten Mal kommt mir in den Sinn, dass niemand weiß, dass ich in dieser Gegend bin, und ich Glück habe, dass eine Frau an die Tür gekommen ist und kein zwei Meter großer durchgeknallter Axtmörder. Diese Frau könnte natürlich auch eine durchgeknallte Axtmörderin sein, aber dafür ist sie wohl etwas zu klein und zu schmächtig.

Der Flur hat sich kaum verändert, auch wenn sich jetzt dort, wo wir einen Tisch für Schlüssel und Post und Schuhe hatten, ein verstaubter Spiegel und eine halb tote Topfpflanze befinden. Die Wände sind in einem stumpfen Magnolienweiß gestrichen. Der ehemalige Torbogen in das Vorderzimmer ist zugemauert worden, und in der Mitte befindet sich jetzt eine Tür, die aussieht wie eine Attrappe. Eine ähnliche Tür führt in das Zimmer, das früher einmal die Küche war.

»Wohnen Sie schon lange hier?«, frage ich die Frau.

»Drei Wochen. Haben Sie etwas liegen lassen?«

»Nein, ich …«

»Ich nehme keine Post an, die nicht an mich adressiert ist, also habe ich keine von Ihnen.«

»Ich wollte mich wirklich bloß kurz umsehen«, sage ich. »Welche, ähm, welche Wohnung ist denn Ihre?«

Sie sieht mich an, als wäre ich etwas schwer von Begriff. »Die, bei der Sie geklingelt haben?«

»Oh. Ja, natürlich.«

Sie steigt die Treppe hinauf, und ich folge ihr zum ersten Treppenabsatz, wo sie eine weitere Türattrappe aufmacht. »Gehen Sie nur hinein«, sagt sie, »aber ich muss in fünf Minuten los, also …«

Ich trete ein. Es ist ein Einzimmerapartment mit ausgeklappter Schlafcouch, auf der Kleidung verstreut liegt. In der Ecke läuft stumm ein kleiner Fernseher. Das hohe Fenster lässt schmutziges Licht herein. Es sieht völlig anders aus, als ich es in Erinnerung habe.

»Das hier ist das Atelier meiner Mutter gewesen«, sage ich und versuche, die Gegenwart mit meiner Vision der Vergangenheit zur Deckung zu bringen. Früher gab es hier zwei Fenster. Eine Trennwand teilt das Zimmer in zwei Hälften. Die blanken Dielen, voller Farbspritzer, sind mit billigem Teppich bedeckt worden.

Die Staffelei meiner Mutter hatte in der Nähe des anderen Fensters gestanden, wo sich jetzt vermutlich ein weiteres Einzimmerapartment befindet. Leinwände lehnten an dieser Wand hier, an der es jetzt eine kleine Kochnische gibt. Da war eine Chaiselongue aus Leder, auf der ich zu hocken pflegte, während meine Mutter Skizzen machte. Wenn es draußen zu dämmern begann, hörte sie auf zu zeichnen, und wir legten die Füße auf Kisten hoch und sahen aus den Fenstern, während die orangefarbenen Straßenlampen angingen. An manchen Abenden hörten wir sogar eine Eule. Ich habe sie in einer meiner Igor-Geschichten verwendet: Adrienne, die Stadteule.

Ich trete zu der Schlafcouch. Hier hat meine Mutter die Vasen mit den Frangipani aufgestellt. Hier stand *er*. Ich beobachtete ihn vom anderen Ende des Raumes aus.

Ich hole tief Luft und rieche schales Parfum und Teppichreiniger. Im Fernsehen kommt ein Werbespot für Joghurt, der das Völlegefühl vertreibt. Ich weiß, dass das hier das Haus ist, ich weiß, dass das hier die Stelle ist, an der Ewan tagelang Model stand. Aber ich kann es nicht spüren.

»Alles hat sich verändert«, erkläre ich der Frau. Sie wirft einen Blick auf ihre Armbanduhr. »Danke«, sage ich, und sie nickt.

Aus einem Impuls heraus gehe ich noch schnell die Treppe hinauf, anstatt am Treppenabsatz die Treppe nach unten zu nehmen. Der Teppich ist neu, aber die Treppe ist dieselbe. Meine Hand fährt über das Geländer, das von vielen Händen, einschließlich meinen, stark abgenutzt ist. Ich bin diese Treppe nach oben gelaufen, Ewan hinter mir, beide in fiebriger Erwartung. Einmal hat er mich nach oben getragen, als wir zu viel getrunken hatten, und oben ließ er mich beinahe fallen.

Das Holz ist glatt und weist keinerlei Spuren auf.

Die Tür zu meinem alten Schlafzimmer ist unverändert, und für den Bruchteil einer Sekunde, während ich das weiß gestrichene Kiefernholz und den bronzenen Türknauf betrachte, werde ich in die Vergangenheit zurückversetzt. Mein Bett ist da drinnen, das Einzelbett, in das wir passten, als wären wir dafür gemacht worden. Meine Bücher und mein Wecker, der so laut tickte, und die rote Decke aus Griechenland, die morgens die Sonne durchließ, sodass sie mir schräg über die Wange fiel und mich weckte, und dann ihn.

Dann erblicke ich die metallene Nummer 6 an der Tür und das Sicherheitsschloss, das man über dem Türknauf angebracht hat.

Es ist alles verschwunden. Ich erinnere mich daran, aber es geschieht in dem Wissen, dass es lange Zeit her ist und dass es jetzt vorüber ist. Die Unmittelbarkeit, die ich neulich verspürte, das Gefühl, sich noch einmal ganz neu zu verlieben. Es ist vorbei. Es ist wie letztens, als ich an der Flasche mit dem Frangipani-Parfum roch: Ich erkenne Spuren von dem, was ich einst erlebte, aber sie sind von Veränderungen überlagert.

Ich muss nichts wegen dieses Gefühls für Ewan unternehmen. Ich kann es in der Vergangenheit belassen, wo es hingehört. Es ist ein Gefühl der Erleichterung und der Trauer. Beides zugleich.

9

Darf ich gucken?«

»Noch nicht.«

»Das dauert jetzt schon *Stunden*, Quinn. Meine Lider werden zusammenwachsen.«

»Das dauert jetzt genau eine Stunde und sieben Minuten. Du hast deine Augen viel länger zu, wenn du nachts schläfst.«

»Woher willst du das wissen? Du schläfst dann schließlich auch.«

Quinn antwortet nicht. Er summt beim Fahren leise ein Lied im Radio mit. Wir sind auf einer Fernstraße, aber ich bin mir nicht ganz sicher, auf welcher, und habe keine Ahnung, in welche Richtung wir fahren. Ich weiß nur, dass morgen unser Hochzeitstag ist, und als ich am Morgen aufgewacht bin, hat Quinn meinen Koffer aufs Bett gelegt und mir gesagt, ich solle für ein Wochenende packen. Seine eigene Tasche hatte er bereits gepackt, und er wollte mir nicht verraten, welche Art von Kleidung ich brauchen würde, also habe ich meinen Koffer mit Röcken, Hosen, Regenklamotten, Stöckelschuhen und Wanderstiefeln gefüllt. Nach dem Frühstück hat er mir mit einem Schal die Augen verbunden und mich an der Hand nach draußen zum Auto geführt.

»Gib mir wenigstens einen kleinen Hinweis. Die Zeit wird schneller vergehen, wenn ich rate.«

»Nein.«

»Du weißt doch – Vorfreude ist die schönste Freude. Und die nimmst du mir.«

»Pech gehabt.«

Ich seufze glücklich und lehne mich im Sitz zurück. Das hier ist genau das, was ich mir zu unserem Hochzeitstag gewünscht habe. *Ganz genau.*

Ich habe über Laurens Worte nachgedacht, dass Quinn mich positiv verändert hat. Und ich habe mich entschieden, dass nur das Hier und Jetzt wirklich zählt. Meine Beziehung zu meinem Ehemann, der mich liebt und den ich ebenfalls liebe. Erinnerungen, selbst intensive, gehören in die Vergangenheit.

Und der Beweis ist das, was gerade in diesem Augenblick geschieht. Quinn hat sich offensichtlich viel Mühe gegeben, etwas extra für mich in die Wege zu leiten, etwas, das mich glücklich machen wird. Er weiß, dass ich Überraschungen mag, selbst wenn ich mich beklage und das Gegenteil behaupte. Er weiß, dass mir der Ort, an den er mich fährt, schon allein deswegen gefallen wird, weil ich nichts planen oder vorbereiten musste – während ihm gerade das Planen und Vorbereiten die allergrößte Freude bereitet haben wird.

Das Auto wird langsamer, und ich genieße es zu versuchen, die Fahrt mitzuverfolgen. Jetzt sind wir auf eine Ausfahrt abgebogen. Haben angehalten, Vorfahrt gewährt, und jetzt befinden wir uns im Kreisverkehr. Ich höre, wie wir durch einen Tunnel fahren, und dann sind dort mehrere Kreisel, und schließlich fahren wir fast im Schritttempo. Über Temposchwellen. Dann geht es offensichtlich rückwärts in eine Parklücke – und Quinn schaltet den Motor aus.

»Kann ich jetzt gucken?«

»Noch nicht. Mach erst das Handschuhfach auf.« Ich taste nach dem Verschluss und öffne das Fach. »Jetzt hol raus, was drinnen ist.«

Es fühlt sich nach Papier an. »Ich hab's. Kann ich jetzt schauen?«

»Ja.«

Ich reiße mir den Schal vom Kopf. In meiner Hand befindet sich ein Briefumschlag. Ich reiße ihn auf, und darin sind zwei Flugtickets – nach New York.

Ich schreie auf. »Wir fliegen nach New York!« Ich versuche, mich auf Quinn zu stürzen, der wie verrückt grinst, aber der Sicherheitsgurt hält mich zurück. Nachdem ich ihn geöffnet habe, stürze ich mich tatsächlich auf Quinn. Ich stoße mir das Bein am Schaltknüppel und erwische mit dem Ellbogen die Hupe. Es ist mir egal.

»Das ist genial«, sage ich und küsse ihn auf die Wange.

»Es ist leider nur für zwei Nächte. Ich muss Montag wieder in der Redaktion sein. Wir fliegen Sonntagmorgen zurück.«

»Das ist mir egal! Es ist New York!« Ich küsse ihn wieder und wieder und wieder.

»Freut mich, dass es dir gefällt«, meint er lachend, »aber wir müssen zum Terminal. Du hast eine Ewigkeit zum Packen gebraucht, und in fünf Minuten beginnt der Check-in.«

»Man muss nicht zwei volle Stunden vor dem Abflug da sein«, erkläre ich ihm. »Ich bin schon oft zu spät gekommen. Es ist noch massig Zeit.«

»Ich bin lieber pünktlich.« Er küsst mich auf die Wange und steigt aus dem Wagen. Ich verstaue die Tickets sicher in meiner Handtasche und steige ebenfalls aus.

Quinn trägt unser Gepäck zur Bushaltestelle des Parkplatzes, von der aus wir den Bus zum Terminal nehmen. »Wie lange hast du das schon geplant?«, frage ich ihn lachend.

»Ein Weilchen. Ich hatte Hilfe.«

»Lauren hat dir geholfen, nicht wahr?« Er nickt. »Sie hat vor nicht allzu langer Zeit ein Loblied auf dich gesungen. Ich wusste nicht, dass ihr im Geheimen Pläne geschmiedet habt.«

»Ein oder zwei Mal dachte ich, dass du dahinterkommen würdest. Du bist ständig hereingeplatzt, wenn ich mit ihr telefoniert habe.«

»Echt? Ist mir nicht aufgefallen.« Ich denke zurück und kann mich an nichts erinnern. »Muss sehr geschäftsmäßig geklungen haben.«

Er schüttelt den Kopf. »Erstaunlich. Dir fallen immer tausend Kleinigkeiten auf, wenn du zeichnest oder wenn dich etwas interessiert, aber was dich nicht betrifft, geht einfach so an dir vorüber.«

»Nicht alles. Mir fällt ... Tja, mir ist aufgefallen, dass Cameron Bishop sich gestern wieder dein Fahrrad geschnappt hat. Ich habe ihn sogar auf frischer Tat ertappt.«

»Das soll keine Kritik sein. Ich bin ein Glückspilz, weil ich weiß, dass ich eine heimliche Liebesaffäre haben könnte, ohne dass du das Geringste mitbekommen würdest.«

Ich versetze ihm einen Stoß mit dem Ellbogen.

»Oder vielleicht drei oder vier Affären«, sagt er. »Wieso nicht?«

»Tja, ich hoffe, du kannst eine deiner tollen Freundinnen dazu bringen, deine Strümpfe zu waschen.«

»Im Ernst, ich bin froh, dass ich es geschafft habe, dich zu überraschen.«

Der Bus setzt uns vor dem Terminal ab. Quinn holt sich

keinen Gepäckwagen, obwohl zumindest mein Koffer ziemlich schwer ist. Im Innern wirft er einen Blick auf die Informationsbildschirme und führt mich dann zielstrebig zum richtigen Check-in-Schalter. In diesem Terminal bin ich noch nie gewesen. Ich bin seit Jahren nicht mehr verreist, jedenfalls nicht richtig. Alles ist neu und glänzt wie der edle Marmorboden, auf dem ich hinter Quinn hertänzele.

Wegen des Zeitunterschieds ist es nur eine Stunde später, als wir in New York ankommen. Im Taxi mache ich das Fenster auf, obwohl mir der Fahrer einen verärgerten Blick zuwirft, weil ich seine Klimaanlage sabotiere. Ich möchte die Stadt riechen, den heißen Beton und das Öl, den Benzingestank und den Abfall. »Ich liebe New York«, erkläre ich Quinn, während ich mir die Haare aus dem Gesicht halte und die Augen schließe. »Ich werde dir alles zeigen.«

Den ganzen Flug über habe ich Quinn vorgeschwärmt, was er alles sehen und ausprobieren musste. Er ist noch nie in New York gewesen. Ich war schon mehrmals dort. Meine Mutter hat eine Zeit lang in New York unterrichtet, und mit Lauren bin ich auch schon hier gewesen. Doch die Stadt ist so riesig, dass ich mir keine Sorgen machen muss, von Erinnerungen übermannt zu werden. »Es ist erst Mittag, nicht wahr?« Ich greife nach Quinns Arm und sehe auf seine Armbanduhr, weil ich meine noch nicht auf Ortszeit umgestellt habe. »Wir sollten gleich zu einem Deli gehen und uns gewaltige Sandwiches kaufen. Reubens. Du wirst das Reubens-Sandwich lieben, es besteht aus Corned Beef und Sauerkraut und so einem Mayonnaisedressing und Käse und …«

»Fahren wir zuerst einmal zum Hotel, um das Gepäck loszuwerden«, meint er lachend. »Ich kann noch eine halbe Stunde auf ein Sandwich warten. Bist du denn gar nicht müde?«

»Nein!«

»Tja, also ich würde gern duschen und mich umziehen. Und dann gehöre ich ganz dir.«

»Ich fasse es nicht, dass du uns ein Wochenende in New York gebucht hast und gar keine Unternehmungen geplant hast. Das sieht dir überhaupt nicht ähnlich, Quinn.«

»Tja, für morgen habe ich tatsächlich ein paar Pläne, mein Stadtmädchen.« Er berührt meine Nasenspitze mit dem Finger. »Manchmal kann ich es nicht ganz glauben, dass ich dich dazu überredet habe, mit mir auf dem Dorf zu leben.«

»Solange du nicht auf Strohhalmen herumkaust und auf den Times Square spuckst, wird keiner merken, dass du vom Land kommst.« Ich reiße die Augen in gespielter Überraschung auf. »Oh, verdammt, wie konnte ich das vergessen? Wer wird nun der Nachbarskatze ihr zweites Frühstück hinstellen?«

»Ich habe selbst eine kleine Überraschung für dich«, erzähle ich Quinn am Abend in dem libanesischen Restaurant, das ich ausgesucht habe. Das Restaurant ist überfüllt, die Tische dicht an dicht, der Geräuschpegel ist hoch. Mein Dessert ist mit Rosenblättern und einer Schicht zermahlener Pistazien verziert.

»Was denn?«

Eigentlich wollte ich nichts sagen. Es ist zu früh, und ich weiß, wie Quinn ist. Aber der heutige Tag ist so toll gewesen, und er hat das alles für mich getan. Es kommt mir gemein vor, etwas für mich zu behalten, wenn es ihm Freude bereiten könnte.

»Meine Periode ist überfällig.«

Quinn legt langsam den Löffel beiseite. »Ach ja?«

»Ja. Ich habe es erst heute Morgen gemerkt, als ich mich beim Packen gefragt habe, ob ich Tampons einpacken soll. Also habe ich nachgezählt, und sie ist überfällig.«

»Felicity. Meinst du, du bist schwanger?«

»Ich weiß es nicht. Wir haben jedenfalls alles Nötige dafür getan, oder?«

»Das ist fantastisch!«

Er sieht aus, als wollte er vom Stuhl aufspringen und mir über den Tisch hinweg einen dicken Kuss geben. Aber dafür ist er dann doch zu sehr Brite, zu sehr ein Wickham. Also sitzt er nur da, strahlt mich mit glänzenden Augen an.

»Von daher«, sage ich, »war es vielleicht keine so gute Idee gewesen, dieses Glas Wein zu bestellen.«

»Was? Oh, verstehe. Du hast recht.« Er zieht mein Weinglas ein Stück von mir weg. »Felicity, meinst du wirklich …? Fühlst du dich irgendwie anders?«

»Vielleicht. Es ist schwer zu sagen. Vielleicht ist es auch nur die Stadt …«

»Ich hoffe, dass es wahr ist.« Er berührt meine Hand auf dem Tisch. »Das wäre das Größte, Felicity.«

»Vielleicht kann ich morgen einen Test machen. Ich nehme einmal an, dass es auch in New York Schwangerschaftstests gibt.«

»Allerdings«, sagt die Frau am Nachbartisch. »Gehen Sie zu CVS. Tut mir leid, dass ich gelauscht habe, aber diese Tische stehen so dicht beieinander, dass ich nicht anders konnte, als die frohe Kunde mitzubekommen. Masel tov!«

»Masel tov!«, sagt ihre Freundin, die ebenfalls grinst.

»Danke«, erwidert Quinn. »Außerdem feiern wir unseren ersten Hochzeitstag.«

»Oh!«, ruft die Freundin der Frau. »Welch wunderbare Neuigkeiten. Aber jetzt kein Wort mehr, sonst bringt es Unglück. Ich hoffe natürlich, dass alles gut geht.«

»Danke«, sage ich. »Das hoffe ich auch.«

Quinn steht auf, beugt sich über den Tisch und küsst mich. Um uns herum fangen die anderen Gäste zu klatschen an.

Das Hier und Jetzt ist perfekt.

10

Aufwachen, mein Sonnenschein.«

Ich öffne ein Auge. Quinn steht neben dem Bett. Er hat geduscht und ist angezogen.

»Pah«, sage ich und ziehe mir die Decke aus Mako-Baumwolle über den Kopf.

»Es ist halb acht.« Quinn zieht mir die Decke sanft fort.

»Halb acht? Ich bin eben erst eingeschlafen.«

»Ich habe Frühstück bestellt. Es wird jeden Augenblick hier sein.«

»Ich habe Jetlag«, sage ich. »Ich muss schlafen.«

»So funktioniert Jetlag nicht. In England ist es halb zwei Uhr nachmittags, wenn es sich also um Jetlag handelt, solltest du hellwach sein.«

Er ist schon seit Stunden hellwach. Das sehe ich ihm an.

»Das hier ist Urlaub, Quinn. Komm wieder ins Bett.«

»Heute ist der einzige Tag, der uns ganz zur Verfügung steht. Der wird nicht verschlafen!«

»Geht ein Hochzeitstag nicht so? Vor allem jetzt, wo wir noch jung genug sind, um im Bett *Spaß* zu haben?«

»Wenn es uns bloß um *den* Spaß ginge, hätten wir auch zu Hause bleiben können.«

»Ja, aber in einem New Yorker Bett macht Spaß noch viel mehr Spaß.«

Er lacht und küsst mich auf die Stirn. »Keine Frage.

Später. Erst kommt das Frühstück, und dann habe ich uns Eintrittskarten fürs Empire State Building gekauft.«

»Ich bin noch nie oben auf dem Empire State gewesen.«

»Eben.«

Ich setze mich auf und reibe mir die Augen. Mein Kopf fühlt sich wie mit Watte ausgestopft an, obwohl ich gestern Abend bloß ein halbes Glas Wein getrunken habe. »Wenn ich nur nicht so schrecklich müde wäre. Ich muss immer zwei Tage schlafen, wenn ich in eine andere Zeitzone reise, weißt du?«

»Ein Kaffee wird es schon richten.« Pfeifend schlendert er zum Fernseher und schaltet den Nachrichtenkanal ein.

»Muss man das Empire State zu einer bestimmten Uhrzeit besichtigen?«

»Nein, aber vor neun Uhr ist weniger los. Wir schaffen es locker, wenn du jetzt aufstehst.«

»Könnten wir nicht später hinfahren?«

»Nicht, ohne alles andere über den Haufen zu werfen.«

»Was ist alles andere?«

»Das ist eine Überraschung. Alles Sachen, die dir gefallen werden.«

Ich lasse mich zurück auf die Kissen sinken. Ich habe gewusst, dass die Sache mit der Spontaneität nicht von langer Dauer sein würde. Dafür schmiedet Quinn einfach viel zu gerne Pläne. Auf unserer Hochzeitsreise war es das Gleiche: Wir fuhren nach Sizilien, und er sorgte dafür, dass wir jede Minute etwas Interessantes erlebten. Gestern war offensichtlich mein Tag der freien Wahl, und heute hat er für volles Programm gesorgt.

»Ich mag nun mal New Yorker Betten«, schmolle ich ein wenig.

Es klopft an der Tür, und Quinn macht auf, damit ein Zimmerkellner einen kleinen Tisch mit einem Leinentischtuch und Speisen unter silbernen Servierhauben hereinschieben kann. Da steht eine Kristallglasvase mit einer Rose, zwei Kännchen Kaffee und ein Krug Orangensaft. Der Geruch von Kaffee und Frühstück lässt mir das Wasser im Mund zusammenlaufen. Reisen macht mich hungrig, selbst wenn wichtige Prinzipien zum Thema Im-Bett-Bleiben auf dem Spiel stehen.

Quinn gibt dem Kellner Trinkgeld und schließt die Tür hinter ihm. Er schiebt den Tisch näher ans Bett und deckt die Speisen auf.

»Waffeln mit Bacon«, sage ich.

»Und Ahornsirup.«

»Du hast dich daran erinnert, dass das mein amerikanisches Lieblingsfrühstück ist. Im Bett.«

»Und obwohl ich es offen gesagt für eine verrückte Kombination halte und ich nicht sonderlich scharf auf Sirup und Krümel auf dem Bettzeug bin, bin ich gewillt, die Sache über mich ergehen zu lassen.« Er grinst mich an und sieht so selbstzufrieden aus, dass ich das Lächeln erwidern muss.

»Danke«, sage ich. »Tut mir leid, dass ich schlecht gelaunt gewesen bin.«

»Schon vergessen.« Er reicht mir einen Teller. »Wir haben Zeit, einen Schwangerschaftstest zu besorgen, wenn du möchtest. Auch wenn ich glaube …«

»Vielleicht machen wir den Test besser nicht heute, für den Fall, dass das Ergebnis nicht das erhoffte ist. Vielleicht warten wir besser, bis wir wieder zu Hause sind.«

»Genau. Konzentrieren wir uns auf uns.« Er nimmt ein Stück knusprigen Frühstücksspeck, tunkt ihn in Ahornsirup und knabbert mit einer Grimasse daran, die mich zum Lachen bringt.

Sieben Stunden später bin ich wieder schlecht gelaunt, auch wenn ich versuche, es mir nicht anmerken zu lassen. Wir haben die Sehenswürdigkeiten von Manhattan mit der Präzision eines Uhrwerks »abgehakt«: Empire State, Times Square, Lincoln Center, Central Park … Quinn hat verraten, dass er Theaterkarten für heute Abend hat, will mir aber nicht verraten, für was für ein Stück. Quinn hat diese Reise bis auf die Minute genau geplant und das Ganze nur für mich.

Er hat mir zugehört. Er hat an mich gedacht. Er ist mir gegenüber aufmerksam und liebevoll gewesen, und er freut sich wie ein Schneekönig, dass er all diese wunderbaren Dinge an einem Tag für mich tun kann, an dem nicht nur unser erster Hochzeitstag ist, sondern an dem er zudem hoffen darf, dass ich mit unserem ersten Kind schwanger bin.

Meine Füße tun weh, und ich habe eine Magenverstimmung von dem Hotdog, den wir uns bei einem Straßenverkäufer gekauft und geteilt haben, aber ich werde nichts sagen. Quinn hat hart daran gearbeitet, mich glücklich zu machen, und er hat es verdient, dass ich auch glücklich bin. Wenn ich vor Freude nicht völlig aus dem Häuschen bin, ist es nicht seine Schuld. Sondern meine.

»So, und jetzt kommt die große Überraschung«, erklärt Quinn mir. »Tatsächlich habe ich mich deswegen entschieden, dass wir nach New York reisen sollten. Ich hatte ewig hin und her überlegt, aber als ich von dieser Sache erfuhr, war meine Entscheidung gefallen.«

»Was ist es?«, frage ich. Wir gehen eine Straße entlang,

und mir fällt nichts Besonderes auf. Nichts, das Quinn dazu verlocken würde, um die halbe Welt zu fliegen. Auch wenn die Buchhandlung auf der anderen Straßenseite interessant aussieht. Ich gehe langsamer, um einen Blick darauf zu werfen, und hoffe, dass er den Wink versteht.

»Es sollte um die nächste Ecke sein.« Er zerrt aufgeregt an meiner Hand.

Wir biegen um die Ecke, und diese Straße sieht auch nicht anders aus als die letzte davor, nur dass es hier keine Buchhandlung gibt. Und dann sehe ich das Banner.

ESTHER BLOOM – AN INTERNATIONAL RETROSPECTIVE

Ich bleibe auf dem Bürgersteig stehen. Es ist eines dieser langen Transparente, die an der Fassade angebracht werden, mit der Schrift vertikal von oben nach unten. Gekrönt wird der Schriftzug von dem Tuscheporträt eines Mannes. Ich erinnere mich vage daran, dass er mal unser Vermieter war.

»Du hast mich zur Retrospektive meiner Mutter gebracht.«

»Ja! Ist das nicht eine glückliche Fügung? Ich hatte keine Ahnung, dass sie diesen Sommer stattfindet. Aber dann bin ich in der Online-Ausgabe der *New York Times* zufällig darauf gestoßen. Hast du denn gar nichts davon gewusst?«

»Schon.«

»Du hast es gewusst?«

»Ich habe eine Einladung bekommen. Sie wollten mich als Ehrengast einfliegen.«

»Und du hast Nein gesagt?« Quinn macht ein langes Gesicht. Ich habe ihm alles verdorben.

»Nein. Ich hatte die Einladung einfach verlegt«, beeile

ich mich zu sagen. »Außerdem dachte ich, der Aufwand ist viel zu groß, nur für eine Vernissage …«

Meine Worte können Quinn nicht aufmuntern.

»Du hast keine Ausstellung ihrer Werke besucht, nicht wahr?«, fragt er. »Nicht so lange ich dich kenne. Daran hätte ich denken sollen.«

Ich drücke seine Hand. »Ich bin dir kurz nach ihrem Tod begegnet. Damals war es zu schwierig. Jetzt ist es in Ordnung.«

Ich lüge.

»Wirklich? Hast du – ihre Ausstellungen überhaupt jemals besucht?«

»Ja, wir sind früher immer gemeinsam hingegangen, aber selbst damals war es ein bisschen eigenartig. Es war, als würde ich meine Mutter mit all diesen Fremden teilen. Wenn möglich, habe ich mich davor gedrückt. Aber jetzt ist es gut, Quinn. Wirklich.« Ich lächele. Es ist gezwungen, aber ich hoffe, er glaubt mir trotzdem.

»Es macht dir nichts aus, deine Mutter mit mir zu teilen?«

»Natürlich nicht. Ich möchte es sogar.«

Quinn zögert. »Ich habe mir eine Ausstellung angesehen, kurz nachdem ich dir begegnet bin. Ich wollte versuchen zu verstehen.«

»Sie oder mich?«

»Euch beide. Es tut mir leid. Wahrscheinlich hätte ich es nicht tun sollen. Wir kannten uns erst ein paar Wochen. Es hat sich angefühlt, als würde ich herumspionieren. Deshalb habe ich es dir nicht erzählt.«

Mir kommt es auch wie Herumspionieren vor, aber dazu gibt es eigentlich keinen rationalen Grund. Meine Mutter war Malerin. Obwohl sie mir gehörte, entstanden ihre Gemälde und Zeichnungen, um ausgestellt zu werden.

Sie wollte, dass sie ausgestellt werden. Und Quinn wollte mehr über mich erfahren. »Hast du etwas herausgefunden?«, erkundige ich mich.

»Die Bilder waren schön. Manchmal fast ein wenig furchterregend, aber trotzdem schön. Ich hatte das Gefühl, dass ich deine Mutter vielleicht gemocht hätte.«

»Das hättest du«, sage ich wahrheitsgemäß, mit erstickter Stimme.

»Wir müssen nicht hineingehen.«

Ich blicke an dem Gebäude empor. Es ist riesig. Wer weiß, wie viele Erinnerungen es bergen mag. Ich möchte auf dem Absatz kehrtmachen und weglaufen. Ich möchte Quinns Hand ergreifen und mit ihm an einen anderen Ort gehen, einen Ort ohne die geringsten Spuren von irgendetwas, das ich kenne.

»Natürlich müssen wir hineingehen«, erkläre ich.

Ich versuche, mir nichts anmerken zu lassen, doch mir stockt der Atem, als wir die Galerie betreten. All diese Werke meiner Mutter, all diese Visionen, die sie im Geiste sah und mit ihren Händen erschuf. Zusammen mit den Fotografien auf unserem Speicher und der Asche in meinem Atelier sind sie alles, was von ihr übrig ist.

Meine Mutter bevorzugte großformatige Leinwände. Oft malte sie ihre Sujets in Überlebensgröße, um sie so wie mit dem Mikroskop untersuchen zu können – ihre Schönheit, aber auch ihre Makel. Die Leinwände säumen die hohen weißen Wände wie erstarrte Explosionen aus Farbe und Gefühl.

Ich wünschte, sie wären alle fort, dass sie alle mit der Leiche meiner Mutter verbrannt worden wären. Es ist ungerecht, dass sie noch existieren und meine Mutter nicht. Es ist falsch, dass diese Menschen, die durch die Räume schlendern, die wahrscheinlich aus einer Laune heraus von der Straße hereingekommen sind, sehen können, was sie gemalt hat, und glauben, dass das hier alles ist, was sie war. Und die Fans, die Kunstkenner, die Sammler, die Studenten, die Kuratoren sind noch schlimmer: Sie glauben, sie zu kennen, sie glauben, sie zu besitzen. Kurzzeitig hasse ich sie alle und möchte sie anschreien, sich rauszuscheren, *raus*, und uns allein zu lassen.

»Alles in Ordnung, Liebes?«, fragt Quinn leise. »Wir können wieder gehen, wenn du willst.«

Quinn hat mich hierher gebracht, Quinn hat das hier in der Hoffnung geplant, mir eine Freude zu bereiten, und um Quinns willen kann ich nicht gehen.

Ich atme aus und tue noch einen Atemzug. Mir graut vor dem Geruch nach Leinsamen, aber er ist nicht da. Er ist verdunstet, hat sich aus diesen Gemälden verflüchtigt. Wenn ich das Gesicht ganz dicht an eines drückte, würde ich vielleicht den Geruch wahrnehmen, den ich mit Mum in Verbindung bringe. Doch die Galerie selbst riecht nach Bohnerwachs, und das macht mir das Hinsehen leichter.

Das Gemälde, das gleich bei der Tür hängt, habe ich noch nie zuvor gesehen. Es ist das Porträt eines alten Mannes, der auf einem leeren Strand steht. Er hält den Totenkopf eines Vogels in der Hand. Auf dem kleinen Schild neben dem Gemälde steht, dass es 1982 entstanden ist, also bevor ich auf die Welt kam. Es sollte leichter sein, ein Bild zu betrachten, das ich nicht kenne, doch es lässt mich an all die Zeit denken, die meine Mutter existierte, ohne dass ich sie kannte. Mum trennte sich gewöhnlich so schnell wie möglich von ihren Bildern. Wenn nötig, verschenkte sie sie.

Es könnte ein Gemälde von meinem Vater hier hängen. Ich würde es noch nicht einmal erkennen.

»Das bist du, nicht wahr?«, fragt Quinn, ganz dicht an meiner Schulter. Ich folge seinem Blick quer durch den Raum, und tatsächlich – da bin ich. Ich bin vier Jahre alt, und ich sitze auf dem Rücken eines jungen Elefanten.

Das ist leichter anzusehen. Quinn und ich durchqueren den Raum, um es uns anzusehen. Auf dem Gemälde bin ich in einen grünen, silbern bestickten Sari gehüllt. Mein Pony ist zu lang, und ich blicke den Betrachter direkt an, da ich meine Mutter direkt ansah, als sie das Foto machte, das sie als Vorlage benutzte.

»Erinnerst du dich daran?«, fragt mich Quinn, und ich nicke. »Wart ihr in Indien?«

»Nein, es war ein Zirkus. Ich glaube, es war in Norwich.«

Quinn lacht. Sein Lachen ist nie laut, aber es ist das lauteste Geräusch in diesem gedämpften Raum. Ich blicke zu mir selbst als Kind hoch. Ich erinnere mich noch sehr gut daran, wie ich auf dem Elefanten gesessen habe, denn er stank. Die Haare auf seinem Rücken kratzten mich an den nackten Beinen, und seine Haut war runzeliger als alles, was ich je im Leben gesehen hatte. Er war vollkommen fremdartig. Mit dem Rüssel berührte er mich am Knie, als wollte er dieses seltsame Ding auf seinem Rücken wegscheuchen. Der Sari hatte winzige Glöckchen am unteren Saum, und jedes Mal, wenn sich der Elefant bewegte, klingelten die Glöckchen.

Bis ich vierzehn Jahre alt war, glaubte ich, dass der Elefant dreißig Sekunden nach dem Foto losmarschierte und ich hinunterfiel, direkt in die Arme meiner Mutter. Sie bewahrte mich davor, auf den strohbedeckten Betonboden zu stürzen, und dann stellte sie mich sicher auf die Beine. Doch im Alter von vierzehn Jahren fiel ich vom Fahrrad und brach mir den Arm, und als der Arzt uns die Röntgenaufnahmen zeigte, machte er eine Bemerkung zu dem alten, verheilten Bruch an meinem Ellenknochen. »O ja«, sagte meine Mutter mit dem Funkeln in den Augen, das bedeutete, dass sie den Arzt attraktiv fand, »das war damals, als sie von dem Elefanten gefallen ist.«

Der Arzt lachte, ganz wie er sollte, und ich sagte: »Aber du hast mich doch aufgefangen, als ich von dem Elefanten gefallen bin.«

»Nein, Darling, du bist runtergefallen und hast dir den Arm gebrochen, weißt du nicht mehr? Du musstest wochenlang einen Gips tragen. Du wolltest ständig Flamingos darauf gemalt bekommen.«

Als ich das Gemälde jetzt betrachte, kann ich mich nicht daran erinnern, mir den Arm gebrochen zu haben. Aber ich muss ihn mir gebrochen haben, denn ich konnte die dünne Linie des verheilten Bruches auf dem Röntgenbild erkennen, und mir fiel keine andere Gelegenheit ein, bei der ich ihn mir gebrochen haben könnte. Doch in meiner Erinnerung werde ich in den Armen meiner Mutter aufgefangen. Aufgehoben in ihrer Umarmung und wieder sicher auf die Beine gestellt.

»Es ist komisch«, wende ich mich jetzt an Quinn, »wie man sich an manche Dinge erinnert, an andere hingegen nicht. Nicht wahr?«

Er gibt ein zustimmendes Geräusch von sich, und ich spüre, dass er auf mehr wartet. Aber es ist hier so still. Man wird mich hören.

»Das alles ist ziemlich schwierig für mich«, erkläre ich ihm. »Ich vermisse sie.«

»Verstehe. Wollen wir gehen?«

Ich schüttele den Kopf. »Nein, da wir nun einmal hier sind, habe ich das Gefühl, dass ich hinsehen sollte. Es ist nur … Ich glaube nicht, dass ich darüber reden kann. So vieles davon ist schwer zu erklären.«

»Du musst nichts erklären.« Er ergreift meine Hand. »Ich verstehe voll und ganz.«

Aber das tut er nicht. Wie kann er auch? Er hat seine Mutter nicht verloren. Er hat seinen Vater immer gekannt. Er ist sich seines Platzes in der Welt sicher, er weiß, dass er hierhergehört, und es gibt nichts, das ihm das nehmen könnte. Quinn schleppt nicht die Last von Verlust und Kummer und Schuld mit sich herum. Er ist unkompliziert und aufrichtig. Ihn holt nie die Vergangenheit ein – in Momenten, wenn man am wenigsten damit rechnet.

»Sehen wir uns einfach die Bilder an«, sage ich.

So viel zum Hier und Jetzt.

Ich halte ungefähr eine Dreiviertelstunde durch, bevor ich pochende Kopfschmerzen bekomme. Ich reibe mir die Schläfen, was als Wink für Quinn ausreicht, der mir weitaus mehr Aufmerksamkeit geschenkt hat als den Gemälden.

»Möchtest du eine Pause einlegen?«, fragt er sofort. »Im zweiten Stock gibt es ein Café.«

»Ja, das ist eine gute Idee. Treffen wir uns dort. Ich gehe erst aufs Klo.«

»Vielleicht haben sie richtigen Tee.«

»Darauf würde ich mich nicht verlassen. Das hier ist Amerika. Teebeutel mit Faden in einer Tasse mit lauwarmem Wasser.«

»Mal sehen.« Er drückt meine Hand, küsst mich auf die Wange. »Bis gleich, Liebes.«

Sobald er fort ist, spüre ich, wie erschöpft ich bin. Meine Beine zittern, und da ich eigentlich gar nicht aufs Klo muss, schließe ich, als ich das WC betrete, den Deckel in einer der Kabinen und setze mich darauf, den Kopf in die Hände gestützt. Quinn hat bestimmt geplant, mindestens noch eine Stunde hier zu verbringen, aber mir reicht es. Ich muss aufhören, mich zu erinnern, muss wieder einen klaren Kopf bekommen.

Dank der Kühle auf der Damentoilette klingen die Kopfschmerzen rasch ab. Ich bleibe sitzen, bis meine Beine nicht mehr so zittern, dann verlasse ich die Kabine, spritze mir Wasser ins Gesicht, ziehe mir die Lippen nach. Auf diese Weise sehe ich mehr wie mein gegenwärtiges Ich aus. Wir haben drei Porträts von mir gesehen – abgesehen von dem einen von mir auf dem Elefanten –, und auf keinem trage ich Lippenstift. Oder einen Ehering.

Auf der Suche nach der Treppe, die in das Obergeschoss führt, frage ich mich, was meine Mutter von all dem hier halten würde. Die Gemälde sind Leihgaben von verschiedenen Sammlern, vor allem wohlhabenden Leuten – einige wenige stammen auch von Esthers Freunden. Das sind die Bilder, die sie verschenkt hat. Sie behandelte ihre Werke nie so, als wären sie von großem Wert. Sie schrieb meinen Lehrkräften Notizen auf der Rückseite von alten Skizzen. Manchmal verwendete sie Zeichnungen zum Anzünden des Kaminfeuers.

Natürlich liegt es an ihrer sorglosen Haltung gegenüber ihrem eigenen Werk, dass ihre Gemälde jetzt, nach ihrem Tod, so viel Geld wert und derart gefragt sind. Ich weiß schon nicht mehr, wie viele Anrufe und E-Mails ich ignoriert habe, wie viele Briefe ich weggeworfen habe, in denen angefragt wurde, ob es noch weitere Werke von ihr zu kaufen gibt.

Genauso verhielt es sich mit ihren übrigen Besitztümern. Wenn ihr jemand beispielsweise ein Kompliment zu einem Hut machte, nahm sie ihn sich vom Kopf und drängte ihn der Person auf. Die Menschen kamen und gingen in ihrem Leben auf ähnliche Weise. Mit manchen Liebhabern blieb sie befreundet, andere ließ sie ziehen – so meinen Vater. Sie blickte nie zurück, hielt nie an etwas oder jemandem fest – außer an mir.

»Reise mit leichtem Gepäck«, war ihre Devise. »Nimm nichts mit, das du nicht auch zurücklassen kannst.«

Ich habe versucht, mit leichtem Gepäck zu reisen, aber ich kann es nicht. Nicht so, wie Esther es konnte. Ich halte an Dingen fest, kann von ihnen nicht lassen. Ich habe Lieblingsbücher, die ich von Land zu Land, Haus zu Haus mitgeschleppt habe. Meine Lieblingsjacke habe ich nun seit fast fünfzehn Jahren. Ich habe eine Plastikkiste mit Fotografien. Ich sammele hübsche Dinge, Postkarten und getrocknete Blumen und strassbesetzte Haarspangen und Schuhe.

Ich habe einen Ehemann. Ich habe ein Cottage und eine Hypothek. Ich habe ein ganzes Leben angesammelt, vieles davon seit dem Tod meiner Mutter.

Ich bleibe stehen. Ich krame in meiner Handtasche und hole eine Handvoll Broschüren und Stadtpläne von New York heraus. Da ist ein Kamm und noch ein Lippenstift und ein unbenutztes Taschentuch und ein Spiegel und ein paar Eicheln, die ich gestern im Central Park gefunden habe. Ich gehe in die Hocke und lege alles in einem unordentlichen Haufen auf den polierten Boden, eine Opfergabe an meine Mutter. Einen Moment lang bin ich versucht, den Reservelippenstift wieder an mich zu nehmen, weil ich die Farbe gern mag, aber ich stehe auf und gehe weg, mit ein wenig leichterem Gepäck.

Wider Erwarten lächele ich, und als ich um die Ecke biege, bin ich völlig unvorbereitet auf den Anblick, der sich mir bietet.

11

Frangipani.

Die Blüten umgeben ihn in Wolken aus Weiß und Gelb, Rosa und Orange, heller, weil er halb im Schatten steht. Von der Taille aufwärts ist er nackt, und die Blüten verleihen seiner Haut einen Schimmer, oder vielleicht ist es umgekehrt. Sie ist golden, seine Haut, golden und makellos. Seine Haare sind zerzaust, zu lang, glänzen warm. Eine Hand hält eine Blüte, wird sie gleich fallen lassen.

Ich stehe mit offenem Mund da, die Augen weit aufgerissen, und starre ihn an. Er ist fast drei Meter groß, mit Öl auf Leinwand gebannt.

»Hallo, Ewan«, flüstere ich.

Seine Augen sind leuchtend blau. Sie blicken aus dem Gemälde, als wären sie lebendig, als existierten der Rahmen und die leeren Wände drum herum nicht. Als wären Jahre ausradiert und er stünde nun wieder hier vor mir.

Als ich ihn zum ersten Mal sah, sah er so aus. Bloß dass er ganz nackt war.

Ich war natürlich spät dran. Es war Juli, und ich hatte einen Sonnenbrand, weil ich den ganzen Vormittag auf einer der Steinbänke im St.-Pancras'-Park gelesen hatte. Der Riemen meiner Umhängetasche rieb an meiner Haut, und ich musste immer wieder stehen bleiben, um die Schulter zu wechseln. Es war ganz allein meine Schuld, dass ich spät dran war. Ich war zu spät aufgebrochen, hatte noch ein weiteres Kapitel gelesen, als ich eigentlich schon losgemusst hätte. Ich hasste Aktzeichnen. Ich war nicht sonderlich gut darin, auch wenn ich mein ganzes Leben lang meiner Mutter dabei zugesehen hatte, wie sie mühelos Menschen zeichnete. Vielleicht wusste ich, wie erbärmlich ich war, *weil* ich ihr zugesehen hatte. Meine eigenen gezeichneten Menschen waren immer zu schematisch. Es gelang mir nie ganz, zu Papier zu bringen, was ich in Wirklichkeit sah. Folglich sahen sie alle ein wenig wie Comicfiguren aus. Sonderbar. Und natürlich war beim Aktzeichnen immer jemand, der einem über die Schulter blickte, und man konnte die Zeichnung nicht mitnehmen und verbessern, bevor man sie jemandem zeigte.

Doch ich wollte an der Kunsthochschule studieren, weil Zeichnen das Einzige war, worin ich halbwegs gut war. Und wenn man auf die Kunsthochschule wollte, brauchte man eine Bewerbungsmappe. Und wenn man beim Schulabschluss mit dem Minimum an Arbeitsaufwand gerade noch so über die Runden gekommen war und sich dann anderthalb Jahre zum eigenen Vergnügen auf der ganzen Welt herumgetrieben hatte, musste man einen Sommerkurs am Central Saint Martins belegen, um die eigene Kunstmappe aufzustocken.

Als ich den richtigen Raum erreichte, war ich schweißnass, und es fühlte sich an, als hätte ich auf beiden Schultern Brandblasen. Ich stieß die Tür mit beiden Händen auf und platzte in den Raum.

»Entschuldigung«, keuchte ich. Ein Dutzend Leute wandten sich von ihren Zeichnungen ab und mir zu. Von meinem Platz aus konnte ich das Modell nicht sehen, aber ich sah die Anfänge von Zeichnungen in Kohle und Bleistift. Es war ein Mann, offensichtlich ein junger Mann.

»Da drüben ist noch Platz«, sagte mir die Lehrerin, und ich richtete meine ganze Aufmerksamkeit darauf, mich zwischen den anderen Schülern hindurchzuschlängeln und ihre Staffeleien nicht mit meiner Tasche umzuwerfen. Junge Menschen zeichnete ich nicht sonderlich gern. Ich zog es vor, Falten zu zeichnen. Wenn Aktmodelle einen makellosen Körper hatten, wenn sie schön waren, unterstrich das bloß, wie hässlich meine Zeichnung wurde. In der ersten Woche hatten wir eine wunderschöne, schlanke junge Frau, die im richtigen Leben wahrscheinlich Model war, und bei mir sah sie aus wie eine nackte Cruella de Vil.

Ich stellte meinen Zeichenblock auf die Staffelei, wählte meine Kohle aus und wischte mir mit dem Handrücken Schweiß von der Stirn. Resigniert richtete ich den Blick auf das Modell.

Er sah mich direkt an.

Es war, als hätte ich die Finger in eine Steckdose gesteckt. Meine sonnenverbrannte Haut prickelte. Die Haare an meinen Armen und im Nacken richteten sich auf. Ich trat zurück und gab ein hörbares Quieken von mir.

Seine Augen waren von diesem unglaublichen Blau, einem absurden Blau – Schwimmbadfarbenblau. Augen sollten nicht so blau sein. Er sollte mich nicht ansehen. Er sollte unverwandt ins Leere starren, weil er ein Aktmodell war.

Auf seinem Gesicht lag der Anflug eines Lächelns. Er hatte mein Quieken gehört. Er sah mich an, weil ich gerade unangenehm aufgefallen war, weil ich spät hereingeplatzt war und dann gequiekt hatte, anstatt gelassen zu zeichnen, wie eine Frau von Welt, die schon unzählige nackte Männer gesehen hat.

Tatsächlich hatte ich schon viele nackte Männer gesehen. Es gingen ständig nackte Männer und Frauen im Atelier meiner Mutter ein und aus. Oft brachte ich ihnen Tee und musste ihnen manchmal meinen Bademantel leihen. Zudem war ich zwanzig Jahre alt und war um die Welt gereist. Ich war mit Jungs zusammen gewesen. Ich hatte Sex gehabt. Ich starrte dieses Aktmodell an, als wäre er Adam und ich eine völlig überwältigte Eva.

Er war schön – schlank und muskulös, glatte Brust, makellose Haut. Seine Rippen zeichneten sich sanft ab, und die vereinzelten Haare auf seiner Brust und seinem Bauch waren sichtbar. Er saß auf einem Holzschemel, und wahrscheinlich war es für mich eine glückliche Fügung, dass sein Genitalbereich vom Oberschenkel verdeckt wurde. Natürlich sah er in meine Richtung, weil das die von ihm gewählte Pose war. Er hatte ganz zufällig den Kopf der Seite des Raumes zugedreht, wo er die Frau betrachten konnte, deren Gehirn sich vorübergehend verabschiedet hatte.

»Alles in Ordnung?«, flüsterte die Lehrerin. Sie kannte meine Mutter und war aus diesem Grund nett zu mir. Auch wenn das die Sache noch schlimmer für mich machte, weil meine Arbeiten niemals meinem genetischen Erbe gerecht wurden.

»Ja, ja«, erwiderte ich mit Lippen, die taub geworden waren. »Versuche nur, mich zu konzentrieren.« Ich hob die Kohle an das Blatt. Meine Handfläche war schweißnass. Meine Finger zitterten. Ich zog einen Strich – zögerlich, willkürlich.

»Interessant«, murmelte die Lehrerin und ging dann gnädigerweise weiter.

Ich versuchte zu zeichnen. Ich versuchte, das Blatt anzusehen. Ich machte noch mehr Striche, angeblich die Linie seines Armes, die Neigung seines Kopfes. Sie waren verkehrt, und abgesehen davon sah er mich weiterhin an. Jetzt war sein Gesicht ernst. Er sah aus, als würde er nachdenken. Über mich.

Ich riss das oberste Blatt ab und versuchte es erneut. Doch es war so schwer, den Blick auf das Papier gerichtet zu halten. Und ich sollte seinen Körper betrachten, aber er sah mir ständig in die Augen. So viel Blickkontakt. In einer normalen Situation würde man einen anderen Menschen niemals so anstarren, direkt in die Augen, ohne etwas zu sagen. Es würde sich niemals anfühlen, als hätte der Blick des anderen einen im Griff, hätte einen gefangen genommen mit all der Bläue, einem sämtliche Gedanken geraubt, alle anderen Anwesenden verschwinden lassen.

»Sollen wir eine Pause einlegen?«, durchbrach die Stimme der Lehrerin die Stille, und die Leute um mich herum fingen an sich zu recken und zu strecken und sich zu unterhalten. Das Modell drehte den Kopf, weil das Wort an ihn gerichtet worden war, und endlich konnte ich nachsehen, was ich auf meinem Papier fabriziert hatte. Es war ein einziges Durcheinander. Willkürliche Linien und Flecken, die Zeichnung einer Vierjährigen. Eilig riss ich die Seite herunter und zerknüllte sie zu einer Kugel.

»Hi«, sagte jemand, und ohne hinzusehen wusste ich, dass er es war. Manchmal, ziemlich oft sogar, gingen die Modelle im Raum herum, um sich anzusehen, was man gezeichnet hatte. Ich steckte das zerknüllte Papier in meine Tasche und versuchte ein gleichgültiges Lächeln.

Er hatte sich ein Tuch um die Taille gebunden. Doch ich sah nur seine Augen. »Hi«, antwortete ich. Ich war ganz außer Atem. »Tut mir leid, meine Zeichnung ist ziemlich danebengegangen.«

»Wie wär's nachher mit einem Kaffee?«

Sein halbes Lächeln von vorhin, bei meinem Eintreten, hatte sich in ein breites Grinsen verwandelt. O nein. Er hatte gesehen, wie ich ihn angestarrt hatte. Er hielt mich für eine leichte Eroberung. Er hielt mich für ein naives, etwas tollpatschiges kleines Ding. Ich sollte ablehnen.

»Okay«, hörte ich mich sagen.

»Ich komme zum Haupteingang«, sagte er. »Sobald ich angezogen bin.«

»Sind wir bereit für die nächste Pose?«, rief die Lehrerin.

Jetzt stehe ich vor diesem Gemälde von Ewan, das meine Mutter angefertigt hat. Zwei Schatten von Menschen, die mein Leben verlassen haben, in diesem einen Werk aus Kunst und Erinnerung. Ich lese auf dem weißen Schild neben dem Gemälde, dass es sich um eine Leihgabe der Besitzerin, Mrs. T. Kilgore aus Florida, handelt. Es ist zehn Jahre lang in ihrem Haus gewesen, geschützt vor der Tropensonne. Mrs. T. Kilgore aus Florida hat jeden Tag Ewan betrachtet, ohne die Geschichte des Gemäldes zu kennen – was davor geschah, was danach geschah, was seitdem geschehen ist. Sie kennt nur den Titel: *Porträt eines verliebten jungen Mannes*.

Und Ewan steht dort unverändert. Er wirkt so frisch. So zart. Aus einem Guss mit den Blütenblättern, bevor sie abfallen.

An den Armen habe ich eine Gänsehaut. Würde ich einen Schritt nach vorn machen, könnte ich in das Gemälde treten – ein Schatten – und ihn zum ersten Mal wieder berühren, Handfläche an Handfläche, quer über einen Tisch.

Alles noch einmal erleben.

Ich stand auf dem Bürgersteig, und in meinem Nacken sammelte sich der Schweiß, während ich den Riemen meiner Tasche durch die Hände gleiten ließ. Es war noch heißer geworden in der Zwischenzeit, der Asphalt glühte. Alle anderen aus dem Aktzeichenkurs waren bereits an mir vorbeigegangen, einige hatten mich neugierig angesehen. Er kam nicht. Es hätte mich nicht überrascht, wenn er sich, sobald er angezogen war, aus dem Hinterausgang davongeschlichen hätte. Während der anderen Posen hatte er in die entgegengesetzte Richtung gesehen, aber es war mir trotzdem nicht gelungen, etwas zu zeichnen. Die Linie seines Rückens oder die Rundung seiner Gesäßbacken mit meiner Kohle nachzuziehen wirkte so, als würde ich ihn berühren. Und ich wollte ihn so sehr berühren.

Wahrscheinlich war er ziemlich eingebildet. Ein Angeber. Man musste ja wohl ziemlich von sich eingenommen sein, um vor einem Raum voll Menschen zu stehen und sich nackt von ihnen zeichnen zu lassen, oder?

Na ja, eigentlich nicht. Ich kannte ja Künstlermodelle, und die meisten von ihnen waren nette, normale Menschen. Aber der hier hatte wahrscheinlich die Frauen im Raum im Visier, diejenigen, die seine Nacktheit nervös zu machen schien, die ihn anziehend fanden. Wahrscheinlich verabredete er sich mit allen von ihnen und führte Buch und ging dann mit seinen Freunden ins Pub und lachte über die albernen Kunststudentinnen. Und selbst wenn nicht, wusste ich natürlich nicht das Geringste über ihn. Ich hatte eben anderthalb Stunden damit verbracht, ihn anzustarren. Vielleicht würde ich ihn bei einem Gespräch noch nicht einmal sympathisch finden.

Ich würde nach Hause gehen. Ich machte auf dem Absatz kehrt und ging in Richtung Bushaltestelle. Da hörte ich ihn hinter mir rufen. »Hey!«

Ich wirbelte herum, mein Herz schlug heftig. »Hey«, sagte ich und versuchte, gelassen zu klingen, was mir misslang. Ohne sich auch nur im Geringsten um das Wetter zu scheren, war er in Jeans und Lederjacke gekleidet. Er sah mir erneut in die Augen.

Ich kam mir wie betrunken vor. »Willst du … Hast du immer noch Lust auf einen Kaffee?«, fragte ich.

»In der Caledonian Road ist ein Café.«

Er war mir fast unerträglich nah. Sein Lächeln hatte etwas Triumphierendes. Während wir am King's-Cross-Bahnhof vorübergingen, entschied ich, dass ich ihm das Lächeln verzeihen würde, weil ich ihn so attraktiv fand.

Es war ein italienisches Café, und drinnen war es noch heißer als draußen. Er zog sich die Jacke aus und hängte sie über seine Stuhllehne, und ich sah die feuchten Flecken an seinem T-Shirt. Er fühlte sich ganz offensichtlich wohl in seiner Haut wie vorhin, so wie eben, als er nackt gewesen war. »Was möchtest du?«, erkundigte er sich.

»Einen Espresso.«

Er bestellte zwei und streckte mir dann die Hand über den Tisch entgegen. »Ich heiße Ewan.«

»Felicity.« Ich war zu begierig darauf, ihn zu berühren, aber ich ergriff seine Hand beiläufig, als wäre es mir völlig egal. Seine Handfläche war heiß, und er hielt meine Hand den Bruchteil einer Sekunde zu lang fest. Als er sie losließ, legte ich mir unwillkürlich die Finger an die Lippen, merkte dann, was ich getan hatte, und errötete.

»Also, Flick. Du bist Kunststudentin.« Er lehnte sich in seinem Stuhl zurück, den Arm auf die Lehne des Nachbarstuhles gelegt. Er sprach mit leicht schottischem Akzent.

»Eigentlich nicht. Ich versuche, eine zu werden, aber ich habe den Großteil der vergangenen beiden Jahre mit Reisen verbracht. Jetzt muss ich an meiner Mappe arbeiten.«

Der Espresso und das Reisen sollten ihn beeindrucken. Er hob leicht die Augenbrauen, anerkennend, und dann kamen die Kaffees, und er riss Zuckerpackungen auf und leerte sie in seine Tasse. Ich rechnete damit, dass er von sich erzählen würde, doch stattdessen fragte er: »Wo bist du so gewesen?«

Mein Mund spielte mir Streiche, ich stammelte. Ich trank einen Schluck von dem siedend heißen Kaffee und erzählte es ihm trotzdem. Während ich die Wörter aussprach, die Länder bezeichnete, wurde es einfacher, weil ihm anzusehen war, dass er zuhörte. Richtig zuhörte, nicht nickte und darauf wartete, selbst mit dem Reden an die Reihe zu kommen. Er fragte mich, welche Orte mir am besten gefallen hätten, was das Unglaublichste sei, das ich je gesehen hätte …

»Ich würde das total gern machen«, sagte er, als ich fertig erzählt hatte. »Das werde ich auch, eines Tages. Ich werde auf Weltreise gehen.«

»Warum machst du es nicht jetzt?«

Er lachte, ein verächtliches Lachen, das fast ein Bellen war. »Hab halt die Kohle nicht. Wenn ich reise, werde ich mich dafür bezahlen lassen.«

»Als Aktmodell?«

Er schüttelte den Kopf. Seine halblangen Haare fielen ihm in den Nacken. »Ich spiele Gitarre und singe. In Glasgow habe ich eine Band. ›Magic Fingers Ewan‹, so nennt man mich.« Er hob die Hände und zappelte mit den Fingern.

»Wirklich?«

»Nein, war ein Scherz. Aber ich bin in einer Band. Wir sind in London und versuchen, einen Vertrag zu bekommen. Sieht ganz gut aus. Modell stehe ich, um ein bisschen was nebenbei zu verdienen.«

»Wird das gut bezahlt?«

»Nicht wenn man bedenkt, dass mir die meiste Zeit eine kühle Brise in den Hintern weht.«

Ich brach in schallendes Gelächter aus. Alle Anspannung fiel von mir. »Macht es dir Spaß?«

»Es stört mich nicht.« Nach einem Schulterzucken malte er Muster in den Zucker, den er auf dem Tisch verschüttet hatte. Er hatte eine Tätowierung auf dem Arm, ein kompliziert verschlungenes keltisches Symbol. Als er nackt war, war sie mir gar nicht aufgefallen. »Auf jeden Fall hält es mich tagsüber beschäftigt. Nächste Woche bin ich bei einer ziemlich bekannten Malerin. Vielleicht werde ich ja durch sie unsterblich.« In seinen Worten schwang gerade genug Selbstironie mit. »Möchtest du eine berühmte Malerin werden?«

»Nein.«

»Ich möchte ein berühmter Musiker werden«, erklärte er mir. »Richtig berühmt. Nicht wegen der Kohle. Ich möchte, dass sich Menschen auf der ganzen Welt meine Musik anhören.«

»Ich möchte bloß etwas finden, worin ich gut bin«, sagte ich.

»Das wirst du«, meinte er. »Ich wette, du bist in vielen Dingen gut.«

»Selbst wenn ich nichts finde, möchte ich jedenfalls

nicht normal sein.« Meine Hände zitterten. Das hatte ich bisher noch niemandem anvertraut. »Ich möchte etwas Besonderes sein.«

»Du bist schön. Wirklich schön.«

Er sagte es mit Nachdruck. Ich wusste, dass ich nicht schön war. *Er* war schön. Ich war eine mittelmäßige Künstlerin, die ihn nicht zeichnen konnte. Doch in dem Augenblick begehrte ich ihn nicht nur, ich liebte ihn dafür, dass er mich als schön wahrnahm. Als etwas Besonderes.

Ewan griff über den Tisch und legte die Hand auf mein Handgelenk. »Du solltest heute Abend zu unserem Konzert kommen. In Camden, im Barfly. Wird lustig.«

Der Raum war brechend voll, und es stank nach Bier und Schweiß. Ich hielt ein halbes Pint umklammert und wurde von allen Seiten angerempelt. Der Boden fühlte sich klebrig an.

Die Band bestand aus vier Leuten. Ich registrierte nur schemenhafte Gestalten. Mein Blick war unverwandt auf Ewan gerichtet.

Er war der Leadgitarrist und Sänger, und er stand wie ein junger Gott auf der Bühne. Großspurig, selbstsicher in enger Jeans und einem Hemd, das tief aufgeknöpft war, die Gitarre von der gleichen Farbe wie seine glänzenden Haare.

Die Musik war laut, und obwohl ich sie eines Tages auswendig kennen sollte, spürte ich sie an diesem Abend mehr, als dass ich sie hörte. Sie pulsierte in meinem Körper. Ewans raue Stimme, ein einziges großes Versprechen.

Ich sollte nicht so durchschaubar sein, dachte ich inmitten des Dröhnens und des Gedränges und der Hitze. Ich sollte cool sein, das Spielchen mitspielen. Nach draußen gehen und eine Zigarette schnorren. Mich mit einem anderen unterhalten. Vielleicht ein bisschen mit dem Barmann flirten.

Ich konnte es nicht. Ich tat es nicht. Gebannt beobachtete ich ihn. Seine Hände fuhren über die Gitarre, abwechselnd zärtlich und fordernd. Jedes Mal, wenn er mir in die Augen sah, entflammte ich.

Nach dem Auftritt nahm er die Bierflasche, die neben seinem Mikroständer gestanden hatte, und trank davon. Ich beobachtete, wie er die Lippen schürzte, wie sich seine Kehle bewegte. Während die anderen Bandmitglieder die Bühne verließen, trank er immer weiter, bis sich der Applaus legte und wieder Gespräche aufkamen, und dann stellte er die Flasche ab, reichte jemandem seine Gitarre und sprang ganz in meiner Nähe leichtfüßig von der Bühne.

»Flick! Hat's dir gefallen?« Er war außer Atem, seine Haare waren schweißnass.

»Ich habe ehrlich gesagt nicht viel mitbekommen.« Ich sonnte mich in der Tatsache, dass er mir einen Spitznamen gegeben hatte.

»Du hast mich die ganze Zeit beobachtet«, sagte er. Seine raue Stimme war fast ein wenig heiser. »Ich habe nicht gedacht, dass du kommen würdest.«

»Ewan!«, rief ein Junge aus der Band. Ich hielt ihn für den Schlagzeuger. »Wir brauchen dich hier drüben, Kumpel.«

»Einen Moment.«

»Es ist wichtig!«

»Das hier auch.« Er wandte sich mir zu. »Ach, verdammt. Ich weiß nicht, wie ich es sagen soll.«

»Was sagen?«

»Noch was zu trinken?«

Mein Glas war immer noch halb voll. Er ergriff meine Hand und führte mich an die Bar im hinteren Teil des Raumes. Ich spürte die Hornhaut an seinen Fingerkuppen. Er bestellte ein großes Bier für sich und ein kleines für mich und lehnte sich an die Bar. Mit dem Daumen streichelte er mir über den Handrücken.

Wir sagten beide nichts, aber innerlich machte ich Luftsprünge. Etwas war anders an ihm. Es war ein Naturphänomen. Es war eindringlich. Er war sexy.

»Ewan!« Der Schlagzeuger tauchte links hinter ihm auf. »Wir brauchen dich da drüben. Der Typ von der Plattenfirma ist da, Mann. Er will sich unten mit uns unterhalten.«

»Bin gleich wieder da. Versprochen.« Er wandte den Blick keine Sekunde von meinem Gesicht ab. Der Schlagzeuger machte ein unwilliges Geräusch und ließ uns stehen.

»Ich muss los«, erklärte Ewan, ohne zu gehen.

»Das macht vier Pfund fünfzig«, sagte der Barmann, mit dem ich nicht geflirtet hatte. Ewan schüttelte den Kopf, als würde er aufwachen, und kramte in seiner Tasche nach Geld.

»Hör mal«, wandte er sich an mich, während er ein paar Münzen über die Bar schob. »Ich sollte nicht hier sein.«

»Du musst zu deiner Band. Ich weiß. Das ist okay.«

»Nein, ich meine … Ich bin nicht … Da ist …« Er biss sich auf die Lippe. »Okay, die Wahrheit. Die Wahrheit lautet, ich habe nicht damit gerechnet, dir zu begegnen. Nicht jemandem wie dir. Ich wollte, dass du heute Abend kommst, aber ich dachte, es wäre besser, wenn du es nicht tätest. Ich hätte dich nicht einladen sollen.«

»Nicht?« Ich trat zurück und versuchte, ihm meine Hand zu entziehen, aber er hielt sie fest.

»Ich habe eine Freundin«, sagte er rasch. »In Glasgow. Es tut mir leid, aber so ist es.«

Es war wie ein Betonklotz auf meiner Brust, der mir die Luft aus den Lungen drückte. »Oh. Ich … Ich verstehe.«

»Ewan, verdammt noch mal!« Der Junge von eben brüllte es quer durch den Klub.

»Na ja, wie gesagt, wir wollen hier versuchen, einen Plattenvertrag zu bekommen, und Alana muss arbeiten … Deswegen ist sie nicht mitgekommen …«

»Es ist okay. Schon gut. Danke, dass du es mir gesagt hast.« Diesmal entriss ich ihm die Hand, um durch den überfüllten Klub zu flüchten.

Tränen brannten mir in den Augen. Du elende Närrin! Ich kam nur zwei Schritte weit, bevor ich mit jemandem zusammenstieß. »Pass auf, wo du hintrittst!«

Ich hörte Ewan hinter mir fluchen, und dann waren seine Hände an meinen Schultern, und er packte mich. »Lauf nicht weg!«

»Es ist okay, es ist bloß ein mieses Timing. Ich habe sowieso zu arbeiten.«

Er drehte mich zu sich um. Eine Träne war entkommen und rollte mir die Wange hinunter.

»Flick, ich will …«, setzte er an, doch der Schlagzeuger tauchte wieder auf und packte Ewans Arm.

»Was zum Teufel soll das?«, wollte er wissen. »Du musst dich da zeigen – und zwar *jetzt*.«

»Es tut mir leid«, sagte Ewan erneut, und diesmal machte ich mich los und lief nach unten und aus dem Gebäude, hinaus auf die heiße Straße von Camden.

12

Zehn Jahre später halte ich am Eingang des Cafés inne. Quinn sitzt an einem Tisch am Fenster. Er hat zwei Kännchen Tee vor sich stehen und liest die *New York Times*, die er seit heute Morgen zusammengerollt in seiner Jacketttasche bei sich getragen hat. Seine Wangen sind rau vom Dreitagebart, und zwischen seinen Augenbrauen hat sich eine leichte Falte gebildet, während er sich auf die Zeitung konzentriert. In letzter Zeit hat er öfter geklagt, dass er wohl in absehbarer Zeit eine Brille benötigen werde.

Quinn ist erwachsen. Wir sind beide erwachsen. Es ist kein Zeichen von Erwachsensein, einen Mann kennenzulernen, der nackt Modell steht, und auf der Stelle alle Gedanken und Pläne über den Haufen zu werfen und alles zu vergessen, weil man hofft, ihn wieder berühren zu können. Es ist kein Zeichen von Erwachsensein, mit zitternden Händen dazusitzen, weil man jemandem gesagt hat, dass man etwas Besonderes sein möchte, was auch immer das heißen soll.

Erwachsensein geht anders. So wie dies hier, das Leben mit meinem Ehemann. Wir sind beide dreißig Jahre alt, und ich tue Dinge, die ich nicht will, weil ich weiß, dass er sie will.

Ich begreife selbst nicht, wie es gekommen ist. Ich kann mich an jede Entscheidung und jeden Schritt erinnern, aber nicht daran, wie das alles zum Erwachsensein führte, zu Verantwortlichkeit, zu Hausbesitz und geregelten Einkommen, zu Versicherungsbeiträgen und Sonntagsbraten und einem Terminkalender und dem Baby, das vielleicht gerade in meiner Gebärmutter heranwächst.

Ab wann habe ich aufgehört, mit leichtem Gepäck zu reisen?

Mein Ehemann blickt von seiner Zeitung auf, und als er mich sieht, verschwindet das Stirnrunzeln zwischen seinen Augenbrauen. Er springt auf und berührt mich am Ellbogen. »Dir ist nicht gut.«

»Alles in Ordnung.« Aber mir ist schwindelig, als wäre ich in der falschen Zeit gelandet.

»Du bist ganz bleich.« Er hilft mir in einen Sessel und gießt mir Tee ein. »Oje, er ist kalt geworden. Moment, ich hole neuen.«

»Nein, lass nur, ist schon gut.«

»Ich tue Zucker hinein. Das wird helfen.«

»Lass nur.«

Er ist dabei, eine Zuckerpackung aufzureißen, hält aber inne. »Was ist los? Ist dir schlecht? Das könnte ein gutes Zeichen sein, nicht wahr?«

Nur ein Mann, der besessen davon ist, eine Familie zu gründen, reagiert optimistisch, wenn seiner Frau unwohl ist.

»Nein, mir ist nicht schlecht«, fahre ich ihn an. »Ich bin erschöpft, weil ich nach Terminplan durch New York geschleift wurde und dann für dich die Museumsführerin in einer Ausstellung der Werke meiner toten Mutter spielen muss.«

Er legt den Zucker beiseite. »Es tut mir leid.«

Ich sollte nicht in Zorn geraten, aber es ist eine Erleichterung, nachdem ich den ganzen Tag so getan habe, als würde ich mich freuen. »Ich wollte nicht hierherkommen, Quinn. Ich habe die Einladung zerrissen.«

»Du hast gesagt, dass es in Ordnung ist.«

»Was sollte ich denn sonst sagen! Du hast dir so verflucht viel Mühe gegeben.«

»Ich habe doch mehrfach gesagt, dass wir nicht hineingehen müssen, wenn du nicht willst.«

»Nachdem du den ganzen Aufwand betrieben hast? Wirklich nett.«

»Netter«, meint er leise, »als mit mir in einem Café deswegen zu streiten, nachdem sich nichts mehr daran ändern lässt.«

Er hat recht. Ich sollte aufhören und stattdessen etwas Freundliches sagen. Doch ich kann die Wörter nicht mehr zurückhalten. »Meine Mutter ist tot, Quinn. Es tut mir weh, mich an sie zu erinnern, selbst wenn es darum geht, deine Neugier zu befriedigen.«

»Ich bin nicht neugierig, jedenfalls nicht nur neugierig. Ich möchte dich besser kennen.«

»Tja, jetzt kennst du mich besser. Ich bin die Art Mensch, die es aus der Fassung bringt, über die Vergangenheit nachzudenken und darüber, was ich nicht mehr habe. Bist du jetzt zufrieden?«

Ich habe ihm wehgetan. Das ist seinem Gesicht abzulesen. Zu spät beiße ich mir auf die Lippe.

»Was ist geschehen?«, fragt er. »Vor ein paar Minuten war noch alles in Ordnung.«

»Lass uns einfach gehen«, sage ich erschöpft, von mir selbst angewidert. »Lass uns einfach zurück ins Hotel gehen.«

Ich liege in der Hotelbadewanne und lasse das heiße Wasser um mich herum Wellen schlagen. Die Spiegel sind beschlagen, der ganze Raum ist eingenebelt. Die Tür ist zu.

Quinn habe ich auf dem Bett zurückgelassen, wo er wieder die *New York Times* liest. Das heutige Abendessen war bei Weitem nicht so ausgelassen wie das gestrige. Keine Überraschungen, kein Beifall, keine Küsse. Fast keine Unterhaltung, obwohl ich gesagt habe, dass es mir leidtut, und anschließend waren wir im Theater, wo wir nebeneinander saßen, ohne uns zu berühren.

Es ist meine Schuld. Mein Mann hat absolut alles getan, was in seiner Macht stand, um mich glücklich zu machen.

Morgen werden wir nach Hause fliegen, und ich werde mich wieder entschuldigen. Ich werde ihm sagen, dass ich müde bin. Und schließlich könnte das hier alles hormonell bedingt sein, auch wenn ich Quinn beinahe den Kopf abgerissen hätte, als er das vor dem Abendessen anzuführen wagte. Es gibt nichts Ärgerlicheres als einen Mann, der sich weigert, die Gefühle des anderen ernst zu nehmen, und sie stattdessen auf geheimnisvolle weibliche Chemikalien schiebt. Als wären Frauen von Natur aus schwer zugänglich für vernünftige Überlegungen.

Trotzdem habe ich ihn und seine zuvorkommende Art nicht verdient.

Dieses vom Hotel zur Verfügung gestellte Schaumbad soll laut der Aufschrift auf dem Fläschchen eine beruhigende und wohltuende Wirkung haben. Ich greife nach der nächsten Flasche und gieße sie in die Wanne, während ich mit dem Fuß den Heißwasserhahn aufdrehe. Bergamotte und Jasmin steigen zusammen mit der Wolke aus Schaum nach oben, zusammen mit etwas anderem. Etwas, das stärker ist und das schnell realer wird.

Der Duft von Frangipani.

Ich weiß, dass der Duft sich nur in meinem Kopf befindet, und als ich die Augen schließe, wird er stärker.

Meine Hände legen sich zu beiden Seiten um den Wannenrand, und ich öffne mich entspannt dem, was als Nächstes kommt.

Ich sah ihn nach acht Tagen wieder. Ich ging nicht mehr zu dem Aktzeichenkurs, ja, ich mied sogar den Stadtteil. Stattdessen blieb ich in meinem Zimmer mit der roten Decke als Vorhang oder saß in einem Park und zeichnete Bäume.

Und dann spazierte ich eines Donnerstagnachmittags in das Atelier meiner Mutter, und da war Ewan mit nacktem Oberkörper. Er stand umgeben von Vasen mit weißen und gelben Blumen, die einen berauschenden Duft verströmten.

»Was?«, entfuhr es mir ungewollt, bevor mir wieder einfiel, dass er gesagt hatte, er würde für eine halbwegs bekannte Malerin Modell stehen. Er musste meine Mutter gemeint haben.

»Flick?«, rief Ewan zur gleichen Zeit aus, als meine Mutter, die hinter ihrer gewaltigen Leinwand nicht zu sehen war, sagte: »Wenn Sie sich bitte *nicht* bewegen, genau darum geht es nämlich.«

»Ich will nicht stören.« Ich wollte kehrtmachen und gleich wieder hinausgehen, doch Ewan kam hinter mir her, hielt mich an der Schulter fest.

»Flick, was machst du hier?«

»Ich wohne hier«, sagte ich und schüttelte ihn ab.

»Darling, kennst du meinen Frangipani-Jungen? Lissa hat ihn hergeschickt, und ich probiere ihn für diese Blumenserie aus.« Mum legte den Pinsel beiseite und spähte neugierig um die Leinwand.

»Er ist das Modell in meinem Aktzeichenkurs gewesen«, erklärte ich ihr. »Na ja, ich muss los. Bis später, Mum.«

»Esther ist deine Mutter?«, fragte Ewan.

Mum war jetzt ganz hinter ihrer Leinwand hervorgekommen. Sie sah von ihm zu mir und wieder zurück. »Oh, so ist das also, ja?«

»Nein«, widersprach ich, »so ist es gar nicht.«

»Wir sollten uns unterhalten«, sagte Ewan. Ich schüttelte den Kopf.

»Tja, ihr werdet schon warten müssen, bis ich fertig bin«, sagte Mum. »Manche Leute haben nämlich zu arbeiten.«

Ich rannte die Treppe hinunter und nach draußen auf die Straße. Ich stieg in einen Bus und starrte während der ganzen Fahrt aus dem Fenster. Bei meiner Rückkehr war Ewan fort. Das Haus roch immer noch nach Frangipani.

Mum stand in der Küche und kochte Tee. »Es tut mir leid, Darling«, sagte sie bei meinem Eintreten. »Ich werde ihn fortschicken.«

»Nein, tu das nicht. Es ist nichts, Mum.«

»Es ist nicht nichts.« Sie kam zu mir und strich mir übers Haar. »Es ist überhaupt nicht nichts. Ich werde das Bild nicht fertig malen. Es ist unwichtig.«

»Ich möchte nicht, dass du ihn fortschickst. Es ist in Ordnung. Er hat eine Freundin, so viel dazu. Wenn du ihn wegschickst, stehe ich noch blöder da.«

Sie küsste mich auf den Kopf. »Du bist so ein komisches, wunderbares Mädchen. Du brauchst es nur zu sagen, und ich schicke ihn in die Wüste.«

Jeden Tag trafen frische Blumen ein. Ich versteckte mich in der Küche oder in meinem Zimmer. Ewan kam nach den Blumen, und wenn er an der Eingangstür klopfte, war das Haus bereits von ihrem Duft erfüllt. Ich konnte dem Duft genauso wenig entkommen wie seinen Schritten, wenn er in das Atelier meiner Mutter hinaufging, oder dem Bewusstsein, dass er im selben Haus war, dieselbe Luft einatmete. Einmal hörte ich ihn lachen, und ich musste nach draußen gehen und einen langen Spaziergang machen, um nicht der Versuchung zu erliegen, nach unten zu rennen und ins Atelier meiner Mutter zu platzen. Selbst dann musste ich feststellen, dass ich im Kreis ging und in Straßen einbog, die mich zurück zum Haus führten, zurück zur Eingangstür, zurück zum Frangipaniduft.

Jeden Tag lautete mein erster Gedanke beim Erwachen: *Ich werde nach Paris fahren und Lauren besuchen.* Doch dann kamen die Blumen und er, und ich konnte nicht weg, obwohl wegzufahren all dem ein Ende bereiten würde.

»Darling, vergiss es«, sagte meine Mutter am Abend des sechsten Tages. »Vergiss *ihn.* Du bist offensichtlich unglücklich, und er hat auch schon so einen gequälten Gesichtsausdruck. Es wird von Stunde zu Stunde schlimmer.«

»Gut.« Ich schenkte uns beiden noch ein Glas Wein ein.

»Es ist recht interessant für mein Bild, aber es ist nicht gut für dich. Ich rufe ihn an und sage ihm, dass er morgen nicht kommen soll.«

»Nein!«, erwiderte ich rasch. »Tu das nicht.«

»Du willst ihn so sehr, dass du lieber das hier hast als nichts«, sagte meine Mutter. Sie seufzte. »Das Gefühl kenne ich. Es ist schrecklich romantisch, aber ist es die Qualen wert?«

»Schicke Ewan nicht fort, Mum.« Selbst seinen Namen zu sagen bereitete mir ein schmerzliches Vergnügen.

»Es ist albern, weißt du? Wenn er mit ihr zusammen sein wollte, wäre er bei ihr, dieser Freundin oder wer auch immer sie ist.«

»Ich mag ihn lieber, wenn er treu ist.«

Sie stieß mit ihrem Glas an meines an und nahm dann einen großen Schluck. »Er ist ein ziemlich leidenschaftlicher junger Mann. Er erinnert mich an deinen Vater.«

Wenn meine Mutter meinen Vater erwähnte, war ich gewöhnlich sehr aufmerksam und hoffte auf mehr Informationen über ihn. Bislang wusste ich nur, dass er als Maler in Frankreich lebte, mit einer anderen Frau verheiratet war, dass er nichts von meiner Existenz wusste und die Liebe des Lebens meiner Mutter war. Doch im Moment hatte ich dringendere Sorgen.

»Glaubst du, Ewan mag mich?«

Sie schnaubte. »Dich *mögen*? Seine Haltung ist schrecklich, und er macht ein Gesicht wie sieben Tage Regenwetter.«

»Mum, ich glaube, ich bin verliebt.« Es fühlte sich nach einer bedeutenden Bekanntmachung an.

»Natürlich bist du verliebt. Und er ist in dich verliebt.« Sie zog mich an sich. »Es tut mir leid, dass alles so kompliziert sein muss.«

Ich kuschelte den Kopf unter das Kinn meiner Mutter. Er war in mich verliebt. Mich durchflutete wunderbares Glück. Selbst wenn ich ihn nie wieder berühren könnte, selbst wenn wir nie miteinander redeten, war er in mich verliebt.

Am siebten Tag machte ich einen langen Spaziergang im Sonnenschein. Ich schwamm durch die Hitze, ohne sie zu bemerken. Ich sah den Sonnenschein an Häuserwänden glitzern und dachte nur an eines: *Er liebt mich.*

Es sprudelte durch meine Adern wie Champagner. Es ließ meine Haut lebendig werden und brachte mich dazu, auf dem Bürgersteig kleine Hüpfer einzulegen.

Er liebt mich. Selbst wenn ich ihn nicht haben kann, liebt er mich.

Ich lachte zum Himmel empor.

Ich schloss die Haustür hinter mir und streifte die Schuhe ab. Meine Füße flüsterten auf dem Holzboden, als ich nach oben ging, dem Duft nach Frangipani entgegen.

»Oh«, erklang Ewans Stimme über mir. Ich blieb stehen.

Er war zwei Stufen auf der Treppe nach unten gestiegen, ich zwei Stufen nach oben. Seine Brust war entblößt, er trug Jeans, war barfuß wie ich.

»Ich habe dich nicht hereinkommen hören«, sagte er.

Er wollte mich. Er liebte mich. Es gab keine Erklärung und auch kein Loslassen. Ich sah es an der Haltung seines Körpers, den zerzausten Haaren, der zur Faust geballten Hand. In seinen Augen. Ich stieg noch eine Stufe höher.

»Ich bin spazieren gewesen«, sagte ich mit zittriger Stimme. »Es ist ein schöner Nachmittag.« Unsere Blicke trafen sich, und wir sahen einander in die Augen.

»Ich bin kein sehr guter Mensch«, sagte er.

»Das ist mir egal.«

Einer von uns bewegte sich zuerst, oder vielleicht bewegten wir uns gleichzeitig. Ich lief nach oben, er nach unten. Er umfasste mein Gesicht mit den Händen, und ich packte ihn an den Armen, und einen Moment lang sahen wir uns nur an, die Gesichter dicht beieinander. Sein Herz klopfte heftig, seine Haut war heiß. Wir strauchelten, und er fing uns auf, indem er eine Hand gegen die Wand stützte.

Beinahe wären wir nach unten gestürzt, als wir uns küssten, ohne atmen zu müssen.

Ich öffne die Augen. Mein Badewasser ist kalt geworden, und das verliebte Gefühl ist verschwunden. Ich steige zitternd aus der Wanne und wickele mich in ein Handtuch. Meine Finger und Zehen sehen wie Dörrpflaumen aus.

Vorsichtig öffne ich die Tür zwischen dem Bade- und dem Schlafzimmer. Quinn liegt auf dem Bett, vollständig angezogen, die Schuhe aus. Die Zeitung ist zur Seite gesackt, und seine Augen sind geschlossen. Die dunklen Wimpern bilden Halbkreise auf seinen Wangen.

Armer Quinn. Es tut mir so leid, dass ich seinen letzten Abend hier zerstört habe. Ich ziehe die Tagesdecke über ihn, und er seufzt leise, bevor er sich im Schlaf auf die Seite dreht.

Ich blicke auf ihn hinunter. Quinn ist attraktiv. Er ist ein guter Mensch. Er ist gescheit und höflich und intelligent, sorgsam und liebevoll und ordentlich. Pünktlich und rücksichtsvoll, gütig und großzügig, gut im Bett, zärtlich. Er zieht jeden Morgen die Vorhänge auf, summt beim Abwaschen, stellt der Nachbarskatze Futter vor die Tür.

Er ist mein Ehemann. Er ist der Mann, für den ich mich entschieden habe. Er liebt mich – liebt mich, so wie ich bin. Und ich liebe ihn.

Aber habe ich ihn je geliebt, wie ich Ewan liebte?

Ich knie mich neben ihn auf dem großen Doppelbett. Als er nicht aufwacht, fahre ich mit den Fingern in der Luft seine Gesichtszüge nach. Ich kenne die Form seiner Nase, seiner Wangen, seiner geschlossenen Augen, seiner Lippen. Ich erinnere mich an sein Lächeln, den Schmerz in seinen Augen heute Nachmittag.

Ich liebe ihn. Aber liebe ich ihn mit Leib und Seele, mit einem Hunger und einem Bedürfnis, das keinen Platz für etwas anderes lässt?

Ein Wassertropfen fällt von meinen Haaren auf die Wange meines Mannes. Quinn regt sich und öffnet die Augen.

»Oh, du bist fertig.« Er setzt sich blinzelnd auf und reibt

sich die Augen. Gähnend erhebt er sich, holt den Pyjama aus der Schublade und geht in das dampferfüllte Badezimmer. Er schließt die Tür hinter sich.

Am Morgen sind wir freundlich und zuvorkommend zueinander. Er bringt mir eine Tasse Tee ans Bett. Im Zeitschriftenladen am Flughafen JFK kaufe ich ihm die *New York Times*, das *Wall Street Journal*, die *Weekly World News* (Schlagzeile: BAT BOY IM SCHORNSTEIN DES WEISSEN HAUSES GEFUNDEN) und eine Schneekugel mit der Freiheitsstatue. Er schüttelt sie, und der Schnee wirbelt um die einsame Frau im Innern der Kugel.

Während des Fluges legt er mir den Arm um die Schultern, und wir sehen uns gemeinsam einen Film an, indem wir die Armstütze hochschieben, damit wir beide den kleinen Bildschirm auf der Hinterseite des Sitzes sehen können. Es ist leichter, als zu reden. Sein schöner Plan ist vereitelt worden, und wir wissen beide, dass es meine Schuld ist.

Aber nur ich weiß, dass ich herausgefunden habe, dass ich Quinn nicht so liebe, wie ich ihn lieben sollte. Wie er es verdient hätte.

Dieses Wissen führt dazu, dass ich ihm gegenüber zärtlicher bin. Ich schmiege mich an seine Brust und streichele sein weiches Baumwollhemd. Ich möchte nicht, dass ihm wehgetan wird. Ich hasse mich selbst dafür, dass ich diejenige bin, die dafür verantwortlich sein sollte.

Ich sehe mir den Film an – etwas über Spione in Anzügen und mit Sonnenbrillen, etwas, das ich mir nie angesehen hätte, wenn ich nicht versuchen würde, es Quinn recht zu machen – und ich beschließe: Wenn ich von Quinn schwanger bin, werde ich vergessen, was ich herausgefunden habe. Ich werde mich auf die Ehe einlassen, mein Kind, meinen Ehemann, ich werde mein Bestes tun, ich werde mich damit zufriedengeben, was ich habe, und ich werde nicht zurückblicken.

Erst als wir uns zur Landung anschnallen, wird mir klar, dass ich schon einmal eine ganz ähnliche Entscheidung getroffen habe.

13

»Überraschung!«

Als wir das Cottage betreten, ist Quinns Familie dort. Derek und Suz halten Bierflaschen in der Hand. Unser Esstisch ist gedeckt, in den Terrinen dampft das Essen. Molly kommt geschäftig auf uns zu und umarmt uns beide.

»Willkommen zu Hause!«, ruft sie. »Ich hoffe, dass ihr nicht zu müde seid. Wir konnten nicht widerstehen, ein kleines Fest zu eurem Hochzeitstag zu veranstalten.«

»Schön, dass ihr wieder da seid«, sagt Derek, klopft Quinn auf den Rücken und küsst mir die Wange, als wären wir wochenlang weg gewesen.

Ich werfe Quinn einen Blick zu, um zu sehen, ob er das hier auch geplant hat, aber er wirkt genauso überrascht wie ich.

Suz reicht Quinn und mir je eine kalte Bierflasche. Ich mache Anstalten, einen Schluck zu trinken, bevor mir einfällt, dass ich es möglicherweise nicht tun sollte. »Wie war New York?«, erkundigt sie sich.

»Es hat Spaß gemacht«, sagt Quinn. Ich glaube, dass nur ich den leicht angespannten Unterton bemerke.

»War super«, füge ich hinzu. »Es war echt eine Überraschung.«

»Und hat dir die Ausstellung gefallen?«, fragt Molly. »Die Retrospektive? Was für eine wunderbare Idee!«

»Es war sehr aufmerksam von Quinn«, antworte ich.

»Ich glaube, ich hätte lieber eine Tasse Tee«, meint Quinn. »Möchtest du auch eine, Felicity?«

»Gibt es etwas, was ihr beiden uns zu sagen habt?«, fragt Molly. »Wo du nicht trinkst, Felicity?«

»Also …«, setzt Quinn an.

»Wir haben einfach seit zwei Tagen keine richtige Tasse Tee mehr getrunken«, unterbreche ich ihn. »Amerikaner schmeißen einfach einen Teebeutel in eine Tasse mit lauwarmem Wasser, und damit soll man sich zufriedengeben.«

Quinn wirft mir einen Blick zu, und ich hebe die Augenbrauen.

»Tja«, sagt Molly, »ihr müsst am Verhungern sein, wenn ihr heute bloß diese grässliche Flugzeugkost gegessen habt. Kommt und esst etwas, und erzählt uns von eurer Reise.«

Molly besteht darauf, den Abwasch zu machen, bevor sie gehen, obwohl Quinn von unserem Wochenende offensichtlich erschöpft ist. Er sitzt am Küchentisch, reibt sich die Augen und fährt sich mit den Fingern durch die Haare, dass sie abstehen, während er die Fragen seiner Mutter beantwortet, die es mal wieder ganz genau wissen will. *Sag deiner Mutter, sie soll nach Hause gehen*, rate ich ihm in Gedanken, aber er tut es nicht. Er liebt sie zu sehr, um sie wegzuschicken, selbst wenn er eigentlich lieber ins Bett ginge.

Ich trockne das Geschirr ab und räume es in ordentlichen Stapeln weg. Wenn meine Schwiegermutter nicht da ist, lasse ich es einfach so trocknen, aber ich brauche eine Beschäftigung. Ich bin voller Energie. Ich sehne mich nach einem Spaziergang oder einer langen Fahrradfahrt – nach körperlicher Anstrengung, die mich erschöpft, damit ich genauso müde bin wie Quinn und wir das Gleiche empfinden können und ich nicht mehr, wieder und wieder, darüber nachdenken muss, was ich auf dem Heimflug von New York entschieden habe. Darüber, dass all das hier zu einem Ende kommen könnte.

»Ich bin froh, dass ihr beiden einen schönen Hochzeitstag hattet«, sagt Molly mindestens zum fünften Mal, trocknet die Hände an einem Geschirrtuch ab und hängt es ordentlich an den Haken. »Du hast gut daran getan, dir diese Frau zu nehmen. Ihr zwei passt wirklich zueinander.«

»Ja«, sagt Quinn.

»Und du«, sagt sie und küsst mich auf die Wange, »du gibst gut auf meinen Jungen acht, nicht wahr?«

»Mache ich«, erwidere ich.

»Mum«, sagt Suz von der Tür, »gestatten wir den Weltenbummlern, sich ein wenig auszuruhen.«

Molly holt Derek aus dem Wohnzimmer, wo er sich Sport angesehen hat, und sie verabschieden sich mehrmals. Dann sehen wir ihnen hinterher, wie sie über den Steinplattenweg davongehen.

Quinn ist still. »Tja«, sage ich. »Das war nett von ihnen.« Ich drehe mich zur Treppe um und spiele mit dem Gedanken, duschen zu gehen.

»Warum wolltest du ihnen nicht sagen, dass du vielleicht schwanger bist?«

Ich bleibe stehen. »Es ist so ungewiss«, sage ich zum Treppengeländer. »Ich wollte ihnen keine falschen Hoffnungen machen.«

»In dem Restaurant in New York, vor all den fremden Leuten, hattest du weniger Skrupel.«

»Die fremden Leute werden nicht enttäuscht sein, falls es nicht geklappt hat.«

»Ich gehe gleich los und besorge einen Test.« Er greift nach seinen Schuhen auf dem Abtreter.

»Nein.«

Sein Kopf fährt in die Höhe. Er sieht mich fragend an.

»Kauf ihn nicht im Dorf.«

»Warum nicht?«

»Es redet sowieso schon jeder über unsere Angelegenheiten, Quinn. Ich werde morgen Vormittag in die Stadt fahren und einen besorgen. Ich hätte es lieber, wenn wir es vor dem Rest von Tillingford erfahren.«

»Schön.« Er stellt die Schuhe wieder ab. »Ich bin erledigt, Liebes. Ich glaube, ich lege mich aufs Sofa und lese noch ein paar Seiten.«

»Ich gebe dir Bescheid, wenn die Dusche frei ist.«

Ich bin die Treppe zur Hälfte hoch, als Quinn noch etwas sagt. »Felicity?«

Ich bleibe stehen.

»Du willst es doch auch wissen, oder?«

»Natürlich.«

Ich klinge nicht sonderlich überzeugend. Doch Quinn nickt.

»Ich liebe dich wirklich, weißt du?«, meint er. Er geht ins Wohnzimmer und greift nach seinem Buch.

»Ich weiß«, flüstere ich.

Am nächsten Vormittag fahre ich, während Quinn zur Arbeit ist, nach Brickham und kaufe in der großen anonymen Drogerie im Einkaufszentrum einen Schwangerschaftstest. Außerdem besorge ich noch Handcreme, Wattestäbchen und ein Shampoo, damit es nicht allzu offensichtlich ist, aber die Dame an der Kasse zuckt noch nicht einmal mit der Wimper. Wenn man ein Leben lang Inkontinenzartikel und Mittel gegen Durchfall scannt, ist ein einzelner Schwangerschaftstest wahrscheinlich nicht sonderlich interessant.

Obwohl ich weiß, dass Quinn darauf wartet, dass ich ihn wegen des Testergebnisses anrufe, vertrödele ich die Zeit in der Stadt mit einem Schaufensterbummel und simse ihm, dass ich hier zu Mittag essen werde. Hungrig bin ich allerdings nicht, sondern sehe mich ein bisschen weiter um und kaufe ein Paar Retro-Sneaker, die mich an den Sportunterricht in der Schule erinnern. Ich zögere vor dem Apple-Laden, er ist voller Menschen, die verführerische Hardware ausprobieren.

Ich habe Ewan seit zehn Jahren nicht mehr gesehen, aber das Internet bietet heute ganz neue Möglichkeiten, Kontakt zu halten. Er wird bei Facebook sein oder eine Website haben, wo es Bilder von ihm mit seiner derzeitigen Band zu sehen gibt. Vielleicht ist er sogar berühmt. Ich bin nicht gerade *up to date*, was die Popkultur betrifft. Wenn ich nach ihm suchen möchte, wäre das hier genau der richtige Ort dafür. Die Leute in dem Laden würden vielleicht versuchen, mir einen Computer anzudrehen, aber niemand würde mich weiter beobachten, es würde niemanden interessieren, und meine Suche ließe sich nicht zu mir zurückverfolgen.

Ich schüttele den Kopf. Ich werde nicht versuchen, Ewan zu finden. Es käme mir vor, als würde ich mit dem Gedanken spielen, Quinn zu betrügen.

Wenn dieser Schwangerschaftstest positiv ausfällt, werde ich all diese Gefühle ignorieren. Ich werde mir Ewan aus dem Kopf schlagen, und wenn ich Frangipani rieche und sich wieder dieses Gefühl von Liebe in mir regt, werde ich versuchen, umgehend einen Termin in dieser Neurologie zu bekommen, denn dieses Gefühl ist kein Zeichen, sondern es ist bloß eine verkappte Migräne. Ich werde versuchen, diese Liebe auszukurieren, damit ich mich auf die gute Beziehung konzentrieren kann, die ich führe.

Wenn er negativ ausfällt …

Ich lehne mich ans Schaufenster des Apple-Ladens und beobachte Passanten. Sie alle wirken so zielstrebig. Sie tragen ihre Einkaufstaschen, schieben ihre Buggys oder führen den Hund Gassi. Erledigen ihre Besorgungen. Ich beobachte ein Mädchen mit gerunzelter Stirn in Skinny Jeans und mit Sonnenbrille, einen Mann mittleren Alters, der kläffend in sein Handy lacht. Ein Kleinkind, das Tauben zu einer flatternden Wolke aufschreckt.

Von außen betrachtet wirken sie, als wären sie mit sich im Reinen. Sie wissen, wer sie sind, sie wissen, was sie tun. Jeder hat eine ganze Welt im Kopf.

Sehe ich in ihren Augen genauso aus? Höchstwahrscheinlich. Sie können nicht wissen, dass meine umweltverträgliche Stofftasche mit Dingen gefüllt ist, die ich nur zur Ablenkung gekauft habe. Sie können nicht wissen, dass mein Leben sich in den nächsten paar Stunden womöglich auf dramatische Art verändern wird. Nachdem es aus der Bahn geworfen wurde von Erinnerungen, unvorhergesehenen Umständen und Gefühlen.

Früher hatte ich eine Freundin, Ollie, die keine einzige Entscheidung traf, ohne sich von der Wahrsagerin, die einen Marktstand in der Nähe ihres Hauses hatte, aus der Hand lesen zu lassen. Bevor sie zu einer Verabredung ging, bevor sie umzog oder sich eine andere Arbeit suchte, manchmal bevor sie sich neue Klamotten kaufte, ließ sie sich aus der Hand lesen und manchmal auch die Tarotkarten legen, um zu sehen, ob die Zeichen gut standen. Wenn sich die Verabredung als Reinfall herausstellte oder ihr das Outfit nicht stand, behauptete sie, es läge daran, dass sie die Zeichen fehlgedeutet habe. Schließlich heiratete sie den Sohn der Wahrsagerin, der Bauunternehmer war und recht charmant, mit dem zusätzlichen Bonus, dass sie jetzt bei ihrer Schwiegermutter regelmäßig Rabatt bekam.

Ich atme tief ein und versuche, Frangipani zu riechen. Suche nach einem Zeichen, dass ich auf dem richtigen Weg bin.

Wenn du das bist, Mum, und du versuchst, mir einen Tipp zu geben, wüsste ich es echt zu schätzen, wenn du dich jetzt rühren würdest.

Nichts.

Aber vielleicht ist das an sich schon ein Zeichen?

Ich hatte eigentlich gehofft, der Schwangerschaftstest müsse am Morgen gemacht werden, gleich nach dem Aufstehen, sodass sich die Stunde der Wahrheit noch einen Tag hinausschieben ließe. Doch als ich zu Hause den Beipackzettel lese, erfahre ich, dass er zu jeder Tageszeit durchgeführt werden kann, sobald der reguläre Zeitpunkt der Periode überschritten ist. Ich habe so viel Zeit in der Stadt vergeudet, dass ich ihn jetzt machen muss, wenn ich es hinter mich bringen will, bevor Quinn nach Hause kommt. Selbst wenn ich noch nicht bereit bin.

Früher änderte ich mein Leben so einfach, zog von einer Stadt in die andere, wechselte von einem Job zum nächsten. Ich sollte zu allem bereit sein. Ich bin es nicht.

Nachdem man auf das Stäbchen gepinkelt und die

Kappe wieder geschlossen hat, muss man mehrere Minuten warten, bis das Ergebnis sichtbar wird. Ich lasse den Test auf einem Kosmetiktuch am Waschbeckenrand liegen, gehe nach draußen und spaziere die Landstraße entlang. Ich bleibe stehen, um die Katze der Hoffmanns zu streicheln. Am Ende der Straße, wo sie in die Hauptstraße mündet, bleibe ich stehen und zähle bis hundert, bevor ich mich umdrehe und zurückgehe. Mrs. Taylor ist in ihrem Garten beim Unkrautjäten, sie winkt mir zum Gruß mit einer behandschuhten Hand. Sie richtet sich auf, verzieht das Gesicht wegen des Schmerzes in ihrem Rücken und kommt ans Tor. »Ist das nicht ein herrlicher Tag!«, ruft sie.

Ich freue mich über die Ablenkung. »Wie geht es Ihrem Rücken, Mrs. Taylor?«

Wir plaudern im Sonnenschein gute zehn Minuten über ihre Ischiasbeschwerden, und ich würde gern noch mehr damit verbringen, aber sie blickt zum Himmel. »Tja, dieser Löwenzahn jätet sich nicht von allein.«

Also gehe ich wieder nach Hause. Ich mache winzige Schritte in Richtung Badezimmer, bleibe eine Weile im Türrahmen stehen, überlege, ob ich Lauren oder vielleicht Naomi anrufen soll, komme zu dem Schluss, dass das kein guter Zeitpunkt ist und dass es illoyal wäre, mit jemandem darüber zu sprechen, bevor ich mit Quinn gesprochen habe, wünsche mir aber, dass Lauren mich anruft. Doch das Telefon läutet nicht, und ich greife nach dem Test.

Er ist negativ.

Ich drehe ihn um und suche nach etwas, das mir entgangen sein könnte. Aber es ist unmissverständlich. Ein Minus-Zeichen. *Nicht schwanger.*

Ich stehe da und halte das Teststäbchen. Ich empfinde nichts. Es ist, als wäre mein Gehirn, mein Herz, in Schockstarre verfallen.

Ich war mir sicher, dass ich schwanger bin, denke ich nach einer unermesslich langen Zeit, und dann fange ich zu meiner Überraschung zu weinen an. Tränen rollen mir die Wangen hinunter, und ich muss den Test weglegen und mich auf die Toilette setzen, den Kopf in den Händen, schluchzend.

Selbst während ich weine, ist da ein Teil meines Gehirns, der gelassen ist und sich fragt, warum ich die Fassung verliere. Ich habe doch gar kein Baby gewollt. Ich habe es für Quinn gewollt. Weine ich also vor Erleichterung?

Es wäre ein gutes Leben mit ihm gewesen, denke ich und weine noch heftiger.

Mein Handy klingelt. Mit tränengetrübtem Blick taste ich mich aus dem Bad und die Treppe hinunter in die Küche, wo ich es liegen gelassen habe. Es ist Lauren, die anruft, zehn Minuten zu spät. »Hallo«, melde ich mich mit einem Schluchzen.

»Felicity? Was ist denn los?«

»Ich bin nicht schwanger.« Es laut auszusprechen bringt mich erneut zum Weinen.

»Du versuchst, *schwanger* zu werden? Warum hast du mir das nicht erzählt?«

»Weil … Weil ich mir nicht sicher gewesen bin, ob ich ein Baby haben will.«

»Warum weinst du dann, wenn du nicht schwanger bist?«

»Ich weiß es nicht.« Ich wische mir mit der Hand über die Nase. »Wirklich, ich weiß es nicht.«

»Du bist seltsam. Weißt du das?«

Ich lache zitternd. »Kann ich bei dir wohnen, wenn es sein muss? Ein Weilchen?«

»Natürlich. Warum?«

Ich reiße ein Stück Küchenpapier ab und wische mir über die Augen. »Erzähl ich dir später. Kann ich heute Abend kommen?«

»Ich breche heute Nachmittag nach Brüssel auf. Bin den restlichen Monat dort. Wenn du möchtest, kann ich einen Schlüssel bei den Nachbarn hinterlegen. Du kannst die Bude ganz für dich haben.«

»Ja, bitte. Das wäre gut.«

»Ist alles in Ordnung, Fliss?«

»Nein«, meine ich. »Nein, ist es nicht. Aber es ist Schicksal. Es wird schon wieder werden.«

Wie zur Bestätigung wählt mein Körper diesen Augenblick für Krämpfe in meinem Unterleib und im Rücken, eine körperliche Bestätigung des Testes, den ich gerade eben gemacht habe.

Als Quinn nach Hause kommt, weine ich nicht mehr. Ich habe eine halbe Ewigkeit geduscht und mir eine bequeme Jeans und ein gemustertes Oberteil angezogen. Ich habe mir die Haare mit einem Tuch zurückgebunden und ein wenig Lippenstift und Wimperntusche aufgetragen, um nicht mehr so blass und verängstigt auszusehen. Außerdem habe ich zwei Ibuprofen genommen.

Ich weiß nicht, was ich tun werde. Ich hatte nicht weiter als bis zu dem Schwangerschaftstest gedacht, bei dem ich, wie ich jetzt weiß, tief in meinem Innern mit einem positiven Ergebnis gerechnet habe. Ich weiß nicht, welche Worte ich sagen soll, um alles zu ändern, oder ob ich den Mut haben werde, es zu versuchen. Oder ob ich es überhaupt sollte. Ist das Weinen auch ein Zeichen? Wenn ja, ist es dann wichtiger oder weniger wichtig als meine Gefühle für Ewan?

Obwohl ich Quinn erwarte, fahre ich trotzdem von meinem Platz am Küchentisch hoch, als die Hintertür aufgeht und er eintritt. Er trägt eine große Tüte, die dem Geruch nach voller Essen von einem chinesischen Lieferservice ist.

»Hi, Liebes«, sagt er. Er klingt zögerlich, und ein Blick auf die Uhr am Herd verrät mir, dass er eine halbe Stunde später dran ist als sonst. »Ich habe ein bisschen anstehen müssen.« Er stellt das Essen auf den Küchentisch. »Ich dachte, dass uns heute Abend vielleicht nach Kochen ist. Was auch immer geschehen ist.« Er zieht keinen Stuhl heraus, um sich zu setzen, oder stellt den Wasserkocher an oder zieht sich die Schuhe aus. Er steht nur in der Küche und sieht mich an.

Er weiß es, denke ich, aber dann stutze ich, denn er schien sich noch sicherer als ich zu sein, dass ich schwanger bin. Er war bereit, es seiner Familie zu sagen und selbst einen Schwangerschaftstest kaufen zu gehen, hier im Dorf, womit die Sache so gut wie öffentlich wäre.

»Was ist geschehen, Felicity?«, fragt er schließlich.

»Ich habe den Test gemacht.«

»Und?«

Er weiß es, er *weiß* es, und er will es von mir hören. Ich weiß nicht, warum er es von mir hören will, weiß nicht, ob er weiß, dass es ihm wehtun wird, wenn ich es ausspreche. Warum können wir es nicht ignorieren und weitermachen wie bisher?

Weil es nicht geht. Ich habe bereits entschieden, dass es nicht geht.

»Ich bin nicht schwanger«, sage ich.

Er sieht mich eine Weile mit ausdruckslosem Gesicht an.

»Das muss eine Erleichterung für dich sein.«

Überrascht weiche ich einen Schritt zurück.

»Was?«, stoße ich hervor.

»Du hast mich nicht angerufen. Wenn dich das Ergebnis bestürzt hätte, hättest du mich angerufen. Folglich musst du erleichtert sein.«

»Ich *war* bestürzt.«

»Ich bin nicht dumm. Ich verstehe jetzt. Du willst kein Kind. Du wolltest nie ein Kind haben. Warum hast du gesagt, dass du eins willst?«

Ich setze mich wieder. »Du hast es so sehr gewollt.«

»Dann hast du also mir zu Gefallen mitgemacht? Das darfst du nicht.«

»Es schien mir ein angemessener Grund zu sein.«

»Das ist es nicht. Das ist es *nicht*. Das hier ist etwas, das wir beide wollen müssen, Felicity.«

»Ich hatte nicht das Gefühl, dass mir eine Wahl blieb.«

»Warum nicht? Ich habe dich nicht unter Druck gesetzt.«

»Natürlich hast du das«, murmele ich.

»Was? Ich habe nichts gesagt. Ich habe dich gefragt, ob du es für an der Zeit hältst, dass wir es versuchen, und dann habe ich es dir überlassen …«

»Du hast die ganze Zeit darüber nachgedacht. Das habe ich dir angesehen.«

Quinn fährt sich mit der Hand durch die Haare. »Ich habe nachgedacht. Wie kann ich etwas dagegen tun? Das heißt aber nicht, dass ich Druck auf dich ausgeübt habe.«

»Doch. Doch, Quinn. Es ist so offensichtlich, wenn du etwas willst. Und Suz …«

»Ich habe nie mit Suz darüber gesprochen.«

»… und deine Eltern haben sich so gefreut, und Dr. Johnson, und alle. Alle wollen ein Baby, Quinn, und du am allermeisten. Es steht im Raum, und das schon die ganze Zeit.«

»Du hättest es mir sagen sollen. Was nützt es denn, mich zu belügen? Woher soll ich wissen, dass du das, was du sagst, nicht ernst meinst?«

»Ich habe es ernst gemeint«, erwidere ich. »Ich wollte es versuchen.«

Er geht in der Küche auf und ab, die Haare ganz zerzaust. Gewöhnlich ist Quinn so gelassen und fröhlich. Wütend habe ich ihn nur erlebt, wenn er sich über Politiker oder Rupert Murdoch ärgert. Das hier, wird mir klar, ist unser erster richtiger Streit. Mein Herzschlag dröhnt in meinen Ohren.

»Ich kann deine Gedanken nicht lesen, Felicity. Ich gebe mir solche Mühe, es dir recht zu machen. Ich versuche es die ganze Zeit.«

»Wenn du dir solche Mühe gibst, es mir recht zu machen, wie soll ich dann jemals anderer Meinung sein?«

»Was? Das ist ungerecht. Ich will nur, was du willst.«

»Genau das ist das Problem!« Ich stoße den Stuhl zurück, weil es mir verkehrt erscheint, sitzen zu bleiben, während er auf und ab geht. »Woher soll ich wissen, was ich will, wenn du dir immer solche Mühe gibst? Wenn ich keine Minute allein bin, um nachzudenken?«

»Du bist viel allein. Ich bin in der Redaktion …«

»Aber wo ich auch hinschaue, sehe ich dich! Im Dorf

kennt dich jeder, und sie haben unser Leben schon komplett für uns verplant. Du sagst vielleicht nichts, du bist vielleicht noch nicht einmal hier, aber ich kann sehen, was du willst, ich weiß, was du willst – und wie kann ich dich daran hindern, ein Baby zu haben, wenn du doch eins willst, und zwar, weil du mich liebst!«

»Felicity«, entgegnet Quinn. »Das ergibt doch überhaupt keinen Sinn. Sag einfach, was du willst. Sag es einfach!«

»Ich kann nicht. Es wird dir wehtun.«

»Du tust mir jetzt weh, indem du so tust, als wäre alles in Ordnung. Dieses Wochenende in New York – es war furchtbar, und das sollte es nicht sein.«

Ich schüttele den Kopf. Jetzt, wo er gekommen ist, der Zeitpunkt, um meine Entscheidung in die Tat umzusetzen, kann ich es nicht.

In diesem Moment fällt Quinn vor mir auf dem Steinfliesenboden auf die Knie. Er nimmt meine kalten Hände in seine. Das hat er getan, als er mir einen Antrag machte, aus heiterem Himmel, völlig untypisch für ihn, bei einem windigen Spaziergang auf dem Ridgeway, mit einem Ring in der Tasche seiner Regenjacke.

»Wo bist du mit deinen Gedanken?«, fragt er mich, und seine grauen Augen bohren sich in meine. »Wohin gehst du in deinem Kopf, wenn du nicht bei mir bist, Felicity?«

Das weiß er auch?

»Ich glaube«, sage ich atemlos, weil ich weiß, dass ich es jetzt sagen muss, bevor er weiter fragt, bevor ich ihm die ganze Wahrheit eröffne und ihn noch tiefer verletze, »ich glaube, ich brauche ein wenig Zeit.«

»Zeit wofür?«

»Zeit zum Nachdenken. Allein. Ich muss einen klaren Kopf bekommen und herausfinden, was ich wirklich will.«

»Du kannst dir alle Zeit der Welt nehmen.«

»Allein«, sage ich erneut.

Er sieht mich an. »Damit willst du sagen, dass du gehst.«

Und mich auf dem chinesischen Essen sitzen lässt, denkt mein fehlgeleitetes Gehirn.

»Ich brauche Zeit«, wiederhole ich.

»Felicity«, sagt er, und jetzt ist sein Gesicht voller Schmerz. Zuvor war er wütend und verärgert, aber jetzt ist der Knoten geplatzt. Das hier ist kein kleiner Ehezwist. Das hier ist real.

Ich will es zurücknehmen, aber das geht nicht.

»Ich weiß nicht, für wie lange«, fahre ich fort und versuche, es weniger schrecklich klingen zu lassen. »Vielleicht nur für kurze Zeit. Ich muss bloß einen klaren Kopf bekommen, Quinn.«

»Wohin wirst du gehen?«

Es ist die gleiche Frage, die er mir vor ein paar Minuten gestellt hat, aber diese Version lässt sich beantworten. »Lauren sagt, ich kann bei ihr wohnen. In ihrer Wohnung, meine ich. Sie ist nach Belgien verreist.«

»Du hast das hier geplant?«

Ich antworte nicht.

Quinn lässt meine Hände los. Er steht auf.

»Ich gehe einmal davon aus, dass du bereits gepackt hast«, sagt er.

»Nein.«

»Dann werde ich dich machen lassen, wenn es das ist, was du willst.«

»Wahrscheinlich ist es so oder so eine gute Idee«, entfährt

es mir. »Auf diese Weise werde ich Zeit haben zu zeichnen. An dem Buch zu arbeiten.«

Er geht aus der Küche, verlässt das Cottage. Er schließt die Tür hinter sich, knallt sie nicht zu.

Und dann ist das Haus still, so still, wie ich es mir nur wünschen könnte. Und jetzt muss ich natürlich gehen.

Quinn

Er saß am Ende der Bar im Seven Stars und brütete vor sich hin. Zwei Pints, mehr würde er nicht trinken. Er wünschte nur, er hätte woandershin gehen können. Jeder fragte: »Wie geht es Felicity?«, und er musste lügen. Und dann wollten Eric und Ed über Fußball reden und Rowan über Boscombe House, das Tageszentrum für Senioren, das der Gemeinderat schließen wollte, und Miranda, die Barfrau, wollte im Vertrauen seine Meinung über Kontaktanzeigen wissen, und die ganze Zeit über ging ihm nicht aus dem Kopf, dass Felicity gerade am Packen war, dass sie ein Taxi rief, zum Bahnhof fuhr und einen Zug nach London bestieg, um bei Lauren zu wohnen.

Wie konnte das nur passieren? Hatte er nicht alles in seiner Macht Stehende getan? Für sie getan?

»Es ist ungerecht«, sagte er zu Miranda und verbesserte sich rasch. »Ich meine, unvorhersehbar. Man kann die Liebe überall finden.«

Selbst in einem überfüllten Zug.

Und man konnte die Liebe auch überall verlieren.

Er hatte noch nicht einmal eine Zeitung dabei, und das Seven Stars hatte irgendwann in den Neunzigern damit aufgehört, die Tageszeitungen, eingespannt in hölzerne Zeitungsstöcke, auszulegen. Schließlich tat er so, als wäre er mit dem Handy beschäftigt, um mit niemandem mehr reden zu müssen. Man respektierte es – der Redakteur der Lokalzeitung, in wichtige Nachrichten vertieft.

Felicity rief nicht an und schickte ihm keine SMS.

Wenn er ehrlich war, konnte er nicht so tun, als hätte er es nicht kommen sehen. Warum war er ihr wohl jedes Mal hinterhergelaufen, wenn sie sich mal wieder verirrt hatte und zu spät zum Abendessen kam, oder wenn sie sich durch eine Hecke davonschlich? Und nicht nur bei diesen Gelegenheiten. Er hatte schon Kinokarten umgetauscht, Verabredungen zum Mittagessen verschoben, dasselbe Titelblatt immer wieder gelesen, während er darauf wartete, dass sie auftauchte.

Sie war *ihm* nie nachgelaufen. Es hatte ihm bislang nichts ausgemacht, aber heute Abend fand er, dass er es sehr wohl verdient hätte, dass man ihm ab und zu nachlief. Dass er es verdient hätte, nicht belogen zu werden, dass man keine Dinge vor ihm verbarg. Denn er liebte Felicity – liebte sie mehr, als er es je für möglich gehalten hätte.

Tränen brannten in seinen Augen, und er wischte sie sich verstohlen weg, während er so tat, als müsse er gähnen. Es funktionierte nicht, also ging er in die Herrentoilette und stand in der einzigen Kabine, den Kopf nach vorn geneigt, mit zusammengebissenen Zähnen, und fing die Tränen in einem Taschentuch auf. Als er wieder in den Schankraum kam, das Gesicht mit kaltem Wasser abgewaschen, stand sein halb volles Pint immer noch am Ende der Bar, und Miranda beobachtete ihn mit gerunzelter Stirn. Mit dem breitesten Lächeln, das er zustande brachte, holte er sein Pint und nahm es mit in das kleine Nebenzimmer, wo er weniger auffallen würde. Niemand kam an seinen Tisch. Er wünschte, es läge allein daran, dass er aussah, als würde er arbeiten.

Schließlich hatte er sein zweites Pint ausgetrunken und winkte Miranda und Rowan und Eric und Ed zum Abschied zu. Es war noch nicht ganz dunkel, als er über die Dorfwiese ging. Eine Fledermaus schwirrte über ihm dahin.

In Hope Cottage brannte Licht, aber die Vorhänge waren nicht zugezogen. Selbst von der Straße aus wirkte es verlassen. Er sperrte die Küchentür auf, und sie schwang auf.

Felicity war fort. Er spürte ihre Abwesenheit so heftig, wie er sonst ihre Gegenwart spüren konnte, obwohl die Küche noch genauso aussah wie vorhin. An der Tür fehlten ihr roter Regenschirm und ihre Lieblingsjacke, die gemusterte, die an den Ellbogen abgetragen war. Er ging nach oben. Ihre Schrankseite war ausgedünnt. Das Bett war trostlos. Auf der Tagesdecke befand sich eine Mulde, wo sie den Koffer zum Packen abgestellt hatte.

Da wusste er, dass sie nicht nur Zeit zum Nachdenken brauchte. Er wusste, dass sie nicht zurückkehren würde.

Quinn setzte sich aufs Bett. Alle Schminkutensilien, Kämme, Bürsten, Haarspangen waren von der Frisierkommode verschwunden. Er betrachtete sich selbst im Spiegel, sah sich allein.

Das Herz war eine Metapher. Es war ein Muskel, kannte keine Gefühle.

Seines brach gerade.

Teil 2

Sagt, woher stammt Liebeslust?
Aus den Sinnen, aus der Brust

William Shakespeare,
Der Kaufmann von Venedig

Ewan

Bei heruntergelassenen Jalousien saß Ewan McKillan an seinem Esstisch in Shoreditch und betrachtete im trüben Licht die Gegenstände vor sich. Es war schon komisch, wenn man bedachte, dass alles, was er getan hatte, jede Entscheidung, die er getroffen hatte, jeder Weg, den er gegangen war, ihn zu diesem Zimmer und diesen Gegenständen geführt hatte.

Der Tisch war wuchtig, ein ehemaliger Labortisch. Er hatte sich bereits in der Wohnung befunden, als Ewan sie angemietet hatte. Ebenso wie die weichen, abgewetzten Ledersessel und ein niedriger, breiter Sofatisch aus Glas. An der gegenüberliegenden Wand hatte man den Putz entfernt, sodass der rote Backstein zu sehen war. Er hatte ypsilonförmige Halterungen in den Backstein gedübelt, aber sie waren jetzt seit zwei Tagen leer, seitdem er die drei Gitarren, die früher daran befestigt gewesen waren, aus seinem Fenster im dritten Stock geworfen hatte.

Zuerst hatte er nachgesehen, dass sich niemand auf dem Bürgersteig unter seinem Fenster befand und von den Gitarren getroffen werden konnte. Die elektrischen Gitarren waren ziemlich schwer, doch selbst eine Martin-Akustikgitarre konnte ernsten Schaden anrichten, wenn sie mit mehreren Meilen pro Stunde durch die Luft flog, und er wollte nicht noch jemanden auf dem Gewissen haben.

Die Akustikgitarre war, wie erwartet, in tausend Stücke

zersprungen. Die Les Paul hüpfte regelrecht – einmal, zweimal –, bevor sie mit einem tiefen Riss auf dem Bürgersteig liegen blieb. Der Hals der Strat brach einfach ab.

Es erinnerte ihn zu sehr an das, was auf dem Highway in Texas passiert war. Ewan hatte sich mit einem Schaudern ins Halbdunkel seiner Wohnung zurückgezogen und wollte schon die Jalousien herunterlassen, als er eine Stimme rufen hörte. »Hey!«

Es war ein Teenager. Er hatte die Strat aufgehoben, den Klangkörper in der einen Hand, den Hals in der anderen.

»Ist das etwa 'ne Stratocaster aus den Sechzigern?«, rief der Junge nach oben. »Wieso schmeißt du die aus dem Fenster, Mann?«

Er hatte eine andere Hautfarbe als Ewan, sprach einen Nordlondoner Dialekt und hatte seitlich am Kopf Muster in die Haare rasiert, aber Ewan erkannte sich selbst im Gesicht des Jungen wieder, in den Schultern, den Händen.

»1964«, antwortete er. »Kannst sie behalten, wenn du willst.« Er schloss das Fenster.

Das war der letzte Mensch, mit dem er gesprochen hatte. Er wusste nicht, ob der Junge die Strat mitgenommen hatte, in der Absicht, sie zu reparieren oder als Feuerholz zu benutzen. Er wusste nicht, was mit den anderen beiden kaputten Gitarren geschehen war. Gestern war ihm in den Sinn gekommen, dass er die Gitarren hätte verkaufen sollen. Petra hätte das Geld vielleicht gebrauchen können. Oder er hätte es auf Rebeccas Konto einzahlen können.

Es war erbärmlich, dass diese Kadaver von Gitarren, die er auf der Straße zerschmettert hatte, die wertvollsten Dinge gewesen waren, die er nach einem dreiunddreißigjährigen Leben besaß. Die Wohnung war gemietet, ein Auto hatte er nicht. Die anderen Gitarren und Verstärker, die er in der angemieteten Garage gelassen hatte, waren ein bisschen was wert, und jetzt erwog er, jemandem eine Nachricht zu schreiben, ein paar Zeilen, damit klar wäre, dass das bisschen Geld, das er hatte, an Rebecca und an Lees Frau Petra gehen sollte – die Hälfte für den Menschen, den er in die Welt gesetzt hatte, und die andere Hälfte für den Menschen, dessen Leben er zerstört hatte.

Doch das waren nur Gedankenspielereien. Wenn er vom Tisch aufstand, gab es immer tausend andere Dinge zu tun – er fand unbeantwortete SMS-Nachrichten auf seinem Handy oder die ungeöffnete Post auf dem Boden … Und im Grunde hatte er seine Entscheidung bereits getroffen. Es gab nur eine Lösung für die Dinge, die er getan, und die Dinge, die er unterlassen hatte. Jetzt gab es nur noch eines zu tun. Und so saß Ewan an dem ehemaligen Labortisch und betrachtete die Gegenstände vor sich.

Bei dem ersten handelte es sich um eine Literflasche mit verschnittenem Whisky von Tesco, die Art, die einem den Mund ganz pelzig machte und von der der Körper säuerliche Dämpfe verströmte. Guter Whisky wäre ein Affront gewesen. Er war nicht auf Genuss aus.

Daneben lagen die Tablettenschachteln. Hierbei handelte es sich, im Gegensatz zum Whisky, um Qualitätsprodukte. Sein Arzt hatte sie verschrieben, damit er nachts das Bewusstsein verlor, in Nächten, wenn er wegen der Träume nicht einschlafen konnte.

Dennoch hatte Ewan bisher noch keine der Tabletten genommen. Er zog es vor, wach zu liegen und über die Träume nachzudenken, sich dazu zu zwingen aufzustehen und herumzugehen, wenn er spürte, dass er einnickte. Und er fragte sich dann, ob so der Tod war – ein letzter Traum, aus dem es kein Entkommen gab.

Ja, verflucht!

Er schob sich die Haare aus dem Gesicht. Bloß weil er vorhatte, eine tödliche Überdosis von Whisky und Schlaftabletten zu sich zu nehmen, hieß das noch lange nicht, dass er einen auf Hamlet machen und sinnlos darüber sinnieren musste, wie es sich anfühlen würde, tot zu sein. Er würde es sowieso bald herausfinden.

Der letzte Gegenstand war der traurigste. Er griff danach, hielt ihn zwischen den Fingern, als würde er glühen. HAPPY BIRTHDAY stand auf der Karte, über der Zeichnung eines Mädchens auf einem Fahrrad von Quentin Blake. Er hatte den Briefumschlag bereits adressiert, aber die Karte war unbeschrieben. Es war zu spät. Ihr Geburtstag war heute. Doch das war irrelevant, denn er würde sie sowieso nicht abschicken. Sie würde morgen immer noch hier auf seinem Tisch liegen. Und übermorgen. Bis …

Er setzte sich in seinem Stuhl auf. Bis wann? Seine Putzfrau Julia kam donnerstags. Würde sie ihn finden? Das kam ihm ungerecht vor. Sie war keine gute Putzfrau – sie war sogar eine ziemlich miese Putzfrau –, aber sie hatte Besseres verdient, als eine Leiche zu finden, vor allem eine, die nach billigem Fusel stank.

Ewan fluchte und nagte an seiner Lippe. Er konnte niemanden anrufen oder eine SMS oder eine E-Mail an jemanden verschicken, weil die Chance bestand, dass man zu ihm gelangen würde, bevor er mit Sterben fertig war. Früher konnte man Leute an einem Samstagnachmittag wie heute im Büro anrufen, und niemand hätte vor Montag die Nachrichten abgehört. Heutzutage konnte man sich nicht sicher sein.

Er verdrehte die Augen. Die Antwort befand sich natürlich in seiner Hand. Er legte die Karte auf den Tisch und stand auf. Er musste ein paar Minuten suchen, bevor er ein Blatt Papier und einen Umschlag fand. Es war ein benutzter Umschlag, aber er strich seine eigene Adresse durch und schrieb die Adresse von Ginge darauf, seinem letzten Tourmanager. Ginge war durch nichts zu erschüttern, er bewahrte einfach in jeder Situation die Ruhe – Ewan wusste dies aus bitterer Erfahrung.

Kumpel, schrieb er, *tut mir echt leid, ruf sofort, wenn du diesen Brief erhältst, bei der Polizei an und bitte sie, zu meiner Wohnung zu fahren und die Tür aufzubrechen. Geh nicht selbst hin*, fügte er hinzu. *Besser nicht. Danke, Kumpel. Ewan*

Er faltete das Blatt sorgfältig zusammen, strich über die Kanten. Er steckte den Brief in den Umschlag. In einer Küchenschublade fand er Tesafilm, um ihn zuzukleben. Aber keine Briefmarken, obwohl er den Schubladeninhalt auf dem Fußboden verstreute: Lieferservice-Speisekarten, Korkenzieher, Essstäbchen, Einzelportionen Zucker und Kaffee, ein paar alte Gitarrensaiten und, aus irgendeinem Grund, ein Strumpf.

Okay. Er würde wegen der Briefmarke schnell zur Post gehen und den Brief gleich dort aufgeben. Dann wieder zurück, um den Whisky zu trinken und die Tabletten zu schlucken. Vermutlich würde die ganze Sache einige Stunden dauern, wenn er sich erst einmal besinnungslos gesoffen hatte. Er würde den Brief ganz normal frankieren, um auf Nummer sicher zu gehen, dass er erst am übernächsten Tag ankam. Wenn er sich schon die Mühe machte, den billigen Whisky zu kaufen und etwas zu schreiben, was mehr oder weniger einem Abschiedsbrief gleichkam, würde er sich die Pläne nicht von einem unerwartet effizienten Postdienst durchkreuzen lassen.

Er steckte den Umschlag in die Gesäßtasche. Auf dem

Weg von der Küche zur Wohnungstür ging er am Tisch vorbei und blieb noch einmal stehen, als ihm die Geburtstagskarte ins Auge fiel.

Die Karte könnte er auch verschicken. Sie würde nicht rechtzeitig ankommen, aber das würde jetzt wohl kaum etwas ausmachen, oder? Er streckte die Hand danach aus, um seinen Namen hineinzukritzeln – seinen Namen und ein paar Worte … Vielleicht nur wieder ein *Tut mir leid*.

Oder: *Alles Liebe*.

Ewan ließ die Karte, wo sie war. *Tut mir leid* und *Alles Liebe*, wo war der Unterschied? Er hatte die Sache schon zu lange hinausgezögert. Er durchquerte die Wohnung, griff nach seiner Jacke und zog die Wohnungstür auf.

Dort stand jemand, die Hand klopfbereit in der Luft. Ihr Mund weitete sich zu einem O, und auch wenn sie der letzte Mensch war, mit dem er gerechnet hätte, hatten ihre Augen genau den Grünton, den er in Erinnerung hatte.

»Was zur Hölle machst du hier?«, wollte er von Felicity Bloom wissen.

Ewan

Ich …«, setzte sie an. Auch ihre Stimme war ihm sofort wieder präsent, als wären sie vor zehn Jahren mitten in einem Gespräch unterbrochen worden, das sie nun wieder aufgriffen.

»Nein«, sagte er kopfschüttelnd. »Es ist egal. Sag es nicht, ich will es nicht wissen. Geh einfach. Verschwinde.« Er wich in die Wohnung zurück. »Sofort«, fügte er hinzu und schlug die Tür so fest zu, dass der Boden bebte.

Selbst bei geschlossener Tür konnte er spüren, dass sie dort draußen war. Sie ging nicht. Wie lange stand sie schon da draußen, während er seine Selbstgespräche geführt hatte?

»Fuck«, sagte er.

Felicity Bloom. Tauchte wie ein Geist aus der Vergangenheit auf, eine weitere mahnende Erinnerung an ein mögliches Leben, das er einfach weggeworfen hatte.

Sie klopfte. Instinktiv griff Ewan nach dem Knauf, doch er zog die Hand zurück. Er durfte sich nicht mehr beirren lassen. Wenn er anfing darüber nachzudenken, warum Felicity hier aufgetaucht war, würde er anfangen, über andere Dinge nachzudenken. Er würde wieder in den komplizierten, trostlosen Trott des Lebens gesogen werden, würde weitermachen wie bisher, würde nur noch mehr Unheil anrichten.

Doch da war immer noch der Brief in seiner Hand,

ohne Briefmarke. Er musste ihn abschicken, und er konnte das Haus nicht verlassen, wenn Felicity dort stand. Er könnte sie den Brief aufgeben lassen. Nein, das war keine gute Idee. Sie würde versuchen, mit ihm zu reden. Sie würde nicht lockerlassen.

Was machte sie hier?

Ewan lehnte sich an die Wand und schloss die Augen. Er hatte seit Jahren nicht mehr an sie gedacht, aber jetzt erinnerte er sich wieder an das erste Mal, als er sie gesehen hatte, in diesem Zeichenkurs, bei dem sie zu spät gekommen war.

In dem Sommer hatte in London kein Mangel an Mädchen geherrscht. Enge Klamotten, kurze Röcke, Stöckelschuhe. Die weiblichen Zuhörer verschlangen ihn geradezu mit ihren Augen und manche nicht nur mit ihren Augen. Es war nur eine Frage der Zeit, bis er sein Versprechen Alana gegenüber brechen würde. Sie hatten es beide bei seiner Abreise gewusst, Alana kannte ihn viel zu gut. Doch er hatte trotzdem versprochen, treu zu sein, und Alana tat so, als würde sie ihm glauben.

Es hätte mit einem dieser Mädchen passieren sollen, in der Garderobe nach einem Gig oder in seinem Zimmer in der Wohnung, die er sich mit Gavin und Dougie teilte. Er hatte wochenlang durchgehalten, doch es würde passieren, es war nur eine Frage der Zeit.

Aber es hätte nicht mit jemandem wie Felicity Bloom passieren sollen.

Sie war nervös und trug Klamotten, die nicht zusammenpassten und ihr zu groß waren, und sie hatte Träume, die ihr ins Gesicht geschrieben standen, und er hatte sie sofort berühren wollen. Anfangs war es gar nichts Sexuelles. Er wollte bloß mit den Fingerspitzen über ihre Wange fahren und die Hand auf ihre schmale Schulter legen. Er war jung und dumm gewesen, und er wollte eine Verbindung mit ihr herstellen, weil sie aus purem Gefühl zu bestehen schien.

Draußen hörte Felicity auf, an die Tür zu klopfen.

»Warum willst du mich sehen?«, murmelte er. »Wozu soll das gut sein?«

Die Stille war sehr laut und sehr lang.

Er war jung und dumm gewesen, aber Felicity Bloom war, wenn auch nur ein paar Wochen lang, möglicherweise eine der wenigen guten Entscheidungen gewesen, die er je getroffen hatte.

Ewan fluchte erneut und riss die Tür auf. Sie war fort.

Er lief, jeweils zwei Stufen auf einmal, die Treppe hinunter, die Absätze seiner Stiefel hallten im Treppenhaus wider. Als er in den Sonnenschein hinaustrat, musste er mehrmals blinzeln, bevor er richtig sehen konnte. Sie ging etwa dreißig Meter entfernt den Bürgersteig entlang. Sie trug ein blau gepunktetes Kleid und eine rote Strickjacke, und in ihrem Haar steckte eine Art Seidenblume. Er holte sie ein und packte sie an der Schulter.

Sie drehte sich um.

»Antworte mir!«, sagte er barscher als beabsichtigt. »Was willst du? Warum hast du mich ausfindig gemacht? Mach schnell, ich habe zu tun.«

Felicity lächelte breit, entzückt, als wären sie sich durch einen glücklichen Zufall auf einer Party begegnet. Das hier war eine sehr, sehr schlechte Idee. Er sollte kehrtmachen, bevor es noch schlimmer wurde.

»Ich wollte dich bloß sehen«, sagte sie.

»Tja, jetzt hast du mich gesehen. Ist das alles?«

Sie musterte ihn von Kopf bis Fuß: seine ungewaschene Kleidung, sein unrasiertes Kinn, seine abgewetzte Jacke, seine schmuddeligen Haare. Er war sich sicher, dass er genau danach aussah, was er war: ein Mann, der die letzten beiden Wochen kaum je die Wohnung verlassen hatte, ohne zu schlafen oder zu essen, und der seinen eigenen Tod geplant und Gitarren aus dem Fenster geworfen hatte.

»Findest du, dass ich älter aussehe?«, fragte sie.

Verflucht noch mal. Er hatte vergessen, dass sie solche unzusammenhängenden Dinge von sich gab. »Du bist hergekommen, um mich das zu fragen?«

»Ich habe vor Kurzem wieder das Bild gesehen, das Mum von dir gemalt hat«, sagte sie. »Du siehst noch ganz genau so aus.«

»Natürlich tue ich das nicht. Das ist zehn Jahre her, und ich war nicht …« Er schluckte, musste seine Wut zügeln – auf sie, auf sich selbst, auf die Zeit.

»Du hast dich verändert, aber du siehst noch ganz genauso aus.« Sie tippte sich über dem Herzen auf die Brust. »Hier drinnen.«

Es waren unglaublich kitschige Worte, über die er sich mit einem verächtlichen Schnauben lustig gemacht hätte, wenn sie in einem Film vorgekommen wären. Aber sie durchdrangen ihn wie ein glühendes Messer.

»Na prima!«, stieß er aus. »Gut zu wissen. Ewige Jugend auf einem Gemälde und auch in deinem Herzen. Wie nett. Und außerdem beruhigend, dass das Gemälde von mir, wo immer es sein mag, keinen auf Dorian Gray macht.«

»Das Gemälde befindet sich in New York.«

»Großartig. Überwältigend. Wenn es dir jetzt nichts ausmacht …«

»Du bist mir gerade eben hinterhergelaufen. Du musst selbst etwas auf dem Herzen haben.«

»Ich bin dir nicht hinterhergelaufen, ich …« Er seufzte, um die Lüge zu überdecken. »Ich brauche eine Briefmarke.«

»Dann lass uns gemeinsam zur Post gehen.«

Was wollte sie? Ihn ärgern? War sie eine Stalkerin? Wollte sie ihre Beziehung irgendwie wieder aufleben lassen? Jede Möglichkeit war so lächerlich, dass er keine Ahnung hatte, wie er sich verhalten sollte.

»Schön«, sagte er. »Aber nur, weil ich sowieso dorthin muss. Und dann entschuldige mich bitte, ich habe was zu erledigen.«

Er ging los, eilig, fluchte leise vor sich hin. Felicity trottete neben ihm her.

»Und?«, sagte sie. »Was ist diese wichtige Sache, die du erledigen musst?«

Er ächzte und ging schneller.

»Was hast du in den letzten zehn Jahren getrieben?«

Er antwortete nicht. Die Post war ganz in der Nähe. Briefmarke. Briefkasten. Allein zu Hause. Whisky und Tabletten. Fertig.

»Zehn Jahre sind eine lange Zeit«, fuhr sie fort. »Zwischen uns hat komplette Funkstille geherrscht. Bist du nicht neugierig, was ich so gemacht habe?«

Ich habe angenommen, dass du ohne mich glücklicher bist, also habe ich aufgehört, an dich zu denken. »Nein«, sagte er.

»Ich möchte gern wissen, wie es dir so ergangen ist.«

Er ließ sie unvermittelt stehen und zog die Tür der Post auf, ließ sie zufallen. Felicity stand draußen. Er spürte sie durch die Glastür, wie sie ihn beobachtete.

Die Post war leer. Er stürmte an den Schalter. »Einfache Briefmarke«, knurrte er die Frau dahinter an. »Machen Sie schnell.«

»Möchten Sie ein ganzes Heft oder …«

»Eine Briefmarke habe ich gesagt, verdammt noch mal!«

Sie schob ihm die Briefmarke zu, nahm sein Geld und gab ihm sein Wechselgeld heraus, ohne ein weiteres Wort. Genau so wollte er es.

Als er wieder ins Freie trat, stand Felicity dort mit zu Fäusten geballten Händen. »Okay«, sagte sie. »Ich verstehe ja, warum du mich vielleicht nicht sehen möchtest. Wahrscheinlich bist du glücklich verheiratet und hast einen Haufen Kinder, und da kannst du es nicht gebrauchen, dass so mir nichts, dir nichts eine Exfreundin auftaucht. Dagegen ist nichts einzuwenden. Aber das könntest du mir wenigstens sagen. Statt mich so abzukanzeln.«

Er starrte sie an. War das ein Witz?

War es nicht.

»Ja«, erwiderte er. »Leute zu enttäuschen ist definitiv meine Stärke. Danke, dass du das einmal klargestellt hast.« Er klebte die Briefmarke auf den Umschlag, der mittlerweile ziemlich zerknittert war. »Ich brauche einen Briefkasten.«

»Wir haben uns seit zehn Jahren nicht gesehen, Ewan. Nach all der Zeit kannst du doch wohl wenigstens höflich zu mir sein.« Sie stemmte die Fäuste in die Hüften. »Außerdem hast du *mir* das Herz gebrochen.«

Er hatte einen Schritt auf den roten Briefkasten zugemacht, aber bei ihren Worten blieb er stehen. »Ich habe *dir* das Herz gebrochen? Hast du Gedächtnisprobleme oder so was? *Du* hast *mich* fortgeschickt.«

»Weil du mit deiner Freundin ein Kind erwartet hast.«

»Und wer auf der Welt außer dir glaubt, bloß weil eine Frau ein Baby von einem Mann bekommt, müssen die beiden zusammen sein?«

»Du hast sie nicht geheiratet?«

Was ging nur in ihr vor? Normalerweise konnte er die Mienen der Menschen perfekt deuten. Verwirrung oder Panik oder Enttäuschung?

»Oh, geheiratet habe ich Alana schon.«

»Und ihr habt zusammen ein Kind bekommen?«

»Wir haben eine Tochter.« Er blieb vor dem Briefkasten stehen. Seine Hände zitterten. Der Brief verfing sich im Schlitz und fiel zu Boden. »Verdammt.« Als er sich danach bückte, stieß er mit Felicity zusammen, die ihm dicht gefolgt war.

»Ich hatte also recht«, sagte sie. Bevor er sich wieder gefangen hatte, stürzte sie vor und hob den Brief auf. »Ich hatte recht. Du solltest mit ihr zusammen sein, es war richtig.«

»Gib mir den Brief.«

»Erst sagst du mir, dass wir nicht die falsche Entscheidung getroffen haben. Außerdem musst du dich bei der Frau in der Post entschuldigen. Sie hat es auch nicht verdient, so von dir behandelt zu werden.«

Er griff nach dem Brief, doch sie wich zurück, und er wollte Felicity den Brief mitten auf einer Londoner Straße auch nicht gewaltsam entwenden. Auch wenn es sowieso schon egal war, wollte er sich lieber nicht noch mehr zum Idioten machen.

»Schön.« Er stürmte zurück in die Post. Die Frau am Schalter zuckte zusammen, als er auf sie zukam. Ihre Hand fuhr unter den Schalter, wo sich wohl für den Fall der Fälle ein Alarmknopf befinden musste.

»Es tut mir leid, dass ich Ihnen gegenüber so unverschämt gewesen bin«, erklärte er ihr. »Ihre Kundenberatung war beispielhaft, und ich war ein Arschloch.«

»Ähm …«

»Schönen Tag noch.«

Er trat wieder zu Felicity auf den Bürgersteig. »Zufrieden?«

»Jetzt sag mir, dass wir nicht die falsche Entscheidung getroffen haben, als wir uns getrennt haben.«

»Jede einzelne Entscheidung, die ich im Leben getroffen habe, war die falsche, Flick.«

Sie blinzelte, irgendwas schien sie erschreckt zu haben. Dann wurde ihm klar, was es war. Flick. Ihr alter Spitzname war ihm wieder in den Sinn gekommen, ohne dass er auch nur darüber nachgedacht hätte.

»Okay«, sagte sie.

Sie drehte sich um und warf seinen Brief ein. Seinen Abschiedsbrief. Im einen Moment war er da, im nächsten war er fort, in den Eingeweiden des Briefkastens. Auf dem Weg zu Ginge, der ihn Dienstag oder möglicherweise Mittwoch aufmachen und die Polizei rufen würde, die wiederum Ewan tot vorfinden würde.

Das letzte Hindernis war bewältigt. Jetzt konnte er sich dem Whisky und den Tabletten zuwenden. Um diese Leere das letzte Mal mit einem Heilmittel zu füllen. *'s ist ein Ziel, aufs innigste zu wünschen.*

Er fand Hamlet zum Kotzen. Unentschlossener, missmutiger Bastard.

»Danke«, sagte er dumpf zu ihr und machte sich auf den Weg zurück zu seiner Wohnung.

Sie ging neben ihm her, ohne etwas zu sagen. Er sah sie nicht an, für den Fall, dass sie wieder ein Gespräch anfangen wollte. Für den Fall, dass er sah, dass er ihr Kummer bereitet hatte. Das wollte er nicht auch noch mit sich herumschleppen müssen – auch nicht die kurze Zeit, die ihm noch blieb.

Er blieb an seiner Haustür stehen, um die Schlüssel aus der Jackentasche zu holen. »Tja«, sagte er, ohne ihr ins Gesicht zu sehen. »Leb wohl.«

»Leb wohl«, erwiderte sie. »Tut mir leid, ich wollte dich nicht belästigen.«

Sie klang niedergeschlagen. Jetzt sah er ihr doch ins Gesicht. Das war wahrscheinlich ein Fehler.

Doch seit dem Augenblick, als sie bei ihm auf der Türschwelle gestanden hatte, hatten ihn Gefühle heimgesucht – echte, unverfälschte Gefühle –, wie er sie schon seit vielen Jahren nicht mehr empfunden hatte.

Das hier war definitiv ein Fehler.

»Möchtest du vielleicht etwas trinken gehen?«, fragte er.

14

Etwas trinken?«, frage ich. »Jetzt gleich?«

»Ja«, meint Ewan. »Jetzt gleich.«

»Hast du nicht diese dringende Sache zu erledigen?«

»Zwanzig Minuten werden keinen großen Unterschied machen. Komm schon.«

Wieder läuft er auf den Bürgersteig, und ich muss mich beeilen, um Schritt zu halten. Allerdings geht er diesmal in die entgegengesetzte Richtung.

Er ist so real, so anders als in meiner Erinnerung – irgendwie dreidimensionaler. Es ist, als würde dieser Mann den Geruch und die Gefühle verkörpern, die mich heimgesucht haben. Eigentlich sollte er für mich ein Fremder sein, ist er aber nicht. Alles an Ewan, selbst die Dinge, die sich verändert haben, kommen mir vertraut vor.

Der Gedanke, dass er die vergangenen zehn Jahre sein eigenes Leben gelebt hat, ist sonderbar. Er ist nicht in der Zeit erstarrt. Er hat weitergemacht, hat sich weiterentwickelt, ist er selbst geworden.

Seine Haare sind dicht und zerzaust. Um die Augen hat er Lachfältchen bekommen. Seine Lederjacke könnte dieselbe sein wie die, die er vor zehn Jahren getragen hat, ramponierter und weicher und an den Ellbogen und am Kragen abgewetzter. Er sieht aus, als hätte er in seinen Klamotten geschlafen. Sein schottischer Akzent ist fast nicht mehr zu bemerken. Seine Hände sind noch ganz genauso.

Als er vorhin die Tür geöffnet hat, hat mein Herz einen gewaltigen Sprung gemacht, und fast rechnete ich damit, dass die Luft nach Frangipani riechen müsste. In dem Augenblick hatte ich kein schlechtes Gewissen. Ich habe überhaupt nicht an Quinn gedacht. Die Gedanken an Quinn kamen hinterher, nachdem Ewan die Tür zugeknallt hatte, als ich zurück zur U-Bahn-Station gegangen bin und dachte, dass Ewan vielleicht recht hatte, dass es vielleicht das Beste sei, wenn wir uns nicht wiedersehen würden. Ich hatte getan, was ich tun musste, um meinen Geist zu besänftigen, und jetzt konnte ich mit meinem Leben weitermachen. Ich konnte mir ohne weitere Gedanken an diesen anderen Mann überlegen, was ich in Bezug auf meine Ehe unternehmen wollte.

Dann ist er mir nachgekommen, und ich bin einfach nur unglaublich froh gewesen. Dann war ich wütend. Und dann – ratlos. Ohne das geringste Gefühl, von dem ich mich hätte leiten lassen können.

Und jetzt gehen wir zusammen einen trinken.

Auch wenn er nicht so richtig froh darüber aussieht. Seine Miene ist grimmig, die Hände hat er in den Jackentaschen vermutlich zu Fäusten geballt.

»Wohin gehen wir?«, erkundige ich mich.

»Pub.« Auf einmal geht er nach rechts in eine Seitenstraße, an deren Ende sich ein Pub befindet. Von außen sieht es ziemlich zwielichtig aus. Ein paar Männer lehnen draußen an der Wand und rauchen. Ewan stößt die Tür auf, und ich folge ihm ins Innere. Der äußere Eindruck hat nicht getäuscht – es ist versifft, stickig und voller Leute, die aussehen, als säßen sie hier seit 1986.

Ewan geht an die Bar. »Whisky«, sagt er zu dem Barmann. »Einen Doppelten. Je billiger, desto besser. Ich kann genauso gut schon mal anfangen.« Er wendet sich mir zu. »Und du?«

Das hier ist alles so surreal, dass ich mir nicht sicher bin, ob Alkohol eine gute Idee ist. Außerdem habe ich heute nicht viel gegessen, denn ich bin zu nervös gewesen.

»Ich auch«, sage ich trotzdem. Ewan nickt dem Barmann zu, der loszieht, um unseren Whisky in zwei trübe Tumbler zu gießen. Ewan trägt beide zu einem Tisch in der Ecke.

Ich setze mich auf den Sitz mit der aufgeplatzten Kunststoffpolsterung. Er ist klebrig. Ewan lässt sich mir gegenüber auf den Stuhl fallen. Er trinkt von seinem Whisky und trommelt mit den Fingern auf den Tisch, den Blick auf den Spielautomaten gerichtet.

Ich nippe an meinem Whisky und schüttele mich. Andererseits scheint ein billiger doppelter Whisky in einem solchen Pub genau der richtige Drink zu sein, und indem ich ihn trinke, bekomme ich vielleicht einen Eindruck von Ewans Seelenlage. Seine Körpersprache verrät deutlich, dass er nicht mit mir hier sein will. Und dennoch war das hier seine Idee. Er hätte mir die Tür vor der Nase zuschlagen können, wie er es anfangs getan hat.

»Also«, sage ich. »Du hast mir noch immer nicht erzählt, was du in den letzten zehn Jahren getrieben hast.«

»Gitarre gespielt.«

»Und was ist mit deiner – Tochter?« Ich warte darauf, dass er mir den Namen des Kindes sagt, das er mit Alana bekommen hat. Stattdessen trinkt er seinen Whisky und bleibt mir die Antwort schuldig. Die Minuten ziehen sich hin. Seine Hand trommelt nicht mehr, sondern ist auf dem Tisch zur Faust geballt. In seinen Augen spiegeln sich die blinkenden Lichter des Spielautomaten.

»Ich habe letztes Jahr geheiratet«, erzähle ich ihm. »Wir leben in Tillingford. Das ist ein Dorf in Oxfordshire. Wir haben ein Cottage. Es ist ziemlich klein, aber ich habe Platz für mein Atelier. Das mache ich jetzt nämlich. Ich zeichne. Größtenteils Illustrationen, keine großen Sachen. Kinderbücher. Ich arbeite an einer Kinderbuchreihe. *Igor die Eule* …«

Ich warte auf eine Reaktion von ihm, darauf, dass ich verheiratet bin, oder vielleicht weil er von Igor gehört hat.

»Die Buchreihe läuft ganz gut«, füge ich hinzu.

»Wie geht es Esther?«, fragt er, als kosteten ihn die Worte Mühe.

»Sie ist tot.«

Ewans Kopf fährt hoch. Für einen kurzen Moment sieht er mich wirklich an. »Das habe ich nicht gewusst.«

»Sie ist vor beinahe zwei Jahren gestorben.«

»Ich brauche noch einen Drink«, sagt er. Er steht auf und geht an die Bar, ohne sich zu erkundigen, ob ich etwas haben möchte.

Quer durch den Raum beobachtet mich einer der einsamen Trinker. Er hebt die fettigen Augenbrauen, als er sieht, dass ich ihn bemerkt habe, und hebt sein Pint in meine Richtung. Ich wende den Blick ab, mustere den Tisch. Ich habe Angst, dass Ewan die üblichen Plattheiten von sich geben wird, wie leid es ihm tue, wie wunderbar sie gewesen sei, dass es eine Schande sei.

Bei seiner Rückkehr sagt Ewan gar nichts. Er konzentriert sich darauf, den Whisky zu trinken, als wäre es eine Aufgabe, die es zu bewältigen gilt. Das ärgert mich noch mehr, als hätte er die üblichen Klischees von sich gegeben.

»Sie hatte Leberkrebs«, erzähle ich ihm.

Er ächzt.

Ich starre ihn an, und meine Hand legt sich fester um das schmierige Glas. Ewan trinkt seinen Whisky, als gäbe es mich gar nicht. Als wäre mein Verlust egal, als hätte er niemals Zeit mit meiner Mutter verbracht. Als hätte sie niemals sein innerstes Ich gemalt, so wie er ausgesehen hat, als er verliebt war.

Ich stehe auf. »Du hast keinerlei Interesse. Ich gehe jetzt.«

»Du hast dich mit mir treffen wollen.«

»Es war ein Fehler«, entgegne ich. Ich drehe mich um und verlasse das Pub.

Die Luft draußen tut gut. Einer der Männer murmelt seinem Kumpel etwas zu, und sie lachen beide. Ich achte nicht auf sie und eile die Straße hinunter, ohne recht zu wissen, wie ich von hier zur U-Bahn komme. Egal. Mein Herz pocht wild, und mein Gesicht ist vor Wut gerötet.

»Flick!«

Ewan ruft hinter mir her. Ich gehe weiter. Ich höre, wie er zu mir aufschließt, auch wenn er mich diesmal nicht an der Schulter packt. Ich wirbele zu ihm herum.

»Ich bin dir völlig egal«, erkläre ich wütend. »Es interessiert dich kein bisschen, wie ich mich fühle. Du benimmst dich wie ein arrogantes Arschloch und bringst mich in das grässlichste Pub des Universums, und wenn ich dir etwas Wichtiges sage, etwas, das mir wirklich am Herzen liegt, kriegst du nichts weiter als ein Grunzen zustande. Ich bin dir egal, das ist in Ordnung, aber du bist meiner Mutter nicht egal gewesen. Sie hat etwas in dir gesehen, und sie hat versucht, es mit der Welt zu teilen, und dir ist es scheißegal. Ich begreife nicht, warum du mir überhaupt noch hinterherläufst oder warum du mich auf einen Drink eingeladen hast.«

Er verzieht das Gesicht und reibt sich mit beiden Händen

die Augen. »Ich weiß es nicht. Ich weiß nicht, warum. Es ist dumm gewesen.«

»Ach was!«, schreie ich ihn an und weiche zurück. Ich sollte zurück zu Laurens Wohnung gehen, zurück nach Tillingford, mein gewohntes Leben wieder aufnehmen.

All das hier. Umsonst.

Ich drehe mich weg, damit Ewan mich nicht weinen sieht.

»Es tut mir leid«, höre ich Ewan hinter mir. »Ich weiß nicht, was ich mir dabei gedacht habe. Du warst einfach plötzlich da. So unvorhergesehen … Es hätte ein anderer Weg sein können …«

»Mir tut es auch leid.« Ich gehe. Er fasst mich am Arm.

»Tu etwas für mich«, sagt er eindringlich. »Ich weiß, dass ich es nicht verdient habe, und ich weiß, dass ich dich nicht darum bitten sollte. Aber tu eine letzte Sache.«

»Warum sollte ich?«

»Weil du recht hast, deine Mutter hat etwas in mir gesehen. Und du auch.« Ich kann seine Whiskyfahne riechen. Seine Hand an meinem Arm fühlt sich heiß an.

»Triff dich am Montag mit mir«, sagt er. »Nein. Montag ist zu früh, dann könnte ich es immer noch tun. Dienstag. Triff dich am Dienstag mit mir.«

»Warum?«

»Das kann ich dir nicht sagen, nicht jetzt. Sag, dass du dich mit mir treffen wirst, irgendwo, nicht hier. Triff mich in Greenwich, beim Nullmeridian. Das genügt schon. Zwölf Uhr mittags.«

Seine Worte sind so drängend.

»Warum?«, frage ich erneut. »Ich habe dir genug Chancen gegeben. Kannst du mir das, was auch immer du mir sagen musst, nicht jetzt sagen?«

»Ich kann nicht. Und dann kann ich es dir vielleicht auch nicht sagen. Aber wenn ich es dir nicht sagen kann, werde ich nicht aufkreuzen.«

»Ich soll mich dazu bereit erklären, mich draußen in Greenwich mit dir zu treffen, aber du wirst vielleicht nicht einmal da sein?«

»Ja. Warte nicht lange. Und falls ich nicht auftauche, vergiss mich einfach. Vergiss, dass ich dich überhaupt darum gebeten habe. Das wird das Beste sein.«

»Ich begreife nicht.«

»Das musst du nicht. Wahrscheinlich werde ich nicht da sein. Sag einfach, dass du es tun wirst. Dienstag um zwölf. Es wird entweder zu spät sein oder eben nicht.«

Aus der Nähe sehe ich jetzt die ersten grauen Strähnchen in Ewans Haar. Doch die Farbe seiner Augen ist noch immer dieselbe – dieses unglaubliche Blau.

»Na gut«, sage ich. »Ich werde dort sein.«

15

Ich rieche den Duft erst, nachdem Ewan und ich uns getrennt haben und ich auf die U-Bahn-Station zugehe. Aber dann ist die Luft auf einmal voller Frangipani, und ich bleibe stehen und sehe mich um, überzeugt, dass Ewan mir wieder gefolgt ist, dass er sich hinter mir befindet und mir gleich die Hand auf die Schulter legen wird, und wenn ich mich diesmal umdrehe, wird er all die Dinge sagen, die er hätte sagen sollen. Dass er mich vermisst hat, dass er all die Jahre an mich gedacht hat. Dass er sich an dieses Gefühl erinnert, an dieses Gefühl, das man Liebe nennt.

Er ist nicht da. Er hat nichts von all dem gesagt. Ich lehne mich an das Metallgeländer, das die Menschen davon abhalten soll, die Straße an der falschen Stelle zu überqueren, und ich tue das Einzige, das ich tun kann: die Augen schließen, nicht auf meine Umgebung achten und mich dem Glücksgefühl hingeben.

»Alles in Ordnung, Miss?«

Ich zwinge mich in die Realität zurück und erblicke in der Nähe einen älteren Herrn. Seine Haut ist dunkel, die Haare ergraut, und er trägt im Hochsommer einen Tweedanzug. Das ist so wunderbar. Ich liebe Menschen, die sich bei der Wahl ihrer Kleidung kein bisschen um das Wetter scheren.

»Mir geht es fabelhaft«, erkläre ich ihm. »Besser kann es mir gar nicht gehen.«

»Das hört man gern. Dann brauchen Sie keine Hilfe? Sie halten sich bloß an dem Geländer fest, als würde es gleich davonfliegen.«

Ich lache. »Ich brauche keine Hilfe.« Und ja, das Gefühl verblasst allmählich. Es ist nicht mehr so überwältigend. Ich kann aufrecht dastehen (irgendwie war ich, ohne es zu bemerken, nach unten gesunken, sodass ich beinahe gekniet habe).

»Ich bin verliebt«, erkläre ich ihm.

»Tja, das ist gut. Liebe ist immer gut.«

»Sie ist das Beste auf der Welt. Ich weiß es. Das muss sie sein. Was bliebe uns denn sonst?«

»Passen Sie gut auf sich auf. Schauen Sie, wo Sie hingehen.«

Ich lasse das Geländer los, bewege die verkrampften Finger.

»Sind Sie sicher, dass es Ihnen gut geht, Miss? Sie wirken wackelig auf den Beinen.«

»Mir geht's gut«, sage ich. »Ich bin bloß auf dem Weg nach …«

Ich kenne diese Straße nicht. Ich habe geglaubt, mich in der Nähe der U-Bahn-Station zu befinden, aber ich muss falsch abgebogen sein, während meine ganze Aufmerksamkeit dem Frangipani galt.

»Wohin?«, fragt der Herr wieder besorgt. Mir ist es jedoch einerlei. Ich fühle mich großartig, und den U-Bahnhof werde ich letztlich schon finden. Es kann nicht so schwierig sein. Ich lächele ihm zu, das Lächeln einer verliebten Frau, die weiß, dass alles gut werden wird.

Laurens Wohnung in Canary Wharf ist nagelneu und edel, mit Klimaanlage und hohen Fenstern mit Blick auf die Themse. Bei meiner Rückkehr steht Laurens Ersatzlaptop immer noch offen auf dem Tisch, im Ruhezustand. Wenn ich auf die Leertaste drücken würde, würde er sofort Ewans Facebook-Seite anzeigen, auf der seine Adresse und Telefonnummer stehen, und die besagt, dass er Profigitarrist ist. Das Profilfoto zeigt ihn auf der Bühne beim Gitarrespielen, zu erkennen allein anhand der Haare und seiner Haltung. Er hat 1453 Freunde, und bei seinem Beziehungsstatus steht: *Es ist kompliziert.* Er ist hier gewesen, online, bereit, gefunden zu werden, jederzeit. Aber ich habe erst heute Morgen nach ihm gesucht.

Es hat drei Tage gedauert. So lange habe ich abgewartet zwischen dem Verlassen meines Ehemannes und dem Versuch, einen anderen Mann zu finden. Allerdings scheint dieser andere Mann die letzten zehn Jahre damit verbracht zu haben, sich in einen Vollidioten zu verwandeln.

Und dennoch habe ich mich immer noch gefühlt, als würde ich ihn lieben.

Ich tapse über den gebohnerten Holzboden und sacke auf eins von Laurens Zweisitzersofas. Es besteht aus rechteckigen Elementen und ist nicht sonderlich bequem, aber ich bin erschöpft. Hundemüde. Ich muss mir über vieles klar werden: Soll ich mich wieder mit Ewan treffen? Soll ich Quinn von ihm erzählen? Soll ich das Ganze vergessen und nach Tillingford zurückkehren?

Doch meine Augen fallen von selbst zu. Ich träume von Ewan als Krähe, mit langen Beinen und wilden Flügeln, und in seinen Augen spiegeln sich die Lichter eines Spielautomaten wider. Er öffnet den Schnabel, und es ertönt ein Klingeln.

Ich werde blinzelnd wach. Das Handy klingelt in meiner Tasche. Ich krame es hervor. Es ist Quinn. Aus Gewohnheit nehme ich das Gespräch an.

»Hallo, Liebes«, sagt er.

»Tut mir leid, ich bin eben erst aufgewacht.« Ich setze mich aufrecht aufs Sofa und streiche mir die Haare aus dem Gesicht.

»Alles in Ordnung? Möchtest du weiterschlafen?«

»Nein, nein. Hab bloß ein Nickerchen gemacht.« Ich werfe einen Blick auf die Digitaluhr, die über der Küchentür leuchtet. Es ist halb sieben Uhr abends. Um die Uhrzeit ruft Quinn jeden Tag an, seitdem ich in London bin. Gleich nachdem er nach Hause gekommen ist, sich eine Tasse Tee gemacht hat. Mein Kopf fühlt sich ganz benommen an. »Wie war dein Tag?«

»Sommerfeste. Wandermärsche für wohltätige Zwecke. Nächste Woche haben wir ein Treffen mit Tamsyn Ford, um die Kampagne gegen die Schließung von Boscombe House zu besprechen. Sie ist unsere Abgeordnete«, ruft er mir in Erinnerung, ohne dass ich nachfragen muss. »Und Cameron Bishop hat wieder mein Fahrrad geklaut.«

»Hast du es wieder zurück?«

»Er hat es erst vor fünf Minuten geklaut. Ich habe ihn durchs Fenster beobachtet.« Er unterdrückt ein Seufzen.

Ich weiß, wo er sich befindet: in dem Sessel neben dem Fernseher, der, in dem wir kaum je sitzen. Das ist der Sessel mit der besten Sicht aus dem Seitenfenster. Eine der hölzernen Armlehnen ist locker, und ich höre sie knarzen, wenn er spricht.

Ich stelle ihn mir im Cottage vor, wie er in unterschiedlichen Sesseln sitzt, damit es nicht so leer wirkt.

»Gehst du später ins Pub?«, frage ich ihn. Ich möchte, dass er unter Menschen ist, sich unterhält, lacht.

»Heute Abend nicht. Was hast du heute gemacht? Hast du arbeiten können?«

Ich sehe mich im Wohnzimmer der Wohnung um. Modern, hell, mit Fenstern, die auf den graubraunen Fluss hinausgehen. »Nein, leider nicht. Noch nicht.«

»Das wird schon kommen.«

Als ich gegangen bin, habe ich das mit der Zeit für meine Arbeit als Beschwichtigung gesagt. Damit mein Weggang nicht so wehtäte, um einen guten, nicht emotionalen Grund für meinen London-Aufenthalt zu haben. In beiderseitigem schweigenden Einverständnis scheinen wir Gefallen daran gefunden zu haben. Wir tun beide so, als wäre ich nur zum Arbeiten hier. Das ist einfacher.

»Ich habe mich mit einem alten Freund getroffen«, sage ich. »Vielleicht treffen wir uns nächste Woche noch einmal. Aber ich bin mir nicht sicher.«

»Das ist schön.«

»Na ja, ehrlich gesagt ist er irgendwie ein bisschen daneben. Aber du weißt schon – um der alten Zeiten willen.«

Er ist still. So sind jetzt unsere Telefonate, mit diesen Pausen. Die Last von allem Ungesagten. Dass ich Quinn gegenüber Ewan erwähnt habe, hilft mir nicht dabei, mich besser zu fühlen. Aber schließlich habe ich genau das getan. Mich mit einem alten Freund getroffen, der sich als weniger nett herausgestellt hat, als ich ihn in Erinnerung habe. Und vielleicht treffe ich ihn wieder.

Ich bin heute Nachmittag die Shoreditch High Street entlang getaumelt, trunken vor Liebe zu ihm.

»Was wirst du also wegen Cameron und deinem Fahrrad unternehmen?«, frage ich. »Das kann doch so nicht weitergehen.«

»Vielleicht werde ich mir ein Schloss zulegen müssen. Aber ich mache mir Sorgen, dass er einen Bolzenschneider auftreibt, und auf die Art könnte er sich verletzen.«

»Er könnte genauso gut mit deinem Fahrrad vor ein Auto fahren. Dafür wärst du auch nicht verantwortlich.«

»Ich weiß nicht, was er an meinem Fahrrad so toll findet. Seine Mutter sagt, er hat ein BMX-Rad im Schuppen. Wie dem auch sei, ich kann mir kein Schloss zulegen. Jedes Mal, wenn er es stiehlt, sagt er, er wird es nie wieder tun. Wenn ich mir ein Schloss besorge, nehme ich ihm die Chance, sich zu beweisen.«

Dieses Gespräch haben wir schon viele Male geführt, beim Tee, beim Abendessen, bei einem Spaziergang an der Landstraße. Auf einmal bin ich mir sicher, wenn ich schwanger gewesen wäre, hätten wir Folgendes getan: über das Baby geredet, um diese Schweigeperioden zu überdecken.

Komm zurück, sagt er nicht. Ich kann es in seinem Atem hören, im Knarzen seines Sessels.

»Wie dem auch sei«, sage ich. »Ich bin echt müde. Vielleicht gehe ich früh ins Bett. Morgen soll es heiß werden.«

»Die ganzen nächsten Wochen. Endlich einmal richtiges Sommerwetter. Mum macht sich Sorgen um ihre Blumen.«

Was hat er seinen Eltern und Suz gesagt? Irgendetwas abgesehen davon, dass ich zum Arbeiten hier bin? Ich bezweifle es. Molly hat mir schon zwei Karten geschickt. Eine mit einem Kätzchen vorne darauf und die andere mit einer dynamischen Hausfrau aus den Fünfzigern. Auf beiden stand in ihrer fröhlichen Handschrift geschrieben: *Viel Glück mit dem Buch!*

»Tja«, sage ich. »Ich sollte mir wohl etwas zum Abendessen zusammensuchen. Lauren hat nicht viel in den Schränken gelassen außer ein paar Eiweißriegeln. Die stammen wohl von ihrem Personal-Trainer-Freund.«

»Hast du schon Pläne fürs Wochenende?« Er fragt es überstürzt. »Soll ich nach London kommen? Wir könnten uns zum Mittagessen treffen.«

Der Ring an meinem Finger sagt mir, dass ich bejahen sollte. Er hat Quinns Großmutter gehört – Roségold und Diamanten. Ich drehe ihn. »Ich weiß nicht recht. Bei der ganzen Sache mit dem Freiraum, Quinn, geht es mir darum, Freiraum zu haben.«

»Ich muss ja nicht nach Canary Wharf kommen. Wir könnten uns irgendwo treffen.«

»Ich weiß nicht. Es ist … Ich muss mir über ein paar Dinge klar werden.«

»Ich bin dein Ehemann, Felicity. Du kannst dich mit mir zum Mittagessen treffen.« Zum ersten Mal seit dem Abend, an dem ich gegangen bin, schwingt in seiner Stimme eine Spur Ungeduld mit.

Ich drehe den Ring an meinem Finger. Dienstag. Ewan hat mich gebeten, ihn Dienstag zu treffen. Bis dahin kann ich mir wegen nichts sicher sein.

Es wäre so leicht, mich mit Quinn zum Mittagessen zu treffen, unsere Beziehung aufleben zu lassen, unsere Kameradschaft, die alte Routine, Denkweisen, Übereinstimmungen. Es wäre leicht, mit ihm nach Hause zu fahren. Nach Tillingford zurückzukehren, ohne dass sich etwas geändert hätte. Wie unser Gespräch über sein Fahrrad, alles in gewohnten Bahnen verlaufend.

»Gib mir noch eine Woche. Wir können uns das Wochenende darauf treffen. Okay?«

»Wenn du es sagst.«

»Gute Nacht, Quinn.«

»Gute Nacht, Liebes.«

16

In Greenwich ist es heiß. Der Sonnenschein wird von den großen weißen Gebäuden des Old Royal Naval College reflektiert und macht die Kühle der Themse zunichte. Ich gehe durch den Park, zwischen Rasenstreifen bergauf zu der zwiebelartigen Kuppel auf dem Hügel.

Ewan hat mir gesagt, ich solle nicht lange warten, was nahelegt, dass er selbst nicht lange bleiben würde, und ich möchte ihn nicht verpassen. Also bin ich zum ersten Mal im Leben pünktlich. Selbst an einem heißen Dienstagvormittag wimmelt es an dem Ort von Touristen, die einander etwas in ihren eigenen Sprachen zurufen, Buggys schieben, fotografieren, keuchend den Hügel hinauflaufen. Manche haben Decken auf dem Rasen ausgebreitet und packen Sandwiches aus.

Ich erreiche die Kuppel. Der Streifen, der den Nullmeridian markiert, befindet sich in einem Innenhof hinter großen schwarzen Toren. Menschen stehen Schlange und warten, um sich daraufzustellen und mit einem Fuß im Osten, einem im Westen fotografieren zu lassen. Wollte Ewan mich tatsächlich auf dem Streifen treffen oder irgendwo in der Nähe? Ich zögere, entscheide mich aber, vor den Toren oben auf dem Hügel zu warten. Auf diese Weise kann ich ihn kommen sehen, wenn er noch nicht hier ist, und ich kann ihn drinnen sehen, falls er früher als ich eingetroffen sein sollte.

Ich postiere mich neben der in die Mauer bei den Toren eingelassenen Uhr. Ich bin fünf Minuten zu früh dran – das ist nicht sehr früh, aber für mich ist es extrem früh. Mit gerecktem Hals halte ich nach Ewan Ausschau, versuche, um die Touristen herumzuspähen. »Das hier ist es«, sagt eine Touristin in der Nähe meiner Schulter. »Hier beginnt die Zeit.«

Geht es darum? Ich muss zugeben, dass ich nur eine ganz vage Vorstellung davon habe, was der Nullmeridian überhaupt zu bedeuten hat. Unterhalb der Uhr befinden sich offizielle Längenmaße in Form von Eisenstangen. Damit überall auf der Welt alles gleich gemessen wird. Das hier ist ein Yard. Das ist ein Fuß … All das bedeutet Gewissheit.

Ich erspähe rechts von mir, auf dem Weg den Hügel hinauf, eine schwarze Lederjacke. Mein Herz macht einen Sprung, aber es ist nicht Ewan, sondern ein Teenager mit Lippenpiercing.

Ich denke über seine Worte nach. *Warte nicht lange. Und falls ich nicht auftauche, vergiss mich einfach.*

Es ist schön und gut, das zu sagen. Allerdings scheine ich unfähig zu sein, ihn zu vergessen.

Gestern Abend habe ich »Frangipani« gegoogelt. Bei Wikipedia habe ich erfahren, dass es eine Plumeria-Art ist, die im gesamten Tropengürtel wächst. Die Frangipaniblüte besitzt einen süßen Duft, aber keinen Nektar. An vielen Orten in Asien wird die Blüte mit Beerdigungen, Friedhöfen und dem Tod in Verbindung gebracht.

Ich habe weiter geschaut, aber es gab nichts über eine Krankheit, die bewirkt, dass man Frangipani riecht.

Ich könnte auf einem früheren Termin beim Neurologen bestehen und herausfinden, ob der Geruch und die

Erinnerungen eine körperliche Ursache haben. Vielleicht gibt es Medikamente, die ich nehmen kann. Oder vielleicht ist es etwas Gravierenderes. Ich habe gesehen, was Krebs anrichtet. Vielleicht trage ich abgesehen von Erinnerungen noch etwas in meinem Kopf herum, etwas, das wächst und sich verändert, etwas, das vielleicht letztlich all meine Erinnerungen wegfressen wird.

Vielleicht ist diese Liebe eine Krankheit.

Ich lasse die Uhr und die Maße hinter mir und gehe auf die andere Seite des Weges, lehne mich an das Geländer, um die Aussicht zu genießen. Die weißen symmetrischen Gebäude unten, die Säulen, die Türme, die aufrechte Architektur, rational und vollkommen. Jenseits davon, am anderen Flussufer, befinden sich die Hochhaustürme von Canary Wharf, wo ich wohne, seitdem ich vor meinem Leben davongelaufen bin.

Aber jede Liebe ist eine Art Krankheit, oder nicht? Etwas, das von außen kommt, wie ein Virus, oder von innen, wie ein Krebsgeschwür. Sie verändert einen durch und durch. Sie ist vorübergehend oder chronisch. Man kann sie sich nicht aus dem Leib reißen, ohne noch mehr Schaden anzurichten.

»Flick«, sagt Ewan hinter mir, und ich zucke zusammen. Er trägt keine Lederjacke, bloß ein T-Shirt und Jeans.

»Du bist gekommen«, sage ich atemlos.

»Ich war mir nicht sicher, ob du hier sein würdest.«

»Ich bin hier.«

Einen Augenblick starren wir uns an. Er ist auch außer Atem, als wäre er den Hügel herauf gelaufen.

»Es tut mir leid, dass ich ein bisschen spät dran bin«, sagt er. »Ich musste auf den Postboten warten, und dann hat es einen kleinen Streit gegeben.«

»Du hast doch wohl nicht noch einen Mitarbeiter des Postwesens Ihrer Majestät beleidigt, oder?«

»Anscheinend verstößt es gegen das Gesetz, jemandem einen Brief auszuhändigen, der an einen anderen Menschen adressiert ist, selbst wenn Ersterer derjenige gewesen ist, der ihn geschrieben hat.«

»Du hast versucht, einen Brief zurückzubekommen, den du geschrieben hast? Warum?«

»Das ist eine lange Geschichte. Und eine langweilige. Verschwinden wir von hier, zu viele Leute.«

Wir schlüpfen oben an dem Geländer durch eine Lücke. Ich schnuppere, aber da ist kein Frangipani, bloß ein schwacher Geruch nach Duschgel. Seit unserer letzten Begegnung hat er sich rasiert und sich die Haare gewaschen. Er sagt nichts, während wir an den Menschenmengen vorübergehen, die Fotos von der Aussicht machen.

Zehn Jahre können viel verändern. Seit wir ein Liebespaar waren, ist Ewan Vater geworden. Er ist herumgekommen, hat in Häusern gewohnt, Menschen kennengelernt, hatte anscheinend eine erfolgreiche Karriere. Die sichtbaren Veränderungen in seinem Gesicht, seiner Kleidung, sind nur die Oberfläche dessen, was erdbebenartige Veränderungen im Innern sein könnten. In der Vergangenheit habe ich ihn gekannt, doch das bedeutet nicht, dass ich ihn jetzt auch nur im Geringsten kenne. Und selbst damals, vor zehn Jahren, haben wir lediglich einen Sommer zusammen verbracht. Dieser Mann ist ein Fremder.

Jedenfalls ist es sicherer, es so zu betrachten.

Wir kommen zu einem Baum, und Ewan setzt sich in seinen Schatten auf den trockenen Rasen. Ich folge seinem Beispiel und lehne mich mit dem Rücken an den Stamm.

»Herrlicher Tag«, sage ich. Etwas, das man zu einem

Fremden sagen würde. Etwas, das ich heutzutage zu Quinn sagen könnte.

Ewan blickt über die Wiese, den Hügel hinunter zu den historischen Bauwerken und all den Menschen, die dort herumwuseln wie winzige Insekten. Er blickt zum blauen Himmel empor und streicht mit der Handfläche über das borstige Gras.

Dann lacht er unwirsch. »Es ist ein schöner Tag«, sagt er. Er wirft sich nach hinten auf den Boden und rudert mit Armen und Beinen. Wenn er im Schnee läge, würde er einen Engel machen. »Ein seltsamer und schöner Tag, um am Leben zu sein. Seit wann redest *du* davon, dass Tage ›herrlich‹ sind?«

Vor zehn Jahren hätte ich mich neben ihn geworfen. Wäre unter Gelächter den Hügel hinuntergerollt.

»Tja«, sage ich. »So ist er eben. Herrlich.«

Er setzt sich auf, wischt sich Gras aus den Haaren. »Das mit Esther tut mir leid«, meint er. »Ich habe sie für unverwüstlich gehalten.«

»Oh«, erwidere ich. »Ja. Ich auch.«

»Du hast das Bild gesehen, das sie von mir gemalt hat? Mit diesen Blumen?«

»Ja. In New York.« Dass das Gespräch so verläuft, habe ich nicht erwartet. Ich habe mit einem Streit gerechnet. Ich habe nicht gedacht, dass er neulich zugehört hat, als ich über meine Mutter sprach.

»Hast du mich deshalb ausfindig gemacht?«, fragt er. »Weil du das Gemälde gesehen hast und mir von deiner Mutter erzählen wolltest?«

»Es lag zum Teil daran, dass ich dein Bild gesehen hatte.«

Er blickt mich kurz von der Seite an. »Wie ist sie gestorben?«

»Ist das von Bedeutung?«

»Nein. Ich denke nicht. Tod ist Tod.«

»Stimmt nicht«, widerspreche ich wohl heftiger, als er erwartet hat, denn jetzt sieht er mich direkt an. »Manche Tode sind schlimmer als andere.«

»Ist sie sehr krank gewesen?«

»Sie hatte Krebs. Sie hatte starke Schmerzen. Sie wollte sterben.« Ich reiße büschelweise Gras aus der trockenen Erde und lasse es büschelweise fallen.

Ewan senkt den Blick. Er bietet keinen Trost an, wie es Quinn täte. Er erkundigt sich nicht nach weiteren Einzelheiten.

»Manchmal ist es das Beste«, sagt er zum Gras oder zu sich selbst oder vielleicht zu mir. »Die Welt wird weiter bestehen, ob man nun hier ist und es mit ansieht oder nicht. Ich glaube nicht, dass es einen großen Unterschied macht.«

»Für mich macht es einen Riesenunterschied.«

»Weil du sie geliebt hast. Aber wenn es niemanden gibt, der einen liebt, ist das was anderes.« Er steht auf und glättet seine Hose. »Na schön. Tja. Danke, dass du dich mit mir getroffen hast.«

»Das war's? Du gehst?«

Er zuckt die Schultern. »Die Aussicht interessiert mich nicht sonderlich. Ich wollte mich wegen Esther entschuldigen. Ich habe es gesagt. Also werde ich jetzt gehen.«

Ich springe auf. »Ich verstehe dich nicht. Du hast mich angefleht herzukommen, und jetzt gehst du einfach. Du hast mir nicht gesagt, warum du dich mit mir treffen wolltest. Du hast mir überhaupt nichts von dir erzählt.«

»Das willst du nicht wissen.«

»Will ich wohl! Deshalb bin ich hergekommen.«

»Was willst du wissen?«

Ich mache eine ausholende Bewegung. »Was treibst du so? Was hast du gemacht in all den Jahren? Es ist zehn Jahre her, Ewan.«

»Ich bin Gitarrist. Ich spiele Sessionmusik in Bands. Wir gehen auf Tour. Ich begleite sie bei ihren Songs auf der Gitarre. Das ist es im Großen und Ganzen.«

»Was ist mit eurer Band? Mit Dougie und Gavin und dem anderen Typen?«

»Das hat nicht geklappt. Ich bin nach Glasgow zurückgegangen. Wie du ja weißt.«

»Und du hast Alana geheiratet.«

»Und ich habe Alana geheiratet.« Er leiert es monoton, als würde er mich verspotten.

»Und ihr habt ein Kind bekommen.«

»Rebecca. Ja. Hatten wir das nicht alles neulich schon?«

»Und ...« Jegliche Frage, die ich stellen könnte, scheint irgendwie unzulänglich zu sein. Ich habe ein nervöses Kribbeln in der Kehle. »Wie geht es ihnen?«

»Ich weiß es nicht.«

Er stemmt die Hände in die Hüften.

»Ich habe sie seit zwei Jahren nicht gesehen«, sagt er. »Ich schicke ihnen jeden Monat einen Scheck. Alana hat wieder geheiratet. Sie hat noch zwei Kinder bekommen, einen Bruder und eine Schwester für Rebecca. Ich nehme an, dass sie glücklich ist.«

»Du siehst sie nicht? Gar nicht?«

Er zuckt wieder die Schultern. »Es hat nicht funktioniert.«

»Aber du bist ihr Vater.«

»Sie haben ein neues Leben. Ohne mich sind sie besser dran. Wolltest du das wissen?«

Ich starre ihn an. Dafür habe ich all den Liebeskummer erlitten und bin in Paris weinend auf einem Friedhof herumgelaufen? Damit er ein Kind mit Alana bekommt und sie dann verlässt? Was für ein Vater ist er, dass er denkt, seine Tochter wäre ohne ihn besser dran?

»Lauren hatte recht«, sage ich. »Du bist ein Mistkerl. Ich hätte mich nicht mit dir treffen sollen.« Ich wende mich zum Gehen, und dann verändert sich alles.

Die Luft, die heiße Sommerluft, trocken und staubig, ist auf einmal vom Duft nach Frangipani erfüllt. Er lastet süß auf den Bäumen, drückt das Gras nieder, erhellt den Himmel.

Ich schlinge die Arme um Ewans Hals und küsse ihn auf den Mund.

Oh, ihn zu berühren ist so wunderbar! Seine Lippen sind warm und voll, wie ich sie in Erinnerung habe, ein wenig rau, aufgesprungen, seine Schultern sind breit, sein Körper an meinem ist die perfekte Erinnerung ans Glück. Ich fahre mit den Fingern durch seine Haare, die jetzt kürzer sind als damals, aber noch immer voll und kräftig. Durch meine Wonne und mein Begehren und den berauschenden Frangipaniduft hindurch spüre ich, dass sich seine Muskeln angespannt haben, er ist wie erstarrt. Seine Hände berühren mich nicht, um mich näher an sich zu ziehen oder wegzustoßen, und sein Mund ist ein wenig geöffnet, aus Überraschung oder um einen unterbrochenen Atemzug zu tun. Ihn zu küssen ist, als würde ich einen einzelnen Augenblick aus der Zeit küssen, erstarrt, sich nicht vorwärts bewegend.

Ich liebe ihn. Es ist ein Feuerball in meiner Brust, wo sich mein Herz befindet. Tief in meinem Innern habe ich nie aufgehört, ihn zu lieben. Ewans Kehle entringt sich ein Geräusch, und er packt mich an den Hüften. Er hält mich.

Sein Mund bewegt sich, wird weicher und öffnet sich, presst sich dann auf meinen. Er küsst mich auch. Wie er mich früher immer geküsst hat, als wir einander begehrten, als wir nicht genug voneinander bekommen konnten. Heimliche Küsse, verstohlene Küsse, Küsse unter der Bettdecke in meinem Zimmer, während die Sterne über den Himmel auf das Morgengrauen zustürzten.

Das unendliche Glücksgefühl treibt mir unter den geschlossenen Lidern Tränen in die Augen. Ich bin verloren, ich bin verliebt, es ist das Gefühl, nach dem jeder das ganze Leben lang sucht, und ich kann es jetzt spüren. Es ist egal, was seither geschehen ist. Und ich küsse Ewan, und er liebt mich …

Und dann lässt er mich los und tritt zurück, nicht aus meinen Armen, aber so weit, dass sich unsere Lippen voneinander lösen. »Was machen wir da?«

»Uns küssen«, erkläre ich ihm, auch wenn man meinen würde, dass dies keiner Erklärung bedarf, und ich küsse seine Oberlippe, an der Stelle, wo sie in der Mitte einen leichten Bogen nach unten beschreibt, und seine Unterlippe, voll und heiß, und seinen Mundwinkel, und er stößt wieder dieses ächzende Geräusch aus, und er küsst mich mitten auf den Mund. Unsere Zungen berühren sich.

Er packt mich an den Handgelenken und nimmt meine Arme von seinem Hals und weicht dann noch weiter zurück, sodass wir uns gar nicht mehr berühren, abgesehen von seinen Händen an meinen Handgelenken. Ich kann ihn auf der Zunge schmecken.

»Warum küssen wir uns?«, fragt er mich.

»Weil« – *ich dich liebe und ich in dich verliebt bin, und Frangipani in der Luft liegt, und alles andere egal ist* – »weil du sehr gut im Küssen bist.«

»Felicity, das hier ist verrückt. Wir kennen uns gar nicht.«

»Wir kannten uns aber.« Ich versuche, auf ihn zuzutreten, aber er hält mich von sich weg.

»In deinen Augen bin ich ein übler Mistkerl.«

»Das ist egal.«

»Und hast du nicht gesagt, dass du verheiratet bist?«

Es ist wie eine Ohrfeige. Ich bin verheiratet. Das habe ich bei dem Drang, ihn zu küssen, inmitten dieser überschäumenden Gefühle irgendwie vergessen. Ich habe Quinn vergessen.

»Mein Gott«, entfährt es mir. Er lässt mich los, und ich halte mir die Hand vor den Mund. Meine Lippen prickeln. Ich weiche vor ihm zurück, starre ihn an. Er ist zerzaust und atmet schwer, wie ich. Ich fühle mich immer noch zu ihm hingezogen, fühle all die Liebe, die ich gerade eben verspürt habe – also suche ich nach dem Baum, unter dem wir gesessen haben, und lehne mich daran, versuche, meinen Körper an die Rinde zu heften, damit ich nicht mehr nach Ewan greifen kann.

»Was ist los?«, fragt er.

»Es tut mir so leid«, erwidere ich. »Ich kann nicht ...« Oh, ich sehne mich so sehr danach, ihn wieder zu berühren.

»Es ist keine gute Idee«, meint Ewan. »Nicht dass ich besonders pragmatisch veranlagt wäre. Oder besonders moralisch, wenn wir schon einmal dabei sind. Aber selbst ich sehe, dass es zu diesem Zeitpunkt nicht das Richtige wäre.«

»Wir mögen uns noch nicht einmal«, ermahne ich mich.

»Warum siehst du mich dann so an?« Ewan wischt sich mit dem Handrücken über den Mund. »Vielleicht sollte ich besser gehen ...«

»Du solltest unbedingt gehen.« Ich halte mich an dem Baum fest.

»Alles in Ordnung, Flick? Stimmt etwas nicht?«

»Ich will dich nicht mehr küssen. Geh weg.« Ich schließe die Augen und lehne die Wange an die raue Rinde. Ich spüre, dass mich jeder einzelne Herzschlag, jedes Pulsieren meiner Gefühle zu ihm hinzieht. Ohne hinzusehen, spüre ich, dass Ewan von mir fortgeht, den Hügel hinunter, über die Wiese, ohne sich die Mühe zu machen, erst zu dem Weg hinüberzugehen. Ich spüre es als Vibrationen auf dem Erdboden, den wir uns teilen. Ich halte die Augen geschlossen, bis ich weiß, dass er außer Sicht sein muss, und spüre ihn immer noch.

17

Ich saß in einem Zug aus Cornwall und hielt mir ein dickes Taschenbuch vors Gesicht, die Urne mit der Asche meiner Mutter in einer Plastiktüte zu meinen Füßen.

Den Nachmittag hatte ich am Porthmeor Beach in St Ives verbracht, nicht weit von dem Ort entfernt, an dem meine Mutter die letzten vier Jahre gelebt hatte. Sie hatte mich gebeten, ihre Asche dort zu verstreuen. Das Meer war klar, ein sanft leuchtendes Grau. Ich saß im Sand und malte mir aus, wie ich die Tüte öffnete, den Verschluss von der Urne nahm, mit der Hand hineingriff und alles, was vom Körper meiner Mutter übrig war, in die Luft warf. Sie war seit vier Monaten tot.

Sie hatte mir von den Beerdigungen erzählt, die sie in ihrer Jugend besucht hatte, mit den das Kaddisch anstimmenden Trauernden, der schwarzen Kleidung und den gesenkten Häuptern – alles so schwerblütig. Sie erhoffte sich von mir, dass ich sie stattdessen mit leichtem Gepäck reisen lassen würde, selbst nachdem sie mit dem Reisen fertig war.

Ihre Asche war zu leicht, wenn man bedachte, was sie mir bedeutete, und ich konnte sie nicht loslassen. Ich konnte nicht in die Urne greifen und ihre Überreste davonfliegen lassen. Es war noch ein Verrat – aber sie war tot, und ich fühlte mich nicht mehr an mein Wort gebunden.

Die Plastiktüte machte klatschende Geräusche im Wind.

Ich wickelte die Urne fester darin ein und brach vom Strand in Richtung Bahnhof auf.

»Ich liebe das Buch«, sagte jemand. Ich blickte auf. Ein Mann saß mir gegenüber an dem Tisch. Er war mir zuvor gar nicht aufgefallen. Er sah jung aus, blass, dunkle Haare, er trug eine ordentliche graue Kapuzenjacke, lächelte höflich. Vor ihm auf dem Tisch eine Zeitung und ein Pappbecher.

»Gefällt es Ihnen?«, fragte er.

»Ich weiß gar nicht recht, was es ist«, erklärte ich ihm und drehte das Buch um, um einen Blick auf den Einband werfen zu können. »Genau, *Middlemarch*. Doch, doch, ich mag den Roman. Habe ihn seit einer Ewigkeit nicht mehr gelesen.«

Sein höfliches Lächeln verwandelte sich in ein echtes. »Sie haben gewonnen.«

»Was gewonnen?«

»Sie haben bewiesen, dass ich unrecht habe. Mir ist aufgefallen, dass Sie nicht umgeblättert haben, seitdem Sie in St. Erth zugestiegen sind, aber ich hätte niemals vermutet, dass Sie nicht wussten, welches Buch Sie in der Hand halten.«

»Wir haben ein Spiel gespielt?«

Er zuckte die Schultern und blickte ein wenig betreten drein. »Ich schon. Tut mir leid. Ich versuche zu erraten, worüber meine Mitreisenden nachdenken. Das vertreibt einem die Zeit im Zug. Manchmal kann ich nicht widerstehen herauszufinden, ob ich richtig liege.«

»Was sind Sie, eine Art Detektiv?«

»Journalist.«

Ich setzte mich auf, weil ich mich fragte, ob er wusste, wer meine Mutter war, ob er auf der Suche nach einer Story war. Nach ihrem Tod gingen viele Anrufe und E-Mails bei mir ein. Ich reagierte auf keine davon.

»Keine Sorge«, meinte er rasch. »Ich gehöre nicht zu denen, die mit Teleobjektiven auf der Lauer liegen. Ich arbeite für eine Regionalzeitung in Oxfordshire. Das hier ist eigentlich eher ein Spiel, das ich früher gespielt habe, als ich noch ein Junge war und Spion werden wollte. Dummes Zeug, ich weiß schon. Ich wollte Ihnen nicht zu nahe treten.« Er sah aufrichtig verlegen aus. Er hatte schlanke Hände und eine Stimme, die ein wenig zu tief für seine Statur war.

»Ist schon in Ordnung«, erwiderte ich. »Es ist meine Schuld.«

»Nein, nein, ganz und gar nicht.«

»Denn ich verberge tatsächlich ein tiefes, dunkles Geheimnis. Ich habe dieses Buch in der Pension gestohlen, in der ich übernachtet habe. Es gab da ein Bücherregal im Aufenthaltsraum. Ich habe mir noch nicht einmal den Titel angesehen, ich wollte bloß etwas schön Dickes.«

»Ich verstehe. Sie wollten sich mit niemandem unterhalten, und da komme ich daher und werfe alle englischen Verhaltensregeln über den Haufen. Tun Sie so, als hätte ich nichts gesagt. Ihr Geheimnis ist bei mir gut aufgehoben.« Er verschloss die Lippen mit einem imaginären Reißverschluss, nahm seine Zeitung und blätterte angelegentlich darin herum.

Ich kehrte zu meinem gestohlenen Buch zurück. Auch wenn ich kein Wort davon gelesen hatte, war es auf Seite 220 aufgeschlagen, und ich begriff erst jetzt, was ich gelesen hatte: Es ging um Will Ladislaws Freund, der ihm gegenüber von Dorothea sprach, als wäre sie ein Kunstwerk in einer Gemäldegalerie. Ich schlug den Anfang des

Kapitels auf und versuchte zu lesen, aber meine Lektüre des Buches lag Jahre zurück, und ich konnte mich an fast keine Namen mehr erinnern. Draußen huschte die Landschaft vorbei. Wenn ich getan hätte, was meine Mutter wollte, wäre ihre Asche jetzt in alle Winde zerstreut. Sie würde gerade auf ihre eigene Reise in den Wasserkreislauf aufbrechen, ins Meer, um im Sonnenschein zu verdunsten und als Regentropfen niederzufallen. Vielleicht war das der Sinn der Sache, wenn man Asche im Meer verstreute. Um das Gefühl haben zu können, dass der geliebte Mensch in jedem Tropfen Wasser sein könnte.

Ich sah mein Gegenüber an, doch der Mann hob den Blick nicht von seiner Zeitung. Er war nicht so jung, wie ich ursprünglich gedacht hatte, sondern etwa in meinem Alter. Obwohl kein Grund dazu bestand, ihn einzuweihen, hätte ich ihn am liebsten gefragt, wann dieses wunde, leere Gefühl aufhören würde. Wann ich nicht mehr Frauen auf der Straße sehen würde, die ihr ähnlich sahen, wann ich nicht mehr nach dem Telefon greifen würde, wenn es klingelte, und damit rechnete, dass sie es war.

»Tee, Kaffee, Sandwiches, Chips?«, fragte die Frau, die den Wagen mit den Erfrischungen schob. Ich bat um Tee, und sie griff nach einem Becher.

»Zwei, bitte«, sagte der Mann. »Ich darf Sie doch auf eine Tasse Tee einladen? Um mein unverschämtes Benehmen wiedergutzumachen.«

»Sie waren doch nicht unverschämt«, widersprach ich. »Ein Tag im Leben eines Superspions.«

»Ich mag George Eliot wirklich. Das habe ich Ihnen nicht bloß erzählt, um Ihren Missetaten auf die Schliche zu kommen. Auch wenn ich das Buch ehrlich gesagt auch schon lange nicht mehr gelesen habe.«

Die Frau stellte zwei Becher Tee auf den Tisch. Ich sah zu, wie der Mann in seiner Tasche nach dem Geld kramte. »Zucker?«, fragte er mich, und mir fiel auf, dass seine Augen von einem klaren Grau waren. Genau der gleiche Farbton, den das Meer in St Ives gehabt hatte.

Ich erwache schlagartig. Kein tröstlicher Dämmer, in dem man kaum weiß, wo man sich befindet. Ich weiß, dass ich mich in der Wohnung in London befinde und dass ich gestern Nachmittag im Greenwich Park einen anderen Mann geküsst habe. Ich weiß, dass ich von meiner ersten Begegnung mit Quinn geträumt habe, weil ich so ein furchtbar schlechtes Gewissen habe und mich so im Unrecht fühle, weil ich daran denke, wie lieb mein Ehemann ist und es schon immer gewesen ist, und dass ich es ihm vergolten habe, indem ich mich an ihn klammerte, als könnte er mich aus der Traurigkeit retten, während ich ihn gleichzeitig kaum in meine Welt ließ.

Ich schließe die Augen und versuche, Quinns Geruch heraufzubeschwören. Waschmittel, Rasierlotion, Tee, Zeitung, sein Lieblingspullover, sein Nacken, der Schweiß in seinen Achselhöhlen an einem heißen Tag, der Geruch seiner nackten Haut nach dem Duschen.

Ich schaffe es nicht. Es ist, als würde ich Wörter auf einer Buchseite ansehen, ohne sie lesen zu können. Er ist nicht da.

Mein Handy liegt in der Nähe des Bettes. Ich drücke seine Nummer, da fällt mir die Uhrzeit auf. Es ist mitten in der Nacht, und ich will schon auflegen, da geht Quinn ans Telefon. Er muss sein Handy ebenfalls neben dem Bett liegen haben. »Hallo, Liebes«, murmelt er. Seine Stimme ist verschlafen. »Alles in Ordnung?«

»Ich wollte dich bloß hören«, sage ich.

Ich will ihm von all der Verwirrung erzählen, die ich empfinde. Wie schuldig ich mich fühle, weil ich Ewan geküsst habe, und wie sehr ich dennoch wissen möchte, warum Ewan sich verändert hat. Dass ich neugierig bin, warum er mich darum gebeten hat, ihn in Greenwich zu treffen, und dass ich ihm gegenüber ständig diese Gefühle hege. Ich möchte Quinn fragen, was ich tun soll, denn Quinn ist zu meinem besten Freund geworden. Er ist zu dem Menschen geworden, der immer da ist.

Er ist der eine Mensch, den ich nicht fragen kann.

Ich höre, wie er sich im Bett bewegt, das Rascheln von Decke und Kopfkissen. »Ich vermisse dich«, sagt er.

»Tun wir so, als wäre ich da. Schlafen wir einfach ein.«

Also liege ich im Bett, das Handy ans Ohr gepresst, und lausche seinen Atemzügen, weiß, dass er ebenfalls lauscht. Die Geräusche sind vertraut und trostreich. Ich lausche angestrengter und versuche, seinen Herzschlag zu hören.

Ich weiß noch, nachdem er mir den Becher Tee im Zug gekauft hatte, bat ich ihn, mir die Handlung von *Middlemarch* zu erzählen, und er räumte ein, sich auch nicht mehr erinnern zu können. Stattdessen sagte er mir, er fahre früher als geplant mit dem Zug nach Hause, weil ein Wochenende mit seinen Freunden in Penzance in die Hose gegangen sei, als sich einer am ersten Abend auf dem Weg aus dem Pub den Fuß gebrochen hatte. Die Geschichte brachte mich zum Lachen, und als der Zug in Paddington einfuhr, holte er mir meinen Koffer vom Gepäckfach herunter und fragte mich errötend, ob ich etwas mit ihm trinken gehen wollte. Als ich ihn fragte, ob er keinen Anschlusszug nehmen müsse, gab er zu, dass er eigentlich in Reading hätte aussteigen sollen, es aber nicht getan hatte. »Einen tollen Spion würde ich abgeben«, sagte er kleinlaut, und als ich erneut lachte, wurde mir klar, dass ich zum ersten Mal die Leere vergessen hatte. Sie war nicht verschwunden, aber ich hatte sie vergessen.

Wenn ich die Hand ausstrecken würde, würde ich wissen, dass Quinn nicht hier bei mir im Bett ist. Doch die eine Hand unter die Wange gesteckt und in der anderen das Handy, kann ich so tun, als würde ich seine Körperwärme spüren, die Sicherheit seiner Gegenwart. Ich höre zu, wie sein Atmen ruhiger geht, und als mich der Duft nach Frangipani überkommt, versuche ich, so zu tun, als beträfe dieses Gefühl, das ich empfinde, auch ihn.

18

Den ganzen Vormittag über habe ich versucht, nicht die Wohnung zu verlassen, nicht zu Ewan zu fahren. Ich habe versucht, mir eine Idee für eine neue Geschichte einfallen zu lassen.

Igor die Eule und das verschwundene Schweinchen

Igor die Eule und der kranke Kranich

Igor die Eule küsst seine Ex

Warum ist Ewan so traurig?

Als ich ihn kannte, war er voll Energie und Leben. Er war optimistisch und selbstsicher. Und jetzt ist alles an ihm anders außer der Art, wie er küsst.

Um elf Uhr, was in Brüssel zwölf Uhr mittags ist, ruft Lauren an. »Hast du die Wohnung schon abgefackelt?«

»Nein, der Wohnung geht es gut. Triffst du dich mittags nicht mit deinem Trainer-Lover?«

»Das mit Hans ist vorbei. Ich habe jetzt einen anderen Trainer, Gordon, der nicht auf Frauen steht. Heute Abend gehe ich mit einem MdEP namens Jan aus. Große Hoffnungen mache ich mir nicht.«

»Lauren, ist dein Leben so, wie du es dir vorgestellt hast?«

Sie legt eine Denkpause ein. »In gewisser Hinsicht schon. In gewisser Hinsicht nicht.«

»In welcher Hinsicht nicht?«

»Ich dachte, ich wäre mittlerweile verheiratet und hätte eine Jacht.«

Darüber musste ich lachen. »Was von beidem vermisst du mehr?«

»Die Jacht natürlich. Warum fragst du?«

»Oh. Nur so. Ich habe darüber nachgedacht, dass man immer glaubt, das eigene Leben verläuft in eine klare Richtung. Man glaubt, es ist eine gerade Linie, und dann stellt sich heraus, dass sie verschlungen ist.«

»Hast du mit Quinn gesprochen? Habt ihr euch versöhnt und entschieden, Kinder zu kriegen?«

Es ging mir nicht um Quinn. Es ging mir um Ewan. Er sollte mit seiner Band weitermachen. Er sollte berühmt sein, er sollte Vater sein. Was ist schiefgelaufen?

»Ich spreche jeden Tag mit Quinn«, sage ich.

»Weil ich nämlich gelogen habe. Verheiratet sein ist wichtiger als eine Jacht. Außer in meinem Fall. Ich will das große Boot, Baby. Willst du, dass ich zurückkomme? Ich kann heute Abend den Eurostar nehmen.«

»Nein. Nein, nein, das ist nicht nötig. Mir geht es gut.«

»Hast du Quinn verlassen? Sag mir die Wahrheit. Ich spüre doch, dass du etwas im Schilde führst.«

»Ich habe Quinn nicht verlassen. Wir haben eine Pause eingelegt, damit ich arbeiten kann und damit ich einen klaren Kopf bekommen kann.«

»Sag mir die Wahrheit, Felicity.«

»Ich habe …«

»Bitte sag mir, dass du keinen anderen kennengelernt hast.«

Ich sacke seufzend auf Laurens mehrteiligem Sofa zusammen. »Ich habe niemanden *kennengelernt*. Es ist jemand, den ich bereits gekannt habe. Ich – bin ihm über den Weg gelaufen. Und ich bekomme ihn einfach nicht aus dem Kopf.«

»Es ist Ewan das Arschloch, nicht wahr?«

»Woher weißt du diese Dinge, Lauren?«

»Ich arbeite im Finanzwesen. Ich kann zwei und zwei zusammenzählen. Du hast doch keine Affäre mit dem Mann, der dir das Herz gebrochen hat, oder?«

»Nein! Nein, ich habe keine Affäre. Es ist nichts passiert.« Ich kreuze die Finger. »Aber er hat sich geändert. Er wirkt – niedergeschlagen. Zornig. Ich will wissen, warum. Ich bin neugierig.«

»Quinn tut dir gut, Fliss.«

»Aber Lauren, ich bin mir nicht sicher, ob ich ihm guttue.«

Sie schweigt. »Verlasse ihn nicht für jemanden, der ein Phantom in deinem Kopf ist«, sagt sie schließlich. »Tu es *nicht.* Okay?«

»Das habe ich nicht vor«, erwidere ich.

Ich lege auf und verlasse sofort mit klopfendem Herzen die Wohnung. Mein Herzschlag verlangsamt sich die ganze U-Bahn-Fahrt über nicht. Ewan wirkt überrascht, mich vor seiner Tür zu sehen, aber nicht so überrascht wie beim letzten Mal.

»Was gibt es, Flick?«

»Ich werde nicht an der Tür darüber reden.«

Er zögert, tritt aber schließlich zurück, damit ich eintreten kann. Ich gehe in das weitläufige Wohnzimmer und sehe mich um: eine kahle Backsteinwand, Ledermöbel, eine glänzende Stereoanlage mit einem richtigen Plattenteller. »Nette Wohnung.«

»Nur gemietet.« Er steht mit verschränkten Armen da. »Kannst du mir jetzt sagen, was du willst?«

»Keine Sorge. Ich werde nicht über dich herfallen und dich wieder küssen.« Wenn mich allerdings der Drang überkäme, wäre ich in der Lage zu widerstehen? Das habe ich mich den ganzen Weg hierher gefragt, aber ich bin zu dem Schluss gekommen, dass es gleichgültig ist. Ich werde nicht lange genug bleiben, um es herauszufinden. Falls ich auch nur den schwächsten Hauch Frangipani riechen sollte, kratze ich die Kurve.

»Ich will wissen, warum du traurig bist«, sage ich.

»Nimmst du was?«, fragt er.

»Etwas nehmen? Drogen, meinst du? Ich habe dich nicht im Drogenrausch geküsst.«

»Das habe ich nicht geglaubt.«

»Ich vergaß, wie gesund dein Ego ist. Natürlich würde niemand Drogen benötigen, um *dich* küssen zu wollen. Jeder will dich küssen. Stocknüchterne Menschen fallen dir zu Füßen.«

Normalerweise bin ich kein streitsüchtiger Mensch, aber es liegt an der Art, wie Ewan mich betrachtet, als wäre ich eigenartig oder gefährlich.

»Jemanden, der im Grunde ein Fremder ist, zu packen und zu küssen, ist nicht ungewöhnlich für dich«, sagt er. »Die Art, wie du anschließend ausgesehen hast, war seltsam. Du hast high ausgesehen.«

»Ich nehme keine Drogen.« Ich setze mich in einen Ledersessel. Er fühlt sich kühl an meinen nackten Beinen an. »Es gehört sich, Besuchern eine Tasse Tee anzubieten.«

»Du bist hergekommen, um mich zu fragen, warum ich traurig bin, und dann soll ich meine Gastgeberpflichten erfüllen und Tee kochen?«

»Nein. Ich bin auch hier, um mich zu entschuldigen. Es tut mir leid, dass ich dich gestern mit meinen Küssen bedrängt habe. Das war völlig daneben, und ich hätte es nicht tun sollen.«

Sein Mundwinkel zuckt. »Ich habe nicht gesagt, dass es mir nicht gefallen hätte.«

Verlangen steigt so rasch in mir empor, dass es mir den Atem verschlägt, und ich beinahe vom Sessel aufspringe. Aber da ist kein Duft. Ich habe mich unter Kontrolle.

»Das können wir nicht wieder tun«, sage ich.

»Einverstanden.«

Wir sehen einander an. Ich erinnere mich daran, dass er mich nach der anfänglichen Überraschung festgehalten und meinen Kuss erwidert hat. Ich denke darüber nach, dass es genauso wie vor zehn Jahren war und doch anders, weil er kräftiger geworden ist, weil wir beide älter sind. Ich frage mich, welche Unterschiede er an mir festgestellt hat und ob sie für ihn von Bedeutung sind.

»Weil ich verheiratet bin«, sage ich. »Und du Vater bist.«

»Ich mache jetzt den gottverdammten Tee.« Er dreht sich um und geht nach nebenan, wohl in die Küche.

Ich will gar keinen Tee. Ich halte es für keine gute Idee, lange genug hierzubleiben, um Tee zu trinken. Ich bin hergekommen, um meine Neugier zu befriedigen, sonst nichts. Ich sehe mich in Ewans Wohnzimmer um und versuche herauszubekommen, wie sein Leben jetzt ist. Das Zimmer wirkt ordentlich, aufgeräumt, aber kahl. Es gibt keine Bücher, keine leeren Tassen, keinen Kram. Der lange, hohe Esstisch ist leer, ohne jede Dekoration. An den Wänden hängen keine Fotografien, es gibt hier überhaupt keine persönlichen Gegenstände. Es könnte eine Hotelsuite sein. Laurens Wohnung ist nüchtern, aber sie hat zwei Vasen, ein paar Fotografien, sogar den einen oder anderen Nippes. In Ewans Wohnung gibt es nichts. Sie könnte sonst wem gehören. Er könnte sonst wer sein.

Außerdem gibt es keine Gitarren.

»Tee«, sagt er, als er in das Zimmer zurückkehrt und mir eine schwarze Tasse reicht. Für sich hat er keinen gemacht. Er setzt sich in den anderen Sessel und beobachtet mich.

»Du hast nicht viele Sachen«, stelle ich fest.

»Meine Putzfrau ist heute Morgen hier gewesen. Ihr Leben ist auch so schon hart genug. Ich habe den Kram für sie weggeräumt.«

»Sogar die Gitarren?«

»Ich habe meine Gitarren – weggegeben.« Er wendet den Blick ab.

»Ich dachte, du bestreitest damit deinen Lebensunterhalt.«

»Das habe ich. Ich bin fertig damit.« Er verschränkt die Arme. »Ist es unhöflich, dich zu bitten, deinen Tee zu trinken und dann zu gehen? Nicht böse gemeint. Aber ich habe zu tun.«

»Wenn du allen Leuten gegenüber so abweisend bist, kannst du nicht viele Freunde haben.«

»Habe ich nicht. Nicht mehr.«

»Du hast mich nicht gebeten, dich in Greenwich zu treffen, weil du eine Freundin brauchst. Wenn es deswegen gewesen wäre, wärst du netter zu mir gewesen.«

»Vielleicht hätte ich es dir dann auch gestattet, mich weiter zu küssen. Wäre das netter gewesen?«

Er schürzt die Lippen, wie er es immer getan hat, wenn er provokant sein wollte. Wahrscheinlich will er mich dazu bringen zu gehen – genauso gut könnte er aber auch mit mir flirten wollen.

Wenn er anfängt, aktiv mit mir zu flirten, wäre das mein Verhängnis. Er ist so schön, selbst in Jeans mit Löchern an den Knien und ohne Schuhe, mit einem Gesichtsausdruck, als sei er auf Ärger aus. Ich sollte gehen. Und dennoch bin ich immer noch neugierig. Ich will wissen, warum ich diese Gefühle für ihn hege, abgesehen von der offensichtlichen Anziehungskraft. Ich will wissen, warum er mich ständig fortschickt und dann wieder zu sich zieht. Ich will wissen, ob ich vor zehn Jahren die richtige Entscheidung getroffen habe, als ich mich, wie ich glaubte, für immer von ihm trennte.

»Warum bist du traurig?«, frage ich erneut. »Liegt es daran, dass du deine Tochter nicht zu sehen bekommst?«

»Das geht dich nichts an.«

Ich trinke einen Schluck Tee und rümpfe die Nase. »Du hast den Zucker vergessen.« Er stößt ein entnervtes Geräusch aus und macht Anstalten, sich aus dem Sessel zu erheben, aber ich komme ihm zuvor. »Ich mache das«, sage ich. »Ich finde die Küche schon. Mach dir meinetwegen keine Umstände.«

Die Küche ist genauso modern und makellos wie das Wohnzimmer. Es gibt keine Kinderzeichnungen an dem Edelstahlkühlschrank, keine Obstschale, überhaupt keine Anzeichen, dass gekocht oder gegessen wird. Neben dem Edelstahlwasserkocher befindet sich ein Edelstahlbehälter mit der Aufschrift ZUCKER, aber ich ignoriere ihn und sehe unter der Spüle nach dem Abfalleimer. Darin befinden sich wenigstens etliche Verpackungen von Fertigmahlzeiten zusammen mit meinem benutzten Teebeutel, also weiß ich, dass Ewan gelegentlich isst. Leise mache ich mich daran, die Schränke zu öffnen. Wahrscheinlich werden sie mir keine der Antworten geben, nach denen ich suche, andererseits können einem Küchenschränke viel verraten. Beispielsweise haben wir in unserem Cottage einen Schrank voll mit Katzenfutter für eine Katze, die uns nicht gehört. Ein Psychoanalytiker würde sich die Hände reiben.

Ein Schrank ist voller Gläser und schwarzer Tassen wie die, die er mir gegeben hat. In einem ist Geschirr gestapelt. Einer ist leer, in einem befindet sich eine einzige Dose Baked Beans, und in dem bei der Edelstahlspüle befinden sich eine Zweiliterflasche Whisky, drei Packungen verschreibungspflichtiger Beruhigungstabletten und ein leeres Glas.

Ich starre in den Schrank. Mir fällt auf, dass die Flasche nicht geöffnet ist. Rasch sehe ich mir die Packungen an. Sie sind alle auf Ewan ausgestellt, und abgesehen von einer fehlenden Pille sind sämtliche Klarsichtpackungen voll.

Ich schließe den Schrank gerade noch rechtzeitig, bevor ich Ewans Schritte auf dem Holzboden höre. Bei seinem Eintreten rühre ich gerade den Tee um.

»Dachte schon, du hättest dich verlaufen«, sagt er.

»Ich rühre ihn nur gern gründlich um. Warum hast du keine eigene Band?«

»Genug umgerührt?«

Ich trage meine Tasse zur Spüle und lasse ein wenig kaltes Wasser hineinlaufen, damit der Tee nicht zu heiß zum Trinken ist. »Warum hast du keine eigene Band?«, frage ich erneut und konzentriere mich auf den Wasserhahn.

»Es hat nicht funktioniert.«

»Was ist mit deinen Gitarren passiert?«

»Ich habe sie aus dem Fenster geworfen.«

Daraufhin sehe ich ihn an. Er meint es ernst. »Du hast was?«

»Ich habe sie aus dem Fenster geworfen. Du wolltest es wissen, also habe ich es dir gesagt. Ich wollte sie nicht mehr.«

»Warum?«

Er steht dort im Türrahmen, schweigt. Wir haben etwa

so weit voneinander entfernt gestanden, als ich ihn geküsst habe. Und ich bin aufgeregt, mit einem nervösen Gefühl im Magen. Mir ist aufgefallen, dass ich dieses Gefühl oft bekomme, bevor ich Frangipani rieche. Ich kann es allmählich vorhersagen, wann ich Liebe empfinden werde. Das muss ziemlich ungewöhnlich sein – natürlich nicht für mich, aber für die Menschheit im Allgemeinen.

»Wo ist dein Ehemann?«, fragt er. »Weiß er, dass du so viel Zeit mit mir verbringst?«

Noch während ich an der Spüle stehe, trinke ich die Tasse Tee aus, alles auf einmal, ohne innezuhalten. »Okay, dann also tschüss«, sage ich. Ich gehe auf die Tür zu, aber natürlich steht mir Ewan im Weg.

»Flick«, sagt er. »Du lügst doch nicht wegen der Drogen, oder?«

»Ich belüge dich wegen rein gar nichts«, erwidere ich, allerdings hastig, denn jeden Moment kann es passieren, dass ich nicht mehr für meine Handlungen verantwortlich bin. »Auch wenn ich denke, dass du bei ein oder zwei Dingen mit der Wahrheit hinter dem Berg hältst. Also, wolltest du nicht unbedingt, dass ich verschwinde?«

Er tritt beiseite, und ich gehe.

Quinn

»Nanu? Hier wird gefragt, wo ich arbeite. Was soll ich da eintragen? Soll ich schreiben, Vorsitzende des Women's Institute?«

»Das liegt bei dir, Mum. Es ist dein Profil.«

Molly beugte sich über ihn, eine Hand auf seiner Schulter, und blinzelte den Computerbildschirm an. Quinn drehte sich ein Stück zur Seite, um nach seiner Tasse Tee zu greifen. Der Nachmittag war zu heiß für Tee, aber Molly bestand immer darauf.

»Oder vielleicht das bisschen Buchhaltung, das ich für Turner and Wickham erledige. Ja, schreib das.« Quinn begann, es einzutippen. »Aber meinst du, die Damen vom WI werden böse sein, wenn sie das sehen? Womöglich denken sie, dass ich meine Tätigkeit nicht als eine richtige Arbeit ansehe! Und es ist in der Tat viel Arbeit, wie du weißt.«

»Ich finde, auf so etwas solltest du keine Rücksichten nehmen.«

»Es ist aber schwierig, nicht? Ich möchte niemanden kränken.«

Quinn rieb sich die Augen. Wenn er es sich recht überlegte, war heute nicht der ideale Tag, um seiner Mum bei ihren Bemühungen in Sachen Soziale Netzwerke zu helfen. Dieser Anruf von Felicity gestern Nacht, als sie sagte, sie wolle so tun, als wäre sie bei ihm im Bett. Es hatte all seine Willenskraft gekostet, nicht zu rufen: *Komm nach Hause! Ich steige sofort in den Wagen und komme dich holen!*

Wenn sie Zeit brauchte, musste er ihr Zeit geben. Wenn er sie bedrängte, würde es nicht funktionieren. Sie wären wieder dort, wo sie früher gewesen waren. Sie wäre voller Geheimnisse, ohne Verbindung.

Er hatte nicht geschlafen. Er hatte seine Atmung kontrolliert, langsamer geatmet, tiefer, damit er ihr zuhören konnte. Es erinnerte ihn an seine Kindheit, wenn er seine Eltern unten streiten hörte und er im Bett gelegen hatte und versuchte zu lauschen und gleichzeitig nicht zu lauschen. Seine Mutter sah anschließend immer nach ihm. Sie kam dann nach oben, schnell atmend, und strich mit den Händen sein Bettzeug glatt. Er tat so, als schliefe er tief und fest. Sie schob seinen Pony zurück, um seine Stirn zu fühlen, als würde etwas nicht mit ihm stimmen, und er wollte am liebsten die Augen aufmachen und fragen: »Mum? Warum streitet ihr?«

Doch wenn er es sagte, dann wäre es auch real. Ihre ganze Verstellung tagsüber, dass alles in Ordnung war, wäre umsonst. Die dünnen Wände würden einstürzen, und es wäre seine Schuld.

Er sagte nie etwas. Er atmete gleichmäßig mit geschlossenen Augen und spürte, wie seine Mutter ihn beobachtete. Es war wie eine Bestätigung, dass er derjenige war, der alles mit seinem Schweigen zusammenhielt. Sie küsste ihn dann sanft, und morgens beim Frühstück war alles wieder normal. Dünne Wände um sie herum, die mit jedem verstreichenden Tag dicker und stärker wurden.

Er hatte schon ewig nicht mehr daran gedacht.

»Vielleicht sollten wir nachsehen, was Dad auf seiner Seite hat«, schlug seine Mutter vor.

»Dad ist bei Facebook?«

»Natürlich! Ist das nicht jeder? Wie finde ich die Seite?«

Gestern Nacht, am Telefon, als er sich schlafend stellte, hatte Felicity die Luft angehalten und dann eingeatmet, tief und lang. Sie träumte gerade etwas. Danach wollte er sie auch fragen, und er wusste, dass er es nie tun würde. Und dann musste sie im Schlaf aufs Display gekommen sein, denn die Verbindung brach ab, und er lag allein in seinem Bett, bis es an der Zeit war, aufzustehen.

»Da! Schau mal! Hat er nicht viele Freunde?«

Derek Wickham hatte siebenundsechzig Freunde auf Facebook. Allem Anschein nach waren es alles Menschen, die Derek aus dem Dorf kannte, aus dem Golfklub, vom Stadtrat. Seine Mum deutete auf die Liste, und Quinn klickte sie an, damit sie sich alle siebenundsechzig ansehen konnten. Suz war dort, und ihre Cousine Catherine und Cousin Frederick, und ein oder zwei Leute, die Quinn nicht kannte.

»Warum bist du kein Freund von ihm? Du hast doch so ein – Account, nicht wahr?«

»Ich habe meine eigene Seite eine Weile nicht angeguckt.« Warum sollte Dad eine Facebook-Seite brauchen? War es, wie Mum sagte, bloß, weil jeder eine hatte?

»Guck, er hat Felicity gelikt! Oh, ich will sie auch liken. Was ist mit dir?«

»Es ist eine Fan-Seite für ihre Bücher, nichts weiter. Ihr Verlag hat sie für sie eingerichtet. Ich glaube nicht, dass Felicity sie viel benutzt.«

»Es ist eine völlig neue Welt, nicht wahr, liken und Freundschaftsanfragen und all das? Ich glaube, Marian meinte, die verschiedenen Women's Institutes hätten auch Facebook-Seiten. Sollen wir mal nachsehen?«

Er schob den Bürostuhl zurück und stand auf. »Vielleicht ist es besser, wenn du das selbst machst. Ist eine gute Übung für dich.«

»Nein, nein, Quinn, du kennst mich doch, ich bin ein hoffnungsloser Fall, was Computer angeht. Bitte setz dich wieder, Schatz. Kannst du mir anschließend mit meiner Bestellung bei Marks & Spencer helfen? Apropos Felicity, wie geht es ihr? Wie lange bleibt sie noch in London?«

Er schloss die Augen, bloß kurz. »Ich bin mir nicht sicher, Mum. Der Abgabetermin ist recht bald, und sie hat noch viel zu tun.«

»Das muss so schwer sein, dass ihr beide getrennt seid, wenn ihr doch ein Baby bekommen wollt. Ich hoffe, dass sie schnell fertig wird. Habt ihr schon entschieden, was sie wegen ihrer Arbeit machen wird, wenn das Baby erst einmal da ist?«

»Nein.«

»Tja, ich habe mir gedacht, ich schaue morgen einmal vorbei und helfe dir ein bisschen bei der Hausarbeit. Diese alten Häuser verstauben so furchtbar schnell. Ich hoffe, dass sie bald zurück sein wird. Es ist sinnlos, Zeit zu vergeuden, wenn man ein Baby bekommen möchte, besonders wenn man über dreißig ist. Ich habe neulich erst einen Artikel darüber gelesen, dass so viele Paare sich zu viel Zeit lassen und dann jede Menge Probleme bekommen. Aber ich bin mir sicher, dass euch das nicht passieren wird. Und Arbeit ist heutzutage natürlich auch wichtig.«

Es wird kein Baby geben. Sie träumt nicht von mir. Es ist vorbei. Wir haben es nur noch nicht zugegeben.

»Möchtest du deinem Profil noch etwas hinzufügen, Mum?«

»Ich weiß nicht, ich denke, ich sollte versuchen, mit all

den Menschen befreundet zu sein, mit denen Derek befreundet ist, meinst du nicht? Sieh dir Suz' Foto an, ist das nicht bezaubernd? Ich frage mich, wie viele Freunde sie hat. Sie ist immer so beliebt gewesen. Oh, warte, was schreibt dein Vater bei ›Arbeitgeber‹? ›In Rente‹? Meinst du, das sollte ich auch angeben?«

19

Ich habe mich in Clerkenwell mit einer Gruppe meiner Illustratorenfreunde zum Abendessen und auf ein paar Drinks getroffen. Einige habe ich eine Weile lang nicht gesehen. Sie wohnen alle in London, und ich habe es nicht immer geschafft, zu den Treffen zu kommen. Quinn und ich waren vor ein paar Monaten auf der Hochzeit von Andrew und Tom, das war mein letzter Kontakt. Wie immer gleiten wir in eine vertraute Unterhaltung über Lektoren und Agenten, Abgabetermine und sinkende Verkaufszahlen von Büchern, die Projekte, an denen wir gerade arbeiten, und die Projekte, an denen wir als Nächstes arbeiten werden, und die Projekte, von denen wir wünschten, an ihnen zu arbeiten, was wir aber nicht tun, weil man uns gesagt hat, dass sie sich nicht verkaufen werden.

Es sind etwas andere Unterhaltungen als die, die meine Mutter und ihre Künstlerfreunde früher geführt haben. Esther hatte keinerlei kommerzielle Interessen. Selbst als ihre Gemälde allmählich für recht große Summen verkauft wurden, pflegte sie sofort das Thema zu wechseln oder aus dem Zimmer zu gehen, wenn jemand anfing, über Geld oder Auftragsarbeiten zu reden. Für sie war Kunst Leben, kein Lebensunterhalt.

Andrew und Tom, Naomi und Yvonne und Bindu und Yann habe ich bei einem Treffen kennengelernt, das eine Vereinigung von Kinderbuchillustratoren veranstaltet hatte. Anfangs war ich regelrecht schockiert, wie offen sie über Gelddinge sprachen. Dann merkte ich, dass ich es recht erfrischend fand. Diese Menschen waren leidenschaftlich, aber sie waren auch pragmatisch – viel pragmatischer, als ich es je gewesen bin.

Ich habe ihnen gesagt, dass ich allein in London bin, um an meinem neuen Igor-Buch zu arbeiten. Bindu, die drei Kinder hat, alle unter sechs Jahren, gerät in neidisches Schwärmen: »Es muss ein fantastisches Arbeiten sein, wenn man nicht ständig unterbrochen wird.«

»Ja.« Die Wohnung ist mit Blättern übersät, verworfenen Skizzen, zerrissenem Papier. Nachdem ich heute Vormittag im letzten Augenblick Ewans Wohnung verlassen habe, habe ich den Nachmittag mit zeichnerischen Fehlschlägen verbracht. »Ich wünschte, ich könnte behaupten, irgendetwas davon wäre gut. Ich kann mich einfach nicht konzentrieren.«

»Die Ruhe! Es ist dir *zu* ruhig. Du kannst dir meine Kinder ausleihen, wenn du möchtest.«

»Das wird schon«, versichert mir Naomi über den Rand ihres Virgin Mojitos. »Man muss sich durch die Fehlschläge durcharbeiten, bevor man etwas Gutes hinbekommt.«

»Leider ganz wie im Leben«, seufzt Yvonne, die auch fürs Theater arbeitet und von uns allen wohl das ausgeprägteste Künstlerbewusstsein hat. Sie trägt immer Schwarz und hat aufgehört, sich die Haare zu glätten, sodass sie ihr in wilden Locken vom Kopf abstehen.

»Wie geht es deinem zuckersüßen Ehemann, Fifi?«, ruft mir Tom quer über den Tisch zu.

»Tom ist verknallt«, erläutert Andrew unnötigerweise, denn Tom ist in jeden verknallt.

»Für den würde ich dich im Nu hergeben«, sagt Tom.

»Ach, ich wünschte, du würdest es tun.«

»Quinn geht es gut.« Ich wende mich an Yvonne. »Womit schlägst du dich gerade herum?«

»Abgesehen von den Haaren!«, ruft Tom.

»Installateure«, erwidert Yvonne und setzt zu einer Geschichte über Haushaltskatastrophen an.

Ich bin schon bei meiner dritten Margarita, als ich den Mut aufbringe, meine Freunde zu dem Thema zu befragen, das mich seit dem Vormittag beschäftigt. »Stellt euch vor, ihr seid bei jemandem zu Hause und geht die Küchenschränke durch. Größtenteils sind sie leer, aber in einem befindet sich eine Flasche Whisky. Eine große Flasche, so zwei Liter. Und mehrere Packungen Schlaftabletten. Und ein leeres Glas. Was würdet ihr denken, hat das zu bedeuten?«

Meine Freunde sind kreativ. Sie lieben solche Denksportaufgaben.

»Selbstmedikation«, meint Andrew sofort. »Der Betreffende hat Schlafstörungen.«

»Bloß dass die Flasche nicht geöffnet ist, und von den Tabletten sind auch keine genommen worden.«

»Er oder sie hat gerade neue Vorräte besorgt?«

»Er oder sie ist Alkoholiker«, sagt Naomi, die nicht trinkt und uns den Grund nicht verrät.

»Alkoholiker ist eine Möglichkeit«, räume ich ein. »Allerdings habe ich keine leeren Flaschen gefunden. Bloß diese eine, die unberührt gewesen ist. Und er hat nicht betrunken gewirkt, als ich mit ihm geredet habe.«

»Kann es vielleicht gut überspielen. Kommt vor.«

»Kinder?«, fragt Bindu. »Es könnten versteckte Partyvorräte sein.«

»Niemand nimmt Schlaftabletten auf eine Party mit«, sagt Tom. »Bist du dir sicher, dass es kein Ecstasy war?«

»Sie waren vom Arzt verschrieben, alle auf seinen Namen.«

»Ich verstecke meine rezeptpflichtigen Medikamente im Küchenschrank«, sagt Bindu. »Außer Reichweite. Den Cointreau hebe ich auch dort auf.«

»Ist das alles, was du dort aufbewahrst?«

»Nein, da ist etliches Zeug, das meine Kinder nicht in die Finger kriegen sollen. Streichhölzer, Kleber, die gute Schokolade.«

»Ist es guter Whisky gewesen?«, erkundigt sich Tom. Ich schüttele den Kopf. »Dann ist er ein Säufer. Ein Säufer, der gerade das Altglas weggebracht hat.«

»Mit wem wohnt er zusammen?«, fragt Bindu.

»Mit niemandem, glaube ich. Auch wenn er gesagt hat, seine Putzfrau sei da gewesen. Vielleicht hat er das Zeug vor ihr versteckt.«

»Oder sie hat es weggeräumt.«

»Er hat tatsächlich gesagt, dass er aufgeräumt hat, bevor sie vorbeigekommen ist. Also hat er sich dazu entschieden, die Sachen zusammen in den Schrank zu tun. Vielleicht gehören sie gar nicht zusammen. Aber warum hat da auch ein Glas gestanden? Die Gläser waren alle in einem anderen Schrank.«

»Will wahrscheinlich ein Glas griffbereit haben, falls er mitten in der Nacht eine Schlaftablette nehmen muss.«

»Und sie mit Whisky runterspülen?«

Tom zuckt die Schultern. »Beschleunigt die Wirkung?«

»Ich habe früher immer mein Messer versteckt«, sagt Yvonne. Bis jetzt hat sie geschwiegen. »Nicht alle Messer. Bloß das besondere, mit dem ich mich geschnitten habe. Ich wusste immer gern, dass es da war, bereit für mich, falls ich es brauchen sollte.«

Wir wissen von Yvonnes unglücklicher Vergangenheit, und sie hat uns versprochen, dass das Ganze jetzt hinter ihr liegt, aber wir verfallen in mitfühlendes Schweigen. Naomi legt ihr eine Hand auf den Arm.

»Darum mache ich mir Sorgen«, sage ich. »Ich mache mir Sorgen, dass es eine kleine Selbstmord-Apotheke für den Notfall ist.«

»Frag ihn«, rät Naomi. »Wenn er sich so fühlt, wird er die Unterstützung seiner Freunde brauchen.«

»Wenn er es wirklich tun will, wird er es sowieso tun«, sagt Andrew.

»Ich hatte nicht den Nerv, ihn zu fragen«, erwidere ich. »Aber ich weiß, dass er seine Arbeit verloren hat. Und dass er Dinge, die ihm wichtig waren, weggegeben hat. Und er wirkt traurig.«

»Sprich vielleicht mit seiner Familie oder irgendwelchen Freunden?«

»Ich weiß nicht, ob er welche hat.«

Naomi betrachtet mich. »Machst du dir in diesem Augenblick Sorgen um ihn?«

»Ja, schon.« Und noch mehr, seitdem ich meine Gedanken laut ausgesprochen habe.

»Möchtest du ihn anrufen?«

»Ich glaube nicht, dass er mir am Telefon etwas sagen würde.«

»Wenn du möchtest, kann ich dich zu ihm nach Hause fahren. Ich bin mit dem Auto da.«

Ich bin meinen Freunden wirklich dankbar, gleichzeitig regt sich mein schlechtes Gewissen, weil ich meine eigenen Probleme vor ihnen verborgen habe.

»Er wohnt nicht weit von hier«, erkläre ich ihr. »Das wäre prima.«

Im Auto komme ich mir etwas albern vor. Es ist beinahe elf Uhr, und ich stehe kurz davor, heute zum zweiten Mal uneingeladen bei Ewan aufzutauchen, alles, weil er zufälligerweise Alkohol und Medikamente im selben Küchenschrank aufbewahrt. Doch dann fällt mir wieder ein, wie schlecht gelaunt er gewesen ist, wie unberechenbar. Wie erpicht darauf, mich loszuwerden. Wie traurig.

»Quinn und ich haben uns kurzzeitig getrennt«, erzähle ich Naomi auf der Fahrt.

»Oh. Das tut mir leid. Kann ich helfen?«

So ist Naomi – bietet Hilfe an, ohne nach Einzelheiten zu fragen.

»Es ist noch ganz frisch. Ich bin noch nicht so weit, darüber zu reden.«

»Es ist leichter, anderen Menschen zu helfen«, pflichtet sie mir bei, und ich frage mich, ob ich eben das tue: mich auf Ewan konzentrieren, weil ich nicht über Quinn nachdenken will, oder über die seltsamen Dinge, die in meinem Kopf vor sich gehen.

Ich frage mich, ob sich Naomi auf andere Menschen konzentriert, weil sie Dinge hat, über die sie nicht nachdenken will.

Naomis Navi führt uns in Ewans Straße, und ich dirigiere sie zu seinem Haus. Sie parkt gegenüber, und wir sehen zu seinen Fenstern im dritten Stock hoch, die dunkel sind.

»Wahrscheinlich schläft er«, sage ich.

»Hoffentlich.«

»Was mache ich, wenn er nicht aufmacht?«

»Notruf. Willst du, dass ich mitkomme?«

»Nein, bleib im Wagen. Ich komme zurück, falls ich die Polizei rufen muss.« Ich seufze. »Ich werde mir wie eine echte Spinnerin vorkommen, wenn ich die Polizei rufe, und er ist bloß im Pub gewesen.«

»Manchmal bedeutet Freundschaft, dass man sich wie eine Spinnerin vorkommt«, sagt Naomi. Sie dreht Radio 4 lauter und lehnt sich in ihrem Sitz zurück. Ich betrete das Haus und klopfe an Ewans Tür. Nichts rührt sich, also klopfe ich erneut.

Als er aufmacht, trägt er bloß Boxershorts. Ich trete zurück und taste nach der Wand, um Halt zu finden, auch wenn ich meine dritte Margarita nicht ausgetrunken habe und mir bis jetzt nicht betrunken vorgekommen bin.

»Flick«, sagt er. »Hast du Tequila intus? Du hast 'ne Fahne.«

»Ich muss reinkommen«, sage ich.

»Du bist das seltsamste Mädchen, dem ich je begegnet bin«, erwidert er, tritt aber beiseite, um mich hereinzulassen. Sein Blick ist müde, aber nicht benommen. Er sieht nicht wie ein Mann aus, der sich eine Flasche Whisky hinter die Binde gekippt und Schlaftabletten eingeworfen hat. Ich atme tief ein, als ich an ihm vorübergehe, und er riecht auch nicht nach Whisky.

Ich gehe schnurstracks durch das dunkle Wohnzimmer in die Küche und öffne den Schrank. Die Flasche und die Packungen sind immer noch dort. Er ist mir gefolgt. Ich drehe mich zu ihm um.

»Ist das deine Selbstmordausrüstung?«

»Ja«, sagt er.

Ich muss wieder Halt finden, mit einer Hand auf der Küchenarbeitsfläche. Er sieht genauso aus wie der Mann, der mir die Tür aufgemacht hat, bloß dass er jetzt zugegeben hat, sterben zu wollen.

»Warum – hast du es nicht getan?«

»Wegen dir.«

Er blickt mir unverwandt ins Gesicht. Mein Handy klingelt in der Jackentasche. Ohne den Blickkontakt zu unterbrechen, hole ich es heraus.

»Geht es ihm gut?«, fragt Naomi.

»Wir reden gerade«, erkläre ich ihr. »So weit alles in Ordnung. Vielen Dank, dass du mich hergefahren hast. Ich nehme mir ein Taxi nach Hause.«

»Gib mir Bescheid, wie es sich entwickelt.«

Ich lasse das Handy wieder in die Tasche gleiten, und jetzt sind da nur noch ich und Ewan.

»Wegen mir?«, frage ich.

Er nickt.

Ich kenne das Gefühl. Ich habe es schon einmal gespürt. Es war damals, als wir in dem Café waren und ich zitterte, weil ich ihm gegenüber ehrlich gewesen war und er mir gegenüber auch. Es war, als hätten wir uns gegenseitig die Haut abgezogen, um einander unser offenes, verletzliches Innerstes zu zeigen.

»Du bist an meiner Tür aufgetaucht, als ich es gerade tun wollte«, sagt er. »Ich musste eine Briefmarke für meinen Abschiedsbrief besorgen, und da warst du.«

»Du hast deinen Abschiedsbrief abgeschickt? Ist das nicht ein bisschen dumm?« Ich stelle belanglose Fragen, weil ich zittere.

»*Du* hast ihn abgeschickt«, sagt er. »Und dann musste ich ihn abfangen, bevor er ausgeliefert wurde. Ich habe zwei Vormittage vor dem Haus meines Tourmanagers verbracht, und der Postbote hat beinahe die Bullen angerufen.«

»Und du … Du hast mich gebeten, mich mit dir zu treffen, weil …«

»Weil ich auf diese Weise einen Vorwand hatte, die Sache nicht durchzuziehen. Weil ich mit dir verabredet war.«

»Du hast nicht wirklich sterben wollen, wenn du es aufgeschoben hast, um dich mit mir am Nullmeridian zu treffen.«

»O doch, das wollte ich«, erwidert er. »Aber noch mehr wollte ich dich sehen.«

Ich starre ihn an, einen Menschen, der sterben wollte, es aber wegen mir nicht getan hat. Einen anderen Menschen.

»Wenn du mich so sehr sehen wolltest, warum bist du dann nicht freundlicher zu mir gewesen?«

»Tja, immerhin habe ich dich geküsst.«

»Wir waren uns einig, dass das eine miese Idee war und dass wir nicht mehr darüber sprechen.« Ich zittere immer noch.

Er verzieht den Mundwinkel nach oben, und zum ersten Mal rührt er sich. Er fährt sich mit der Hand durch die Haare und zerzaust sie noch weiter. »Ich weiß nicht, ob ich wirklich sterben wollte«, sagt er. »Ich habe viel darüber nachgedacht. Vielleicht wollte ich mich nicht umbringen. Ich habe an dem Tag weiß Gott genug gezögert. Vielleicht habe ich nach einem Vorwand zu leben gesucht, und du hast ihn mir verschafft. Vielleicht habe ich mir die Angewohnheit zu leben noch nicht abgewöhnt, auch wenn ich nichts habe, wofür es sich zu leben lohnt.«

»Du hast Dinge, für die es sich zu leben lohnt.« Auch wenn mir noch während dieser Worte klar wird, dass ich nicht weiß, ob es stimmt. Ich kenne ihn nicht gut genug.

»Wenn ich wirklich hätte sterben wollen, hätte ich eine Waffe auftreiben können. Ich hätte mich vor einen Zug werfen können. Oder von einem Gebäude springen. Alkohol und Pillen sind keine sichere Sache.«

»Mir ist es sicher genug«, entgegne ich. »Von daher …« Ich nehme die Tablettenpackungen aus dem Schrank und fange an, sie aus ihrer Klarsichtverpackung zu drücken und in den Ausguss der Küchenspüle zu schütten. »Wie bist du an so viele Schlaftabletten gekommen?«

»Ich kann nicht schlafen.«

Er kann nicht schlafen. Hat vermutlich mit Depressionen zu tun. Deshalb hat er sich so seltsam benommen, ist so aggressiv und zornig und unberechenbar. Er benötigt professionelle Hilfe, aber im Moment hat er mich in seiner Küche.

Die Tabletten sind weiß. Manche fallen in den Ausguss und andere gegen den Edelstahl der Spüle, leise klimpernd. Ich leere eine Packung und nehme mir die zweite vor.

»Du kannst sie einfach in den Müll werfen«, sagt Ewan hinter mir.

»Ich gehe lieber kein Risiko ein.« Er wollte sterben, aber eigentlich wollte er nicht sterben. Er ist immer noch am Leben, vielleicht wegen mir.

Hatte Mum Schlaftabletten im Haus, als sie herausfand, was mit ihr los war? An einem Ort, an dem ich nie nachgesehen habe? Hat sie sie wegen mir in den Ausguss gespült?

Als ich mit dem Leeren der Klarsichtverpackungen fertig bin, stauen sich die Tabletten im Ausguss. Ich greife nach der Whiskyflasche, öffne sie und spüle die Tabletten mit dem Whisky hinunter. Der Geruch ist betäubend.

»Ich könnte neue kaufen«, sagt Ewan.

»Könntest du. Aber zuerst einmal wirst du mir erzählen, was passiert ist, warum du sie überhaupt gekauft hast.« Ich stelle die leere Flasche neben die Spüle und wende mich wieder zu Ewan um. Er ist recht nahe, trägt immer noch nichts außer Boxershorts.

»Wir werden Kaffee brauchen«, sagt er. »Ich würde dir

ja etwas Stärkeres anbieten, aber du hast es gerade in den Ausguss gekippt.«

»Ich koche welchen. Ich finde, du solltest dir was anziehen.«

Wie gebannt betrachte ich seinen nackten Rücken, als er aus dem Zimmer geht. Dann lasse ich kaltes Wasser in die Spüle laufen, um den Whiskygeruch wegzuspülen. Ich koche zwei Tassen Kaffee, schwarz, weil es keine Milch gibt, und rühre in beide Zucker. Als ich ins Wohnzimmer zurückkehre, sitzt er in einem der Ledersessel, in Jogginghose und T-Shirt. Ich nehme das Sofa. Die Möbel hier sind groß, für einen Mann gemacht.

»Es ging damit los«, sagt er, »dass mein bester Freund gestorben ist. Lee ... So hieß er. Es war an meinem Geburtstag, und er ist gestorben, und es war meine Schuld.«

20

Wir waren in einem Tourbus«, erzählt er. »Ich habe einen Großteil meines Lebens in Tourbussen verbracht.«

Er hält inne, betrachtet die kahle Backsteinmauer und scheint nicht gewillt zu sein, noch etwas zu sagen. Doch er hat so viel gesagt, dass ich es jetzt wissen muss.

Der Ewan, den ich einst geliebt habe, war leidenschaftlich, aufregend und irgendwie unschuldig. Meine Mutter hat es in seinem Porträt richtig eingefangen, wie er so zwischen weißen und rosafarbenen Blüten stand. Dieser Mann hier ist genauso leidenschaftlich und vielleicht genauso aufregend. Aber die Unschuld ist verschwunden. Ihn umgibt etwas Dunkles und auch Traurigkeit. Ihm sind Dinge widerfahren seit der kurzen Zeit, die ich ihn kannte. Zwei Monate. Ein kurzer Augenblick im großen Weltenplan. Ein flüchtiger Moment, wenn er nicht in einem Ölgemälde und dem Duft nach Frangipani festgehalten worden wäre.

»Früher wolltest du die Welt bereisen«, sage ich.

Er lacht verbittert. »Das habe ich getan. Die ganze Welt, jeden Kontinent. Es war aufregend. Aber die meiste Zeit verbringt man in Tourbussen. Man steigt in den Bus und man fährt zu einem Hotel, das genau wie jedes andere Hotel ist. Oder man fährt zu einem Auftritt, der genau wie jeder andere Auftritt ist. Man ist auf Reisen, aber man steht still. Man fährt immer wieder an den gleichen Ort. Man hat nicht das Gefühl, überhaupt voranzukommen.« Er verzieht das Gesicht. Kurzzeitig glaube ich, dass er in Tränen ausbricht, und ich weiß nicht, was ich tun werde, falls er weint. Ich kann ihn nicht berühren, um ihn zu trösten. Aber ich glaube auch nicht, dass ich hier sitzen und ihm beim Weinen zusehen könnte.

Doch er atmet tief durch.

»Ist mir selbst schon passiert«, sagt er. »Du wachst auf, und der Bus dröhnt. Du glaubst, du bist irgendwo auf dem Weg von New York nach Ohio. Oder von Paris nach Genf. Oder von Sydney nach Melbourne. Der Bus ist immer gleich, also könntest du überall sein. Die Fenster sind getönt, und der Motor läuft. Man steht auf und glaubt, dass man fährt, und es ist sonst niemand im Bus, und man stellt fest, dass man auf einem Parkplatz steht und alle anderen duschen gegangen sind.«

Ich durchschaue seine Strategie: Er redet von etwas anderem, damit er nicht über die schmerzhafte Sache reden muss. So mache ich es auch. Er reibt mit den Fingerspitzen über die Armlehne seines Sessels, als versuche er, einen Juckreiz loszuwerden. Und er ist wieder in Schweigen versunken. Aber ich glaube, dass er über die schmerzhafte Sache reden muss, um sie herauszulassen. Sie drückt ihn nieder.

»Erzähl mir von Lee«, sage ich.

»Er war Toningenieur. Ein verdammt guter. Wir haben uns vor Jahren kennengelernt und haben uns gegenseitig bei Jobs empfohlen, um zusammenarbeiten zu können. Allerdings hat er das Reisen sattgehabt. Er wollte aufhören und sesshaft werden, mehr Zeit mit seiner Frau verbringen. Tatsächlich war das das Letzte, worüber wir gesprochen haben. Er sagte, er sollte zu seiner Frau zurückkehren, und ich sollte meine Tochter besuchen fahren.« Er reibt heftiger mit den Fingern über das Leder, so sehr, dass er eine Delle in dem Bezug hinterlässt. »Ich wollte nicht, dass er mit den Tourneen aufhört. Ich wollte, dass er weitermacht. Obwohl ich wusste, dass er recht hatte, weil die Tourneen seine Ehe zerstören würden, genauso wie sie mein Vatersein kaputt gemacht hatten. Denn ich wusste, wenn er aufhören, wenn er bei Petra bleiben würde, wäre ich ohne ihn einsam. Erbärmlich, was?«

»Und was ist passiert?«

»Wir waren in Texas. Ich hasse dieses Scheiß-Texas. Diese Ödnis, die sich unendlich hinzieht.« Er schließt die Augen und lässt sie zu, als er weiterspricht. »Es war mein Geburtstag, also haben Lee und ich Rum getrunken. Es war so gegen vier Uhr morgens, mein Geburtstag ist also eigentlich vorüber gewesen, aber wir waren besoffen, und alle anderen in dem Bus haben geschlafen. Wir wollten in Amarillo haltmachen. Dort hatten wir einen Tag lang Hotelzimmer gebucht. Lee hatte mir ein paar kubanische Zigarren zum Geburtstag geschenkt, und wir stiegen aus dem Bus, um sie zu rauchen.«

Sein Leben ist so anders als meines, denke ich. Reisen und Alkohol und Zigarren … Das ungebundene Leben, ohne jede Verbindung zu den Orten, durch die man fährt: Ist es so, wenn man mit leichtem Gepäck reist?

»Bloß dass der Bus nicht angehalten hatte«, sagt Ewan. »Er ist immer noch mit siebzig Meilen die Stunde gefahren, als Lee ausgestiegen ist.«

Er streckt die rechte Hand aus, die, mit der er auf der Armlehne seines Sessels herumgerieben hat.

»Ich habe versucht, ihn zu packen. Ich habe ihn erwischt, oder jedenfalls fast. Ich konnte sein Sweatshirt spüren, genau da, in meinen Fingern, und dann nicht mehr. Er war fort. Ich spüre es immer noch. Es geht einfach nicht weg. Ich spüre es immer noch.«

Er spreizt die Finger in der Luft. Jeder einzelne mit der Erinnerung behaftet.

Ewan

»Aber das ist nicht deine Schuld«, sagte Felicity. »Hätte die Bustür nicht verriegelt sein müssen?«

»Er ist wegen mir in dem Bus gewesen. Er hat wegen mir getrunken. Ich wollte zum Rauchen rausgehen. Ich hätte die Tür aufmachen sollen, nicht er.«

Er hatte niemandem von Lee erzählt, hatte mit niemandem, der es nicht bereits wusste, darüber gesprochen und vermied es, mit Leuten darüber zu reden, die Bescheid wussten, was so gut wie jeder im Musikgeschäft war. Er hatte seine Schuld noch nie laut eingestanden, auch wenn er wusste, dass er sie wie eine Narbe im Gesicht trug. Er hatte dem Arzt erzählt, dass er schlecht träumte, aber nicht, wovon seine Träume handelten.

Nicht von dem Wind, dem Geräusch. Dass er beim Erwachen die Rückseite von Lees Sweatshirt an den Fingerspitzen spürte, dass er es jedes Mal spürte, wenn er versuchte, Gitarre zu spielen.

Warum erzählte er all das Felicity Bloom? Irgendeiner Frau aus der Vergangenheit, von der er nie gedacht hätte, dass er sie je wiedersehen würde?

Weil sie ihm das Leben gerettet hatte. Sie hatte ihn hinten am Sweatshirt erwischt und ihn am Aussteigen gehindert.

»Ich verstehe, warum du dich schuldig fühlst«, sagte Felicity. »Aber das ist nicht dasselbe wie tatsächliche Schuld. Hätte Lee dir die Schuld daran gegeben?«

»Das hätte er, wenn er gewusst hätte, was mir durch den Kopf gegangen ist. Dass ich nicht wollte, dass er fortgeht und mit Petra glücklich ist.«

»Wichtig ist nicht, was wir denken. Sondern was wir tun.« Bei diesen Worten senkte sie den Kopf und fing an, an ihrem Rocksaum herumzuspielen. »Was denkt denn Petra? Gibt sie dir die Schuld?«

»Ich habe nicht mit ihr gesprochen. Ich bin nicht auf die Beerdigung gegangen. Es war zu viel.«

»Aber du musst mit ihr reden. Wie kannst du dir selbst vergeben, wenn du nicht weißt, dass sie dir auch vergibt?«

»Ich glaube nicht, dass ich mir vergeben will.«

Da blickte sie auf und sah ihm in die Augen. Es fühlte sich sehr lange an. Es war so spät, dass kaum Lärm von der Straße heraufdrang. Ihm fiel wieder ein, wie es sich angefühlt hatte, sie in den Armen zu halten, nicht vor ein paar Tagen, sondern vor zehn Jahren. Als sie ein Liebespaar waren und es den Anschein hatte, als wäre alles möglich.

»Okay«, sagte sie leise. »Okay. Das verstehe ich. Aber vielleicht kannst du etwas tun, das jemand anderem hilft. Vielleicht wirst du dich dann besser fühlen.«

»Wie kann ich schon jemandem helfen?«

»Mach, was Lee dir gesagt hat. Seine letzte Bitte, wenn es das war, worüber ihr kurz vor seinem Tod gesprochen habt. Fahr deine Tochter besuchen.«

»Das wird keinem helfen.«

»Es wird vielleicht dir helfen.«

Er legte den Kopf nach hinten auf den Sessel und blickte zur Decke empor. »Ich dachte, ich hätte dieses Gemälde völlig vergessen. Aber seit du aufgekreuzt bist und mir von Esther erzählt hast, habe ich immer wieder daran gedacht. Es war voller Blumen, nicht wahr?«

»Frangipani.« Sie sagte es mit leiser Stimme.

»Es ist schon komisch, dass es noch da draußen in der Welt existiert, unverändert. Ich bin immer noch jung, diese Blumen sind immer noch lebendig. Du warst immer noch dort bei mir in dem Zimmer, und wir waren ein Liebespaar. Während eigentlich alles, was dieses Bild erzeugt hat, tot ist.«

Im Zimmer war es so gut wie still. In weiter Ferne das Flüstern eines vorüberfahrenden Autos.

»Es ist nicht alles tot«, sagte Felicity.

Sie sah ihn immer noch an, und als er ihr wieder in die Augen blickte, spürte er tief im Bauch eine Anziehungskraft. Eine Verbindungsschnur zwischen ihnen, etwas, das er beinahe vergessen hatte, das aber jetzt, heute Nacht, so frisch war wie beim ersten Mal, als er sie gesehen hatte, an einem strahlenden Sommertag.

Felicity rührte sich nicht vom Sofa. Er erinnerte sich daran, wie sie im Park in Greenwich die Arme um ihn geschlungen hatte, als wäre keine Zeit vergangen.

»Weiß dein Mann, dass du hier bist?«, fragte er sie.

»Nein.«

Das am Telefon war also nicht ihr Mann gewesen. Dieser Ehemann schien oft abwesend zu sein. Doch die Tatsache, dass es ihn gab, stand zwischen ihnen im Raum. »Findest du nicht, dass er es wissen sollte?«

»Es gibt viele Dinge, die ich ihm nicht sagen kann. Jedenfalls noch nicht.«

»Es ist spät«, sagte er. »Ich rufe dir ein Taxi.« Doch er stand nicht auf, um sein Telefon zu holen.

»Wirst du schlafen können?«, fragte sie.

»Das bezweifle ich.«

»Ich glaube nicht, dass du heute Nacht allein sein solltest. Nicht, nachdem du über das alles geredet hast.«

»Was soll ich schon tun? Du hast meine Selbstmordausrüstung in den Ausguss geschüttet.«

»Du hast etliche andere Methoden aufgezählt, mit denen du dich umbringen könntest.«

»Flick, ich habe schon genug Schuld auf mich geladen. Geh zu deinem Mann zurück.«

Sie ließ den Blick sinken. »Ich glaube nicht, dass ich das kann«, sagte sie in ihren Schoß.

Sie waren beide kurz davor zu fallen. Oder sich mit einem Schritt in Sicherheit zu bringen. Anders als in dem Bus konnte er diesmal nachdenken. Er hatte die Wahl.

Seine Erfahrung sagte ihm, dass die verlockendste Alternative wahrscheinlich die schlechteste wäre.

Er stand auf, aber er ging nicht zu ihr. Setzte sich nicht neben sie, nahm nicht ihren Kopf in die Hände, um sie zu küssen.

»Du kannst eine Decke und ein Kopfkissen von meinem Bett haben«, sagte er. »Das Sofa ist ziemlich bequem, und morgen früh kaufe ich dir ein Schinkensandwich. Als Dankeschön dafür, dass du mir das Leben gerettet hast.«

21

Es war an dieser Ecke«, sage ich. »Da bin ich mir sicher. Sieh mal, das hier ist das Pub, und dann kam ein Zeitschriftenhändler und dann ein Waschsalon, und dann kam das Café. Hier.« Ich deute auf einen Wohnblock, wo früher das Café gewesen ist. Ein Wohnblock aus den Sechzigerjahren. »Oder nicht?«

»Es ist auf der anderen Straßenseite gewesen«, widerspricht Ewan.

»Ich war mir sicher, dass es auf der rechten Seite gewesen ist.«

»Sieh dir die Fenster an.« Ich mustere sie: Glasscheiben, breit und hoch, mit schwarzen Rahmen. Ja, dort haben sich früher einmal die karierten Vorhänge befunden. Jetzt ist es allerdings eine Drogerie mit Sonnencreme und Anti-Allergika in der Auslage.

»So viel zum Thema Schinkensandwich«, sage ich.

Ehrlich gesagt bin ich nicht hungrig. Ich bin ein bisschen verkatert, benebelt, habe leichte Kopfschmerzen. Letzte Nacht auf Ewans Sofa habe ich nicht viel Schlaf abbekommen, und wenn ich doch etwas geschlafen habe, dann unruhig. Die Lederpolster haben bei jeder Bewegung geknarzt, und ich konnte Ewan nebenan hören. Ich habe wach gelegen und Angst vor dem Frangipaniduft gehabt, vor etwas, das mich nach nebenan ins Schlafzimmer treiben würde, wo ich mich entweder zum Narren gemacht hätte oder schlimmer noch: wo Ewan mich mit offenen Armen willkommen geheißen hätte.

Der Duft stellte sich nicht ein. Geweckt wurde ich von einer SMS von Quinn: *Schönen Abend gehabt?*

Zu viel Tequila, habe ich ihm zurückgesimst. *Bis später.*

Es ist die erste richtige Lüge, die ich ihm aufgetischt habe. Als Ewan ins Wohnzimmer getreten ist und sich die Haare mit einem Handtuch trocken gerieben hat, habe ich ihm gesagt, dass ich erst einmal an die frische Luft muss, um einen klaren Kopf zu bekommen, bevor ich mich dem versprochenen Frühstück widmen werde.

Doch auf unserem Spaziergang habe ich keinen klaren Kopf bekommen. Es ist bereits heiß, obwohl es noch nicht einmal zehn Uhr ist. Ich trage immer noch meine Ausgehklamotten, die Haare mit einem Gummi zusammengebunden. Ich habe mit einem nassen Waschlappen mein Möglichstes getan, um die Mascaraspuren unter meinen Augen zu entfernen, aber ich habe das Gefühl, wie das auszusehen, was wir früher eine wandelnde Partyleiche genannt haben, wenn einem jeder ansieht, dass man die ganze Nacht aus gewesen ist. Seltsamerweise komme ich mir deswegen aber nicht grässlich vor, sondern sexy.

Verdammt.

Ich sollte nicht zulassen, dass ich mir sexy vorkomme. Ich bin bei Ewan, weil er meine Hilfe braucht. Während ich letzte Nacht wach dalag, ist mir in den Sinn gekommen, dass die Erinnerungen, die in mir aufgestiegen sind, vielleicht eine andere Art von Zeichen sind, als ich dachte. Vielleicht haben sie mich zu Ewan geführt, weil er mich dort brauchte, in seinem Leben, genau in dem Augenblick. Vielleicht hat es gar nichts mit Anziehungskraft oder Verliebtsein zu tun.

Und dennoch habe ich Quinn belogen.

»Es gibt genügend andere Cafés«, sagt Ewan.

»Ich glaube, ich habe sowieso keine Lust auf ein Schinkensandwich«, antworte ich. »Mir ist zu heiß.« Und ich sollte nach Canary Wharf zurückkehren, um zu duschen und mich in mein altes Selbst zurückzuverwandeln. Aber ich trenne mich nur ungern von Ewan. Ich glaube nicht, dass akut Gefahr besteht, dass er doch noch Selbstmord begeht, nicht heute. Er wirkt heute Morgen fröhlicher, als habe es ihm geholfen zu erzählen, was mit Lee passiert ist. Wahrscheinlich wird es wieder schlimm für ihn werden, aber heute ist ein guter Tag. Und an einem guten Tag ähnelt er wieder dem Mann, an den ich mich erinnere.

»Vielleicht habe ich eine bessere Idee.« Ewan geht zielstrebig die Straße entlang. Um die Ecke befindet sich ein Park, in dem kleine Kinder im Sonnenschein spielen, während ihre Mütter mit den Buggys unter den Bäumen sitzen. Ein Eiswagen steht an der Ecke, der Fahrer liest die *Sun*. Ewan hält schnurstracks darauf zu, und ein paar Minuten später kehrt er mit zwei gewaltigen Eistüten, jede mit Schokoraspeln, zurück.

»Eis zum Frühstück?«, frage ich ihn und nehme meins entgegen.

»Warum nicht?« Er leckt an seinem. »Wir sind erwachsen. Bank?«

Wir setzen uns auf eine Bank, essen unser Eis und sehen den Passanten nach. Cremiges Softeis ist an einem Tag wie diesem tatsächlich das perfekte Frühstück. Und das hier ist genau das, was Ewan und ich vor zehn Jahren gemacht hätten, ohne Arbeit, ohne Verantwortung. Bloß dass wir es vor zehn Jahren nicht geschafft hätten, die Finger voneinander zu lassen.

»Lass uns heute einfach machen, wozu wir Lust haben«, sage ich und merke, dass meine Worte als sexuelle Anspielung missverstanden werden könnten. »Lass uns durch London spazieren«, ergänze ich errötend. »Lass uns irgendwas besichtigen. Irgendwas essen gehen, egal wo. Verbringen wir einfach einen Tag, an dem wir am Leben sind.«

»Du versuchst mich davon zu überzeugen, dass das Leben schön ist, nicht wahr? Dass es lebenswert ist?«

»Ich glaube nicht, dass ich das kann, indem wir einen Tag in London herumspazieren. Das hier ist kein Weihnachtsfilm. Ich finde, du brauchst professionelle Hilfe, Ewan. Wenn du dich mit Selbstmordgedanken trägst, darfst du das nicht auf die leichte Schulter nehmen. Du musst ein paar Dinge klären. Versprich mir, dass du das tun wirst?« Ich drehe mich zu ihm und sehe ihn direkt an. Er leckt gerade an seinem Eis, aber dann schluckt er und presst die Lippen zusammen.

»Versprich es«, beharre ich. »Sag es.«

»Okay. Ich werde zu einem Arzt gehen.«

Ich sehe ihn eindringlich an. »Ich bin mir nicht sicher, ob ich dir glauben soll.«

»Großes Indianerehrenwort«, sagt er und hebt die rechte Hand.

»Ruf gleich jetzt deinen Hausarzt an und lass dir einen Termin geben. Dann gebe ich mich zufrieden.«

Ich höre zu, wie er anruft und einen Termin im Laufe der Woche vereinbart. Mir ist bewusst, dass ich in gewisser Hinsicht eine Heuchlerin bin.

»Okay, und speicher außerdem die Nummer der Samariter in deinem Handy … Ach was, gib es mir, ich mache es für dich.«

Er reicht es mir, und ich suche die Nummer heraus. Als ich sein Adressbuch öffne, sehe ich, dass Alanas Nummer immer noch ganz oben steht. Ich richte einen neuen Eintrag für die Samariter ein. »Ich werde sie Sam nennen. Und hier ist auch meine Nummer.«

Während ich sie eingebe, fällt mir ein, dass das vielleicht gefährlich ist. Aber ich kann mir nicht vorstellen, dass Quinn jemals mein Handy oder das von sonst jemandem durchstöbern würde. Dazu ist er viel zu prinzipientreu und vertrauensselig. Er besitzt noch nicht einmal ein Schloss für sein Fahrrad, obwohl ein Neunjähriger ständig auf der Lauer liegt, um es zu stehlen.

Natürlich macht es mir das viel leichter, ihn zu betrügen. Ich schlucke und schließe einen Moment die Augen, denn angesichts des ungeheuren Ausmaßes meiner Handlungsweise wird mir schwindlig.

Ich schicke Ewans Nummer an mein Handy. Und weil er mir nicht zusieht, sondern den Park betrachtet, schicke ich mir auch Alanas Nummer. Für den Fall, dass Ewan etwas zustoßen sollte und ich seine nächsten Verwandten benachrichtigen muss.

»So«, sage ich und höre mein eigenes Handy zweimal piepen, als die Nummern eintreffen. »Fertig.« Ich gebe ihm sein Handy zurück und lecke wieder an meinem Eis.

»Also einen Tag lang durch London spazieren«, sagt er. »Hast du nichts Besseres zu tun? Arbeiten? Deinen Ehemann sehen?«

»Das hier ist das Wichtigste, das ich heute zu tun habe.« Ich werfe meine eisverschmierte Serviette in den Mülleimer und stehe auf. »Startklar?«

Es ist ein heißer Tag, sodass wir nicht so weit gehen, wie wir es vielleicht ansonsten getan hätten. Wir schauen in einen Schallplattenladen, in dem Ewan mich über die Bands aufklärt, die ich in meinem bisherigen Leben verpasst habe. Wir nehmen einen Bus und fahren ein Stück auf dem oberen Deck mit, bis die Hitze uns vertreibt. Zum Mittagessen kaufen wir in einem asiatischen Lebensmittelgeschäft kalte Samosas und Wassermelonenstücke und suchen uns einen Park, damit wir uns mit den Kernen bespucken können. Der Saft läuft mir den Arm hinunter und durchnässt den Ärmel meines Kleides. Am frühen Nachmittag tun mir allmählich die Füße in meinen Ausgehschuhen weh, also kaufe ich mir ein Paar Flipflops. Bei jedem Schritt spüre ich die Hitze des Bürgersteigs.

Wir gehen in Buchhandlungen und Feinkostgeschäfte, Süßwarenläden und Museen. Eine Kirche von Nicholas Hawksmoor, in deren schattiger Marmorkühle wir ein wenig verweilen. Instinktiv vermeiden wir alle Teile Londons, wo wir einem Bekannten über den Weg laufen könnten. Jedenfalls tue ich das, und wir begegnen auch keinem von Ewans Freunden, also tut er vielleicht das Gleiche. Es sind Sommerferien, und die Bürgersteige sind voller Teenager, die auf Scootern und Skateboards fahren und in ihre Handys lachen. Ewan erzählt mir von einer Bootsfahrt, die er in Thailand gemacht hat. Ich erzähle ihm von einem Kellnerjob, den ich früher hatte, zwei Wochen lang, in Paris, bevor ich gefeuert wurde. Wir unterhalten uns über nichts Bedeutendes. Als mein Handy summmt, ignoriere ich es.

Ein Tag. Ein Tag mit Ewan, bevor ich über mein richtiges Leben und meine Verantwortung nachdenke. Bevor ich darüber nachdenke, wem ich wehtun würde, wenn ich es nicht bei diesem Tag belasse.

Ich berühre ihn nicht.

Wir machen vor einem Pub halt, an einem Tisch, den normalerweise Raucher in Beschlag nehmen. Ich trinke ein halbes Pint Bier mit einer Limette, was ich das letzte Mal gemacht habe, als ich ein Teenager war.

»Ich habe Petra ein paarmal getroffen«, sagt Ewan unvermittelt. »Lees Frau. Sie ist zu ein paar Konzerten gekommen. Lee musste ihr immer nah sein, wenn er bei ihr war. Er hatte immer die Hand auf ihrem Knie oder ihrem Arm oder hat ihr Haar gestreichelt. Es war, als wüsste er, dass ihm nur eine begrenzte Zeit mit ihr blieb.« Er sieht mich mit seinen strahlend blauen Augen an, die gleiche Farbe wie der Sommerhimmel. »Meinst du, so ist die Liebe?«

Es ist genau die Art von Frage, der ich verzweifelt aus dem Weg gegangen bin. Ich suche nach einer Erwiderung, einem Themenwechsel – und bemerke ein Spielwarengeschäft auf der anderen Straßenseite. »Warte hier«, bitte ich ihn.

Drinnen bin ich ein wenig verblüfft angesichts der angebotenen Menge an Spielsachen. So viel Plastik, so viele Schachteln mit Namen in aufdringlichen Schrifttypen, so viel Summen und Blinken und Quietschen, aufgeteilt in geschlechtsspezifische Abteilungen. Waffen und Autos für Jungen rechts, alles in Pink für Mädchen links. Ich halte in dem Laden inne, irritiert, wie anders diese Version von Kindheit ist als meine eigene Kindheit oder diejenige, die ich mir für Quinns und mein Kind vorgestellt hatte.

Es ist schwierig, irgendetwas zu finden, das nicht schon

auf ein Geschlecht abgestimmt ist, aber schließlich finde ich, wonach ich suche, fast ganz hinten, in der Abteilung, die als LERNECKE ausgeschildert ist. An der Kasse frage ich, ob sie es mir einpacken können, aber sie haben bloß Plastiktüten. Ich trage es nach draußen zu Ewan, der uns beiden neue Getränke besorgt hat.

»Ein Spielzeug«, sagt er. Er nimmt es aus der Tüte. »Eine Ukulele.«

»Ich habe mir gedacht, dass es eine Schande ist, dass du gar keine Gitarre mehr hast. Das hier ist der Anfang einer neuen Sammlung. Ein kleiner Anfang, aber ein Anfang.«

»Tja, ich habe noch ein paar Gitarren eingelagert. Die habe ich noch nicht aus dem Fenster geworfen.« Er klimpert darauf herum, dreht an den Wirbeln und klimpert dann noch ein bisschen herum. »Ich glaube nicht, dass ich jemals Ukulele gespielt habe.«

Er lächelt. Das Instrument wirkt zu klein für ihn, aber er entlockt ihm eine Melodie. Etwas Beschwingtes – wahrscheinlich lassen sich auf einem solchen Instrument nur beschwingte Melodien spielen. Sie ist zu klein und niedlich, um darauf den Blues zu spielen, was einer der Gründe ist, weswegen ich sie gekauft habe. Passanten hören ihn und lächeln. Wie Eis zum Frühstück scheint eine beschwingte Melodie auf einer Ukulele genau das Richtige für einen Londoner Sommertag zu sein. Die Männer am Nachbartisch lachen und loben Ewan mit erhobenen Daumen.

»Ich hatte vergessen, wie gut du bist«, sage ich.

»Hab lange genug geübt.« Er spielt eine neue Melodie.

»Meinst du, deine Tochter ist musikalisch?«

Er hört auf zu spielen. »Oh, deswegen also die Ukelele?«

»Erzähl mir von ihr.«

»Sie sind mit ihrem Stiefvater nach Manchester gezogen. Sie hat einen Halbbruder und eine Halbschwester. Wahrscheinlich redet sie mittlerweile wie eine waschechte Manchester-Göre.«

»Welche Haarfarbe hat sie?«

»Rot. Genau wie Alana. Sie sieht mir nicht besonders ähnlich. Ich weiß nicht, ob sie musikalisch ist.«

»Telefonierst du wenigstens mit ihr?«

Er schüttelt den Kopf. »Zwecklos. Ich würde nur ihr Leben durcheinanderbringen. Sie hat einen Dad. Alana hat einen Ehemann. Sie sind glücklich. Ich freue mich für sie. Das ist alles.«

»Ich habe meinen Vater nie kennengelernt«, sage ich und fahre mit dem Finger den nassen Kreis nach, den mein Glas auf dem Tisch hinterlassen hat. »Er war verheiratet, als er meiner Mutter in Paris begegnete. Sie haben sich getrennt, bevor ich zur Welt kam. Fotos oder irgendwelche Porträts hat sie nicht aufgehoben. Sie hat mir nie etwas von ihm erzählt, außer, dass er Franzose war und sie ihn liebte. Ich habe eine glückliche Kindheit verlebt. Ich habe Esther geliebt, und ich hatte nie das Gefühl, dass jemand fehlen würde. Und trotzdem habe ich jedes Mal, wenn ich nach Paris gefahren bin, nach ihm gesucht. Ich habe damit gerechnet, ihn überall zu sehen, wo ich auch hinging. Ich wusste, dass ich ihn nicht erkennen würde, aber ich habe trotzdem nach ihm gesucht. Jeder Mann im Alter meiner Mutter oder ein wenig älter, mit dunklen Haaren oder grünen Augen – ich habe den Betreffenden dann angesehen und gehofft, dass ich etwas erblicken würde, irgendetwas, damit ich wüsste, dass es sich um meinen Vater handelte. Obwohl ich glücklich war, obwohl ich wusste, dass er mir nichts geben konnte, das ich nicht schon längst hatte.«

»Tja.« Er greift nach seinem Bierglas. »Das bist eben du.«

»Wenn Rebecca auch nur ein winziges bisschen empfindet, wie ich es getan habe – wie ich es tue –, findest du nicht, dass du es ihr schuldest, in Kontakt zu bleiben?«

Er stellt das Glas ab, ohne getrunken zu haben. »Flick. Hör zu. Ich weiß, du denkst, das hier wird mir helfen. Aber es ist kompliziert, okay? Ich kann nicht einfach zum Telefon greifen.«

»Wenn du ihre Nummer hast, dann kannst du das sehr wohl. Was ist das Schlimmste, das passieren könnte? Alana legt einfach auf. Wenigstens hast du es dann probiert.«

»Ich dachte, du versuchst, mich glücklicher zu machen?«

»Ich versuche nur …«

»Ich weiß, was du versuchst. Es funktioniert nicht. Möchtest du noch was zu trinken, oder sollen wir gehen?«

Er ist schon aufgestanden. »Gehen wir«, sage ich, und er marschiert schnell davon.

Tja, das ist dann wohl ein Irrtum gewesen. Aber ich habe genug von diesem neuen Ewan erfahren, um zu wissen, dass er sich so verhält, weil er traurig ist. Also gehe ich schweigend neben ihm her.

Ich erinnere mich daran, wie wir uns vor all den Jahren getrennt haben. Dass er zornig wirkte, als er mir die Neuigkeiten erzählte, Alana habe angerufen und gesagt, sie sei im vierten Monat schwanger. Unwirsch, mit verschlossener Miene. Ich war wütend auf ihn, obwohl ich Alana nicht kannte, obwohl ich mitverantwortlich dafür war, dass er sie betrogen und dann mit ihr Schluss gemacht hatte. Wie konnte er sauer auf sie sein? Es war nicht ihre

Schuld, dass sie schwanger war. Das ist eine Sache von zwei Leuten.

»Wenn sie das Baby behält, musst du zu ihr zurück«, hatte ich ihm mit versagender Stimme gesagt und hatte mir bereits vorgestellt, wie ich mich fühlen würde, wenn er es nicht tat, wie schwer und schuldbeladen unsere Beziehung sein würde. Er hatte sich zu mir gewandt, und seine blauen Augen blitzten. Sein Zorn war eine neue Erfahrung für mich. Ich wich zurück.

»Wenn dir so viel an mir liegt, dann werde ich das tun«, sagte er. Und er ging.

Und das war es. Wir beide trafen unsere Wahl und dachten, es wäre endgültig. Wie ich mich erinnere, dauerte das Ganze noch nicht einmal zehn Minuten.

Die Erinnerung und das rasche Gehen lassen das Bier mit Limette in meinem Magen herumschwappen. Wir waren so jung und kindisch. Jetzt gehen wir einen Hügel hinauf und betreten den nächsten Park. In den Londoner Parks tobt heute das Leben. Hunde bellen, Kinder rufen, die Leute plaudern angeregt. Ein Mann auf Rollerskates fährt nur knapp an uns vorbei. Sämtliche Schattenplätze sind von Familien mit Picknickdecken in Beschlag genommen. Ewan lässt sich in der Sonne auf dem Boden nieder, und mir fällt wieder ein, was er in Greenwich gesagt hat. »Es ist ein seltsamer und wunderbarer Tag, um am Leben zu sein.« Jetzt weiß ich, dass es ironisch gemeint war.

Ich setze mich neben ihn und sehe einem Fußballspiel zu. Die Kinder in T-Shirts sind schweißnass, und diejenigen ohne haben einen Sonnenbrand. In der Hitze sind ihre Bewegungen schwerfällig. Mein Handy klingelt und klingelt und verstummt.

Der Duft nach Frangipani hüllt uns ein.

»Ich bin ein Trottel«, sagt Ewan leise. »Du wolltest nur helfen.«

»Riechst du das?«, frage ich ihn. Denn vielleicht tut er es ja. Vielleicht ist es etwas, das uns beiden gilt. Süß und würzig, schwer und exotisch.

»Was riechen?«

»Du musst mir helfen«, sage ich ihm. Ich greife nach seiner Hand, und sie umschließt meine. Seine Haut ist sogar noch heißer als die Luft. »Du musst hier sitzen und darfst nicht zulassen, dass ich mich rühre. Bloß ein paar Minuten. Sag nichts, schau mich nicht an. Berühre mich nicht mehr als so. Sitz einfach hier und halte meine Hand.«

»Warum?«

»Es ist etwas, wie dich in Greenwich zu treffen«, erwidere ich. »Du musst es einfach tun, ohne zu wissen, warum. In zehn Minuten geht es mir wieder gut.«

»Okay«, sagt er, und mir bleibt kaum genug Zeit, um die Knie anzuziehen und meinen Kopf dazwischen zu verbergen, die Haare um mein Gesicht, um zu verhindern, dass er es sieht oder ich ihn. Ich sitze da, auf dem heißen staubigen Boden, Schreie und Gelächter um mich herum, und die Sonne scheint mir heiß auf den Kopf. Ich zwinge mich dazu, mich nicht zu rühren, versuche zu erstarren, nicht den Verstand zu verlieren.

Ich halte Ewans Hand, und ich liebe ihn. Mein Herz klopft so heftig, dass ich spüre, wie mein Körper sich bei jedem Schlag bewegt. Ich spanne die Muskeln an und lasse mich von seiner Hand festhalten. Ich presse die Lippen aufeinander, um nicht laut loszulachen.

Ich weiß nicht, ob es zehn Minuten sind oder fünfzehn oder eine halbe Stunde. Nach einer Weile spüre ich, wie es verebbt. Mein Herzschlag verlangsamt sich. Die Geräusche des Parks dringen wieder zu mir durch. Mein Rücken tut weh. Ich strecke ein Bein aus, dann das andere, und blicke auf. Wie versprochen starrt Ewan geradeaus, ohne mich anzusehen.

»Danke«, sage ich. Ich spüre ein albernes Lächeln auf meinem Gesicht, aber ich kann es nicht loswerden. Wie ich auch seine Hand nicht loslassen kann, noch nicht ganz.

Er dreht sich zu mir um. »Alles in Ordnung?«

»Ja. Perfekt.« Ich habe es durchgestanden, ohne etwas Dummes zu tun. Das beweist etwas, auch wenn ich mir nicht sicher bin, was – dass ich mächtiger bin als das Schicksal? Dass die Entscheidung bei mir liegt?

Ja. Das ist es. Ich verfüge über die Fähigkeit zu entscheiden. Und trotz des Hochgefühls, das mich durchdringt, weiß ich, was das Richtige ist. Ich lasse Ewans Hand los und stehe auf, klopfe mir den Rock ab.

»Ich muss jetzt nach Hause«, sage ich. »Danke für den tollen Tag.«

Er springt ebenfalls auf. »Bist du sicher? Du siehst ein bisschen – benommen aus.«

»Mir geht es gut.«

»Ist es das Bier? Bei der Hitze kann es einem zu Kopf steigen.«

»Ja, wahrscheinlich.« Ich lache. »Ich werde jetzt gehen. Vergiss nicht, zum Arzt zu gehen, in Ordnung?«

»Wann sehe ich dich wieder?«

Ich bin zu benommen, um das im Moment zu beantworten. Ich weiß nicht, wie die richtige Antwort lautet. Wenn ich Ewan widerstehen kann, dann sollte ich es vielleicht auch tun. Wenn ich ihn nur wiedersehen sollte, um ihm das Leben zu retten, dann habe ich das vielleicht schon getan.

»Wenn es geschehen muss«, sage ich. Und ich durchquere den Park in eine Richtung, von der ich nicht sicher weiß, ob sie mich nach Hause führen wird.

22

Als ich schließlich wieder in Laurens Wohnung bin, gehe ich gleich ins Bett, mit immer noch kribbelnden Gliedern, und schlafe, bis es an der Haustür klingelt. Ewan, denke ich, und dann fällt mir wieder ein, dass Ewan nicht weiß, wo ich wohne. Quinn?

Ich ziehe mir Laurens Bademantel über und torkele zur Tür, um nach dem Hörer der Gegensprechanlage zu greifen. Mein Kopf fühlt sich dank des kurzen Schlafes klarer an, auch wenn ich immer noch müde bin. Wenn es irgendein Vertreter ist, werde ich sauer.

»Hier ist Suz«, tönt es aus der Sprechanlage. »Ich habe versucht anzurufen, keine Chance, also habe ich mir gedacht, ich schaue auf gut Glück vorbei.«

Ich lasse sie rein und gerate kurzzeitig in Panik, während ich darauf warte, dass sie den Aufzug nimmt. Kann man mir ansehen, was ich den ganzen Tag gemacht habe? Mit wem ich zusammen gewesen bin? Ich stürze ins Badezimmer und spritze mir Wasser ins Gesicht, versuche die Haare mit den Fingern zurechtzukämmen. Als ich mir mit einem Handtuchzipfel Mascaraspuren unter den Augen wegwische, klopft es an die Wohnungstür.

Suz sieht gut aus. Nachdem ich sie fast drei Wochen lang nicht gesehen habe, nehme ich sie nicht bloß als Teil der Familie Wickham wahr, sondern als das, was sie ist: eine hochgewachsene, attraktive, beruflich erfolgreiche Frau. Sie trägt eine schicke enge Jeans, hochhackige Sandalen und ein Sommeroberteil. Ihre Haare sind zu einer hübschen Wuschelfrisur geföhnt, und sie trägt ein wenig mehr Make-up als sonst in Tillingford. Es betont ihre grauen Augen – Quinns Augenfarbe.

Sie küsst mich auf die Wange. »Hier drinnen ist es wunderbar kühl. Habe ich dich geweckt?«

»Bloß von einem Nickerchen. Komm in die Küche, ich mache uns einen Tee.«

»Quinn hat gemeint, du bist gestern Abend lang aus gewesen.« Sie folgt mir und sieht sich bewundernd in der modernen, hellen Wohnung um. »Mit Freunden unterwegs?«

»Ja, alte Freunde. Das ist aber eine nette Überraschung. Was führt dich nach London?«

»Eine Verabredung. Ich dachte mir, ich schaue vorbei und sehe, wie es bei dir läuft, bevor ich den Zug nehme.«

Ich fülle den Wasserkocher, zögere. »Hättest du lieber etwas Kaltes?«

»Ein Glas Wein, wenn du welchen hast. Ich glaube, um die Uhrzeit darf man sich einen genehmigen.« Auf dem Tisch liegen ein paar lose Blätter. Sie nimmt eins zur Hand. »Wie ich sehe, arbeitest du. Das ist gut.«

»Oh, das sind bloß ein paar Skizzen. Ich glaube nicht, dass sie in das Buch kommen.« Auf dem Weg zum Kühlschrank sehe ich, welche Skizze sie in der Hand hat. Es ist ein Rotkehlchen, den Kopf neugierig dem Betrachter zugekehrt.

»Ich find's toll«, meint sie. »Das ist Quinn, oder? Quinn als Rotkehlchen.«

Ich halte inne, die Hand nach der Flasche Weißwein ausgestreckt, die Lauren im Kühlschrank aufbewahrt. »Woran erkennst du das?«

»Das ist der Gesichtsausdruck, den er bekommt, wenn ihn was brennend interessiert. Die Augen, der Mund – der Schnabel, meine ich. Sehr schön. Hast du noch mehr?«

Habe ich. »Ähm, eigentlich nicht.«

»Welche von mir? Was ist mit Mum? Sie wäre eine Elster, meinst du nicht?«

»Das laute Keckern.«

»Und immer auf der Suche nach glitzernden Dingen.« Sie geht die Zeichnungen durch, die allesamt nur halb fertig sind, Skizzen, Studien von Flügeln. »Soll Igor eigentlich dich repräsentieren?«

»Ich weiß es nicht. Eigentlich nicht. Es hat mir wohl gefallen, ihn als Teil einer großen Eulenfamilie zu zeichnen. Weil ich nie eine große Familie hatte. Bevor ich Quinn geheiratet habe, meine ich.« Ich entkorke die Flasche und suche zwei von Laurens großen, eleganten Gläsern heraus. »Er ist allerdings ein Sonderling, in der Beziehung ist er also wie ich.«

»Du bist kein Sonderling, Felicity. Oh, die Skizze hier finde ich toll. Was für eine attraktive Krähe.«

Die Krähe ist Ewan. Stolz, mit rausgestreckter Brust, früher einmal glänzend, jetzt ein bisschen abgehalftert. Weil es sich um eine Bleistiftzeichnung handelt, ist nicht zu erkennen, dass er blaue Augen hat.

»Bitte schön«, sage ich rasch und reiche Suz ihren Wein. »Wahrscheinlich ist er gut. Meine Freundin Lauren hat einen teuren Geschmack.«

»Chin-chin.« Suz lässt die Gläser aneinanderstoßen und hebt die Augenbrauen, als sie einen Schluck nimmt. »Sehr gut … Wie lang willst du noch hierbleiben, Felicity?«

Da wären wir also: Der Grund ihres Besuches. Schließlich ist Suz Anwältin. Wie Quinn mag sie Fakten. Ich nehme einen etwas größeren Schluck Wein, als ich es gewöhnlich täte, während ich abwäge, welchen Ton ich anschlagen soll.

»Ich weiß es nicht«, sage ich nach einer Weile. »Wie du sehen kannst, habe ich eigentlich nicht viel geschafft. Es ist alles im Skizzenstadium. Mir ist noch nicht einmal ein brauchbarer Plot eingefallen.«

»Denn wahrscheinlich lässt es sich aus den Telefongesprächen nicht heraushören, aber Quinn ist unglücklich.«

Ich stelle meinen Wein auf die Granitarbeitsfläche. »Das weiß ich.«

»Und im Gegensatz zu Mum habe ich keinerlei Interesse, mich in eure Beziehung einzumischen. Ich brauche keine Details zu erfahren. Als Quinns Schwester möchte ich nur wissen, worauf wir uns gefasst machen sollten. Ob du dich wirklich zum Arbeiten hierher zurückgezogen hast.«

Sie klingt nicht zornig oder anklagend. Sie wirkt besorgt.

Jetzt holt Suz die Weinflasche, die ich neben der Spüle abgestellt habe. Sie füllt mein Glas erneut. Dann füllt sie ihr eigenes.

»Trink das«, sagt sie. »Dann sag es mir.«

Weil ich Suz vertraue, befolge ich ihre Anweisung. Ich trinke den Wein in großen Schlucken. Wahrscheinlich hat er ein wunderbares Bouquet und zarte Töne von Holunder und Limette, aber ich schmecke sie nicht. Suz trinkt ihren Wein auch, aber langsamer. Sie beobachtet mich mit ihren ruhigen grauen Augen.

Ich keuche auf, als das Glas fast leer ist. Ich spüre bereits den Alkohol durch meinen Körper sickern, er verursacht eine Schwäche in meinen Beinen, die weiß Gott nicht unangenehm ist. Sie erinnert mich daran, wie ich mich heute Nachmittag im Park mit Ewan gefühlt habe.

»Meine Freundin Lauren, der dieses Apartment gehört«, sage ich, »erinnerst du dich an sie? Sie ist auf unserer Hochzeit gewesen.«

»Ich erinnere mich an sie.«

»Sie hat schon immer diese Theorie, dass sie niemals mit einem Mann zusammen sein könnte, der ihr nicht ebenbürtig ist. Sie will jemanden, der genauso karrierebewusst und genauso vermögend ist wie sie. Genauso intelligent, genauso attraktiv, genauso gesellig. Sie denkt, es sind die Ungleichheiten in einer Beziehung, die sie zum Scheitern verurteilen. Glücklicherweise ist eines ihrer Talente, dass sie einen Menschen nur anschauen muss, um sein ungefähres Vermögen einzuschätzen. Von dem Punkt an, sagt sie, ist es ein einfacher Prozess, bei dem es nur noch um das nähere Kennenlernen und Aussortieren geht.«

»Du hast das Gefühl, dass Quinn dir nicht das Wasser reichen kann?«

»Nein, nein. Wenn überhaupt, dann kann ich *ihm* nicht das Wasser reichen.« Der Wein hilft tatsächlich. Ich nehme noch einen Schluck zur Stärkung. »In unserem Fall ist es eine Frage des Gefühls. Er … Du weißt bestimmt, dass er sich gleich in mich verliebt hat, als wir uns kennengelernt haben. Er war es, der heiraten wollte. Er ist es, der ein Baby haben möchte.«

»Ich dachte, du bist auch in ihn verliebt.« Suz konstatiert, urteilt nicht.

»Das bin ich! Aber nie … Ich meine, ich liebe ihn. Es ist unmöglich, dass man Quinn nicht lieben könnte. Er ist wunderbar. Und er liebt mich so sehr, dass es falsch wäre, wenn ich es nicht erwidern würde. Er hat es verdient, dass auch ich ihn liebe.«

»Aber du hast nicht das Gefühl, dass du es tust. Nicht im Moment.«

»Als ich ihm begegnet bin, war gerade eben meine Mutter gestorben. Ich meine, sie war ein paar Monate davor gestorben, aber es hat sich angefühlt, als wäre es eben erst passiert. Und – er hat mich zum Lachen gebracht. Er hat mir das Gefühl gegeben, wieder lebendig zu sein. Er hat mir geholfen.«

»Das ist keine Liebe?«

»Es ist ... Ich weiß es nicht.« Unglücklich setze ich mich auf einen von Laurens Küchenstühlen. »Ich wünschte, es wäre einfach. Das wünschte ich *wirklich*.«

»Ich glaube nicht, dass irgendetwas je einfach ist, wenn es um die Liebe geht.«

Suz setzt sich zu mir an den Tisch. Sie gießt mir noch etwas von dem Wein ins Glas, und wir sitzen eine Weile gemeinsam da und trinken.

Ich mag meine Schwägerin. Ich mag sie seit dem Moment, als Quinn uns einander vorstellte. Sie ist vernünftig, herzlich, zuverlässig, fröhlich. Sie verliert keine überflüssigen Worte. In unserer Freundschaft hat es nie Unstimmigkeiten gegeben. Selbst wenn ich Quinn niemals begegnet wäre, hätte ich Suz gern zur Freundin gehabt.

Doch wenn ich Quinn verliere, werde ich auch seine Schwester verlieren.

Ich betrachte ihre Hand an ihrem Glas. Sie hat durchsichtigen Nagellack auf den Nägeln, was ungewöhnlich ist. Genau wie das Make-up und diese hübsche neue Bluse. Mir fällt wieder ein, was sie beim Eintreten gesagt hat, dass sie wegen einer Verabredung in London ist.

»An deiner Stelle würde ich mich auch in London verabreden«, sage ich. »Tillingford ist einfach zu klein, als dass man eine romantische Beziehung führen könnte, ohne dass gleich jeder darüber klatscht.«

»Und Mum ist eine der größten Klatschbasen.« Etwas an der Art, wie sie mir bei diesen Worten einen Blick von der Seite zuwirft, lässt mich unvermittelt aufsitzen.

»Du triffst dich nicht mit einem Mann, oder? Sondern mit einer Frau.«

Suz nickt.

»Und ich habe bloß gedacht, du wärst nicht sonderlich auf Mollys Blind Dates erpicht«, sage ich, aber dann wird mir klar, dass das nicht stimmt. Eigentlich überrascht es mich nicht, dass Suz mit einer Frau zusammen ist. »Weiß Quinn Bescheid?«

»Ich bin immer davon ausgegangen.«

»Er hat nie etwas gesagt.«

»Es gibt vieles, das man in unserer Familie weiß, aber nicht laut ausspricht.« Sie trinkt ihren Wein, ganz gelassen. »Zum Beispiel weiß ich schon eine Weile, dass du dir nicht sicher gewesen bist, was dein Leben in Tillingford betrifft. Dass es daran liegen könnte, dass du dir wegen Quinn nicht sicher bist, ist mir erst neulich in den Sinn gekommen.«

»Bist du – in deine Freundin verliebt?«

»Das wird sich mit der Zeit herausstellen. Was wirst du wegen Quinn unternehmen?«

»Ich weiß es nicht.« Suz' Enthüllung hat mich ein paar Minuten von meinem Elend abgelenkt, aber jetzt ist es wieder da. »Es ist verworren.«

»Du kannst nicht einfach hierbleiben und hoffen, dass er dich vergisst. Das wird er nicht tun.«

Zum ersten Mal bemerke ich eine gewisse Ungeduld in

ihrer Stimme. Ich habe Suz noch nie zornig erlebt. Ich habe das Gefühl, dass eine zornige Suz eine ziemliche Furie wäre.

»Ich weiß, dass er mich nicht vergessen wird.« Besonders nicht, während er in dem Cottage wohnt, das wir gemeinsam ausgesucht und gemeinsam renoviert und eingerichtet haben.

Ein Gefühl der Leere nimmt von mir Besitz. Ich vermisse unser Cottage. Ich vermisse es, darin zu leben, es mit ihm zu teilen, Quinns abgewaschene Tasse auf dem Abtropfgestell, seine Notizen auf dem Block beim Telefon, den verwilderten Garten, die unebenen Böden, zusammen auf dem Sofa zu kuscheln, die Wärme und Behaglichkeit, die in Laurens Wohnung so sehr fehlt.

»Vielleicht hätte ich ihn nicht heiraten sollen«, sage ich. »Aber ich wollte es, Suz. Ich wollte es wirklich.«

Suz sieht mich seltsam an. Dann wirft sie einen Blick auf ihre Armbanduhr und steht auf. »Ich muss meinen Zug erwischen. Übrigens möchte ich nicht, dass du Quinn verlässt. Ich möchte, dass er glücklich ist, und ich glaube, du könntest ihn glücklich machen, wenn du es nur versuchst. Ich glaube, ihr könntet beide glücklich sein. Wenn ihr euch dazu entscheiden solltet.«

»Ich habe es versucht. Das habe ich. Ich weiß nicht, ob man sich solche Dinge einfach so vornehmen kann.«

»Ich bin der Ansicht, dass es möglich ist. Ich vermute, dass viele Menschen es tun. Aber wenn du deine Entscheidung triffst, Felicity, bedenke bitte: Falls du ihm noch mehr wehtun willst, wäre es besser, es schnell zu tun.«

Ewan

Ewan war schon unzählige Male verliebt gewesen und doch noch kein einziges Mal. Seit er dreizehn Jahre alt war, hatte es alle paar Monate eine neue Freundin gegeben. In der Schule war er bekannt dafür. »Romeo« nannten sie ihn. Auch später herrschte nie ein Mangel an Mädchen. Frauen mochten Rockmusiker, auch wenn er versuchte, einen großen Bogen um offensichtliche Groupies zu machen. Er hatte kein Verlangen, mit Frauen zu schlafen, bloß weil sie zur Verfügung standen. Er mochte die erste Begegnung, die Verführung, die allmähliche Eroberung. Er redete gern mit Frauen. Er mochte den Blickwechsel, die aufflackernde Anziehungskraft. Er mochte es, sie kennenzulernen, zu erfahren, was sie bewegte.

Seine Kumpel hatten sich immer über ihn lustig gemacht. Sie bezeichneten ihn als Charmeur. Sie sagten, er schlage Kapital aus seinem Aussehen. »Oh, noch eine Kerbe am Bettpfosten.« Aber so war es nicht. Er sammelte keine Trophäen. Wenn er darüber nachdachte, wie viele Beziehungen er schon hinter sich hatte, war das eher deprimierend als ein Grund, stolz zu sein.

»Im Grunde bin ich ein Romantiker«, sagte er seinen Freunden, und wenn sie lachten, erklärte er: »Ich liebe es, mich zu verlieben. Es ist das tollste Gefühl auf der Welt. Das Problem ist, dass es nicht anhält.«

Meistens endete es einvernehmlich. Allerdings gab es Ausnahmen – Menschen, die er falsch eingeschätzt hatte, erboste Trennungen, Frauen, deren Gefühle er verletzt hatte. Denn gewöhnlich war es Ewan, der Schluss machte. In der Hinsicht war seine Arbeit recht praktisch. Andere Freunde, die aufmerksameren, wiesen darauf hin, dass Ewan es vorzog, sich nie in Frauen mit Kindern zu verlieben oder in Frauen aus der Musikbranche. Seine romantischen Bedürfnisse richteten sich ausschließlich auf alleinstehende, unkomplizierte Frauen, denen er entfliehen konnte, sobald die Tour losging.

Nach jahrelangem Reisen mit der einen oder anderen Band, Jahren voller flüchtiger Beziehungen, war ihm, wenn er sich gestattete, darüber nachzudenken, ein Verdacht gekommen: Sich ständig zu verlieben war im Grunde nicht anders, als sich nie zu verlieben, denn sein Herz blieb seltsam unberührt.

Oder vielleicht war es genau umgekehrt, denn jedes Mal, bei jeder Beziehung, war er zunächst so aufgeregt, so glücklich, so sicher, dass dies die *große Liebe* wäre. Und mit jeder Beziehung wuchs seine Ernüchterung. In gewisser Weise wurde sein Herz gebrochen.

Mit Felicity Bloom war es anders, allein schon weil sie es war, die mit ihm Schluss machte, bevor er dazu bereit war. Außerdem machte sie mit ihm Schluss, um ihn zu einer anderen Frau zurückzuschicken. Er blieb zurück, zornig und voller Groll, noch immer in sie verliebt, immer noch berührt von ihrem inneren Glück. Er spürte noch ihre Hand in seinem Nacken, sah vor sich, wie sie die Nase rümpfte, hörte, wie sie vor sich hin pfiff, wenn sie sich allein glaubte. Als er zu Alana zurückkehrte, war Felicity seinem Körper und Herzen immer noch eingeprägt gewesen.

Es kam nicht überraschend, dass seine Ehe dem Untergang geweiht war.

Wenn die Geschichte mit Felicity anders verlaufen wäre, würde er sich jetzt vielleicht nicht so gut an sie erinnern. Irgendwann wäre die Liebe erkaltet, wie es bei jeder anderen der Fall gewesen war: Er hätte irgendeine Unzulänglichkeit entdeckt, irgendeine dumme Angewohnheit hätte ihn gestört, ihre politischen Ansichten oder ihre Neigung zur Nörgelei oder die Tatsache, dass sie absolut keine Ahnung von den Smiths hatte. Das wäre der Anfang vom Ende gewesen.

Oder vielleicht wäre es bei ihr anders gewesen. Vielleicht hätte die Liebe zu Felicity angehalten. Ewan war nicht so naiv zu glauben, dass man an der Liebe nicht arbeiten musste: Man musste die nervigen Angewohnheiten ignorieren, lernen wegzuhören, wenn es zu politischen Diskussionen kam. Man musste sich von den luftigen Höhen der Poesie und des Sexes in die Niederungen des Müllraustragens und Toilettensitz-Herunterklappens begeben. Er kannte Ehepaare, denen es gelang, diese Gefahren zu umschiffen und sich immer noch zu lieben. Lee und Petra hatten es geschafft.

Lee hatte Ewan nie als Romeo bezeichnet oder von irgendwelchen Bettpfosten gesprochen, auch wenn er Ewan dafür bewunderte, dass er sich stets die richtigen Frauen aussuchte – starke Frauen, selbstständige Frauen, die nicht viel von ihm verlangten, die ihm nicht nachhängen würden, wenn er früher oder später mit ihnen Schluss machte. »Vielleicht liegt es daran, dass du dir Frauen aussuchst, von denen du weißt, dass sie klug genug sind, dich letztlich zu durchschauen«, sagte Lee. »Wenn du dich also von ihnen trennst, ist es eigentlich keine Überraschung.«

»Und durchschaut Petra dich nicht?«, hatte Ewan gefragt.

»Und *wie* sie mich durchschaut«, erwiderte Lee. »Ich habe nur das Glück, dass ihr das meiste, was sie sieht, gefällt.«

Ewan hatte versucht, die Sache mit Alana hinzubekommen. Schließlich war er früher einmal in sie verliebt gewesen, und sie erwartete ein Baby von ihm. Er tat das Richtige, auch wenn er wütend auf Felicity geworden war, als sie es ihm gesagt hatte. Er kehrte zu Alana zurück und heiratete sie, ganz offiziell im Kreis der Eltern und Freunde. Er nahm einen Job in einem Secondhand-Plattenladen an und zog mit Alana in ein Reihenhaus zur Miete. Er brachte den Müll nach draußen und versuchte daran zu denken, den Toilettensitz herunterzuklappen. Abends und am Wochenende spielte er Gitarre, in den Pubs und Klubs, in denen er gespielt hatte, bevor er nach London aufgebrochen war, und versuchte, nicht daran zu denken, was Dougie und Gavin und Brian gerade machten, oder Felicity Bloom, sondern konzentrierte sich ganz auf Alana und auf das, was er einst an ihr liebenswert gefunden hatte.

Die Schwangerschaft ließ sie sanfter werden, ließ sie beinahe erstrahlen. Es war leichter, sich erneut in sie zu verlieben, während sie sein Baby erwartete. Und anschließend war es Rebecca, die ihn hielt. Alana war eine gute Mutter, das musste er ihr lassen. Sie sorgte sich vorbildlich um die Kleine, war liebevoll und resolut zugleich. Sie war all das, was Ewans eigene Mutter nie für ihn sein konnte – die zwei Jobs, die nötig waren, um sie beide zu versorgen, ließen ihr keine Zeit für ein geregeltes Familienleben. Und das hätte Ewan dazu veranlassen sollen, Alana mehr zu lieben. Doch von dem Moment, als Rebecca zur Welt kam, galt Alanas Aufmerksamkeit ausschließlich dem Kind. Alana und Rebecca verschmolzen zu einer Einheit, zu der er keinen Zugang hatte. Sie saßen auf dem Sofa, während Alana ihre Tochter stillte, und Ewan beobachtete sie vom Türrahmen aus wie ein Gast, ein Fremder.

Sie brauchten mehr Geld, und Ewans Kumpel Joel kannte eine Band, die in letzter Minute einen Gitarristen für eine Tour suchte. Die Bezahlung war gut. Rebecca war zwei Monate alt, und Alana bewältigte das Mutterdasein souverän. Es gab keinen Grund, nicht zu fahren.

Und wieder zu fahren, wenn man ihn wieder fragte. Und auch auf die nächste Tour ging er bereitwillig. Er schickte das Geld nach Hause, und Alana sparte auf die Anzahlung, beantragte eine Hypothek und brachte ihn zwischen zwei Touren dazu, die Formulare zu unterschreiben. Jedes Mal, wenn er zurückkam, war Rebecca ein Stück gewachsen, konnte neue Dinge tun, und er hatte die Entwicklung nicht verfolgt. Nie da zu sein war der große Fehler seiner Mutter gewesen. Jetzt beging er denselben Fehler, bloß dass Rebecca bei ihrer Mutter war, die sie liebte, und nicht bei Tagesmüttern, wie es bei Ewan der Fall gewesen war. Was blieb ihm schon anderes übrig, als weiterhin Jobs anzunehmen?

So war die Liebe, die Liebe in der realen Welt: Verantwortung und Verpflichtung, das nach Hause geschickte Geld, Anrufe, wenn die Zeitzonen übereinstimmten, ein Kind, das ohne einen heranwuchs, und der ewig gleiche Trott auf Tour.

Als Rebecca vier Jahre alt wurde, kam er zu ihrem Geburtstag nach Hause. Er brachte ein riesiges Stofftier mit, ein Känguru, das er ihr in einem Spielwarenladen in Sydney gekauft hatte. Es war das größte Stofftier in dem Laden gewesen, entworfen für Väter, die das Gefühl hatten, etwas gutmachen zu müssen. Das Haus war voller Kinder, die er noch nie gesehen hatte und die schreiend in ihren Kostümen herumrannten. Alana hatte sich die Haare schneiden lassen, und als sie ihm die Tür aufmachte, erkannte er seine Frau im ersten Augenblick kaum wieder. Rebecca sah er sofort in dem Kindermeer anhand ihres dichten roten Lockenschopfes und der Art, wie sie durch das Zimmer hüpfte. Als er Rebecca das Känguru überreichte, umarmte sie ihn flüchtig und war verschwunden, bevor ihm auch nur Zeit blieb, das Gefühl ihrer kleinen Arme um seinen Hals zu registrieren.

An dem Abend, als die anderen kleinen Mädchen nach Hause gegangen waren und Rebecca mit ihrem Känguru im Bett lag, das Gesicht immer noch klebrig vom Kuchen, sagte Alana ihm, dass sie einen anderen kennengelernt hatte, jemanden, der bleiben wollte, der ein guter Stiefvater sein würde, der weitere Kinder wollte. Ewan fiel in diesem Moment ein Stein vom Herzen.

Am nächsten Morgen verabschiedete er sich. Kein endgültiger Abschied, noch nicht. Er kam zu Besuch, wann immer es ging, die nächsten zwei, drei Jahre. Bis er es nicht mehr ertrug.

Rebecca wollte unbedingt zu ihren Spielsachen, aber er hielt sie einen Augenblick länger, als sie gehalten werden wollte. Er schloss die Augen und atmete den Duft ihrer Haare ein, spürte die warme Seidigkeit an seiner Wange, ihren kleinen geschmeidigen Körper, der versuchte, sich zu befreien und zu spielen, und er fühlte, was er damals gefühlt hatte, als sie zur Welt kam. Als die Hebamme sie ihm, heiß und feucht, in die Arme gelegt hatte und sie ihm in die Augen gesehen hatte, als würde sie ihn bereits kennen. Er hatte sie gehalten, und sie hatte die winzige Hand um seinen Finger gekrallt, und er wusste, dass er ihr mit Haut und Haaren gehörte. Dieser Griff um seinen Finger, der ihn dazu brachte, lachen und weinen zu wollen, einen Drachen zu suchen und ihn für sie zu bekämpfen, die Welt zu verändern, damit sie darin sicher und glücklich wäre.

Ginge traf sich in Camden auf ein Pint mit ihm. »Schön, dich zu sehen«, sagte der große rothaarige Tourmanager, sobald Ewan durch die Tür des Pubs kam. »Lebst du auch noch?«

Ewan zuckte unwillkürlich zusammen. Er dachte beschämt an den Brief, den er geschrieben und den Felicity eingeworfen hatte. Gott sei Dank hatte Ginge ihn nie erhalten. Was für ein peinlicher Abschiedsbrief. Und obendrein der billige Whisky. Großer Fehler! Nein, *wenn* er einen Abgang machen würde, dann mit einem fünfundzwanzig Jahre alten Laphroaig. Verdammt noch mal, manche Dinge tat man nur einmal im Leben, und sie waren es wert, dass man sie richtig machte.

Möglicherweise war es ein gutes Zeichen, dass er seinen versuchten Selbstmord als peinlich empfand. Er fragte sich, was Flick sagen würde.

»Ja, lange nicht gesehen«, sagte er. »Guinness?«

Als sie an einem Tisch Platz genommen hatten, hob Ginge sein Glas. »Auf Lee.«

»Auf Lee.« Es war leichter als erwartet, Ginge gegenüber Lees Namen auszusprechen. Aber nicht viel leichter.

»Wir haben dich bei der Beerdigung vermisst«, sagte Ginge.

»Ich konnte nicht, Kumpel.«

»Was geschehen ist, war nicht deine Schuld.«

»Vielleicht werde ich das eines Tages glauben.« In dem Pub war es laut. Normalerweise fiel ihm so etwas nicht auf, aber in letzter Zeit war es so ruhig gewesen, überall, bloß in seinem Kopf nicht.

»Ich habe mit Petra geredet, als wir dort waren. Sie würde gern mit dir sprechen.«

»Das kann ich mir denken.«

»Sie gibt dir nicht die Schuld. Du bist der letzte Mensch gewesen, der ihn gesehen hat. Ich glaube, sie will einfach wissen, was passiert ist. Wie du es erlebt hast.«

Felicity hatte auch gemeint, dass er das tun sollte. Ewan trank sein Pint in raschen Zügen. »Ich werde darüber nachdenken. Wie läuft es bei dir so?«

Ginge erzählte ihm das Übliche: gereizte Künstler, Katastrophen auf der Bühne, Merchandise-Probleme. Bei ihrem zweiten Pint fragte er Ewan: »Wo hast du denn gesteckt? Du hast auf keine Anrufe oder E-Mails reagiert. Oder meidest du bloß mich?«

»Es liegt nicht an dir. Ich habe – versucht, mir über ein paar Dinge klar zu werden.«

»Und hat es geklappt?«

»Ich lass es dich wissen, sobald ich es herausgefunden habe.«

Ginge zog am Kragen seines T-Shirts. »Verrückte Sache. Es hätte genauso gut dich erwischen können da auf dem Highway.«

»Ich wünschte, es wäre so gewesen.«

»Du solltest jemanden zum Reden haben. Hörst du?

Du kannst das nicht in dich reinfressen. Das wird dich umbringen.«

»Ich glaube … Ich glaube, ich habe da vielleicht jemanden gefunden.«

»Ah. Verstehe. Du bist mit den *Frauen* um die Häuser gezogen, um dir über was klar zu werden.« Ginge wandte sich wieder seinem Pint zu, doch Ewan hatte seine spöttische Miene bemerkt.

»Nicht so. Es ist jemand, den ich von früher kenne. Sie ist aus dem Nichts aufgetaucht, als ich völlig down war.«

»Und sie hilft dir? Oder ist sie nur ein netter Zeitvertreib? Ich kenne dich doch. Ich bin lange genug dein Tourmanager gewesen.«

»Sie ist unglaublich. Ich hatte vergessen, wie unglaublich. Sie gibt mir das Gefühl, ein besserer Mensch sein zu wollen.«

»Tja, das ist gut.«

»Außerdem hat sie mich dazu gebracht, eine Therapie anzufangen. Nächste Woche habe ich einen Termin.« Es klang lahm, aber er wusste aus Erfahrung, dass er nicht hingehen würde, wenn er niemandem davon erzählte. Und er fand, er musste hingehen, und sei es nur, weil er es Felicity schuldete.

»Noch besser. Das ist eine super Idee. Aber hör mal, ich bin auch noch da, okay? Immer telefonisch zu erreichen oder für ein Pint zu haben. Ich fliege nach Thailand, aber erst im Oktober. Und ich kann die Info rausgeben, dass du Arbeit im Studio suchst, wenn du willst. Wann immer du so weit bist.«

»Danke, Kumpel. Noch nicht, aber vielleicht eines Tages.«

Ginge lehnte sich auf der ledergepolsterten Bank zurück, die unter seinem Gewicht ächzte. Er legte seine Pranke um das Pint. Allem Anschein nach machte er sich für ein Gelage bereit. »Erzähl also von dem Mädchen. Hübsch? Lustig? Verrückt? Sie ist nicht verheiratet, oder?«

23

Das Restaurant ist meine Wahl. Das ist nicht immer eine gute Idee. Gewöhnlich lasse ich Quinn diese Dinge entscheiden, weil es bei ihm wahrscheinlicher ist, dass er ein Restaurant aufgrund guter Kritiken und einer ansprechenden Speisekarte aussucht, und es bei mir wahrscheinlicher ist, dass ich ein Restaurant aufgrund eines schrulligen Namens aussuche oder weil es im Eingangsbereich einen Wasserfall gibt. Dieses Restaurant hat keinen Wasserfall, dafür gibt es aber in der Mitte einen kleinen Brunnen, in dem Lotusblüten schwimmen. Und es hatte eine gute Kritik aus dem *Time Out* mit Tesafilm ans Schaufenster geklebt, also habe ich einen Tisch reserviert, als Quinn einwilligte, mit mir essen zu gehen. Ich hoffte, dass es ein guter Kompromiss wäre.

Jetzt wünschte ich, ich hätte Quinn aussuchen lassen, denn die Verantwortung lastet unangenehm auf mir. Zu viel scheint von diesem Abendessen abzuhängen, dem ersten, seitdem ich Tillingford verlassen habe. Wir haben es am selben Tag verabredet, an dem Suz aufgetaucht ist und davon gesprochen hat, dass ich ihm wehtue, schnell oder langsam. Am selben Tag, den ich größtenteils mit Ewan verbracht habe. Quinn rief bei mir an, um zu sehen, wie es meinem Brummschädel ging, und ich fragte ihn, ob er zwei Tage später zu einem Abendessen nach London kommen wolle.

Als ich ihm die Tür zu Laurens Wohnung aufgemacht habe, hielten wir beide inne, unsicher, was wir tun sollten. Eine Umarmung, ein Kuss, ein Händedruck? Er lächelte. »Hallo, Liebes. Schön, dich zu sehen«, sagte er, und ihm war anzusehen, dass er darauf wartete, was ich entscheiden würde, also küsste ich ihn auf den Mund, nur flüchtig, weil ich befürchtete, er könnte vielleicht schmecken, dass ich vor ein paar Tagen Ewan geküsst habe. Und weil der Kuss so flüchtig ausgefallen war, küsste ich ihn dann auch noch auf die Wange, um es wieder wettzumachen.

Seine Haare waren wie immer leicht zerzaust an der Stirn, die Stoppeln an seinem Kinn gingen als Absicht durch. Außerdem trug er das blaue Hemd, das ich am liebsten an ihm mag, es war schon so oft in der Wäsche, dass es butterweich ist. Dazu eine Seidenkrawatte, die ich ihm gekauft habe, weil sie violett wie der Fingerhut ist, der vor unserem Cottage wächst und so gut zu seinen Haaren und Augen passt. Er hatte gesagt, er würde gleich nach der Arbeit den Zug nehmen, aber ihm war anzumerken, dass er zuerst nach Hause gegangen war, sich umgezogen und frisch gemacht hatte, wie ein Mann, der wegen einer ersten Verabredung nervös ist.

Er überreichte mir einen Strauß weißer Rosen, die herrlich dufteten, die Stängel in Seidenpapier und Klarsichtfolie gewickelt, damit man sich nicht an den Dornen stach.

»Ich hatte vergessen, wie toll diese Wohnung ist«, sagte er. »Beeindruckend.«

»Tja, du kennst ja Lauren«, sagte ich. »Ich suche mal eine Vase für die Blumen. Sie sind wunderschön.«

Ich hatte aufgeräumt. Selbst in einer Wohnung, die so geräumig wie Laurens war, selbst bei den paar Habseligkeiten, die ich mitgebracht hatte, war schnell ein mittleres Chaos entstanden. Ich hatte sämtliche Kleidungsstücke, die ich getragen und auf den Boden geworfen hatte, weggeräumt, als wäre auch ich wegen einer ersten Verabredung nervös. Mollys Karten hatte ich auf einem Beistelltisch aufgereiht. Meine Zeichenutensilien ließ ich alle draußen als sichtbares Zeichen meiner ehrlichen Bemühungen, auch wenn ich die Skizzen von Quinn dem Rotkehlchen und Ewan der Krähe in einer Schublade im Schlafzimmer verstaut hatte.

Ich hatte die Zimmer der Wohnung immer wieder inspiziert, um sicherzustellen, dass es keine Spuren von etwas gab, das, wie ich wusste, spurlos war: jedes Mal, wenn ich im Bett gelegen hatte oder zum Sofa getaumelt war oder einfach nur dastand, erstarrt, und aus dem Fenster auf die ruhige Straße blickte, Frangipani roch und mich verliebt fühlte.

Gestern ist es dreimal vorgekommen. Ich habe die Wohnung überhaupt nicht verlassen, teils aus Sorge, ich könnte mich in der Öffentlichkeit zum Narren machen, hauptsächlich aber, weil ich allein sein wollte, um es zu spüren, mich dem Gefühl hinzugeben. Trunken vor Glück. Einmal kam mir in den Sinn, dass sich Leute auf Droge so fühlen mussten – als wäre der Rest der Welt belanglos neben dem, was sie in ihren eigenen Köpfen erleben. Die Droge ist kein Entkommen vor dem realen Leben, sie *ist* das reale Leben, so viel realer, als jedes andere Leben je sein könnte.

Sowohl Suz als auch Ewan haben mich gefragt, ob ich high sei, als sie mich so sahen. Gestern habe ich darin geschwelgt. Ich habe mir einen ganzen Tag gegeben, was der Grund sein könnte, weshalb es so oft passiert ist, denn ich wünschte mir das Gefühl herbei. Ewan hat mir eine SMS geschickt, etwas Albernes über das Ukulele-Spielen, und ich antwortete in schwindliger Benommenheit. Zum Glück schickte ich die SMS nicht ab. Als ich sie später las, ergab sie nicht viel Sinn. Die Autokorrektur hatte fast jedes Wort, das ich falsch geschrieben hatte, zu etwas Belanglosem abgewandelt.

Der Anblick der SMS bestürzte mich. Ich hatte gedacht, wenn ich es mir vornahm, könnte ich meine Handlungen kontrollieren, wenn mich dieses Gefühl heimsuchte, doch die SMS ist der Beweis, dass ich es nicht kann. Dass da noch ein Ich in mir steckt, jemand, der meine Liebe ausleben will. Ich starrte die SMS lange an, und dann wählte ich die Nummer von Dr. Johnsons Praxis. Das Telefon am anderen Ende der Leitung klingelte, meilenweit weg in Tillingford, und ich malte mir die Kette an Ereignissen aus, die ich lostrat: ein Beratungsgespräch bei meinem Arzt, ein dringender Termin in der Neurologie, Erklärungen Quinn gegenüber, was meine Empfindungen für einen anderen Mann betraf. Oder vielleicht würde ich es Quinn gegenüber nicht erklären müssen. Vielleicht würde Dr. Johnson wieder Molly in Waitrose über den Weg laufen und ihr die ganze Angelegenheit in der Backwarenabteilung auseinandersetzen.

Ich legte auf, bevor die Sprechstundenhilfe ans Telefon gehen konnte.

Heute ist es nur einmal passiert, am Vormittag, als ich beim Wäschewaschen war, gute sieben Stunden, bevor Quinn kam. Ich saß mit dem Rücken an die Waschmaschine gelehnt und schloss die Augen, bis es vorüber war. Ich weiß nicht, was ich tun werde, falls es passiert, während Quinn bei mir ist. Ich kann nicht ohne Erklärung von ihm weglaufen. Und ich kann mich in seinem Beisein auch nicht ohne Erklärung meinen Glücksgefühlen hingeben.

Während ich eine schwere Glasvase mit Wasser füllte, sah er sich in der Wohnung um, wie er sich immer alles ansieht. Ich merkte, wie er die zurechtgerückten Kissen auf den Sofas registrierte, die nicht vorhandenen schmutzigen Geschirrtücher, die geometrisch parallel zu den Wänden platzierten Läufer, die Stapel an Skizzen und Bleistiften, den ausgeschalteten Laptop. Er sah es sich an, und er sah mich an, und er runzelte die Stirn.

»Ich habe ein bisschen aufgeräumt«, sagte ich.

»Es sieht aus, als hättest du etwas arbeiten können. Das ist gut. Hilft die Ruhe?«

»Ja, ich glaube schon.«

»Wie steht es mit meinem Freund Igor? Hat er das nächste Rätsel schon gelöst?«

»Noch nicht. Ich stecke immer noch ein wenig fest.« Ich sehe Quinn fragend an: »Wie viel Uhr ist es? Ich habe für sieben reserviert.«

Und jetzt sitzen wir hier und lauschen dem Plätschern des Wasserspiels in dem Restaurant. Das Plätschern ist die einzige Geräuschquelle, denn es läuft keine Musik, und andere Gäste gibt es auch nicht.

»Weißen oder roten?«, fragt Quinn mit einem Blick auf die Weinkarte.

»Ist mir egal, was dir lieber ist.«

»Du magst weiß lieber. Sauvignon oder Chablis?«

»Ich werde sowieso nicht viel trinken.« Ich gestikuliere auf eine Art, die bedeuten soll, dass ich morgen zeichnen und mir Geschichten ausdenken muss, aber eigentlich möchte ich nur nicht die Kontrolle verlieren über das, was ich sage. Über das, was ich fühle.

Quinn bestellt eine Flasche Sauvignon Blanc, und die Kellnerin bringt uns Krabbenchips. »Wie geht es deiner Mum und deinem Dad?«, erkundige ich mich.

»Gut, ihnen geht es gut. Sie lassen dich grüßen.«

»Grüß sie auch von mir.«

»Wie ich höre, hat Suz dich Mittwoch besucht, als sie in der Stadt war.«

Diese Worte lassen mich aufblicken, aber dann widme ich mich wieder meiner Speisekarte. »Ja, es war echt nett von ihr vorbeizuschauen.«

»Sie hat viel um die Ohren.«

Wie viel haben sie besprochen? Weiß er, was ich Suz erzählt habe – über Lauren und ihre Theorie von der Ebenbürtigkeit zwischen Ehepartnern?

Nein. Das würde Suz nicht tun.

»Ich bin mir sicher, dass sie viel um die Ohren hat«, erwidere ich. »Sie arbeitet immer so fleißig.«

Die Kellnerin bringt den Wein, fragt Quinn, ob er ihn probieren möchte. Sie gießt uns je ein Glas ein und nimmt unsere Essensbestellung auf. »Möchtest du eine Vorspeise?«, fragt Quinn, und ich antworte: »Wie du willst«, also nehmen wir keine. »Vielleicht eine Nachspeise«, sagt Quinn.

»Was hast du so getrieben?«, fragt er, wie er es am Telefon tut.

Ich sollte es ihm jetzt sagen. Wenn ich auch nur den geringsten Funken Anstand hätte, wenn ich stark genug wäre, wenn ich gerecht wäre, würde ich ihm sagen: *Ich habe mich mit meinem ehemaligen Liebhaber getroffen. Ich habe ihn ausfindig gemacht und ihn geküsst, ich habe eine Nacht in seiner Wohnung auf dem Sofa verbracht. Er sagt, ich habe ihm das Leben gerettet. Ich habe das Gefühl, dass ich seit einer Weile in ihn verliebt bin. Manchmal hatte ich dieses Gefühl, wenn ich mit dir zusammen war.*

Ich würde ihm sagen: *Es tut mir so leid. So wahnsinnig leid, Quinn.*

»Gearbeitet«, sage ich mit trockener Kehle. »Hauptsächlich gearbeitet.«

»Hast du Lauren auch mal zu Gesicht bekommen?«

»Nein, sie ist in Brüssel. Sie kommt im September wieder.«

»Ich fasse es nicht, wie heiß es derzeit ist. Es ist eher wie in Spanien als in England.«

»Ja, es ist unglaublich.«

»Es soll mindestens noch eine Woche anhalten. Vielleicht zwei. Den ganzen August durch.«

Quinn ist ganz der Alte. Quinn ist der Mann, der mich zum Lachen brachte, als mir nach Weinen war, derjenige, der mich um Erlaubnis bat, bevor er mich zum ersten Mal küsste. Derjenige, der mit mir ein Picknick im Regen veranstaltete und der mich, als wir wieder im Cottage waren, auszog, als wäre er dabei, einen Schatz zu entdecken. Der jedes Kleidungsstück in die von unseren tropfenden Haaren verursachten Pfützen auf dem Boden fallen ließ. Der Mann, der unter einem Baldachin aus Regenschirmen geschworen hat, mich für immer zu lieben, und der mit dem Handy an der Wange geschlafen hat, damit ich seinem Atem lauschen konnte. Er kennt die Blumen in unserem Garten und die Meere des Mondes beim Namen. Die Hände dort, die die Essstäbchen halten, das Weinglas drehen und es wieder füllen, haben die meinen gehalten, sie haben mich gehalten und haben tausend kleine Freundlichkeiten für mich getan.

An unserem Hochzeitstag kam ich zu spät in die Kirche,

den Blumenstrauß aus Freesien und Rosen in den feuchten Händen, und Quinn wartete dort am Altar, aufrecht und schlank. Von hinten sah er beinahe wie ein Fremder aus. Im Auto hatte ich mir Sorgen gemacht, war unruhig gewesen, hatte den Faltenwurf meines Kleides kontrolliert und durchs Fenster die Gewitterwolken betrachtet. Die Abwesenheit meiner Mutter hatte ich wie eine Klinge im Leib gespürt. Doch dort in der Kirche setzte die Musik ein, und er drehte sich um, und ich war glücklich. Einfach nur glücklich in jenem einen Moment, ohne dass da Platz für etwas anderes gewesen wäre.

Warum kann sich dieser Moment nicht ausdehnen und bleiben? Warum rieche ich keine Rosen und Freesien?

Wir entscheiden uns gegen eine Nachspeise. Die Kellnerin gibt ihm seine Bankkarte zurück, und er steckt die gefaltete Quittung sorgfältig in seine Brieftasche. Er trinkt den letzten Rest Wein in seinem Glas. Meins ist immer noch halb voll.

Er spreizt die Hände auf dem weißen Tischtuch. »Soll ich heute Nacht bleiben?«

»Ich … Das halte ich für keine gute Idee, Quinn.«

Er nickt. Er sieht mir in die Augen, blickt weg und sieht mich wieder an. »Geht es dir gut?«

»Ich bin ein wenig … Ich habe diese kleinen Schwindelanfälle. Es ist in Ordnung. Dr. Johnson hat gemeint, es sei Migräne.«

»Vielleicht solltest du noch einmal zu ihm gehen.«

»Wenn es schlimmer werden sollte, mache ich das. Versprochen.«

»Wann meinst du, dass du wieder nach Hause kommst?«

»Ich weiß es nicht.«

Er streckt die Hand aus und ergreift mein Handgelenk, als würden wir auseinandergerissen, während wir abstürzen.

»Gehen wir«, sage ich.

Er lässt mich los. »Ja. Na schön.« Beim Hinausgehen hält er mir die Tür auf, wie er es schon beim Eintreten getan hat. Er bietet mir den Arm an, und ich nehme ihn. Draußen ist es dunkel geworden, jedenfalls so dunkel, wie es in London eben wird. Die Themse ist glatt und schwarz. Der Mond ist nicht zu sehen. Entweder ist er noch nicht aufgegangen, oder es ist Neumond. Hier in London verfolge ich die Mondphasen nicht.

Menschen in Hemdsärmeln oder Trägerkleidern stehen vor den Pubs, rauchen und lachen und unterhalten sich mit lauten Stimmen. Zwischen Quinn und mir herrscht Schweigen.

Frag mich, denke ich, so intensiv ich kann. *Frag mich*, ob da ein anderer ist. *Frag mich, ob ich dich betrogen habe. Bitte gib dich nicht mit Schweigen zufrieden.*

Wenn er mich fragt, werde ich ihm die Wahrheit sagen. Denn er hat es verdient, sie zu erfahren, selbst wenn ich zu feige bin, sie ihm unaufgefordert zu sagen.

Aber er fragt nicht.

24

Oh, guten Morgen. Ich habe einen Termin bei Ihnen und ich fürchte, ich habe den Brief mit dem Datum darauf verloren. Also rufe ich an, um herauszufinden, wann der Termin ist.«

»Name?«

»Felicity Bloom. Ich meine, Felicity Wickham.«

Tasten klappern, eine Maus klickt. »Der Termin war am vierzehnten.«

»Nächsten Monat?«

»Diesen Monat. Er ist am letzten Freitag gewesen.«

»Dann – habe ich ihn verpasst?«

»Ja.«

»O Mist. Ich bin sozusagen umgezogen, wissen Sie, und ich habe den Brief nicht bei mir. Kann ich einen neuen Termin vereinbaren?«

»Einen Moment.« Weiteres Klicken. »Die erste Lücke, die ich habe, ist am sechsten November.«

»Aber das ist ja noch eine Ewigkeit hin.«

Keine Antwort.

»Die Sache ist die, dass meine Symptome stärker geworden sind. Und häufiger auftreten. Bisher habe ich mir eigentlich keine Sorgen deswegen gemacht, aber jetzt denke ich allmählich, dass ich das tun sollte.«

»Vielleicht sollten Sie zu Ihrem Hausarzt gehen und sich noch eine Überweisung besorgen?«

»Oh. Vielleicht. Die Sache ist die – ich bin eigentlich nicht … Ich möchte eigentlich nicht … Gibt es keinen anderen Weg, wie ich an einen Termin für einen Notfall kommen kann, ohne ihn vorher aufzusuchen?«

»Bei uns brauchen Sie leider eine Überweisung.«

Ich betrachte mit gerunzelter Stirn das Sofakissen. Was soll ich tun? Hier in East London in einer Notaufnahme aufkreuzen? Und was sagen? Mich überkommen diese eigenartigen Gefühle, verliebt zu sein?

»Soll ich Sie also für den sechsten November eintragen, oder möchten Sie lieber zuerst Ihren Arzt aufsuchen?«

»Ich weiß nicht. Vielleicht kann es warten. Ich meine, glauben Sie, dass ich mir Sorgen machen muss, weil es häufiger auftritt?«

»Dazu müssen Sie mit einem Arzt sprechen, fürchte ich.«

»Aber es müssen doch ständig Menschen bei Ihnen anrufen …«

»Dazu kann ich mich leider nicht äußern. Ich kann Ihnen nur den Termin geben, wenn Sie wollen.«

»Ähm … Ich … Ja. Okay. Danke. Am sechsten November. Diesmal schreibe ich es mir auf.«

Es ist wunderbar, im Spätsommer verliebt zu sein.

Im Spätsommer in London mit dem Verkehr wie eine Sinfonie. Im Spätsommer, wenn man die großen Fenster offen lässt und der Regen die Holzböden durchnässt und es riecht, als wäre man im Wald. Inmitten des Geschreis und der Autobremsen und des tapferen Vogelgezwitschers, im flackernden Schatten einer Platane, mit den Autoradios, die näher kommen und zu einer Reihe von Bassherzschlägen verblassen. Wenn man verliebt ist, lächeln die Menschen einen an, sie gehen lächelnd weiter, und der Nächste wird angesteckt, und man verbreitet eine Welle aus Liebe von der eigenen pulsierenden Mitte bis hin zur nächsten Straße und zur nächsten, den ganzen Weg durch Canary Wharf stadtauswärts und über die Themse, durch die Fenster anderer Menschen, an die Orte, wo sie zu Abend essen, fernsehen, den Abwasch machen. Sie wird sie berühren, deine Liebe, sie wird sie dazu bringen, sich von den Sofas zu erheben und bei den Händen zu nehmen, sich bei den Händen zu nehmen und zu tanzen, ihre Schuhe auf die Straße zu werfen und laut loszusingen vor Seligkeit – selig verliebt zu sein

verliebt

verliebt

25

Hallo, Liebes, du gehst nicht ans Telefon. Ich hoffe, das liegt daran, dass du gerade schläfst. Wie dem auch sei, ruf mich an, ja? Und vergiss nicht, reichlich Flüssigkeit zu dir zu nehmen. Tschüss.«

»Beantwortest du *jemals* deine E-Mails? Hör mal, ich bin nächste Woche wegen eines Meetings auf Stippvisite in London, muss am nächsten Tag zurück nach Brüssel. Ich habe das Gefühl, dass wir miteinander reden müssen. Sorge dafür, dass Milch im Kühlschrank ist. Okay, ciao, ruf mich an. Und *beantworte deine E-Mails*, verdammt noch mal.«

»Oh, hallo, Felicity? Hier spricht Molly. Ich habe eben Quinn gesehen, und er sagt, dir geht es nicht so gut, meine Liebe. Ich habe mich gefragt, ob ich Suppe koche, die er dir mitbringt? Ich bin mir sicher, dass es ihm keine Umstände bereiten würde, am Wochenende in die Stadt zu fahren. In der Zwischenzeit werde ich dir eine Karte schicken, um dich aufzuheitern! Mach's gut und ruh dich gut aus. Vielleicht wäre es entspannender, zu Hause in deinem eigenen Bett zu sein, was meinst du?«

»Flick. Ich muss ständig an dich denken. Ruf mich an.«

»Felicity? Hier spricht Madelyne. Ich rufe nur an, um zu sehen, wie Sie mit dem Buch vorankommen. Bitte rufen Sie mich so bald wie möglich zurück.«

»Hallo, Liebes, ich frage mich, ob du dein Handy verloren hast? Eigentlich sinnlos, diese Frage zu stellen. Wie dem auch sei, ruf mich an, wenn du einen Augenblick Zeit hast. Ich hoffe, dass es dir besser geht. Tschüss.«

»Flick, ich meine es ernst. Ruf mich an. Du tauchst aus dem Nichts auf, und dann verschwindest du. Mittlerweile mache ich mir Sorgen um dich. Ruf an. Sobald du das hier hörst. Verstanden?«

Ewan

Das hier konnte doch nicht richtig sein. Er überprüfte noch einmal die Adresse auf seinem Handy und dann die Hausnummer. Es war dieselbe. Er drückte auf die Klingel der Wohnungsnummer, die sie ihm gegeben hatte, und wartete auf eine Antwort über die Sprechanlage. Doch er hörte lediglich das Summen der Tür, als sie aufging.

In der Eingangshalle, die einen Granitboden hatte und voller Spiegel und Pflanzen war, war es zehn Grad kühler als draußen. Er war schon in schäbigeren Fünf-Sterne-Hotels abgestiegen. Dass Felicity an so einem Ort leben sollte, passte überhaupt nicht zu dem, was er über sie wusste. Das hier war eines von den Gebäuden, in denen Bonzen aus der City wohnten oder die größtenteils leer standen als Zweitwohnsitze für wohlhabende Ausländer.

Im Aufzug nach oben dachte er erneut, wie wenig er über Felicity Bloom wusste. Er kannte ihren neuen Nachnamen nicht. Er kannte keinen ihrer Freunde. Wusste nichts über ihr derzeitiges Leben, abgesehen davon, dass ihre Mutter vor ein, zwei Jahren gestorben war und dass sie mit einem Mann verheiratet war, über den sie nicht redete, und dass sie Kinderbücher illustrierte. Vor zwei Tagen hatte er sich eines in einem Laden angesehen: *Igor die Eule und die ehrliche Elster*. Es war niedlich und witzig und ganz Felicity auf eine Art, die dieses Gebäude überhaupt nicht war.

Wahrscheinlich war es die Wohnung ihres Mannes. Bevor sich die Aufzugtür öffnete, stellte er sich vor, dass sie mit einem reichen Sack verheiratet war, der sie in diese sterile Canary-Wharf-Welt verschleppt hatte, und als sie ihn aufgesucht hatte, war es ein Hilferuf gewesen. Dass er sie genauso retten sollte, wie sie ihn gerettet hatte. Der Tagtraum hielt etwa so lang an, wie es dauerte, aus dem Aufzug in den Flur mit dem dicken Teppich und den dezenten Nummernschildern an den Türen zu treten und sich darüber klar zu werden, dass er Felicity im Gegenzug nicht viel zu bieten hatte, wenn sie mittlerweile an das hier gewöhnt war. Wenn man bedachte, dass er arbeitslos war und höchstwahrscheinlich, jedenfalls phasenweise, unter Depressionen litt.

Aber er kam ja auch nur vorbei, um nach ihr zu sehen. Eine Woche lang, seit sie sich mit ihm in Greenwich getroffen hatte, war sie beinahe jeden Tag da gewesen. Hatte an seine Tür geklopft, war zu merkwürdigen Uhrzeiten aufgetaucht, hatte auf dem Sofa geschlafen. Und dann, über eine Woche lang: nichts, abgesehen von ein, zwei SMS. Es gab keine andere Möglichkeit, sicherzustellen, dass bei ihr alles in Ordnung war, als zu ihrer Wohnung zu fahren.

Abgesehen davon vermisste er sie.

Er klopfte an die Wohnungstür, und ihm kam erst jetzt in den Sinn, dass sie sich vielleicht deshalb nicht gemeldet hatte, weil sie bei ihrem Mann war und es wahrscheinlich war, dass der Mann jetzt gleich die Tür öffnen würde. Typisch Ewan, diese Möglichkeit nicht bedacht zu haben. Er setzte ein sorgloses Lächeln auf, bereit, sich nonchalant zu geben wie der alte Freund, der er war. Nur das und nichts weiter.

Mehrere Minuten lang passierte nichts. Er hob die Hand, um erneut zu klopfen, da ging die Tür auf. Die Haare hingen ihr ins Gesicht, sie blinzelte. Mit der Hand rieb sie sich die Stirn und schien ihn zuerst nicht wiederzuerkennen.

»Flick«, sagte er. »Geht es dir gut?«

»Hm-hm. Habe geschlafen.« Sie lugte zu ihm auf. »Woher wusstest du, wo ich wohne?«

»Du hast mir deine Adresse gesimst.«

»Habe ich das?« Sie war barfuß, in einem ärmellosen Oberteil und einem Rock, der ihr bis knapp über die Knie ging. »Daran erinnere ich mich nicht mehr. Wann habe ich das getan?«

»Vorgestern. Flick, ist alles in Ordnung mit dir? Du siehst komisch aus.«

»Ich habe dir doch gesagt, dass ich geschlafen habe.«

»Kann ich reinkommen?«

Sie ging in die Wohnung, und er folgte ihr. Die Klimaanlage funktionierte hier nicht so gut, wie sie es in der Eingangshalle und im Flur tat. Vielleicht lag das aber auch daran, dass die Fenster offen standen und die Luft von draußen hereinließen. Der Wohnbereich sah aus, als wäre ein starker Wind hindurchgeweht. Ein halb getrunkenes Glas Wasser stand auf dem Boden neben einem der beiden weißen Sofas, und daneben befand sich eine zerwühlte Strickdecke. Eine Lampe lag auf der Seite. Überall war Zeichenpapier verstreut. Er erblickte ein paar Ansichtskarten auf dem Boden. Außerdem eine Zeichnung von einer bebrillten Eule, die mit beinahe brutalen Strichen hingekritzelt war.

Ihm fiel wieder sein früherer Verdacht ein, angesichts der merkwürdigen Art, wie sie sich manchmal verhielt, der glückseligen Miene, die sie gelegentlich aufsetzte. Der Art, wie sie jetzt aussah, wackelig auf den Beinen und verwirrt. Doch es gab keine offensichtlichen Anzeichen von Drogenkonsum – kein Pulver auf dem Sofatisch, kein Geruch, keine Jointreste, kein Heroinbesteck.

»Ist dein Mann da?«, fragte er.

»Quinn? Du meinst, ob er hier ist? Nein.«

»Nette Wohnung.«

»Ja.«

»Eigentlich bietet man Besuchern eine Tasse Tee an«, sagte er sanft, hauptsächlich um zu sehen, ob es sie zum Lächeln brächte.

»Ich glaube nicht, dass du hier sein solltest«, sagte sie. »Ich halte es nicht für sicher.«

Er sah sich erneut um. Keine Männerjacke, die über einer Stuhllehne hing, keine Aktentasche, nichts Ehemannhaftes, abgesehen von dem ganzen Luxus, der wie ein Glanz über der Wohnung lag. »Was arbeitet er?«

»Er ist Chefredakteur bei einer Zeitung.«

Aha. Er konnte sich Mr. Felicity, den Chefredakteur, vorstellen: guter Anzug, edle Schuhe, lichter werdendes Haar, das Hemd straffte über einem Bauch, der von zu vielen Geschäftsessen herrührte. Jetzt ergab die Wohnung mehr Sinn. Es erklärte nicht, warum Felicity mit ihm verheiratet war.

»Erwartest du ihn zurück?«

»Nein. Ich erwarte ihn nicht. Warum bist du hier, Ewan?«

»Hast du meine SMS-Nachrichten nicht gelesen?«

»Ich bin mir nicht sicher, wo mein Handy ist. Vielleicht ist es im Schlafzimmer? Ich weiß es nicht. Wann haben wir das letzte Mal miteinander gesprochen?«

»Letzten Donnerstag.«

Er sah, dass sie im Kopf nachrechnete. »Das war, als wir Eis zum Frühstück hatten. Seitdem nicht mehr?«

»Nur per SMS. Weißt du das nicht mehr?«

»Ich bin ein wenig …« Sie rieb sich wieder die Stirn. »Und welchen Tag haben wir heute?«

»Freitag.«

»Der folgenden Woche? Oh. Oje.«

Sie wirkte nicht besorgt, nur enttäuscht.

»Hast du heute etwas gegessen?«

»Toast. Mir geht es gut.«

»Du bist eine sehr schlechte Lügnerin.« Er ging in ihre Küche. Tatsächlich lagen überall Toastkrümel herum. Außerdem waren da recht viele ungegessene Toastscheiben, viele verbrannt. Alle kalt. Die einzige leere Flasche war ein Energy-Drink.

»Ich finde, du solltest gehen«, sagte Flick, die ihm folgte.

»Warum?«, fragte er, füllte den Wasserkocher und schaltete ihn ein. Er suchte im Kühlschrank nach Nahrungsmitteln: Champagner und ein Marmeladenglas. Die Milch stand auf der Arbeitsplatte neben dem Wasserkocher und war offensichtlich schlecht geworden.

»Ich glaube, ich könnte …« Sie schüttelte den Kopf. »Ich versuche, das Richtige zu tun, Ewan. Ich weiß nicht recht, wie ich es tun soll.«

»Bist du krank?«

»Nein. Nein, mir geht es gut.« Sie runzelte die Stirn. »Ja, ich bin mir sicher, dass es mir gut geht. Tatsächlich fühle ich mich im Moment völlig normal. Das ist schon einmal gut.«

»Versteh das nicht falsch, aber nimmst du irgendwelche Drogen?«

»Nein.«

»Du musst mich deswegen nicht anlügen. Es gibt wohl keine Droge, mit der ich nicht einmal in Berührung gekommen wäre.«

»Ich nehme keine Drogen. Hör mal, Ewan, ich halte es wirklich für keine gute Idee, dass du hier bist.«

»Ich tue bloß für dich, was du für mich getan hast. Ich mache mir Sorgen um dich, und ich will sichergehen, dass bei dir alles in Ordnung ist. Wo bewahrst du den Tee auf? Wir werden ihn schwarz trinken müssen.«

»Keinen Tee, bitte.«

»Umso besser. Ich bekomme immer zu hören, dass ich beschissenen Tee koche. Lass uns reden.« Er wies durch die Küchentür ins Wohnzimmer, und sie seufzte, ging zu einem der Sofas und setzte sich. Sie sah klein in dieser großen Wohnung aus, als würde sie nicht hierhergehören. Er setzte sich neben sie. »Du hast dich kein bisschen verändert seit damals, als ich dich kennengelernt habe«, sagte er.

»Ich habe mich in mancher Hinsicht verändert.«

»Liebst du ihn?«, fragte er. Sie hatte nach unten geblickt, die Decke über ihre nackten Füße gezogen, doch bei seinen Worten hob sie den Kopf.

»Ich …«

»Ich kann nicht glauben, dass du ihn liebst.« Sein Gefühlsausbruch, die Eifersucht überraschten ihn. »Wenn du ihn lieben würdest, hättest du dich nicht auf die Suche nach mir gemacht.«

»Es ist kompliziert, Ewan. Ich glaube nicht, dass ich es dir wirklich erklären kann. Ich kann es mir selbst nicht erklären. Aber ja, ich liebe ihn. Ansonsten hätte ich ihn nicht geheiratet.«

Doch sie klang unsicher.

»Du hast mir einmal gesagt, dass du etwas Besonderes sein wolltest. Hilft er dir dabei, das zu tun?«

»Das ist schon lange her.«

»Wenn du ihn liebst, warum fühlst du dich dann zu mir hingezogen?«

»Ich … Das tue ich nicht.«

»Doch, tust du. Deshalb willst du mich nicht hier haben. Du bist mit ihm verheiratet, aber du fühlst dich zu mir hingezogen. Und du hast Angst, dass du etwas tun könntest. Hast du mich deshalb seit einer Woche nicht mehr besucht?«

Ihre Hände waren in ihrem Schoß zu Fäusten geballt. »Ich möchte nicht darüber reden.«

»Du kannst es nicht abstreiten, Flick. Du weißt es so gut wie ich. Da ist immer noch etwas zwischen uns. Du hast mich geküsst.«

»Das wollte ich nicht.«

»Aber du hast es getan. Es ist immer noch da. Was wir vor all den Jahren empfunden haben.«

Er berührte ihr Gesicht, streichelte ihre Wange. Er nahm ihr Kinn in die Finger und zwang sie, ihn anzusehen. Ihre Augen waren so sanft und grün, wie er sie in Erinnerung hatte.

»Wir hätten uns nicht trennen sollen«, sagte er. »Es hat uns nichts gebracht. Wir sind ohne einander nicht glücklich, oder? Sei ehrlich.«

»Ich weiß es nicht. Ich bin mir nicht mehr sicher, was Glück ist.«

»Ich bin mir sicher. Denn das einzige Mal, dass ich es seit vielen Jahren empfunden habe, war, als ich mit dir zusammen gewesen bin.«

Sie schluckte. Er spürte es durch die Finger, durch den

ganzen Körper. Sie hatte noch nie ihre Gefühle verbergen können, sie waren ihr aufgeprägt wie Schrift. Jetzt konnte er dort das Verlangen lesen. Den Zweifel.

»Wir haben uns kaum gekannt«, sagte sie. »Jetzt kennen wir uns überhaupt nicht. Wir haben bloß ein paar Stunden zusammen verbracht.«

»Warum hast du mich dann ausfindig gemacht, genau zur richtigen Zeit? Wenn es nicht hierfür gewesen ist?« Er strich mit dem Daumen über ihre Unterlippe.

»Ich weiß noch nicht einmal so recht, ob ich dich sonderlich mag«, erwiderte sie. Aber sie war atemlos. Er hörte es. Er wusste, was es bedeutete.

»Ich bin dabei, mich in dich zu verlieben«, erklärte er ihr. Einen Augenblick lang sah er ihre echte Antwort in ihrem Gesicht. Dann schüttelte sie den Kopf.

»Nein. Tust du nicht. Das geht nicht.«

»Mir ist alles egal gewesen. Ich hatte alles weggeworfen. Aber du hast mir mein Leben zurückgegeben. Du hast ihm wieder Sinn gegeben.«

»Das stimmt nicht. Du hast immer noch deine Tochter. Du kannst immer noch arbeiten, wenn du willst. Ich bin nicht das Einzige in deinem Leben. Ich bin dir nicht derart wichtig. Es ist nur … Ich bin bloß zufälligerweise da gewesen.«

»Du klingst, als würdest du versuchen, dich selbst zu überzeugen.«

Sie wich vor ihm zurück. Allerdings stand sie nicht vom Sofa auf. »Wenn du einen Sinn im Leben suchst, dann solltest du dich mit deiner Tochter in Verbindung setzen. Sie ist diejenige, die dich braucht.«

»Für mich und Rebecca ist es zu spät. Für mich und dich nicht. Wir haben eine zweite Chance erhalten.«

»Ewan, ich kann nicht. Das hier hätte nicht passieren sollen.«

»Ich glaube, es hat passieren sollen«, widersprach er. Er nahm wieder ihr Gesicht in die Hände und küsste sie.

26

Ich spüre nichts außer Ewans Händen auf mir, seinen Lippen auf meinen. Meine Gedanken und mein Herz spielen mir keine ihrer Streiche. Ich bin nirgendwo außer hier auf Laurens Sofa, an einem Freitagnachmittag, an dem ich dachte, es wäre Mittwoch. Ich bin bei klarem Verstand. Ich habe keine Ausrede.

Ich erwidere seinen Kuss. Ich spüre die zweite Chance, von der er geredet hat: die Gegenwart, die Vergangenheit, unsere Körper, kein Gedanke an etwas anderes im Leben als der jeweils andere. Er ist völlig vertraut und ist es auch wieder nicht, und liegt es an der Vertrautheit oder der Fremdheit, dass ich die Arme um seinen Hals schlinge? Dass ich auf das Geräusch in seiner Kehle reagiere, als er sich auf dem Sofa bewegt, damit er meinen Körper mit seinem bedecken kann?

Ich weiß, dass es schon immer so mit Ewan gewesen ist, dieses Verlangen, das wir kaum bezähmen konnten. Seine Hände streichen über meinen Körper, als wolle er alles an mir gleichzeitig berühren. Er zieht mein Top nach unten, um meinen Hals, meine Brust zu küssen. Ich kann nicht atmen beziehungsweise atme ich so rasch, dass ich den Sauerstoff nicht spüre. Ich grabe die Fingerspitzen in seine Arme, bäume mich auf, schlinge ein Bein um ihn. Ich spüre jeden Quadratzentimeter meines Körpers, bewusst und wie aus einem langen Schlaf erwachend.

Er riecht nach Schweiß und leicht nach Zigarettenrauch, nach Seife und Kaffee. Er riecht nicht nach Frangipani. Aber mein Körper brennt dennoch und bäumt sich auf und sagt mir Ja. Und seine Zunge in meinem Mund und sein Atem an meinem Ohr, heißes Erbeben, als eine seiner Hände unter meinem Rock mein nacktes Bein hochstreicht. Ich will ihn, wie ich es mit zwanzig Jahren getan habe. Und ich sollte es nicht.

Oder sollte alles auf das hier hinauslaufen? Auf das Geräusch seines zerreißenden Hemdes, als ich ihm helfe, es auszuziehen, während mein Körper scheinbar aus eigenem Antrieb handelt, um seine nackte Brust zu berühren?

Ich schließe die Augen, und da ist er, im Dunkeln hinter meinen Augenlidern, und sieht mich aus dem Gemälde an, das meine Mutter schuf. Dem Porträt eines verliebten jungen Mannes.

Ich stoße ihn von mir und setze mich mühsam auf. »Ewan«, sage ich mit schwerfälliger Zunge. »Ewan.«

Der Name fühlt sich wie ein Kuss an. Ich höre ihn, als hätte ihn jemand anderes ausgesprochen, und komme nicht dahinter, ob es sich um einen Protest oder ein Flehen handelt. Mit benommenem Blick streckt er erneut die Hand nach mir aus.

»Ewan, wir …«, setze ich an, doch bevor ich noch etwas sagen kann, höre ich, wie die Wohnungstür aufgeht.

27

Ich habe keine Zeit, mich vom Sofa aufzurichten, von Ewan Abstand zu nehmen. Allerdings habe ich Zeit zu denken: *Bitte lass es Lauren sein*, und dann vernehme ich Quinns Stimme. »Hallo, Liebes? Die Tür war off…«

Er erscheint, mit zwei Stofftaschen vom Supermarkt. Er lässt die Taschen zu Boden fallen. Etwas zerbricht.

Ich klettere hastig vom Sofa und halte mir das Oberteil mit den Händen zusammen. »Quinn«, keuche ich. »Ich habe nicht …«

Quinn sieht mich an. Von mir zu Ewan, der immer noch auf dem Sofa ist, ohne Hemd. Die Haare zerzaust, weil ich daran gezogen habe. Mit rotem Mund, weil er mich geküsst hat.

»Wer ist das?«, fragt Quinn.

Seine Stimme ist nicht geduldig und höflich. Sie ist tief und leise.

Ewan bleibt auf dem Sofa. »Sind *Sie* der Ehemann?« Er wirkt genauso überrascht wie ich.

Quinn sieht kein bisschen überrascht aus. Er ist blass und ganz reglos.

»Ewan«, sage ich. »Du musst gehen und zwar sofort.«

»Die Tür war offen«, sagt Quinn. Neben ihm sickert eine durchsichtige Flüssigkeit aus einer der Einkaufstaschen und bildet eine Lache.

»Ich kann es erklären«, sage ich, auch wenn ich es nicht kann.

»Ich glaube nicht, dass das nötig ist«, sagt Quinn.

»Ich wollte nicht, dass du …«

»Dann hättest du vielleicht die Tür schließen sollen.« Er klingt bedrohlich. Ich dachte nie, dass er bedrohlich klingen könnte. Ewan starrt immer noch, sein Hemd liegt zerknittert auf dem Boden. Ich hebe es auf und reiche es ihm, aber er nimmt es nicht.

»Ich dachte, er wäre anders«, meint Ewan.

»Ewan, bitte geh. Du machst die Sache nur noch schlimmer.«

»Viel schlimmer kann es nicht werden«, sagt Quinn. »Es sei denn, du möchtest dich auch ausziehen, Felicity.«

Ich habe ihn noch nie so gesehen.

»Ist das hier das erste Mal oder das hundertste?«, fragt er uns. »Hast du das hier die ganze Zeit über gemacht, die du fort gewesen bist? Ist das hier der ›alte Freund‹, von dem du mir gesagt hast, dass du dich mit ihm triffst?«

»Es ist nicht, wonach es aussieht. Wir hätten nicht …« Mein Satz verliert sich unter seinem Zorn. Ich weiß nicht, ob wir miteinander geschlafen hätten. Ich wollte Ewan gerade Einhalt gebieten.

Oder nicht? Ich war dabei, ihn von mir zu stoßen. Ich habe seinen Namen gesagt. Ich wollte ihm sagen, er solle gehen. Ich wollte ihn näher an mich ziehen. Ich war ganz und gar ich selbst.

Ich spüre immer noch seine Hände auf der Haut. Während Quinn mich so ansieht, habe ich das Gefühl, als würden die Stellen, an denen Ewan mich berührt, mich geküsst hat, rot leuchten.

»Ich liebe sie«, sagt Ewan. »Sie hat mir das Leben gerettet.«

»Sie sind in meine Frau verliebt«, entgegnet Quinn mit diesem neuen leisen, bedrohlichen Zorn.

»Ist er nicht«, sage ich. »Das glaubt er vielleicht, aber er ist es nicht. Ewan, geh! Bitte lass uns allein.«

»O doch«, sagt Ewan. »Ich bin in sie verliebt.«

Das bringt das Fass zum Überlaufen. Ich trete Ewan gegen das Schienbein. Ich bin barfuß, und ich treffe ihn so hart, dass ich zusammenzucke.

»Flick! Was zum …«

»Du musst gehen. *Jetzt!*«

Er sieht von mir zu Quinn. Quinns Augen sind zu dunklen Schlitzen verengt.

»Er wird dir nichts tun, oder?«, fragt Ewan mich.

»Oh, um Himmels willen! *Geh* einfach!«

Die beiden Männer starren sich einen langen Augenblick an, und mein verrücktes Hirn glaubt, dass sie zu kämpfen anfangen werden. Gleich hier in Laurens Canary-Wharf-Wohnung eine Rauferei beginnen, Möbel umwerfen, Papiere durch die Luft segeln lassen. Aber so etwas geschieht im richtigen Leben nicht.

Quinn hat die Hände zu Fäusten geballt.

»Ich muss mit meiner Frau reden«, sagt er schließlich, mit dieser neuen Stimme. Ewan rührt sich eine weitere Minute nicht, und dann zuckt er die Schultern. Er zieht sich das Hemd über den Kopf.

»Ich rufe dich an«, sagt er mir. »Ich liebe dich.«

Unter Quinns Augen zucke ich zusammen.

Ewan geht an meinem Ehemann vorbei, ohne ihn eines weiteren Blickes zu würdigen. Er schlägt knallend die Tür hinter sich zu. Es hallt wider, und dann ist es still.

»Quinn«, sage ich. »Wir haben nicht miteinander geschlafen. Wir haben uns geküsst, und das war es. Es war ein Fehler, ein sehr schlimmer Fehler. Ich wollte ihm gerade sagen, dass er gehen soll.«

»Ich glaube dir nicht.«

Ich halte mir immer noch mit den Händen meine Bluse zusammen. Mit zitternden Fingern knöpfe ich sie zu.

»Es läuft, seit du fort bist. Oder schon vorher?«

»Nichts läuft. Das hier ist einfach passiert.«

»Ich bin vielleicht etwas naiv, Felicity, aber nicht so naiv. Nicht mehr. Weißt du, was ich gedacht habe? Ich habe tatsächlich gedacht, dass du vielleicht krank sein könntest. Ich dachte, du kümmerst dich vielleicht nicht ausreichend um dich. Jetzt bin ich eines Besseren belehrt.«

Er steht immer noch aufrecht da, zu seiner vollen Größe aufgerichtet, kein Lächeln, keine Zärtlichkeit in den Augen. Er ist ein Fremder, noch mehr Fremder, als er es je gewesen ist, selbst damals, als ich ihn noch nicht kannte. An meiner Bluse fehlt ein Knopf.

»Ich habe dir vertraut«, sagt er.

»Es ist nichts passiert.«

»Er sagt, er liebt dich.«

»Er ist verrückt.«

»Hast du mich wegen ihm verlassen?«

»Ich hatte zu arbeiten. Und ich musste nachdenken.«

»Hast du mich wegen ihm verlassen?«

»Zum Teil«, flüstere ich.

»Wer ist er?«

»Ich habe ihn vor zehn Jahren gekannt.«

»Ihr seid ein Liebespaar gewesen?«

»Ja.«

»Und jetzt?«

»Nicht mehr. Wir sind kein Liebespaar, Quinn.«

»Seid ihr doch. Wenn ihr nicht tatsächlich miteinander geschlafen habt, ist das eine reine Formsache.«

»Ich wollte ihm gerade sagen, dass er aufhören soll.«

Er gibt ein verächtliches Geräusch von sich. Ich kann nichts einwenden.

»Liebst du ihn?«

»Nein. Ich weiß es nicht.« Er wartet. »Manchmal glaube ich, dass ich es tue.«

»Ich habe dich mit Leib und Seele geliebt«, sagt Quinn. »Ich habe dir alles gegeben, was mir wichtig ist. Und es hat dir nie gereicht. Ich weiß nicht, was dir reichen würde.«

»Es ist nicht so, dass es nicht gereicht hätte. Es war zu viel.«

»Wie hätte ich dich weniger lieben können?«, ruft er. »Hätte ich etwas zurückbehalten sollen? Hätte ich dich anlügen sollen? Dich betrügen? Mit einer *alten Freundin*? Was willst du, Felicity? Möchtest du, dass ich dir antue, was du mir angetan hast?«

»Nein, ich …«

»Seit ich dich kenne, habe ich immer nur versucht, es dir recht zu machen. Ich dachte, wenn ich dich nur glücklich genug machen könnte, würdest du mich weiter lieben. Und ist es das hier, was du wolltest? Einen anderen?« Er schreit jetzt, deutet auf die Tür, die Ewan hinter sich geschlossen hat. Ich habe ihn noch nie schreien gehört.

»Ich will nicht …«

»Jeder hat es gesagt. Mir nicht ins Gesicht, aber ich wusste, dass sie es dachten. *Sie wird nicht lange bleiben, Kumpel. Sie ist zu anders. Passt nicht in deine Welt. Sie wird sich einen anderen suchen, jemanden, der besser zu ihr passt, jemanden, der sie nicht in einem Provinznest einsperrt.*« Bei diesen Worten zuckt sein Gesicht gequält. »Als du fortgegangen bist, habe ich gesagt, du würdest arbeiten. Jeder wusste Bescheid, aber ich dachte, sie hätten unrecht. Ich habe gesagt …« Seine Stimme bricht.

»Ich wollte dir nie wehtun, Quinn. Ich will dir nicht wehtun. Es tut mir so leid.«

»Zu spät, verdammt noch mal.«

Ich strecke ihm die Hand entgegen, hoffe, dass er sich von mir berühren lässt.

»Ich weiß, was du über mich denkst, über meine Arbeit, über meine Familie. Du dachtest, unser Leben wäre zu klein. Du dachtest, ich wäre dein Hündchen.« Er spuckt das Wort aus. »Aber du bist im Unrecht. Es ist mehr, als du je ahnen wirst. Es ist mehr, als du je verdienen wirst. Und ich …«

Diesmal hebt er die Hand an die Augen, und ich mache einen Schritt vom Sofa weg auf ihn zu, will ihn mit jeder Faser meines Körpers trösten, trotz meiner Scham, aber als er die Hand sinken lässt, sind seine Augen trocken.

»Ich habe etwas Besseres als dich verdient«, meint er. Kalt. So kalt. »Leb wohl, Felicity.«

Ich sehe ihm nach, als er durch die Tür geht. Er schlägt sie nicht hinter sich zu. Er schließt sie, und das reicht.

Ich könnte ihm hinterherlaufen, versuchen, es zu erklären. Doch alles, was er gesagt hat, ist die Wahrheit gewesen. Ich habe manchmal gedacht, mein Leben mit ihm wäre zu klein. Ich habe Ewan gewollt. Und Quinn hat etwas Besseres verdient.

Die Lache unter der Einkaufstasche ist größer geworden, und allmählich bildet sich ein kleines Rinnsal aus Flüssigkeit quer über dem Boden, wie ein zeigender Finger. Ich hole ein Geschirrtuch aus der Küche und wische es auf. Es riecht nach Holunder, und die zerbrochene Sirupflasche in der Tasche bestätigt es. Er hat mir Tee und Sirup mitgebracht, Tetrapaks mit frischer Suppe und Keksrollen, eine reife Mango und einen Strauß Sonnenblumen. In der Tasche, in der der Sirup gewesen ist, befindet sich ein Taschenbuch von Mervyn Peake und ein kleines Skizzenbuch von der Art, wie ich sie mag. Beide sind nass und klebrig von dem ausgelaufenen Sirup.

Ich packe jeden einzelnen Artikel aus und lege alles auf den Boden, in einer Reihe. Dann hole ich die Glasscherben aus der Tasche und lege sie in das Geschirrtuch. Ein Splitter schneidet mir in den Finger, und ich stecke mir den Finger in den Mund, schmecke das mit dem Holunder vermischte Blut.

Ich weiß nicht, ob ich Ewan Einhalt geboten hätte. Ich hätte es gern getan, aber ich kann mir nicht sicher sein. Doch welche Wahl auch immer ich in dem Augenblick getroffen hätte, jetzt ist sie für mich getroffen worden. Ich habe meine Ehe mit Quinn zerstört.

Es klingelt an der Tür. Den Finger immer noch im Mund, greife ich nach dem Hörer.

»Flick«, sagt Ewan. »Lass mich rein.«

»Das ist keine gute Idee.«

»Ich weiß, dass er fort ist.«

Quinn ist fort. Ich wische mir die nasse Wange an der nackten Schulter ab. Ich erkenne das laue Gefühl in meinem Magen wieder, die Vorfreude.

»Ich brauche etwas Zeit zum Nachdenken«, erkläre ich ihm.

»Aber du wirst mit mir reden? Du wirst mich wiedersehen? Ich habe das, was ich gesagt habe, ernst gemeint.«

»Ich melde mich«, sage ich.

»Wie lange?«

»Ich weiß es nicht. Ich muss einiges klären. Zwei Wochen? Vielleicht ein Monat? Bitte melde dich nicht bei mir, Ewan. Lass mich das hier klären, und dann werde ich dich anrufen.«

»Ist es wirklich das, was du willst?«

»Ja.«

»Wir haben immer noch eine Chance«, sagt Ewan. Ich lege auf.

Und dann verwandelt sich die Übelkeit in meinem Magen und in meinem Herzen in den Duft nach Frangipani, und ich lege mich auf den klebrigen Boden, während mir Tränen aus den Augen strömen, und ich warte, bis ich mich wieder verliebt fühle, bis ich wenigstens während dieser wenigen Augenblicke keine andere Wahl mehr habe.

Teil 3

Sie alle, Sie Gesunden, können sich nicht das Glück vorstellen, das wir Epileptiker in der Sekunde vor unserem Anfall verspüren … Ich weiß nicht, ob diese Glückseligkeit Sekunden, Stunden oder Monate währt, aber glauben Sie mir, ich würde sie nicht für alle Freuden hergeben, die das Leben bereithalten mag.

Fjodor M. Dostojewski

28

In Tillingford ist es kühler als in London. Die Luft ist weniger drückend. Eine sanfte Brise lässt die Blätter rascheln. Es ist Samstagmittag, und auf der Dorfwiese wird Cricket gespielt. Unter den Zuschauern wird sich auch Derek befinden, er ist in der Menge nicht auszumachen. Er wird wie gewohnt auf seinem Klappstuhl sitzen und Tee trinken, den Molly ihm aus einer Thermosflasche eingeschenkt hat. Vielleicht ist Quinn bei ihm, manchmal schließt er sich seinem Vater an. Wie ich Quinn kenne, wird er wahrscheinlich mit seinem Leben fortfahren wie gewohnt, auch nach allem, was er vor weniger als vierundzwanzig Stunden herausgefunden hat.

Aber ich bin mir nicht sicher, ob ich Quinn wirklich kenne.

Allerdings hoffe ich geradezu, dass er immer noch wütend ist. Er soll lieber wütend sein als traurig.

Falls er jemandem erzählt hat, dass er mich und Ewan ertappt hat, wird es sich mittlerweile in ganz Tillingford herumgesprochen haben. *Felicity Wickham hat ihren Ehemann nach nur einem Jahr Ehe für einen anderen Mann verlassen.* Die Geschichte wird in aller Munde sein. Ich bemerke Irene Miller, die verhinderte Klatschreporterin, die das Cricketspiel verlässt und auf mich zukommt, und ich beeile mich, durch das Tor von Hope Cottage zu schlüpfen.

Unser Garten sprüht vor orangenen, roten und violetten

Farbtupfern. Trotz der Hitze und der Dürre überall fühlt es sich hier immer noch feucht an. Quinns Fahrrad lehnt an der Seitenmauer. Ich habe ihn nicht angerufen, um ihn von meinem Kommen zu unterrichten. Ich bin mir nicht sicher gewesen, ob er mit mir würde sprechen wollen. Es ist zwar zu spät, aber ich muss ihm die Wahrheit sagen, die Fakten, die ich ihm bisher aus Feigheit verschwiegen habe.

Irgendwie habe ich gedacht, wenn ich herausbekäme, in wen ich wirklich verliebt bin, wenn ich herausbekäme, was der Duft nach Frangipani bedeutet, würde sich alles andere fügen. Ich würde entscheiden, dass es nicht von Bedeutung sei, mich wieder voll und ganz Quinn widmen, und alles wäre gut. Oder ich würde mein Glück bei Ewan finden. Eine saubere Sache, keine offenen Fragen.

Aber es ist anders gekommen. Liebe ist nicht ein einzelner vollkommener Moment, ein verwehender Hauch, ein kurzer Blickkontakt. Das Leben geht weiter. Es gibt verletzte Gefühle und Erinnerungen. Freunde und Verwandte. Vielleicht bedeutet jedes Happy End das gebrochene Herz eines anderen. Oder vielleicht ist sogar das zu einfach. Vielleicht werden nur Herzen gebrochen, und das ist alles.

Ich muss die Wahrheit sagen und mich entschuldigen. Ich weiß nicht, was als Nächstes kommt. Ich hege keine große Hoffnung, dass er mir vergeben wird. Vielleicht werde ich Ewan aufsuchen, um zu sehen, ob er recht hatte, was die zweite Chance betrifft. Aber ich trage immer noch Quinns Ring, und er hat eine Erklärung verdient, bevor ich irgendetwas anderes tue.

Nach nur wenigen Wochen Abwesenheit komme ich mir hier wie eine Fremde vor, aber nicht so sehr, dass ich die Haustür benütze. Ich habe diesen Garten geliebt. Ich habe diesen Mann geliebt. Ich hole tief Luft und gehe seitlich an dem Cottage vorbei zum Hintereingang.

Und da sitzt sie – die ganze Familie: Derek und Molly, Suz und Quinn. Sie haben den Küchentisch ins Freie gebracht, er steht auf dem überwucherten Rasen. Er ist mit einem strahlend weißen Tischtuch bedeckt, und es gibt Schüsseln mit Salat, eine Flasche Wein, einen Wasserkrug mit Zitrone. Jemand hat hohe Malven in eine Vase getan. Der Sonnenschein bildet Lachen auf dem Rasen, glitzert in den Gläsern. Es gibt keinen fünften Stuhl. Molly, die eine Schüssel mit Tomaten herumreicht, erblickt mich und stößt einen leisen Schrei aus. Da weiß ich, dass Quinn ihnen alles erzählt hat.

»Es tut mir leid«, sage ich.

Quinn steht auf. Neben ihm folgt Derek seinem Beispiel und legt die Hand auf die Schulter seines Sohnes. »Du musst ganz schön Nerven haben hierherzukommen«, sagt Derek.

»Eigentlich nicht«, räume ich ein. »Ich habe eine Todesangst.«

»Das solltest du auch!«, stößt Molly mit keifender Stimme aus, und ich wende mich ihr überrascht zu. Sie ist auch aufgesprungen, obwohl sie immer noch die Schüssel mit den Tomaten hält. »Wie konntest du Quinn das antun? Ein Jahr! Ein Jahr! Und du hast ihn schon satt?«

»Das ist es nicht. Ich habe ihn nicht satt.«

»Mum«, sagt Suz leise. »Setz dich.«

»Ich wollte Quinn nicht wehtun. Ich wollte keinem von euch wehtun. Ich hatte bloß dieses Gefühl, und ich musste ihm folgen. Ich bin ein Feigling gewesen. Ich hätte von Anfang an die Wahrheit sagen sollen. Es wäre weniger kompliziert gewesen.«

»Du hättest dich von meinem Jungen fernhalten sollen!«

Mollys Gesicht ist wutverzerrt. Diese weiche Frau, diese Frau, die über Nichtigkeiten plaudert und zuckersüße Grußkarten schickt, sieht aus, als wolle sie mir die Augen ausstechen. Jeden Augenblick wird mir die Schüssel mit den Tomaten an den Kopf fliegen.

Bravo, denke ich. *Glückwunsch.* Irrationalerweise möchte ich ihr zulächeln und in die Hände klatschen.

Ich neige den Kopf. »Du hast recht. Ich hätte Quinn nicht heiraten sollen. Ich dachte … Ich dachte, ich könnte mit ihm glücklich sein.«

Quinn steht da und schweigt.

»Hol deine Sachen und scher dich weg«, sagt Molly. »Ich werde sie eigenhändig zusammenpacken, und Gott sei Dank, dass wir dich los sind.«

Derek nimmt seiner Frau die Tomatenschüssel aus der Hand und stellt sie auf den Tisch. »Molly, bitte.«

»Wir haben dich als Teil der Familie willkommen geheißen«, ruft Molly.

»Ich weiß. Ihr seid immer gut zu mir gewesen. Aber du weißt, dass ich nie zu euch gepasst habe.«

»Ich wusste, dass du deine Zweifel hattest«, sagt Suz, »aber ich hätte nicht gedacht, dass du so etwas tun würdest.«

Ich habe angefangen zu zittern. Ich werde alles hinnehmen, alles, was sie mir entgegenschleudern können, und dann werde ich weggehen, und ich werde nie mehr wiederkommen. Quinn sieht mich noch nicht einmal an. Suz' Enttäuschung lastet schwer auf mir. Der Duft der Wiesenblumen im Garten wird immer stärker, erstickend in seiner Süße.

»Ich bin keine von euch gewesen«, bringe ich hervor. »Es lag nicht an euch. Es lag nicht an Quinn.«

»Ich dachte, ihr würdet darüber reden«, sagt Suz.

»Man läuft doch nicht einfach einem anderen Mann in die Arme!«, ruft Molly. »Das tut man nicht! Vielleicht in der Welt deiner Mutter – diese Künstlerwelt, die so viel besser als unsere ist. Aber nicht hier. Nicht in meiner Familie, nicht bei meinem *Sohn.*«

Mir wird übel, im Magen spüre ich Säure und Feuer. Der Boden unter meinen Füßen ist unsicher. Die Blumen wachsen, verblassen zu Frangipani mit goldenen Herzen, und mir wird irgendwie leichter, leichter, obwohl ich eine Bürde aus Schuld und Reue trage.

»Ich gehe besser.«

Leichter, so leicht, dass ich nach oben in die Luft stürze.

Von oben sehen die Wickhams wie eine Armee aus, perspektivisch verkürzt zu dunklen Köpfen und sonnengeküssten Schultern. Derek steht bei seiner Frau, Suz verschränkt die Arme vor der Brust. Quinn steht aufrecht neben dem Tisch voller glänzender Speisen, heller Farben, Sommerlicht. Sie sind großartig – die großartigen Wickhams –, und ich sehe mich selbst vor ihnen, zitternd, die Haare matt im Sonnenschein.

»Es tut mir leid«, sage ich, auch wenn es von unter mir kommt, von dort unten, wo ich stehe. Wie bin ich hier hoch gekommen? Meine Lippen sind taub. Jeder Atemzug duftgesättigt. »Ich bin nur gekommen, um das zu sagen.«

»Felicity?«, fragt Suz. Ich sehe, wie sie vortritt, gegen den Tisch stößt. Ihr Limonadenglas fällt um. Ich sehe, wie Quinn seinen Stuhl beiseite schiebt. Ich strecke die Arme aus, meine Beine geben nach. Ich sehe, wie ich die Augäpfel nach oben verdrehe, dorthin, wo ich über allem bin, und kurzzeitig starre ich mir selbst ins Gesicht. Und dann nimmt mein Körper dort unten mich wieder auf, und ich befinde mich auf dem Gras. Da sind Stimmen. Doch sobald sie sprechen, werden sie von mir fortgezogen, ins Nichts entleert, in die Dunkelheit, verlorene Erinnerungen, die verschwindende Berührung eines Fingers.

Quinn

Sie hatten sich über das Wetter unterhalten, über das Verbot des Rasensprengens vor 18 Uhr, darüber, was mit dem Postamt geschehen würde. Über alles außer Felicity und seine gescheiterte Ehe, obwohl sie alle an Felicity dachten. So sehr, dass es bei ihrem Auftauchen schien, als hätten ihre Gedanken sie ins Leben gerufen.

Ihre Hände zitterten. Sie knetete sie, und er wollte nicht darüber nachdenken, wie verloren sie aussah. Die Stimme seiner Mutter war zittrig und keifend, voller Zorn. Er erinnerte sich an ein Picknick vor langer Zeit, irgendwann in seiner Kindheit, als seine Mutter und sein Vater miteinander stritten und er auf der Decke saß und Grashalme aus der Erde zupfte, als könnte das gegen die Furcht helfen, dass dies alles seine Schuld war, dass alles vorbei war. Der Streit war schnell zu Ende, aber die Furcht blieb, tief in seinem Innern, suchte ihn immer wieder nachts heim, wartete auf ihn am helllichten Tag.

Er stand neben dem Tisch und hörte seiner Mutter zu. Er war zu alt, um sich von seiner Mutter verteidigen zu lassen, doch er brachte kein Wort heraus. Die ganze Nacht hatte ihn die Wut zerfressen. Immer wieder hatte er die beiden gesehen: den Mann und seine Frau auf dem Sofa, seine Hand unter ihrem Rock. Die Röte ihrer Wangen, ihre Hände auf seiner Brust. Jedes Mal, wenn er die Augen schloss, konnte er sie sehen, sah, wie Felicity aufgesprungen war, ihre Bluse zusammenraffte, voll Panik und Schuld, doch immer noch erregt von der Berührung dieses Mannes. Dieses anderen Mannes. Dem sie hinterhergelaufen war. Den sie mehr wollte, als sie ihn je gewollt hatte.

Der Zorn loderte in ihm, fraß an ihm. Beinahe noch mehr als das, was sie ihm angetan hatte, hasste er es, dass sie ihn dazu gebracht hatte, derart zu empfinden.

Und hier war sie nun, zitternd in ihrem Garten. Es gelang ihm nicht ganz, eine Verbindung zwischen dieser Felicity und derjenigen gestern in London herzustellen. Es war wohl ein Verleugnen der Realität. Es war Gewohnheit. »Es tut mir leid«, sagte sie, und er wollte zu ihr gehen, trotz des Zornes, trotz des Betrugs. Er wollte das Ganze vergessen und weitermachen wie bisher. Wenn er sie ansah, würde er es tun.

Also sah er sie nicht an.

Doch aus dem Augenwinkel sah er sie stürzen.

Sie schrie wortlos, ein heiseres Geräusch, das zu ihr gehörte und auch wieder nicht. Er lief los. Zwar konnte er sie nicht auffangen, bevor sie zu Boden stürzte, aber er hielt sie anschließend, als sie dort lag. Sie zuckte und zappelte, eine Stoffpuppe, die von unsichtbaren, wütenden Fäden gezogen wurde. Sie blinzelte, immer wieder, ihr Mund bewegte sich, als versuchte sie, etwas Wichtiges zu sagen.

»Was ist los?«, rief seine Mutter.

»Es ist eine Art Anfall«, sagte Suz, die neben ihm kniete. Quinn drückte Felicity an sich, wiegte sie in seinen Armen, schützte ihren Kopf vor dem Boden.

»Ruf einen Krankenwagen«, sagte er seiner Schwester, und sie zückte ihr Handy. Felicitys Gesicht verzerrte sich, ihr Körper wand sich, ihre Füße trommelten auf den Boden. Eine Hand, ihre linke Hand, die mit seinem Ring, entkam und schlug ihn seitlich am Arm. Nicht Marionettenfäden, sondern sein Zorn ließen sie zucken, hilflos, besessen.

Nein, nicht sein Zorn. Es war eine Krankheit. Etwas stimmte nicht.

»Was ist los?«, fragte seine Mutter. »Sollten wir ihr etwas in den Mund stecken? Damit sie ihre Zunge nicht verschluckt?«

Er schüttelte den Kopf. Felicity war dünner als zuvor, aber ihr zerbrechlicher Körper stieß und schlug ihn, versuchte ihm zu entkommen. Er hielt ihren Kopf fest, doch er zuckte, ganz von selbst, und er spürte seitlich an seinem Hemd ihren keuchenden Atem. Er spürte ihn durch die Baumwolle. Es erinnerte ihn an einen jungen Hasen, vor Jahren, den er am Straßenrand gefunden hatte, mit gebrochenem Bein, und der schier verrückt wurde aus Angst vor dem Jungen, der ihm zu helfen versuchte. Der ihn mit seinen messerscharfen Krallen gekratzt hatte und versuchte wegzulaufen.

Die Zeit dehnte sich, er wusste, dass es eigentlich nur Sekunden waren, aber es fühlte sich nach Stunden an, genug Zeit, um zu erkennen, dass ihn dieser Anfall nicht überraschte. Dass er stets gespürt hatte, dass da diese Fremde in Felicity hauste, dieses Wesen, das an den unsichtbaren Fäden zog. Ihre Augen flatterten, öffneten und schlossen sich wieder. Sie gab erstickende Geräusche von sich, aber sie war nicht am Ersticken, sie atmete, er konnte jeden Atemzug spüren. Ein silberner Speichelfaden hing von ihren Lippen, und er wischte ihn mit der Hand fort. Ihr Kleid war über die Knie gerutscht, also zog er es wieder nach unten.

»Sie kommen«, rief Suz hinter ihnen, und auch wenn er nicht glaubte, dass Felicity es hörte, entspannte sich ihr Körper und wurde schwer.

»Felicity«, sagte er. Sie starrte ihn an, ohne ihn zu erkennen. »Felicity, kannst du mich hören?«

Sie wischte sich über den Mund, rieb sich die Stirn. Zwischen ihren Augen erschien die Falte, die sie bekam, wenn sie nachdachte. Ihr Mund bewegte sich tonlos, und ihre Augen starrten ihn an, als wäre er ein Fremder, als wäre er ein totes Objekt. Das war keine Panik, keine Angst. Nur Leere. Jeder Teil von ihr war Felicity, bloß dass sie nicht da war.

Vor Jahren hatte er einen an Epilepsie leidenden Kollegen gehabt, der ihnen ganz sachlich erklärt hatte, was zu tun sei, falls er einen Anfall haben sollte: Platz schaffen, ihn vor Gefahr schützen, ihm nichts in den Mund stecken, mit ihm reden, ihn wenn möglich auf die Seite legen. Abwarten, bis es vorüber war. Nichts zu trinken geben, bis er sprechen konnte. Ruhe bewahren. Keine Sorge. Die eigene Bestürzung und die Angst ignorieren.

»Felicity«, sagte er sanft zu ihr. »Ich bin's. Hörst du mich?«

Seufzend schloss sie die Augen. Quinn hielt sie und wartete ab, dass es vorüberging.

29

Ich bin im Krankenhaus. Ich sehe den blauen Vorhang um mein Bett und höre jenseits des Vorhangs ein Gespräch in einer anderen Sprache, vielleicht auf Pandschabi. Es riecht nach Desinfektionsmittel, und die Laken sind steif, und irgendwo piept etwas, und in meinem linken Arm steckt ein Schlauch. Wo sonst könnte ich also sein als im Krankenhaus?

Aber ich weiß nicht, wie ich hierhergekommen bin. Ich liege auf der Seite, und Quinn sitzt neben mir und sieht mir ins Gesicht. Mein erster Gedanke lautet: *Das ist in Ordnung*. Ich schließe die Augen und schlafe ein.

Als Nächstes schüttelt er mich an der Schulter.

»Bist du wach?«, fragt er. Ich bin ein wenig überrascht, dass er Englisch spricht, nicht Pandschabi. »Weißt du, wer ich bin?«

»Du bist Quinn Wickham. Früher wolltest du Spion werden.« Meine Stimme ist heiser.

»Wie fühlst du dich?«

»Müde und durstig.« Meine Muskeln tun auch weh. Ich schlafe wieder ein. Traumlos.

»Mrs. Wickham? Sind Sie wach?« Eine Krankenschwester steht über mir. Ich würde lieber schlafen, aber ihre Stimme klingt recht fordernd, also sage ich: »Ja.«

»Können Sie für mich lächeln, meine Liebe? Gut. Meine Hand drücken? Jetzt die hier? Wie viele Finger halte ich hoch? Und jetzt? Können Sie mir sagen, welchen Tag wir haben? Wer ist dieser reizende junge Mann neben mir? Folgen Sie diesem Licht, ja? Jetzt schauen Sie geradeaus. Gut.«

Habe ich bestanden? Was war das für ein Test? Gewöhnlich bestehe ich Tests nicht. Meine Konzentrationsfähigkeit ist nicht gut und meine Rechtschreibung erst recht nicht.

»Was ist passiert?«, frage ich. »Bin ich gestürzt?«

»Du hast einen Anfall gehabt«, meint Quinn. »Du bist im Krankenhaus.«

»Wie fühlen Sie sich?«, fragt die Krankenschwester.

»Ich möchte schlafen.«

»Das können Sie gleich. Erinnern Sie sich daran, was passiert ist?«

»Ich erinnere mich daran, dass ich in der Luft geschwebt habe, und ich habe auf uns herabgeblickt. Aber das ist wahrscheinlich nicht passiert.«

Ich erinnere mich auch daran, im Garten gewesen zu sein, während meine Schwiegermutter mir Beschuldigungen an den Kopf geworfen hat. Ich erinnere mich daran, was ich getan habe und dass ich es verdient habe. Ich möchte den Kopf unter dem Kopfkissen vergraben und wieder einschlafen, also lasse ich die Augen zufallen und tue es.

Als ich wieder aufwache, ist Quinn da und betrachtet mich. Ich rechne damit, dass er »Guten Morgen, Liebes« sagt, aber das tut er nicht. Dann höre ich das Piepen. Krankenhaus.

Ich versuche mich aufzusetzen, aber alles tut weh. »Habe ich etwas Dummes getan?«

»Du bist gestürzt und hattest Krämpfe. Es kam sehr plötzlich.«

»Ich hoffe, ich habe deine Mum nicht in Panik versetzt.«

»Sie ist nicht übel in Krisensituationen.« Was bedeutet, dass ich sie in Panik versetzt habe.

»Arme Molly.«

Molly mit loderndem Blick, die mir sagt, ich solle mich von ihrem Sohn fernhalten.

»Seid ihr alle hier? Deine Mum?« Ich sehe mich um. Wir sind auf einer Station, die Vorhänge um das Bett sind zugezogen.

»Bloß ich. Sie sind zu Hause geblieben. Sie warten auf Neuigkeiten.«

»Bin ich lange bewusstlos gewesen?«

»Du bist eine Weile weg gewesen. Du hattest einen Anfall, und dann hast du das Bewusstsein verloren. Manchmal schienst du wach zu sein, aber nicht bei klarem Verstand. Du hast geschlafen, seit wir ins Krankenhaus gekommen sind. Du wirkst müde.«

»Ja.« Sehr müde, wegen allem. Bereit, mich auszuruhen und eine Weile nicht nachzudenken. Ich schließe die Augen und öffne sie dann wieder. »Wie lange bin ich weg gewesen?«

»Sie haben eine Computertomografie gemacht, und du hast sie verschlafen, glaube ich. Erinnerst du dich daran?«

»Nein. Wie lang ist es gewesen? Habe ich das eben schon einmal gefragt?«

»Ist okay. Es waren mehrere Stunden.«

»Wie bin ich hierhergekommen?«

»Suz hat einen Krankenwagen gerufen.«

»Habe ich etwas gesagt?« Ich mustere sein Gesicht sorgfältig, doch ich kann nichts als Sorge ablesen.

»Nein. Es ist okay. Jetzt geht es uns nur darum, dass du gesund wirst.«

»Was soll der Schlauch in meinem Arm?« Mum hatte Schläuche. Sie hatte überall Schläuche, durch die Gift gepumpt wurde, das sie eigentlich retten sollte. Ich greife danach, und er packt meine Hand.

»Sie geben dir Medikamente gegen die Krämpfe. Und Flüssigkeit. Du bist dehydriert.«

»Ich bin müde.«

»Dann schlaf.«

»Ich mag Krankenhäuser nicht, Quinn.«

»Ich werde hier sein.«

Diesmal träume ich. Ich bin im Garten von Hope Cottage, bloß dass ich eine Mauer darum erbaut habe, eine hohe Mauer aus nicht zusammenpassenden Steinen. Um mich herum wachsen die Pflanzen im Zeitraffertempo. Lassen Ranken sprießen, mit denen sie sich hochziehen, winden sich umeinander. Das Unkraut vermehrt sich unter leisem, nassem Blätterrascheln. Ich bin von Grün umgeben, bis zu den Knien, bis zur Taille. Blumen erblühen, verwelken, fallen ab. Ich sehe Weiß und Gelb, Rosa und Orange, Frangipani ohne Duft. Sie streichen über mein Gesicht, liebkosen mir die Wange, graben sich durch meine Haare. Ein Blütenblatt, weich wie Fleisch, kühl wie Wachs. Stängel und Wurzeln, Pollen und Saft, all diese Dinge wetteifern um Sonnenschein. Ich öffne den Mund zum Atmen, und ein Blatt schlüpft hinein. Es sind die Mauern, die Mauern, die die Pflanzen im Garten halten, obwohl sie nach draußen kriechen, sich strecken, Luft suchen, frei sein wollen.

Ich öffne die Augen. Die Vorhänge sind gemustert. Quinn sitzt neben mir und liest Zeitung.

Er lässt die Zeitung sinken. »Du bist wach. Fühlst du dich besser?«

»Ich habe Durst.« Neben dem Bett steht ein Plastikkrug mit Wasser. Ich will die Hand danach ausstrecken, aber der Schlauch in meinem Arm hält mich zurück.

»Hier.« Er gießt ein Glas Wasser ein und drückt auf einen Knopf am Bett, der das Kopfteil langsam in Sitzposition hochfahren lässt. Ich greife nach dem Wasser und trinke.

»Bist du noch müde?«

»Nicht so sehr.« Die Vorhänge sind anders. Vorhin war da kein Nachttisch. »Bin ich verlegt worden?«

»Man hat dich in die neurologische Station eingewiesen. Sie haben dich hergebracht, während du geschlafen hast.«

»Und du bist mitgekommen. Du bist bei mir geblieben. Warum?« Ich erinnere mich jetzt, dass ich zum Cottage gegangen bin, Quinn und seiner Familie begegnet bin. Ich war dort, um mich für das, was ich getan hatte, zu entschuldigen. Er ist im Krankenwagen mitgefahren oder ihm nachgefahren, und er ist geblieben. Ich weiß nicht, wie lange.

Was bedeutet es, dass er hier ist? Hat er mir verziehen? Oder ist es einfach etwas, das er für jeden täte, der zufälligerweise in seinem Garten einen Anfall erleidet? Letzteres kommt eher infrage. Wahrscheinlich würde er das Gleiche auch für Cameron Bishop tun, wenn der Junge einen Anfall hätte, während er sein Fahrrad stiehlt. Außerdem ist er mein nächster Angehöriger, jedenfalls noch, also wird er sich verpflichtet fühlen. Er ist mein einziger Angehöriger.

»Ich mache mir Sorgen um dich. Ich bin dein Ehemann.«

Ich fühle mich krank und ängstlich und beschämt. »Kann ich noch ein Glas Wasser haben?« Er schenkt es mir ein und sieht mir zu, wie ich es trinke. »Ich bin nach Tillingford gekommen, um mich zu entschuldigen. So dramatisch wollte ich es allerdings nicht gestalten.«

»Das halbe Cricket-Team von Tillingford ist aufgekreuzt und hat zugesehen, wie man dich in den Krankenwagen geschafft hat.«

»Großartig.« Ich sehe mich zuckend und zappelnd, am Boden neben Mollys feinen Schuhen. »Hatte ich Schaum vorm Mund? Habe ich die Zunge verschluckt?«

»Das ist ein Mythos. Man kann die eigene Zunge nicht verschlucken. Es ist anatomisch unmöglich.«

»Aber ich habe gesabbert, nicht wahr?«

»Du ...«

Ein großer Mann kommt auf uns zu, offensichtlich ein Arzt, mit zwei kleineren Gestalten hinter ihm, offensichtlich Studenten, auf jeden Fall Untergebene. »Mrs. Wickham. Ich bin Dr. Chin, Neurologe hier. Wie geht es Ihnen?«

»Mir geht es gut. Ich versuche gerade von meinem Mann zu erfahren, ob ich gesabbert habe.«

»Das ist ein gutes Zeichen. Nicht das Sabbern, aber dass Sie sich darum Sorgen machen. Könnten Sie mich bitte anlächeln?« Lächeln, greifen, einem Licht folgen, meinen Namen sagen, Finger zählen. Es ist die gleiche Nummer, die ich schon von der Krankenschwester kenne. »Können Sie mir ein paar Fragen beantworten? Fühlen Sie sich dazu in der Lage?«

»Ich werde es versuchen.«

»Erinnern Sie sich an den Anfall, wegen dem Sie hier sind?«

»Eigentlich nicht. Ich war mit meinem Mann und meinen Schwiegereltern im Garten, und plötzlich wurde mir schlecht. Aber es war irgendwie irreal. Ich konnte uns von oben sehen, als würde ich fliegen. Und dann bin ich im Krankenhaus aufgewacht.«

»Hatten Sie Fieber gehabt oder sind Sie krank gewesen? Haben Sie Drogen oder Alkohol zu sich genommen? Medikamente?«

Ich schüttele den Kopf.

»Haben Sie solche Anfälle schon früher einmal gehabt?«

»Nein. Jedenfalls nicht so.«

»Was meinen Sie mit ›nicht so‹?«

»Ich habe noch nie das Bewusstsein verloren, ich hatte auch noch nie Krämpfe. Nicht dass ich wüsste. Aber ich glaube, ich habe Anfälle gehabt. Vielleicht sind es Anfälle gewesen. Aber ich bin mir nicht sicher.«

»Du hast Anfälle gehabt?«, fragt Quinn. »Seit wann? Warum habe ich nichts davon gewusst?«

»Manchmal sind solche Anfälle für einen Beobachter nicht erkennbar«, meint der Arzt. »Manchmal bemerkt sie noch nicht einmal derjenige, der sie erleidet. Dann hatten Sie also sogenannte fokale Anfälle?«

»Ich dachte, es wäre Migräne. Dann wieder dachte ich, es wären verschüttete Erinnerungen, die mich überfallen.«

»Warum hast du mir nichts davon erzählt?«, will Quinn wissen.

»Diese … Diese Erinnerungen … Sie waren sehr persönlich.«

»Persönlich?«

»Das Gehirn ist der letzte Bereich in unserem Körper, der uns immer noch Rätsel aufgibt«, sagt der Arzt.

Abgesehen vielleicht vom Herzen.

»Ich habe niemandem etwas gesagt, weil ich versucht habe herauszufinden, was diese – Erinnerungen, diese Gefühle, zu bedeuten haben«, erkläre ich.

»Dann ist das hier also Ihr erster tonisch-klonischer Krampfanfall, das, was wir früher als *grand mal* bezeichnet haben«, sagt der Arzt, während die Adepten hinter ihm mitkritzeln. »Aber Sie hatten vielleicht schon fokale Anfälle. Kommt Epilepsie in Ihrer Familie vor?«

»Nein. Das heißt, ich weiß es nicht. Ich habe meinen Vater nie kennengelernt. Aber meine Mutter hatte keine.«

»Übrige Familie?«

»Die kenne ich nicht.«

Er gibt ein Geräusch von sich, das seine Enttäuschung verrät. »Erzählen Sie mir von diesen Erfahrungen, die Sie hatten und von denen Sie glauben, es könnte sich um Anfälle gehandelt haben.«

Ich erzähle ihm von dem Frangipaniduft aus dem Nichts, davon, dass ich es zuerst für Aftershave oder Parfum gehalten habe oder sogar für einen Geist, bis mir klar wurde, dass es niemand außer mir riechen konnte. Ich erzähle ihm, wie mir die vorausgehende Unruhe vertraut geworden ist, das laue Gefühl im Magen, die Warnsignale, die es mir manchmal gestatten, mich rechtzeitig zurückzuziehen, um allein sein zu können. Dann erzähle ich ihm von dem Gefühl. Der wunderbaren Glückseligkeit, dem Gefühl des Verliebtseins. Wie es Besitz von mir ergreift und mich zu einem Wesen aus purem Licht macht. Und dann die Euphorie, nachdem es verschwunden ist, das Echo, das so lange nachhallt, dass ich mich verlassen fühle, wenn es abgeklungen ist.

Mir ist bewusst, dass ich das alles auch Quinn erzähle.

Ich beobachte ihn nicht, aber ich spüre, wie er jedes Wort in sich aufnimmt. Sein Schmerz ist nackt und wund.

»Ist das Erlebnis immer gleich?«, fragt der Arzt.

»Ja. Ich meine, ich tue währenddessen unterschiedliche Dinge, je nachdem, wo ich gerade bin. Mit wem ich zusammen bin.« Ich spüre, wie ich rot werde. »Gewöhnlich erlebe ich es einfach. Man hat mir gesagt, dass ich irgendwie high aussehe.«

»Wann hat es angefangen?«

»Im Frühjahr. Vielleicht im Mai? Es war, als wir im Cerise essen gegangen sind«, erkläre ich Quinn. Ich muss sofort wieder den Blick von ihm abwenden.

»Das ist in der dritten Maiwoche gewesen.«

»Und wie oft kam es danach vor?«, fragt der Arzt.

»Anfangs nur selten. Einmal die Woche, vielleicht zweimal. Aber jetzt kommt es häufiger vor. In letzter Zeit kommt es sehr oft vor.«

»Und mit sehr oft meinen Sie …?«

»Manchmal mehrmals am Tag. Es ist schwer, zwischen dieser Sache und meinen echten Gefühlen zu unterscheiden.«

»Das flaue Gefühl im Magen ist typisch«, meint Dr. Chin. »Ebenso die Benommenheit hinterher und der Umstand, dass die Empfindungen identisch sind. Das spricht sehr für klassische Anfälle und gegen spontane Gefühlsausbrüche. Die Untersuchungen werden uns da Gewissheit verschaffen.«

In der anschließenden Pause spüre ich, wie Quinn sich sammelt. »Was würde solche Symptome hervorrufen?«, fragt er schließlich, und seine Stimme klingt ganz nach dem Journalisten, der Fakten überprüft.

Die Studenten sind auf einmal wieder hellwach.

»Unterschiedliche Dinge können Anfälle hervorrufen. Die meisten von ihnen sind behandelbar.«

»Ein Gehirntumor?«, fragt Quinn. »Krebs?«

»Quinn, ich glaube nicht, dass ich das wissen will.«

»Wir müssen es wissen, Felicity.«

»Ein Tumor ist *eine* Möglichkeit, ja. Aber wir dürfen keine voreiligen Schlüsse ziehen. Die Computertomografie ist nicht eindeutig gewesen. Sie hat etwas gezeigt, aber ich kann noch nicht sicher sagen, worum es sich handelt. Also möchte ich morgen Vormittag noch weitere Untersuchungen durchführen.«

»Ich glaube, ich möchte lieber nach Hause gehen.« Wo auch immer dieses Zuhause ist.

»Du musst bleiben«, widerspricht Quinn. »Du hast das nicht mit ansehen müssen. Es war furchterregend. Stell dir vor, so etwas passiert im Straßenverkehr, was dann? Wir müssen herausfinden, was los ist, damit du wieder gesund werden kannst.«

»Wenn ich die Wahl hätte zwischen gelegentlichen Euphorieattacken und der Diagnose Krebs, nun, da würde ich lieber die Euphorie nehmen«, erwidere ich.

»Das ist nicht lustig«, sagt Quinn leise.

»Um die Diagnose kommen wir nicht herum«, sagt der Arzt. »Wenn eine eskalierende Anfallaktivität zu beobachten ist, ist eine ärztliche Behandlung unumgänglich, ob nun medikamentös oder operativ. Wenn alles gut geht, werden wir morgen eine Antwort haben.« Er tätschelt die Bettdecke neben meinem Bein auf eine Art, die zweifellos besänftigend gemeint ist. »Versuchen Sie sich auszuruhen und sich nicht allzu viele Sorgen zu machen. Wir geben Ihnen weiterhin krampfhemmende Medikamente, oral anstatt intravenös, da Sie bei Bewusstsein sind, aber geben Sie sofort einer Krankenschwester Bescheid, wenn Sie etwas spüren. Hier sind Sie am besten aufgehoben, falls die Anfälle wieder auftreten sollten.«

Er dreht sich um und rauscht mit seinem Gefolge ab.

Quinn bleibt. Ich kann ihm nicht ins Gesicht sehen, also richte ich den Blick auf sein Hemd. Es ist zerknittert, und am Ellbogen hat er einen Grasfleck. Möglicherweise von meinem Sturz. Hat er mich aufgehoben oder hat er auf das Team des Krankenwagens gewartet?

»Es tut mir leid«, sage ich erneut.

»Warum hast du mir nichts davon erzählt?«, fragt er.

»Weil ich nicht wusste, was es war. Dr. Johnson meinte, es könnte Migräne sein. Und dann habe ich gedacht, vielleicht ist es Mums Geist, oder vielleicht sind es bloß Hirngespinste. Dr. Johnson hat mich an einen Neurologen überwiesen, aber ich habe den Termin verpasst.«

»Warum hast du keinen neuen vereinbart?«

»Habe ich. Im November.«

»Dann hast du es nicht richtig versucht.« Er gibt sich Mühe, ruhig zu bleiben, aber er ist wütend.

»Im Grunde wollte ich nicht hören, dass etwas mit mir nicht stimmt. Und abgesehen davon habe ich mich jedes Mal, wenn es passiert ist, glücklich gefühlt.«

»Du hast gefühlt, dass du in ihn verliebt bist.«

»Ich habe gefühlt … Ich wusste nicht, was es zu bedeuten hatte. Und es schien sich um etwas zu handeln, das ich dir einfach nicht erzählen konnte …«

»Aber was kannst du mir denn überhaupt erzählen, Felicity? Was?«

Ich beiße mir auf die Lippe. Einen Augenblick lauschen wir den Geräuschen der Station. Es erinnert mich an unser gemeinsames Abendessen, wo der Brunnen in dem Restaurant nicht das Schweigen zwischen uns überdecken konnte.

»Und das ist wirklich wahr?«, fährt Quinn schließlich fort. »Kannst du wirklich nichts gegen diese Gefühle tun?«

»Glaubst du, ich belüge den Arzt?«

»Du hast mich belogen.«

»Ich bin … Es ist die Wahrheit. Ich habe diese Gefühle verspürt, und ich wusste nicht, wie ich mit ihnen umgehen soll.«

Er sieht aus, als hätte er einen schlechten Geschmack im Mund. »Und was ist mit *ihm*? Er sagt, er ist in dich verliebt. Hat er auch Anfälle?«

»Nein. Ich habe ihn aufgesucht. Ich wollte sehen, ob das, was ich gefühlt habe, real war. Und ich habe Zeit mit ihm verbracht. Er ist sehr unglücklich gewesen.«

»Also hast du versucht, ihn glücklich zu machen, indem du eine Affäre mit ihm hattest.«

Ich schlucke. »Es tut mir leid.«

»Es klingt sehr bequem. Wenn man bedenkt, was gelaufen ist.«

»Ich weiß, dass du wütend auf mich bist, Quinn. Ich habe es verdient.«

»Ich bin sehr wütend auf dich. Nicht zuletzt, weil du deine Gesundheit so sehr vernachlässigt hast, dass du einen Epilepsie-Anfall vor mir haben musst, damit ich erfahre, dass etwas nicht stimmt. Und selbst wenn all das hier von einer Krankheit herrührt, selbst wenn du nichts gegen deine Gefühle tun konntest, hättest du sie nicht in die Tat umsetzen müssen.«

Ich zucke zusammen.

»Ich kann es nicht glauben«, sagt er. »Es ergibt überhaupt keinen Sinn.«

Er beugt sich vor und hält den Kopf in den Händen.

»Du musst nicht bleiben«, erkläre ich ihm. »Ich komme schon zurecht.«

»Nein«, sagt er zum Boden. »Nein, kommst du nicht. Du hast bestimmt große Angst.«

Tränen treten mir in die Augen, denn er hat recht. Ich habe schreckliche Angst. Ich habe Angst, ich könnte alles zerstört haben wegen etwas, das mit meinem Gehirn nicht stimmt. Ich habe schreckliche Angst, dass da vielleicht etwas in mir wächst, das mich umbringen will, Stück für Stück, wie der Krebs meine Mutter umgebracht hat.

Quinn kann ich das nicht sagen. Ich kann ihn nicht um sein Mitgefühl bitten, nachdem ich ihm so großes Unrecht zugefügt habe. Ich wische mir mit dem Handrücken über die Augen, bevor er sehen kann, dass ich weine.

»Ich bin einfach nur sehr müde«, flüstere ich.

Er räuspert sich. Er hebt den Kopf, sieht mich aber nicht an.

»Der Arzt sagt, du brauchst Ruhe«, meint er. »Schlaf ein bisschen.« Er zieht die Zeitung aus seiner Jackentasche, in der er sie verstaut hat. Es ist der *Express*, keine seiner üblichen Zeitungen. Er muss ihn hier im Krankenhaus gekauft haben. In den Schlagzeilen geht es um Syrien, um Senioren, die wegen der anhaltenden Hitze gestorben sind.

Er erwidert meinen Blick, und ich sehe seinen Schmerz, seine Sorge, seinen Zorn, seine Resignation. All das ist meine Schuld.

»Du solltest nach Hause fahren«, sage ich.

»Du bist meine Frau. Du bist immer noch meine Frau. Du solltest nicht allein sein.« Er schlägt wieder die Zeitung auf – Ende der Diskussion. Ich schließe die Augen. Durch die Geräuschkulisse der Station kann ich seine winzigen Bewegungen hören.

30

Auf der Station ist es nachts nicht ruhig. Pieptöne, eilige Schritte, Gespräche, Ächzen, und in einem anderen Zimmer singt sogar jemand. Doch als ich aufwache, ist die Luft voller Frangipani. In dem Dämmerlicht kann ich die Blumen beinahe sehen. Ich strecke die Hand nach dem Rufknopf, halte aber inne, ohne ihn zu drücken. Es ist wunderschön. Es ist meine Mutter, es ist mein Geliebter, es ist meine Jugend und meine Vergangenheit.

Es verwandelt die Station in ein Paradies. Sie halten es für eine Krankheit, und sie wollen es mir wegnehmen.

Ich schlüpfe aus dem Bett. Quinn ist nicht da. Er muss zum Schlafen nach Hause gegangen sein. Irgendwann hat man mir ein Krankenhausnachthemd angezogen. Der Boden unter meinen nackten Füßen ist kalt, und ich halte inne, um mir einen Plan zurechtzulegen. Ich habe kein Auto. Ich werde ein Taxi nehmen müssen. Aber zuerst muss ich mich anziehen. Den Tropf loswerden. Ich sehe in dem Schränkchen neben dem Bett nach und finde eine Plastiktüte mit meinem Kleid, meinen Schuhen, meiner Handtasche. Habe ich genug Geld, um nach London zurückzukommen? Werden sie mich gehen lassen? Was wird passieren, wenn ich diesen Schlauch herausziehe? Werde ich eine Art Alarm auslösen? Sie können einen nicht gegen den eigenen Willen im Krankenhaus behalten, oder? Und wenn der Ehemann will, dass man bleibt?

Ich sehe mich um. Es scheint keinem aufgefallen zu sein, noch nicht. Ich brauche Hilfe. Und mein Herz macht einen Sprung, und ich weiß genau, wen ich sehen muss. Wer mir helfen wird.

Ich suche in der Handtasche nach meinem Handy, stopfe alles zurück in die Plastiktüte und wieder in das Schränkchen, dann klettere ich ins Bett. Ich ziehe mir die Decke über den Kopf, damit niemand sieht, was ich tue. Man soll eigentlich keine Handys im Krankenhaus benutzen, oder?

Ich erreiche Ewan nicht. »Ewan, woher weißt du, ob du mich wirklich liebst?«, frage ich die Mailbox. »Das ist doch Wahnsinn, oder? Es ergibt keinen Sinn.«

Die Mailbox gibt keine Antwort auf meine Fragen. Ich sollte die Krankenschwester rufen. Ich sollte sie bitten, mir eine stärkere Dosis zu verabreichen. »Alles ist viel komplizierter geworden«, spreche ich ins Handy. »Ich kann dir jetzt nichts dazu sagen. Aber vielleicht später. Ruf mich nicht an. Es ist nicht sicher.«

Ich lege auf und mir wird klar, was ich getan habe. Ist das früher auch schon vorgekommen? Habe ich Ewan meine Adresse womöglich gesimst, als ich kurzzeitig nicht klar im Kopf war? Was habe ich in diesem Zustand sonst noch gesagt? Was habe ich sonst noch getan? Mein Herz pocht so schnell, ich fühle mich so glücklich, und das Glücksgefühl ist völlig verkehrt.

Ich taste nach dem Rufknopf für die Krankenschwester und drücke ihn. Umgehend erscheint eine Krankenschwester.

»Ich habe Angst«, erkläre ich ihr. »Ich glaube, ich brauche Hilfe.«

Quinn

Auf der anderen Seite des Vorhangs, einen Plastikbecher mit Tee in der Hand, auf dem Weg zurück zu seinem Posten, hörte er sie am Telefon, wie sie Ewan fragte, ob er sie wirklich liebte.

Als er aufgestanden war, um zu dem Getränkeautomaten zu gehen, hatte sie geschlafen. Der Schlaf beseitigte die Ringe unter ihren Augen, den blässlich-kranken Teint ihrer Haut, kaum anders als die Farbe ihres Kopfkissenbezugs. Es ließ sie aussehen, als träumte sie von der Liebe. Ihm fiel wieder das Wort ein, das sie vorhin dem Arzt gegenüber erwähnt hatte: *Glückseligkeit.*

»Das ist doch Wahnsinn, oder?«, sagte sie auf der anderen Seite des Vorhangs in ihr Handy. »Es ergibt keinen Sinn.«

Quinn machte kehrt. Er warf den Becher Tee in den Abfall neben dem Empfang. Im Korridor auf dem Weg zum Ausgang rief er Suz an.

»Kannst du mich nach Hause fahren?«, fragte er sie. »Ich habe nicht genug Geld für ein Taxi.«

»Zehn Minuten«, antwortete Suz, obwohl ihrer Stimme anzuhören war, dass er sie geweckt hatte. Denn so lief das in seiner Familie. Wenn jemand Hilfe brauchte, half man. Ohne nachzudenken, ohne Fragen zu stellen.

Aber wenn die eigene Frau ihren Liebhaber von ihrem Krankenhausbett aus anrief, dann war Schluss. Dann war ein Punkt überschritten.

Draußen war es noch immer warm, aber kühler als auf der Station. Er war in der prallen Nachmittagssonne in die Notaufnahme gekommen, und die Stunden waren der Dunkelheit gewichen. Selbst um ein Uhr morgens lehnte eine Patientin in einem Krankenhausnachthemd am Geländer vor dem Eingang und rauchte eine Zigarette. Sie sah nicht aus, als würde sie sie genießen.

Etwa eine Viertelstunde nachdem die rauchende Patientin ihre Kippe in den Bürgersteig getreten hatte und wieder hineingegangen war, traf Suz ein. Er öffnete die Beifahrertür und stieg ein. Sie fuhr nicht los, sondern musterte ihn. »Du siehst schlecht aus.«

»Es geht mir gut.«

»Das ist gelogen.« Sie trug ihre Pyjamahose, darüber ein T-Shirt. »Wie geht es ihr? Gibt es schon eine Diagnose?«

»Sie haben uns noch immer nicht gesagt, was ihr fehlt. Hoffentlich wissen wir morgen mehr, nach weiteren Untersuchungen. Sie schläft die meiste Zeit.« Wenn sie nicht gerade ihren Geliebten anruft.

»Glauben sie, dass es ein Gehirntumor ist?«

»Sie sagen, es könnte alles Mögliche sein. Sie hat schon eine Weile an Anfällen gelitten. An leichten. Gerüche, Gefühle. Sie hat es niemandem gesagt.« Er lehnte den Kopf an die Nackenstütze. »Ich hätte es wissen sollen.«

»Woher hättest du es wissen sollen, wenn sie es dir nie gesagt hat?«

»Sie hat mich gefragt, ob es bestimmte Gerüche gibt, die Erinnerungen hervorriefen. Gerüche, die so stark sind, dass es sich anfühlt, als würde man diese Erinnerungen tatsächlich wieder durchleben. Sie hat herumexperimentiert – mit Parfum, Flaschen mit Öl, eine mit Nelken gespickte

Orange –, und sie hat daran gerochen. Ich habe es nur für einen ihrer Einfälle gehalten.«

Suz ließ den Motor leer laufen. Ein Taxi hielt vor ihnen an, nahm einen Passagier auf und fuhr wieder los. »Du hast eine schreckliche Zeit durchgemacht«, sagte sie. »Aber ich glaube, sie muss Angst gehabt haben. Meinst du, deshalb hat sie …«

»Die Anfälle geben ihr das Gefühl, als wäre sie verliebt. In diesen anderen Mann.«

»Oh.« Suz ließ die Worte auf sich wirken. »Das ist seltsam.«

»Angeblich ist das der Grund, warum sie ihn aufgesucht hat. Sagt sie.«

»Glaubst du das?«

»Ich weiß es nicht.«

Suz seufzte. »Was wirst du tun?«

Ich werde nach Hause fahren, duschen, zu Bett gehen und mich weiter daran gewöhnen, allein zu schlafen.

Stattdessen sagte er: »Hat Dad damals eine Affäre gehabt?«

Suz musste nicht fragen, von welcher Zeit er sprach. Sie hatten nie darüber gesprochen. Es war die Zeit der lauten Stimmen hinter verschlossenen Türen, die Zeit, als Dad immer spät nach Hause kam, die Zeit von Sandwiches zum Abendessen. Er und Suz hatten auf der Rückbank des Autos gesessen und versucht, nicht hinzuhören, während ihre Eltern vorne wütend flüsterten. Sie hatten den Blick starr auf ihre Bücher gerichtet.

Suz stellte den Motor ab. »Ich glaube schon«, sagte sie.

»Ich dachte immer, es wäre meine Schuld.«

»Ich habe immer gedacht, dass es *meine* wäre. Ich dachte,

es läge daran, dass ich anders bin. Aber das war unmöglich. So denken Kinder eben.«

»Es ist besser geworden, nicht wahr?«

»Es ist jetzt besser«, sagte Suz. »Ich habe vor ein paar Jahren einmal versucht, Mum darauf anzusprechen, aber sie ist gar nicht darauf eingegangen. Stattdessen hat sie von den Füchsen geredet, die an die Mülltonnen gehen.«

»Ich glaube nicht, dass sie unglücklich sind. Aber wie soll man das wissen, wenn sie immer gleich sind?«

»Ich glaube nicht, dass Mum je zugeben würde, unglücklich zu sein. Kannst du dir das vorstellen? Aber nein. Ich glaube nicht, dass sie unglücklich sind. Ich glaube, sie kommen gut miteinander aus.«

»Ich glaube, es war seine Kollegin, die mit den kurzen Haaren. Sie ist nichts Besonderes gewesen.«

»Das hat sie wohl auch nicht sein müssen. Ist er … Ist er was Besonderes? Der andere?«

»Ich habe ihn eigentlich gar nicht gesehen. Ich glaube nicht, dass ich ihn auf der Straße wiedererkennen würde. Ich habe nur Felicity gesehen.«

»Es tut mir so leid, Quinn.« Suz schob sich die Haare hinter die Ohren. »Mum, gestern. Ich habe gedacht, sie würde Felicity an die Kehle springen. Ich habe sie noch nie so zornig erlebt.«

»Was hat Mum veranlasst, bei Dad zu bleiben, wenn er eine Affäre hatte? Weil die Ehe nun mal heilig ist? Oder wollte Mum einfach nicht allein sein? Allein wäre es schwer für sie gewesen. Darüber habe ich nachgedacht, als Dad seine Herzattacke hatte. Allein wäre sie nicht klargekommen.«

»Sie wäre nicht allein gewesen, sie hatte uns. Ich glaube, sie ist geblieben, weil sie ihn geliebt hat.«

»Und warum ist er nicht gegangen? Er muss etwas für diese Frau empfunden haben. Warum hat er sich stattdessen für uns entschieden?«

»Vielleicht aus Gewohnheit.«

»Ist das also Liebe? Wenn man sich an etwas gewöhnt hat?«

Suz griff nach dem Zündschlüssel, startete den Motor.

»Ich hätte es wissen müssen«, sagte Quinn. »Ich hätte sie fragen sollen. Ich hätte Felicity fragen sollen, was nicht stimmt. Aber ich habe zu große Angst vor der Antwort gehabt.«

Seine Schwester seufzte. »Es ist nicht deine Schuld, Quinn.«

»Doch, es ist meine Schuld. Ich bin Journalist, oder nicht? Aber wenn es darauf ankommt, frage ich nicht nach. Noch nicht einmal bei dir. Wir reden nicht, jedenfalls über nichts, das von Wichtigkeit wäre.«

»Wir reden jetzt«, erwiderte Suz. Sie berührte ihn an der Schulter. »Ich habe immer gewusst, dass wir es tun, wenn der entscheidende Moment gekommen ist.«

»Es ist Gewohnheit.« Er starrte aus dem Fenster. »Es ist alles verfluchte Gewohnheit. Es ist leichter, als sich der Wahrheit zu stellen.«

Suz drückte seine Schulter und legte die Hände wieder ans Lenkrad. »Fahren wir?«

Ein tiefer Atemzug. »Nein. Ich werde bleiben.«

»Bist du sicher? Du könntest ein wenig Schlaf vertragen.«

»Du musst ihr bitte ein paar Sachen bringen. Sie braucht eine Zahnbürste und einen eigenen Schlafanzug. Ihre Bürste und einen Waschlappen und Seife. Ihren Bademantel. Wahrscheinlich hätte sie gern ein Buch und vielleicht ihren Skizzenblock. Kannst du das morgen früh vorbeibringen?«

Suz nickte. Er öffnete die Tür und trat wieder auf den Bürgersteig, wo die rauchende Frau für die nächste Zigarette nach draußen gekommen war.

31

Heute hat der Arzt vier Studenten dabei. Sie haben Notizbücher bei sich, und sie schreiben alle wie verrückt, noch bevor er auch nur angefangen hat, mit mir zu reden.

»Tja, Felicity, es sieht aus, als hätten wir herausgefunden, was Ihre Anfälle verursacht.«

Bei unserem letzten Gespräch hieß es noch »Mrs. Wickham«. Ich schätze einmal, wenn jemand mehrere Bilder vom Innern eines Kopfes gesehen hat, hat er das Recht, den Besitzer des Kopfes mit dem Vornamen anzureden. Mir ist Kontrastmittel injiziert worden, und ich wurde in Geräte gesteckt, die mich mit Geräuschen wie ein Kugelhagel bombardiert haben. Die Ärzte haben Elektroden an mir befestigt, haben mich angewiesen, Bilder zu zeichnen, haben mir Fragen gestellt, haben mich mit Lichtern angeleuchtet, denen ich folgen sollte. Der Neurologe hatte gesagt, das Gehirn sei der letzte Bereich des Körpers, der noch Geheimnisse bereithält, aber ich glaube, er wollte mir nur das Gefühl geben, als hätte ich ein paar persönliche Gedanken, die den Scans entgehen.

Quinn hat den *Guardian* gelesen, den *Independent*, den *Telegraph*, die *Times*, außerdem die *Oxford Times* und den *Maidenhead Advertiser*. Er hat sämtliche Kreuzworträtsel gelöst. Wenn er nicht weiterwusste, hat er mich gefragt, aber abgesehen davon haben wir kaum miteinander gesprochen.

Er ist während meiner Untersuchungen kurz nach Hause gefahren, um sich zu duschen und ein Nickerchen zu machen, aber seinem Aussehen nach zu schließen, hat er dort nicht viel geschlafen und letzte Nacht auch nicht.

Sie haben die Dosis meiner krampfhemmenden Medikamente geändert. Seither nicht der leiseste Hauch von Frangipani. Ich kann mich nur vage daran erinnern, dass ich vergangene Nacht Ewan angerufen und ihm eine Nachricht hinterlassen habe. Während Quinn fort war, habe ich mein Handy wieder eingeschaltet und nachgesehen. Ewan hat fünfmal angerufen. Ich habe das Handy gleich wieder ausgeschaltet.

Ich bin völlig fertig. Ich habe das Gefühl, als bestünde ich aus zwei Menschen, und ich weiß nicht, welcher der richtige ist.

Der Arzt zieht jetzt einen Stuhl heran. Seine Zöglinge bleiben respektvoll ein paar Schritte hinter ihm stehen. »Lassen Sie mich zuerst erklären, wie wir unsere Untersuchung begonnen haben. Wir haben bereits festgestellt, dass Sie Anfälle mit olfaktorischen Halluzinationen haben, gepaart mit dem Empfinden einer intensiven, spontanen Emotion. Ihr Hausarzt hat eine migränebedingte Aura diagnostiziert, da Sie in der Vergangenheit an Migräne gelitten haben. Würden Sie übrigens sagen, dass diese Emotion mit einer bestimmten erinnerten Erfahrung aus Ihrer Vergangenheit zusammenhängt, oder ist es ein losgelöstes Gefühl gewesen?«

»Es hängt mit einer Zeit und einer Person aus meiner Vergangenheit zusammen«, antworte ich. »Der Geruch auch. Beide haben mit einem Ereignis zu tun, das vor zehn Jahren geschehen ist.«

»Interessant.« Die Studenten schreiben eifrig mit. »Tja,

das ist eine weitere Bestätigung unseres ursprünglichen Verdachts, dass Sie an Schläfenlappenvorfällen leiden. Diese Anfälle weisen häufig einen emotionalen Aspekt oder einen Erinnerungsaspekt auf, wenn auch nicht immer. Es ist eine grobe Vereinfachung, aber wir denken uns den Schläfenlappen als den Ort, an dem wir uns erinnern und an dem wir empfinden. Nun, wie schon gesagt, wurden diese Anfälle häufig von einem euphorischen Gefühl begleitet, und Sie waren vorher und nachher nicht in Ihren Aktivitäten beeinträchtigt. Allerdings hat die Häufigkeit in letzter Zeit zugenommen, und gestern haben Sie einen tonisch-klonischen Anfall erlitten, der dazu geführt hat, dass Sie in bewusstlosem Zustand eingeliefert worden sind.«

Ich bin mir nicht sicher, ob er das alles zu mir oder zu den Studenten sagt.

»Die Computertomografie hat eine Läsion des linken Schläfenlappens gezeigt. Sie können es hier sehen.« Er reicht mir das Bild eines dicken, leuchtend-weißen, eiförmigen Umrisses auf glänzendem schwarzem Papier. Das Ei ist mit verschiedenen Grautönen gefüllt. Es ist ein Querschnitt meines Schädels, von oben betrachtet. Alles ist symmetrisch mit Ausnahme eines weißen Flecks in der Nähe des Zentrums, als hätte jemand in meinem Gehirn eine große Kidneybohne zurückgelassen.

Es ist furchterregend. Das bin ich.

»Sie haben gesagt, der linke Schläfenlappen«, sage ich. »Das hier ist rechts.«

»Computertomografien sind seitenverkehrt.«

»Ist es ein Tumor?«, fragt Quinn, der sich herüberbeugt, um es sich anzusehen. »Die Tomografie ist gestern gemacht worden. Warum haben Sie uns das nicht schon gestern gezeigt?«

»Wir wollten sichergehen, dass wir wissen, worum es sich handelt, bevor wir Sie unnötig beunruhigen.«

»Ich bin auch so beunruhigt«, werfe ich ein.

»Es besteht kein Grund zu übertriebener Besorgnis«, sagt der Arzt. »Auch wenn es recht groß ist und die Lage selten. Hier ist ein Sagittalbild von der MRT-Untersuchung, die heute Vormittag bei Ihnen gemacht wurde. Das heißt, ein Bild von der Seite. Sie können die Stelle deutlich sehen.«

Dieser Computerausdruck fällt noch mehr in die Kategorie Halloween-Horror als der andere. Ich kann meinen Schädel von innen sehen, hier sieht er zerbrechlicher aus, meine Augäpfel als runde Schatten, meine zusammengebissenen Zähne und die weichen Windungen meines Gehirns. In der Mitte befindet sich eine leuchtende Kugel, ein paar Zentimeter hinter meinen Augäpfeln. Er reicht mir noch einen Ausdruck, dieser zeigt mein Gehirn von oben. Die unheilvolle Stelle leuchtet weniger stark, aber es ist dennoch etwas, das sich definitiv nicht in meinem Kopf befinden sollte.

»Ich spüre es nicht«, sage ich. »Etwas derart Großes sollte man doch wohl spüren können?«

»Sie haben es gespürt – als Duft und als Emotion. Es hat Druck auf Ihren Schläfenlappen ausgeübt und die Anfälle verursacht. Höchstwahrscheinlich ist es in letzter Zeit größer geworden, und deshalb treten die Anfälle häufiger auf, und Sie hatten einen tonisch-klonischen Anfall. Es hat Druck auf Ihr gesamtes Gehirn ausgeübt, nicht nur auf diese kleine Stelle.«

»Aber was ist es?«, fragt Quinn. »Was kann man dagegen tun?«

»Nun, also diese Aufnahme zeigt uns genau, um was es

sich handelt.« Mit einer schwungvollen Bewegung reicht mir Dr. Chin das nächste Blatt. Es ist, als würde er die langsame Enthüllung genießen, er bewegt sich geziert wie ein Balletttänzer. Ich sehe zu den vier Studenten, die an seinen Lippen hängen: Die ganze Vorstellung ist allein für sie gedacht. Nun, ich hoffe, dass sie ihnen gefällt.

Auf dem letzten Bild ist weit und breit kein Kopf zu erkennen. Es sieht aus wie eine mit Wasser gefüllte Kugel, in die jemand schwarze Farbe eingelassen hat, oder möglicherweise ein verschwommener Baum im Herbst, der von einem Aquarellmaler stammt. An einem Ast befindet sich ein schwarzer Klumpen.

»Das ist ein zerebrales Angiogramm. Ein Bild der Arterien in Ihrem Gehirn. Wie Sie hier sehen können, hat sich eine der linken posterioren Hirnarterien zu einem Aneurysma erweitert.«

Quinns Hand sucht meine Schulter. Da er es bislang vermieden hat, mich zu berühren, weiß ich, dass dies keine gute Neuigkeit ist.

»Ist das so etwas wie ein Blutgerinnsel?«, frage ich.

»Es ist eine Schwäche in den Arterienwänden. Die Wand wölbt sich und füllt sich mit Blut, sodass sie sich ausdehnt. Sie verursacht Druck in Ihrem Schläfenlappen, was wiederum eine autonome Aura hervorruft – das komische Kribbeln im Magen, das Sie beschreiben, was typisch für Schläfenlappenvorfälle ist –, zusammen mit einer somatosensorischen Geruchshalluzination und der psychischen Emotionsaura. Liebe!«, fügt er genüsslich hinzu. »Eine der großen philosophischen Fragen des Universums: Was ist die Liebe? In Ihrem Fall befindet sich die Antwort genau hier auf diesem Angiogramm. Liebe wird von dieser Fehlbildung der Arterie in Ihrem Gehirn hervorgerufen.«

Wieder schreiben die Studenten wie verrückt mit.

»Ich gehe einmal davon aus, dass von einem Aneurysma hervorgerufene Liebe eher selten auftritt«, stelle ich fest.

»Ich habe noch nie davon gehört«, sagt der Neurologe beinahe fröhlich. Es kostet mich Mühe, ihn nicht zu ohrfeigen. »Es gibt reichlich Literatur über Schläfenlappen-Halluzinationen, aber diese spezielle Halluzination ist mir noch nicht untergekommen, und die Ätiologie ist ebenfalls selten. Neunzig Prozent aller Hirngefäßaneurysmen sind anterior und nicht, wie bei Ihnen, posterior. Sie haben also nicht nur ungewöhnliche Symptome, sondern auch ein ungewöhnliches Krankheitsbild. Wahrscheinlich ist es gut gewesen, dass sie wegen des tonisch-klonischen Anfalls und nicht wegen der Halluzinationen eingewiesen worden sind, denn ansonsten hätte es zu einer Fehldiagnose von Geisteskrankheit kommen können.«

»Liebe ist Wahn«, sage ich leise.

»Ganz im Gegenteil. Ihre Erfahrung beweist, dass die Liebe nicht nur völlig normal ist, sondern ein unendlich oft reproduzierbarer menschlicher Zustand. Und dass jede Liebesbeziehung, jede einzelne Emotion unbegrenzt im Gehirn aufbewahrt werden kann und auf die richtigen physischen Bedingungen wartet, um wieder aufzutreten.«

Ich male es mir aus: jede Emotion, die ich je erlebt habe, aufgereiht in meinem Gehirn wie Gemälde in einer Galerie. Neuronenbündel mit sauber beschrifteten Etiketten: was geschah wann mit welchem Resultat. *Erster Kuss, dreizehn Jahre: Verlegenheit. Umarmung der Mutter: Geborgenheit. Von der ganzen Grundschulklasse ausgelacht: Scham. Die beste Freundin in einer Jugendherberge in Mumbai gefunden: Freude. Schmetterling landet an einem Sommertag auf der Hand: heitere Gemütsruhe.*

»Das heißt, alles, was ich gefühlt habe, ist – chemisch? Elektrisch? Bloß Impulse in meinem Hirn?«

»Was heißt hier ›bloß‹? Es gibt keine Emotion, kein Gefühl, keine Empfindung, die *nicht* von diesen Impulsen ausgelöst würden. Was das angeht, erschaffen Ihre Anfälle sehr wohl authentische Gefühle.«

Quinns Griff an meiner Schulter wird fester, und ich werfe ihm einen Blick zu. Er scheint sich genauso über den Arzt zu ärgern wie ich. »Lassen wir die philosophischen Fragen einmal beiseite«, sagt er. »Ist ein Hirngefäßaneurysma nicht gefährlich?«

»Wenn es rupturiert, ja, sehr sogar. Eine Subarachnoidalblutung kann schwere Hirnschäden und Tod zur Folge haben, wenn sie nicht rechtzeitig behandelt wird.«

»Sie müssen es also entfernen.«

»Selbstverständlich.«

»Also Gehirnchirurgie?«

»Ich glaube, Felicity ist eine gute Kandidatin für eine endovaskuläre Coiling-Therapie, was viel weniger invasiv ist. Allerdings wird sie von der interventionellen Neuroradiologin untersucht werden müssen, bevor wir irgendetwas entscheiden können.«

»Moment mal«, sage ich. »Das hier ist mein Kopf. Ich habe noch ein paar Fragen. Wenn Sie dieses Ding herausholen, heißt das, dass alles, was ich gefühlt habe, weg sein wird?«

»Das erwünschte Ergebnis ist, dass Sie keine Anfälle mehr haben werden, auch wenn wir Ihnen nach der OP eine Weile zur Unterstützung krampfhemmende Medikamente geben würden. Und Sie werden beobachtet werden müssen, um sicherzugehen, dass sich kein neues Aneurysma bildet.«

»Sie begreifen nicht. Ich frage nach den Gefühlen, nicht nach den Anfällen.«

»Du willst die Gefühle *behalten*?«, fragt Quinn.

»Ich will es bloß wissen.«

Der Arzt wirft einen Blick zu seinen Studenten, um sicherzugehen, dass sie alles genau mitbekommen. »Der emotionale Kern, den Sie immer wieder aufsuchen, wird sich immer noch in Ihrem Temporallappen befinden. Höchstwahrscheinlich werden Sie die Erinnerung nicht auf dieselbe Weise erfahren, als durchlebten Sie sie erneut. Es wird wie jede andere Erinnerung sein, wenn auch vielleicht eine besonders starke.«

»Ich werde sie verlieren.«

»Sie werden sie als Erinnerung behalten. Es sei denn, der Druck des Aneurysmas oder der operative Eingriff verursacht Schaden. Was nicht unmöglich ist. Trotz unglaublicher Entwicklungen, was unsere Kenntnisse und Vorgehensweisen betrifft, ist das Gehirn für uns immer noch eine Blackbox, sozusagen.«

»Könnte dieses Aneurysma andere Symptome neben den Anfällen verursacht haben?«, fragt Quinn. »Beispielsweise Verhaltensänderungen?«

»Sind Ihnen welche aufgefallen?«

»Ja«, sagt Quinn zur gleichen Zeit, als ich »Nein« sage.

Der Arzt lacht. »So geht's in der Ehe, nicht? Ein Schaden des Schläfenlappens kann das Verhalten ändern. Gedächtnisverlust, Impulsivität oder einen Mangel an Hemmungen.«

»Aber so bin ich einfach«, erkläre ich Quinn. »Ich habe schon immer ein mieses Gedächtnis gehabt. Und ich bin schon immer impulsiv gewesen.«

»Wie lange hat sie dieses Aneurysma schon?«, fragt Quinn den Arzt.

»Schwer zu sagen. Nicht rupturierte Hirngefäßaneurysmen können ein Leben lang unentdeckt bleiben, wenn sie keine Symptome wie die vorliegenden verursachen. Studien gehen davon aus, dass zehn Prozent der Bevölkerung Aneurysmen haben, ohne deswegen je Probleme zu bekommen.«

»Also muss ich nicht unbedingt behandelt werden«, sage ich.

»Doch, musst du«, widerspricht Quinn.

»Ihr Ehemann hat recht, es führt kein Weg um eine Behandlung. Sie mögen diese Schwäche in der Arterie schon seit Jahren haben, und sie könnte sich eine Zeit lang verschlimmert haben, ohne wahrnehmbare Probleme zu verursachen, aber jetzt hat das Aneurysma eine Größe erreicht, die Anfälle verursacht, und deshalb müssen wir operieren. So bald wie möglich.«

»Und es hätte bereits in der Vergangenheit jederzeit aufplatzen können?«

»Bei einem Aneurysma dieser Größenordnung besteht eine Wahrscheinlichkeit von mehr als sechs Prozent, dass es rupturiert. Wie bereits erwähnt, kann die Ruptur zu schwerwiegenden Hirnschäden führen. Und Ihres wächst mit jedem Tag, den es nicht behandelt wird.

Ich greife erneut nach den Ausdrucken und blättere sie durch. Eine leuchtende Kidneybohne. Eine schwarze Blutblase. Hier ist das Gefühl zu Hause, das man Liebe nennt. Das hier ist wer weiß wie viele Jahre mein blinder Passagier gewesen, hat sich in den schützenden Falten meines Gehirns versteckt, hat sich mit Blut gefüllt und ist gewachsen. Möglicherweise ist es da gewesen, als meine Mutter noch am Leben war. Während der Krebs ihren Körper zerfressen hat. Die ganze Zeit über bin ich dem Tod vielleicht so nahe wie sie gewesen.

Ich berühre das Gebilde auf der Computertomografie. Es hätte jede Erinnerung sein können. Es hätte mein erster Schultag sein können oder wie ich lernte, mir die Schuhe zuzubinden. Es hätte meine Angst sein können, was unter dem Bett war. Ein betrunkener Nachmittag in Paris. Ein Augenblick im Zug von Cornwall nach Paddington.

Aber das war es nicht. Es war Frangipani. Es war meine Liebe zu Ewan. Ist das Zufall oder ein unerklärlicher Plan? Bedeutet es, dass diese Schwellung sich in meinem Gehirn befand, als ich Ewan in dem Aktzeichenkurs begegnete, als jene Erinnerung an das erste Verliebtsein abgespeichert wurde? Ist das Aneurysma schon damals Teil von mir gewesen?

Wie viel meines Glücks und meiner Traurigkeit, meiner Impulsivität und meiner Freude, meiner Entscheidungen und Handlungen, meines Ich-Seins ist von dieser heimtückischen Kidneybohne verursacht worden, die sich in meinem Gehirn eingenistet hat wie der Embryo auf einem Ultraschallbild?

Quinn

Quinn war dreimal im Leben verliebt gewesen. Vorübergehende Schwärmereien und Mädchen, mit denen er sich nur ein- oder zweimal verabredet hatte, nicht mitgezählt. Er konnte noch nicht einmal Andi mitrechnen, mit der er sich kurz nach der Universität eine Wohnung und gelegentlich ein Bett geteilt hatte. Sie war eine Weile seine beste Freundin, fast zwei Jahre lang, mal mehr, mal weniger eng, bis sie den christlichen Glauben für sich entdeckte und nach Australien auswanderte. Er mochte Andi, aber er war nicht in sie verliebt gewesen und sie nicht in ihn, auch wenn seine Eltern gehofft hatten, dass die Sache mit ihr ernster werden würde.

Seine erste große Liebe war eine verpasste Gelegenheit. Er war siebzehn, und jeder im Pausenraum der Oberstufe wusste, dass Kathy Lewis bis über beide Ohren in Quinn Wickham verliebt war. Sie war ein hübsches Mädchen, aber schüchtern, und von Schüchternheit verstand Quinn etwas. Er war seine gesamte Schulzeit über schüchtern gewesen, weil er immer kleiner und schmächtiger war als die anderen Jungen. Obwohl er seine Zurückhaltung dadurch wettmachte, dass er zu allen freundlich und höflich war, wie es ihm sein Dad geraten hatte, besaß er nie das Selbstbewusstsein seiner Schwester Suz. Schüchterne Menschen fielen ihm in der Regel gar nicht auf, weil er zu sehr damit beschäftigt war, auf Leute zu achten, die nicht schüchtern waren und die er bewunderte. Diejenigen, die in den Korridoren laut Witze machten und andere zum Lachen brachten, die Selbstdarsteller und die Sportler, all diejenigen, über die er in der Schülerzeitung schrieb, die er selbst gegründet hatte und die er seit der neunten Klasse schrieb und gestaltete und druckte und verteilte. Die Nachrichten sprachen für sich, da brauchte er selbst nichts zu sagen. Er konnte schüchtern bleiben.

Erst kurz vor Ende der Schulzeit hatte Quinn einen erstaunlichen Wachstumsschub und stellte fest, dass es leichter war, mit anderen zu reden, wenn man ihnen in die Augen sehen konnte oder gar auf sie hinunterblickte. Er fragte sich allmählich, ob Anastasia Jenkins ihn jetzt wahrnehmen würde, nachdem er die vergangenen drei Jahre von ihr ignoriert worden war. Deshalb fiel ihm Kathy Lewis nie auf, die sich in Erdkunde neben ihn setzte und ihm beim Mittagessen verstohlene Blicke zuwarf. Und dann fingen ein paar Mädchen an, darüber zu kichern, und ein paar Jungen stießen ihn an und deuteten auf sie. Da konnte er ihr natürlich keine Beachtung schenken, jedenfalls nicht über seine normale höfliche Freundlichkeit hinaus, denn es hätte sie beide in schreckliche Verlegenheit gebracht.

Anastasia Jenkins kam mit Damien Boynton zusammen, und in derselben Woche betrachtete Quinn zum ersten Mal Kathys Haare, und ihm fiel ihr Glanz auf, wie schwarze Seide. Eines Tages bemerkte er, dass sie sich zwei Löcher in die Ohren hatte stechen lassen, dass ihre Fingernägel mit Glitzerlack lackiert waren. Dann ihre Schrift, die viel energischer war, als man es von einem derart schüchternen Mädchen erwartet hätte. Sie wechselten Blicke und lächelten sich zu. Sie arbeiteten zusammen an einem Projekt über die Eurozone. Sie lud ihn zum Lernen zu sich nach Hause ein.

Zwischen den Ferien, von Februar bis April, bereitete es ihm warme Glücksgefühle, neben ihr zu sitzen. Er dachte darüber nach, sie zu küssen, und bei dem Gedanken wäre er am liebsten gehüpft. Er wusste, dass er nicht viel sagen musste, weil sie ja in ihn verliebt war. Jeder wusste es. Jeder Satz, den sie einander sagten, hatte eine geheime unterschwellige Botschaft. Es war das erste Mal, dass er verliebt war, richtig verliebt, und es war wunderbar.

In den Osterferien besuchte er Suz in ihrer Wohnung in Leeds, und als er Kathy anrief, zum ersten Mal, am Abend, bevor die Schule wieder losging, ging ihre jüngere Schwester an den Apparat. »Sie ist mit Mark aus«, erklärte ihm die Schwester, unverhohlene Freude in der Stimme. »Sie hat gesagt, du hast nie angerufen und du kannst sie mal.«

Kathy war die übrige Schulzeit mit Mark zusammen. Quinn ging mit so vielen Mädchen, wie ihn haben wollten. Er küsste Anastasia Jenkins auf der Abschlussfeier, und ihre Lippen waren klebrig von einem Lippenstift, der nach überreifen Kirschen schmeckte.

Bei seiner zweiten großen Liebe ging es schon etwas mehr zur Sache. Er begegnete Maya während seines ersten Studienjahres, und bei beiden funkte es sofort. Sie studierte Journalismus wie er. Sie mochten dieselben Filme, lachten über die gleichen Witze, lästerten über die gleichen Leute. Sie zogen am Abend gemeinsam durch die Studentenkneipen, verbrachten die Nächte mit sexuellen Erkundungen und zogen im dritten Studienjahr zusammen. Seine Eltern glaubten, sie würden heiraten. Ihre Eltern waren anfangs dagegen, fanden sich aber damit ab, ja, freuten sich, nachdem sie Quinn schließlich kennengelernt hatten.

Und dann war es vorbei. Er wusste nicht, warum, und Maya behauptete, es auch nicht zu wissen. Sie hatten weniger Sex, doch wenn sie miteinander schliefen, war es so gut wie eh und je. Sie verbrachten mehr Zeit mit anderen Menschen. Manchmal sprachen sie ein oder zwei Tage nicht miteinander, vielleicht sogar eine Woche lang, abgesehen von SMS oder Notizzetteln, die sie für den anderen am Kühlschrank hinterließen. Es gab kein Zerwürfnis, keinen Streit, keinen nennenswerten Unterschied in der Art, wie sie miteinander auskamen. Doch sie waren nicht mehr verliebt. Die Liebe war versiegt, beinahe ohne dass es ihnen aufgefallen wäre. Ohne dass einer von ihnen es angesprochen oder eine Anstrengung unternommen hätte, sie wieder aufleben zu lassen.

Als Maya nach ihren Prüfungen für ein Praktikum nach Hongkong aufbrach, einigten sie sich darauf, in Kontakt zu bleiben, aber andere Beziehungen einzugehen. Der Liebeskummer war vorhanden, aber es ging mehr darum, was sie verloren hatten, als um das Ende dessen, was sie jetzt noch verband. Heutzutage kommunizierte er gelegentlich über Facebook mit ihr, freundlich und distanziert.

Die dritte Liebe war Felicity. Er war mit einer anderen Frau verabredet, als er Felicity im Zug aus Cornwall begegnete. Es war nichts Ernstes, die Freundin einer Freundin, aber sie sollten am folgenden Freitag ins Kino gehen. Er hatte abgesagt, sich am Telefon entschuldigt und ihr erklärt, er sei der Frau begegnet, die er heiraten werde. Sie hatte es für einen Scherz gehalten. Drei Monate später waren Felicity und er verheiratet.

Sein Liebes-Lebenslauf unterschied sich nicht sonderlich von dem seiner Freundinnen und Freunde: Sie alle hatten die Beziehung, die eigentlich ein Missverständnis war, die Beziehung, die eigentlich hätte funktionieren sollen, es aber nicht tat, und die Beziehung, bei der sofort alles stimmte. Und jede Beziehung war ein Bündel aus sattsam bekannten Geschichten und Klischees, von ausprobierten Stellungen beim Sex und von Streitigkeiten, von verratenen Gefühlen und Treueschwüren, von Psychospielchen und gekränkten Eitelkeiten. *O ja, so eine Beziehung habe ich auch gehabt. O ja, genau das ist mir auch passiert. O ja, ich kenne die Sorte Mensch, die du meinst.*

Wenn er jetzt an Maya dachte, oder Kate, oder Andi oder eine beliebige andere Frau, die ihn auf irgendeine Weise berührt hatte, ob nun körperlich oder geistig, verspürte er manchmal eine Wärme oder ein Lächeln oder eine Anwandlung von Bedauern oder Lust. Er erinnerte sich an die Fakten: Ich war früher einmal in sie verliebt. Allein schon beim Anblick ihrer Haare oder ihrer Augen regte sich früher in mir der Wunsch, in Jubel auszubrechen.

Doch er konnte diese Gefühle nicht wieder wachrufen, er konnte sie nicht erneut durchleben, nur indem er daran dachte. Es waren bloße Erinnerungen. Erinnerungsspuren, mit einer gewissen Macht, aber keiner großen.

Nicht genug, um Vorrang gegenüber dem zu haben, was er jetzt fühlte, hier im Flur vor der Neurologie-Station, während er darauf wartete, dass sich seine Frau einer Operation unterzog, die ihr wahrscheinlich das Leben retten würde, die sie ihm möglicherweise zurückgeben, sie aber auch umbringen konnte.

Er hatte Felicity immer dafür bewundert, wie sie im Hier und Jetzt lebte. Er liebte ihre Impulsivität, ihre Fähigkeit zu sehen, was sich vor ihr befand, während andere es ignorierten. Und doch war Felicity im Gegensatz zu ihm, im Gegensatz zu jedem anderen, den er kannte, in einer

Schleife aus vergangenen Gefühlen gefangen, und ihr Gehirn hatte sie davon überzeugt, dass diese Gefühle so frisch waren wie an dem Tag, an dem sie sie erlebt hatte.

Quinn lehnte sich in dem Flur an den Kaffeeautomaten, schloss die Augen und versuchte, sich ins Gedächtnis zu rufen, wie es sich angefühlt hatte, in Maya verliebt zu sein. Inwiefern unterschied es sich beispielsweise davon, was er für Felicity empfand?

Wenn Maya in diesem Moment den Krankenhausflur beträte, wäre er ohne Weiteres in der Lage, seine gegenwärtigen Gefühle für sie von seinen Empfindungen für seine Frau zu unterscheiden. Es gab keinen Vergleich. Doch was war beispielsweise mit seinen Empfindungen Maya gegenüber, nachdem sie zum ersten Mal miteinander geschlafen hatten? Wäre es die gleiche pure Emotion, die er empfunden hatte, nachdem er die erste Nacht mit Felicity verbracht hatte, die gleiche schlaflose Trunkenheit aus Körperlichkeit und Euphorie? Gab es einen Bereich in seinem Gehirn, der ein spezifisches »Nacht nach Maya«-Gefühl in sich trug, das sich quantitativ von seinem »Nacht nach Felicity«-Gefühl unterschied? Oder besaß er in Wirklichkeit nur ein allgemeines »Quinn ist sehr glücklich, nachdem er mit einer Frau geschlafen hat, für die er viel empfindet«-Gefühl, das immer dann Anwendung fand, wenn sich die Situation ergab?

»Verzeihung, warten Sie?«

Erschrocken kam er wieder zu sich. Die Frau neben ihm sah fragend zwischen ihm und dem Getränkeautomaten hin und her.

»Nach Ihnen«, sagte er, und als sie ihre Becher mit brauner Flüssigkeit entnommen hatte, begann auch er, Münzen in den Schlitz zu stecken. Ein Kaffee mit Milch von dem einen Automaten und eine Packung Jaffa Cakes zum

Abendessen aus dem anderen. Die Krankenhaus-Cafeteria war mittlerweile längst geschlossen. Er überlegte, ob er eine zweite Packung für Felicity kaufen sollte, da fiel ihm wieder ein, dass sie vor ihrer Operation morgen früh nichts zu sich nehmen durfte.

Endovaskuläres Coiling nannte es sich. Die Neuroradiologin würde einen Schlauch durch Felicitys Oberschenkelarterie nach oben einführen, ihren Körper hinauf bis zum Gehirn. Sobald der Schlauch einmal dort war, würde die Neuroradiologin eine Spule aus dünnem Platin einsetzen, um die Blutzufuhr des Aneurysmas abzubinden und es daran zu hindern, weiter zu wachsen. Das Verfahren war erprobt, allerdings bestand immer das Risiko eines Schlaganfalls oder Gehirnschadens oder Herzinfarkts oder des Aufplatzens des Aneurysmas selbst.

Quinn hatte Felicity beobachtet, während die Neuroradiologin den Eingriff und die Risiken erläuterte. Sie hatte sich die ganze Zeit über die Computerausdrucke angesehen und mit den Fingern über die Bilder ihres Gehirns gestrichen. Er war sich nicht sicher, ob alles bis zu ihr durchgedrungen war. Schon für ihn, Quinn, war es furchterregend zu hören, wie an ihrem Gehirn herummanipuliert werden würde, aber für sie musste es noch viel schlimmer sein. Ein oder zwei Augenblicke lang war ein empörter Ausdruck über ihr Gesicht gehuscht: Sie hatte die Lippen aufeinandergepresst, das Kinn gereckt – die Art Miene, die sie aufsetzte, wenn er sie daran erinnerte, dass sie spät dran seien, um zu einem Termin aufzubrechen, oder wenn seine Mutter anfing, für sie, Felicity, die Wochenendpläne zu schmieden.

Als sie ihr Kinn so vorreckte, war er sicher, dass sie Einwände gegen die Operation erheben würde, dass sie der

Ärztin sagen würde, sie solle sich nicht lächerlich machen, es ginge ihr prima, und dass sie jetzt nach Hause gehen wolle.

Sie tat es nicht. Und es wäre auch Wahnsinn gewesen. Dieses Aneurysma verursachte nicht nur die Anfälle. Es war nicht nur eine Krankheit, die sich zwischen sie beide geschoben hatte, die seine Frau fast zu einer Fremden gemacht hatte. Es war etwas, das sie jeden Moment umbringen konnte.

Er hatte sich seine Argumente gut zurechtgelegt, als die Ärztin ging, doch Felicity sagte nichts. Sie hatte überhaupt kaum gesprochen, seit ihrer Meinungsverschiedenheit gestern, seitdem sie diesen Mann angerufen hatte. Sie hatte geseufzt und war eingeschlafen, sodass ihm viel Zeit zum Nachdenken blieb.

Sie hatten noch nicht darüber gesprochen, was nach der Operation passieren würde, wenn es an der Zeit wäre, nach Hause zu fahren. Das war das Erste, wonach Suz gefragt hatte, als er sie angerufen hatte, um ihr von der Diagnose und der anstehenden Operation zu erzählen.

»Wir haben es noch nicht besprochen«, hatte er gesagt. Womit er sagen wollte, dass er es nicht mit seiner Familie besprechen wollte.

Er packte einen Jaffa Cake aus, steckte ihn sich in den Mund und sah auf die Armbanduhr. Die Zeit zog sich hin. Es war fast neun Uhr. Abgesehen davon, dass er mit Suz nach Hause gefahren war, um seinen Wagen zu holen und zu duschen, hatte er heute kaum etwas anderes gemacht, als von Felicitys Bett zur Cafeteria oder zum Laden und wieder zurück zu laufen. Eigentlich gab es feste Besuchszeiten, aber er kannte die Stationsschwester, die in einem Bauernhaus außerhalb von Tillingford lebte, und sie sagte ihm, dass es ihnen nichts ausmachte, wenn er so lange blieb, wie er wollte.

Die anderen Patienten auf der Station waren an Maschinen angeschlossen. Manche lagen im Koma. Manche trugen sonderbare Helme. Die alte Dame in dem Bett am Eingang hatte einen Schlaganfall erlitten, ihr Gesicht war halbseitig gelähmt, aber sie winkte ihm mit der guten Hand zu, wie sie es immer tat, wenn er vorüberging, und er winkte zurück. »Prächtiges Wetter da draußen, Mrs. Chowdery«, sagte er, obwohl er sich gar nicht sicher war, ob das stimmte, da er seit etlichen Stunden nicht mehr aus dem Fenster gesehen hatte.

Die Vorhänge um Felicitys Bett waren zugezogen. Er schlüpfte hindurch, leise, um sie nicht zu wecken.

Sie war fort.

Die Decke war zurückgeschlagen, sehr akkurat, so wie es Felicity nie getan hätte. Er warf einen Blick hinter sich durch den Vorhang. Beide Patiententoiletten waren leer, die Türen offen. Die Tür ihres Nachttisches war angelehnt, und ihre Schuhe fehlten, ebenso ihre Handtasche.

Quinn ging rasch los. Er sah in den Seitenflügeln nach, am Empfang, im Wartezimmer. Das gesamte Personal war in einem der anderen Seitenflügel beschäftigt, wo der Alarm piepte. Wenn sie ihn gehört hatte, wie er zum Kaffeeautomaten gegangen war, müsste ihr klar gewesen sein, dass es ein guter Zeitpunkt war, um unbemerkt zu entwischen.

Und wohin zu gehen? Wollte sie womöglich bloß ein wenig spazieren? Oder fliehen? Sich mit dem Mann treffen, den sie angerufen hatte, damit er sie rettete?

Die Korridore lagen still da. Er begegnete zwei Pflegern, die einen schlafenden Mann in einem Bett mit hochgeklapptem Seitengitter schoben.

»Haben Sie eine Frau in einem Krankenhaushemd gesehen?«, fragte er sie. »Dreißig Jahre alt, dunkle Haare mit Pony. Meine Frau ist aus dem Bett aufgestanden, und ich weiß nicht, wo sie hin ist.«

»Nach Einbruch der Dunkelheit geistern sie manchmal herum«, sagte der Pfleger. »Vollmond heute. Sie ist bestimmt in der Nähe. Aber ich werde Hilfe holen.« Er hob sein Funkgerät.

Quinn verbiss es sich, zu erwidern, dass seine Frau keine Demenzpatientin sei. »Ich werde weiter suchen.«

Er befand sich in der Nähe der Treppe. Er rannte nach unten zum Haupteingang. So spät am Abend war der Empfang nicht besetzt, und die Eingangshalle war leer. Draußen waren zwei rauchende Patienten, in der Sucht vereinte Fremde.

»Haben Sie eine Patientin herauskommen sehen? Dunkle Haare mit Pony, schlank, in einem Krankenhaushemd und mit Handtasche? Könnte in ein Auto gestiegen oder mit einem Mann weggegangen sein?« Die Raucher schüttelten die Köpfe, doch ihre Zigaretten waren noch lang, sie hatten sie eben erst angezündet. Vielleicht waren sie nicht da gewesen oder abgelenkt von Feuerzeug und Zigarettenschachtel.

Der Eingang war dank Straßenlaternen und den Lampen des Krankenhauses gut erleuchtet, aber er konnte Felicity nirgends erspähen. Am Bordstein waren drei Taxis aufgereiht, doch keiner der Fahrer hatte etwas gesehen.

Sie konnte nicht lange fort sein. Zwar hatte er wohl fast zwanzig Minuten gebraucht, um sich seinen Kaffee zu holen, doch wenn sie schon einige Zeit nicht mehr in ihrem Bett gewesen wäre, wäre es doch gewiss jemandem vom Personal aufgefallen. Er wünschte sich, er hätte daran gedacht, das Bettzeug zu berühren, um zu überprüfen, ob es immer noch warm war. Wenn ein Auto hinter dem Taxistand gewartet hätte, an der gleichen Stelle, an der Suz am gestrigen Abend geparkt hatte, hätte sie einsteigen können, ohne dass es jemandem aufgefallen wäre. Wenn sie den anderen Mann angerufen und ihn gebeten hatte, herzukommen und sie abzuholen.

Er lief trotzdem bis zum Ende des Krankenhausgebäudes und sah sich nach ihr um. Ein suchender Blick in beide Richtungen die Straße entlang und dann zurück in die andere Richtung. Seine Schritte hallten von der Hauswand wider.

Sie könnte überall sein. Sie könnte für immer fort sein.

Quinn hämmerte sich mit beiden Fäusten gegen die Stirn. Er hatte es befürchtet, dass sie die Operation nicht akzeptieren würde, aber er hatte den Gedanken als lächerlich abgetan. Warum sollte sie etwas ablehnen, das ihr so gut wie sicher das Leben retten würde?

Sie würde es für die Liebe aufs Spiel setzen.

Schwer atmend kehrte er zum Eingang des Krankenhauses zurück. Vielleicht hatte sie drinnen jemand gefunden. Während er lief, versuchte er, sie auf dem Handy anzurufen, doch es meldete sich nur die Mailbox.

Welche Nachricht konnte er ihr hinterlassen, die sie bewegen würde, zurückzukommen, wenn sie mit dem anderen Mann fortgegangen war?

Er nahm nicht den Aufzug, sondern die Treppe und wollte gerade die Tür zum zweiten Stock aufstoßen, wo sich die Station befand, als ihm etwas in den Sinn kam.

Vollmond heute, hatte der Krankenpfleger gesagt. Und die Treppe führte weiter nach oben, aufs Dach.

Sein Handy, das er im Krankenhaus auf lautlos gestellt

hatte, meldete vibrierend eine SMS, während er nach oben lief. Er blieb nicht stehen, um die Nachricht zu lesen. Oben an dem Treppenaufgang befand sich eine Glastür zum Dachgarten. *Geöffnet 10.00 – 18.00 Rauchen verboten* stand auf der Tür, aber als er dagegen stieß, schwang sie auf.

Hier oben war es kühler. Der Garten war von Mauern umgeben, und aus den Fenstern rings herum drang Licht, aber dennoch war er dunkel und ruhig. Sie saß auf einer Bank nicht weit von der Tür. Silberner Mondschein erhellte ihr Gesicht und das Weiß ihres Nachthemds. Quinn setzte sich neben sie. Sie blickte zum Mond empor, also tat er es auch.

»Ich habe dir eben eine SMS geschrieben«, sagte sie. »Ich habe mir gedacht, du machst dir vielleicht Sorgen. Auf deinem Handy ist besetzt gewesen.«

»Ich habe mir Sorgen gemacht«, sagte er.

»Ich wollte den Himmel sehen. Vielleicht werde ich ihn nie wieder sehen. Es könnte das letzte Mal sein.« Sie atmete tief ein. Er tat es ihr gleich, um dieselbe Luft zu schmecken. Sie duftete nach Geißblatt und warmem Asphalt.

»Du willst die Operation nicht, oder?« Die Dunkelheit erleichterte es, mit ihr zu reden.

Sie schüttelte den Kopf. »Ich habe Angst.«

»Ich dachte, du wärst mit ihm durchgebrannt.«

Sie seufzte, antwortete aber nicht.

»Würde er dich retten, wenn du ihn darum bitten würdest? Dich wegbringen, damit du dich der Operation nicht unterziehen musst?«

»Ich werde mich der Operation unterziehen. Und nein, ich glaube nicht, dass er es täte. Ich glaube, dass er in diesem Punkt genauso rigoros wäre wie du.«

»Wer ist er? Wie lange triffst du dich schon mit ihm?«

»Ich habe ihn gekannt, als ich zwanzig war. Meine Mutter hat ein Bild von ihm gemalt. Ich habe es wiedergesehen, als wir in New York waren.« Ihre Stimme war müde und traurig.

»Hat es zu dem Zeitpunkt angefangen? In New York?«

»Ein bisschen vorher. Den ersten Anfall hatte ich im Mai.«

»Hattest du vorher auch schon an ihn gedacht?«

»Nein. Ich habe nicht an ihn gedacht. Es kam aus heiterem Himmel. Mit dem Duft. Und dann das Gefühl und das Bild.«

Quinn ballte in seinem Schoß die Hände zu Fäusten. »Wie oft schon?«

»Wie oft ich das Gefühl verspürt habe? Ich bin mir nicht sicher. Oft.«

»Nein, ich habe gemeint, wie oft hast du mit ihm geschlafen?«

»Habe ich nicht.«

Er ließ den Zweifel in seinem Schweigen mitschwingen.

»Habe ich nicht, Quinn. Nicht in den letzten zehn Jahren. Als du hereingekommen bist, wollte ich ihm gerade sagen, dass er aufhören soll. Dass es nicht geht.«

Er hörte ihr Zögern. Es war eine Lüge, um ihn zu schonen. Und selbst wenn dem nicht so war, machte es überhaupt einen Unterschied?

»Glaubst du, dass er dich wirklich liebt?«, fragte er stattdessen. Er kannte die Antwort, aber er wollte wissen, was sie sagen würde.

»Er behauptet es jedenfalls. Auch wenn …« Sie hielt inne. »Ja, ich glaube, er denkt, dass er in mich verliebt ist.«

Sie sprach zögernd, wählte die Worte mit Bedacht. Es war fast so schlimm, wie die beiden in flagranti zu ertappen.

»Aber deine Gefühle ihm gegenüber sind nicht echt«, sagte er. »Sie waren früher vielleicht einmal echt, aber heute werden sie von den Anfällen ausgelöst. Du sagst, du hast überhaupt nicht an ihn gedacht, bevor du angefangen hast, die Blumen zu riechen?«

»Kaum. Aber wenn ich an ihn gedacht habe, dann höchstens als etwas, das einmal passiert ist, aber das vorbei ist.«

»Er mag also vielleicht dich lieben, aber was du für ihn empfindest, ist ein Symptom. Es ist nicht echt. Nach dem morgigen Tag wird es verschwunden sein oder es wird bloß eine Erinnerung sein. Du wirst wieder normal sein. Ein paar Tage im Krankenhaus, und du bist wieder kerngesund.«

Selbst in seinen eigenen Ohren hörte es sich nicht überzeugend an.

Sie betrachtete den Mond. Er sah das Glitzern ihrer Augen und dachte, dass Tränen darin waren. »Du verstehst es nicht, Quinn. Für mich ist das Gefühl sehr echt. Und es kommt und geht, ja. Aber wenn es da ist, ist es das Mächtigste, das ich je verspürt habe.«

»Es hat dich dazu gebracht, mich zu verlassen.«

»Und deshalb muss es echt sein. Begreifst du denn nicht? Wenn es nicht echt ist, wenn es bloß ein Symptom ist, dann habe ich dich grundlos verlassen. Ewan hat sich grundlos wieder in mich verliebt. Ich habe dir wehgetan, ich habe deiner Familie wehgetan, deine Mutter hasst mich, Suz erträgt meinen Anblick nicht, und all das nur, weil eine meiner Arterien nicht richtig funktioniert hat.«

»Aber das ist doch gut«, erwiderte er heftig. »Das ist doch wunderbar. Es bedeutet, dass du kuriert werden wirst und sich alles wieder einrenkt. Du kannst nach Hause kommen, und wir können wieder von vorne anfangen.«

»Das glaubst du nicht wirklich, oder?«

Mare Tranquillitatis, Mare Serenitatis. Mondstaub blieb immer reglos liegen, er bewahrte Abdrücke bis in alle Ewigkeit. Manches Leid war zu stark, um es der Luft auszusetzen.

Er sprach es trotzdem aus. Es musste irgendwann einmal laut ausgesprochen werden.

»Obwohl es eine Krankheit ist«, sagte er, »empfindest du mehr für ihn, als du je für mich empfunden hast.«

Die Worte hingen zwischen ihnen.

»Ich habe es gewusst«, sagte er. »Du hast mich nie so sehr geliebt, wie ich dich geliebt habe. Ich habe es von Anfang an gewusst.«

»Ich hatte gewisse Zweifel. Ich habe versucht, sie vor dir zu verbergen.«

»Wir haben offensichtlich so einiges voreinander verborgen.« Er schluckte. »Warum hast du mich geheiratet?«

»Ich bin sehr traurig gewesen, und du hast es geschafft, dass ich mich besser fühlte. Ich wollte dich heiraten. Ich dachte, wir würden glücklich sein. Du bist ein guter Mann, Quinn. Du bist der beste.«

Er stieß ein spöttisches Schnauben aus, eine leere Geste in Richtung Mond. *Hier bin ich. Sieh dir an, was es mir gebracht hat.*

»Du bist der letzte Mensch auf der Welt, dem ich wehtun möchte«, sagte sie. »Doch wenn ich so viel für einen anderen Mann empfinden konnte, habe ich dir mit jedem Tag, den ich geblieben bin, nur noch mehr wehgetan.«

»Du hast dich mir nie geöffnet, Felicity. Du hast immer einen Teil von dir für dich behalten. Wir sind ein Jahr lang miteinander verheiratet, und ich liebe dich, aber ich habe das Gefühl, als wärst du eine Fremde. Ich habe nachgefragt, und dann habe ich aufgehört nachzufragen, weil du mir nie gesagt hast, wie du dich gefühlt hast.«

»Ich brauchte meine Ruhe. Mir gingen so viele Dinge durch den Kopf, und wenn ich mit dir zusammen war, musste ich nicht darüber nachdenken. Du hast mir Sicherheit gegeben. Als ich dir zum ersten Mal begegnet bin, war mir nur nach Weinen zumute. Ich habe meine Mutter so sehr vermisst. Ich wollte auf die Straße laufen und meine Kleider zerreißen und nicht mehr zu weinen aufhören. Du hast es geschafft, dass ich ruhig werden konnte. Du hast mich wieder zum Lächeln gebracht. Ich glaube nicht, dass es sonst jemanden gegeben hat, der das für mich hätte tun können. Ich bin dir so dankbar.«

»Aber das ist nicht genug.«

»Ich habe gedacht, das könnte es sein. Ich wollte es. Ich wollte es so sehr, Quinn.«

»Was kann ich tun? Was können wir ändern, damit wir zusammen glücklich sein können?«

Sie schüttelte den Kopf. »Ich weiß es nicht. Ich bin mir nicht sicher, ob ich mir selbst trauen kann.«

»Andere Menschen kommen miteinander aus«, sagte er. »Sie bleiben zusammen, auch wenn es nicht perfekt ist. Sie schaffen es, über ihre Probleme hinwegzukommen. Warum funktioniert es bei manchen Menschen und nicht bei uns?«

»Vielleicht weil wir alles wollen.«

Ich hätte alles haben können, wenn du meine Liebe nur erwidert hättest.

Die Tür ging auf, und jemand streckte den Kopf heraus. »Hallo? Alles in Ordnung hier draußen?«

Es war der Pfleger, mit dem er vorhin geredet hatte. »Ich

habe sie gefunden!«, rief Quinn. »Wir schnappen ein wenig frische Luft, und dann kommen wir auf die Station zurück. Können Sie unten Bescheid geben?«

»Ziemlich schwül, was?«, sagte der Krankenpfleger anstelle einer Antwort und schloss die Tür.

Das Geräusch hallte wider. Seite an Seite blickten sie zum Himmel hinauf. Sie war hierhergekommen, um ihn sich anzusehen, weil es das letzte Mal sein könnte.

Was auch immer morgen früh im Operationssaal geschah, dies hier könnte das letzte Mal sein, dass sie ihn zusammen betrachteten.

»Sag mir, wovor du Angst hast«, meinte er. »Hast du Angst zu sterben?« Die Neuroradiologin war alle Möglichkeiten im Detail durchgegangen: Schlaganfall, Herzinfarkt, Probleme mit der Narkose … Der von ihnen gewählte minimal-invasive Eingriff war weniger riskant, als Felicitys Schädel zu öffnen, aber wie jede Operation war er nicht zu hundert Prozent sicher.

»Ich habe Angst davor, aufzuwachen und nicht mehr ich zu sein«, sagte sie. »Was bin ich denn, wenn nicht das, was ich fühle, was ich denke? Wenn das alles von einem Blutklumpen in meinem Gehirn verursacht worden ist, wer werde ich dann sein, wenn er weg ist?«

Ich werde dich immer lieben, ganz egal, wer du bist. Aber stimmte das? Hatte er sie geliebt, als er sie in den Armen eines anderen Mannes gesehen hatte? Jene Wut, die Eifersucht, die herzzerreißende Pein – war das Liebe? Er senkte das Gesicht zwischen die Knie und blickte dann wieder zum Mond empor.

»Erzähl mir etwas davon, wer du bist«, sagte er. »Erzähl mir irgendetwas. Wir haben vielleicht nie wieder Gelegenheit dazu.«

Sie betrachtete sein Gesicht. Er spürte es mehr, als dass er es sah: dass sie ihre volle Aufmerksamkeit auf ihn gerichtet hatte.

»Das Erste, woran ich mich erinnern kann«, begann sie, »ist, wie ich auf einem Babyelefanten gesessen habe.«

32

Ich rede mit Quinn und beobachte sein Gesicht. Ich erzähle ihm von meinen Erinnerungen, wie sie mir im Gedächtnis sind, auch wenn sie falsch sein mögen, auch wenn sie von Gemälden herrühren mögen oder durch die Erzählungen meiner Mutter oder durch unsichtbare Dinge, die in meinem Gehirn vor sich gegangen sind, verändert sein mögen. Denn das eine, vielleicht das Einzige, das ich von all diesen Erfahrungen gelernt habe, ist, dass die Realität, die man in sich trägt, die einzige ist, nach der man handeln kann.

Vielleicht bin ich gefallen und habe mir den Arm gebrochen, vielleicht hat meine Mutter mich auch aufgefangen, bevor ich zu Boden stürzte. Mein Verstand möchte, dass ich weiß, dass ich in Sicherheit war und geliebt wurde, dass mir keine Gefahr gedroht hat. Und das ist die höhere Wahrheit, oder?

Ich sage ihm all das und noch mehr, dort, im Schein des Vollmondes. Sein Handy vibriert, aber er ignoriert es. Er hört mir zu. Zweimal lacht er. Einmal macht er eine Bewegung, als wolle er meine Hand ergreifen, bevor er es sich anders überlegt.

Ich erzähle ihm Dinge, die nur zwischen meiner Mutter und mir vorgefallen sind und über die ich nie gesprochen habe: das Gefühl, wie sie ihre Arme um mich legt, den ewigen Leinsamengeruch, ihr Lächeln, als ich ihr meine erste *Igor*-Geschichte erzählt habe, die Art, wie sie von ihrer einen wahren Liebe sprach, die ich nie kennengelernt habe und aus der ich hervorging.

Wenn mir morgen etwas zustößt, wenn ich all das hier vergesse, werde ich nicht wissen, dass es fort ist. Quinn wird derjenige sein, der sich daran erinnert. Genau wie er derjenige sein wird, der sich an all die geheimen Momente zwischen ihm und mir erinnert. Und vielleicht sind sie nicht so, wie sie in meiner Erinnerung erscheinen – für ihn mögen sie durch Betrug und Enttäuschung vergiftet sein –, aber Quinns Realität ist genauso wichtig wie meine. Ich vertraue ihm voll und ganz.

»Warum hast du mir nie zuvor davon erzählt?«, erkundigt er sich. »Als ich dich gefragt habe? Als wir nach New York geflogen sind? Du bist so verschlossen gewesen. Und das sind doch gute Erinnerungen, Felicity!«

»Wenn ich darüber nachdenke, wie sie gelebt hat, kann ich nicht anders, ich muss daran denken, wie sie gestorben ist. Und es ist meine Schuld gewesen, dass sie so gestorben ist, wie sie gestorben ist.«

Ich fasse es kaum, dass ich das hier laut sage. Aber wir sind hier, im Freien. Und vielleicht werde ich nie wieder so mit Quinn reden. Ich werde vielleicht nie wieder so mit irgendjemandem reden. In der Nacht, bevor ich vielleicht für immer verändert werde, möchte ich, dass jemand weiß, was ich getan habe.

Ich möchte, dass Quinn es weiß. Ich will, dass er mich wahrhaftig sieht.

»Sie ist doch an Krebs gestorben, oder?«, meint Quinn. »Wie könnte das deine Schuld sein?«

Etwas Ähnliches habe ich Ewan gesagt, als er mir von Lees Tod erzählt hat. Ich habe so getan, als verstünde ich nicht, dass Schuldgefühle viele Gestalten annehmen können. Selbst wenn man nicht schuld ist – selbst wenn es Schicksal ist oder Krebs oder ein mechanischer Defekt oder ein Aneurysma im Gehirn –, wenn man daran beteiligt gewesen ist, ist man auch verantwortlich.

»Sie lebte in Cornwall«, erkläre ich ihm. »Und ich war in London, also habe ich sie nicht so oft gesehen, wie ich es hätte tun sollen. Es war ihr schon eine Ewigkeit schlecht gegangen, aber sie hat es niemandem gesagt. Als ich sie schließlich besuchte, hatte sie wahnsinnig abgenommen, und ich hatte Angst. Sie war nicht beim Arzt gewesen. Sie wollte es nicht wissen, hat sie gesagt. Sie wollte lieber weitermachen wie gehabt.«

»Kommt mir bekannt vor«, sagt Quinn, aber seine Stimme ist liebevoll.

»Ich habe sie dazu gebracht, zu ihrem Hausarzt zu gehen und sich dann Untersuchungen zu unterziehen. Es war Leberkrebs im fortgeschrittenen Stadium. Der Arzt hat gesagt, sie würde sterben. Er gab ihr einen Monat ohne Behandlung, vielleicht ein halbes Jahr mit Chemo. Meine Mutter hat nur gelächelt und sich bei ihm bedankt und hat mich gebeten, sie nach Hause zu fahren.«

»Aber das hast du nicht getan?«

»Sie hat mir gesagt, sie habe alles erreicht, was sie erreichen wollte. Und dass sie das Leben weidlich genossen habe. Dass sie mit angesehen habe, wie ich herangewachsen bin, und dass ich sie nicht mehr bräuchte. Also war sie bereit zu gehen. Sie wollte arbeiten, bis es nicht mehr ging, und dann wollte sie vielleicht eine große Party veranstalten, mit all ihren Freunden und ihren Ex-Lovern und mit Kollegen, und dann würde sie sich still und heimlich davonmachen.«

»Okay«, sagt Quinn. »Ich verstehe. Du fühlst dich schuldig, weil du sie den Tod hast sterben lassen, den sie wollte. Aber das hättest du mir doch sagen können, Felicity. Ich hätte dich nicht verurteilt.«

»Ich habe sie nicht den Tod sterben lassen, den sie wollte«, widerspreche ich. »Ich habe sie dazu gebracht, sich der Chemotherapie auszusetzen. Die Chemo hat sie krank gemacht. Sie konnte das Bett nicht verlassen oder auf die Toilette gehen, und selbst dann habe ich sie nicht zu Hause sterben lassen. Ich habe sie ins Krankenhaus gebracht, damit ihr noch eine Woche blieb. Noch ein Tag. Zeit, die sie überhaupt nicht wollte. Ich konnte sie nicht gehen lassen, und deshalb hatte sie mehr Schmerzen, als ich mir vorstellen kann.«

Ich erwarte, dass er etwas sagt, mich dafür verantwortlich macht, dass ich das meiner Mutter angetan habe, dass ich es ihm nicht schon vorher erzählt habe. Oder Beschwichtigungen, dass er das Gleiche getan hätte, wenn es sich bei der Kranken um Molly gehandelt hätte.

Er sagt nichts, und es ist so still auf dem Dach, trotz der Geräusche von den Straßen. Doch diese Stille gibt mir Raum zu sprechen.

»Und am Tag vor ihrem Tod bin ich an ihrem Bett gewesen. Ich habe ihre Hand gehalten, und sie hat zu mir hochgesehen. Sie konnte damals kaum noch sprechen. Wegen der Schmerzen hatte sie so viele Mittel geschluckt, dass sie mich zeitweise nicht erkannt hat. Aber sie hat mich angeschaut, und ihr war anzusehen, dass sie wusste, wer ich war. Sie hat es geflüstert. Sie hat gesagt: *Warum hast du mir das angetan?*«

Meine Wangen sind nass. Ich wische darüber.

»Sie hat gesagt: *Warum hast du mir das angetan?* Und ich

hatte keine Antwort, Quinn. Ich hatte keine Antwort, die ich ihr geben konnte.«

Er bewegt sich auf der Bank und legt mir den Arm um die Schulter. Er zieht mich an sich, und ich schmiege mich in seine Wärme.

Wie immer fühlt er sich nachts größer an, als er tagsüber aussieht. Fester, stärker. Er lässt den Kopf auf meinen sinken und spricht in mein Haar.

»Alles, was du getan hast«, murmelt er, »hast du aus Liebe getan.«

»Ich glaube nicht, dass es das besser macht.«

Er hält mich, dieser Mann, der noch immer mein Ehemann ist. Ich lausche auf seinen Atem und seinen Herzschlag. Ich spüre seine Arme um mich und atme seinen Duft ein, nach Baumwolle und Kaffee, ein schwacher Hauch von Feuchtigkeit vom Cottage. Ich habe bis heute Abend nicht gewusst, wie sehr ich ihn vermisst habe. Wie haltlos ich ohne ihn gewesen bin. Wie wichtig er mir die ganze Zeit über gewesen ist.

Ich nehme es alles auf und versuche, es in meinem Innern zu speichern, an einem geheimen Ort, irgendwo, wo morgen nicht daran gerührt werden wird, wenn ein Platindraht mein Gehirn verändert.

Ich weiß nicht, was ich verlieren werde, aber ich hoffe, dass nichts hiervon verblassen wird. Ich hoffe, dass ich mich an die Meere des Mondes erinnern werde.

Quinn

Er war sich nicht sicher, wie spät es war, als er erwachte, aber Felicity war ebenfalls eingeschlafen. Ihr Kopf ruhte an seiner Schulter. Seine Schultern waren verspannt vom Schlafen auf der Bank. Aber der Mond war noch nicht weit gewandert, er dürfte daher nicht lange weg gewesen sein. Vorsichtig, um sie nicht aufzuwecken, bewegte er sie, legte die Arme um sie und hob sie hoch.

Er hatte sie bei ihrer Hochzeit nicht über die Schwelle des Cottage getragen. Es hatte so heftig geregnet, und sie hatten es eilig, nach drinnen zu gelangen. Jetzt trug er sie ins Krankenhaus, die Treppe hinunter und auf die Station. Eine Krankenschwester kam auf ihn zu, doch er lächelte ihr zu und flüsterte, dass alles in Ordnung sei. Sie folgte ihm zum Bett und half ihm, Felicity hineinzulegen.

»Sie sollten nach Hause fahren«, erklärte sie ihm. »Wir kümmern uns jetzt um sie.«

Der Nachttisch war immer noch offen. »Sie hat ihre Handtasche oben auf dem Dach liegen lassen«, erwiderte er. »Ich bin gleich wieder da.«

Ihre Tasche lag geöffnet auf dem Boden neben der Bank. Felicitys Handy blinkte. Ohne nachzudenken, ohne in Erwägung zu ziehen, dass dies sogar in dieser Situation falsch war, holte er das Handy heraus und las die eine neue SMS, die Ewan vor weniger als einer Stunde geschickt hatte.

Ich liebe dich. Komm am 12. September nach Greenwich. Unsere Stelle, mittags. Ich werde dort sein. E

Er setzte sich. Ihm war übel. Die SMS war gekommen, als sie zusammen auf dieser Bank gesessen hatten. Als Felicity ihm ihre Erinnerungen erzählt hatte, als er sie gehalten hatte. Als er angefangen hatte zu denken, dass sie das hier vielleicht doch überstehen könnten.

Sie hatte endlich mit ihm geredet. Aber es hatte sich nichts geändert.

Das Handy fühlte sich schmal in seiner Hand an. Er brauchte nur ein paar Tasten zu drücken, dann würde er wissen, wie oft sie mit Ewan gesprochen hatte. Er könnte sich die Nachrichten anhören, die er hinterlassen hatte, die SMS lesen, die sie einander geschrieben hatten. Er würde genug erfahren, um sich den Rest vorstellen zu können.

Wie lange war seine Mutter oben an den Nebenanschluss gegangen, sobald sein Vater unten telefonierte? Wie viele Monate oder Jahre, selbst nachdem es angeblich vorbei war, hatte sie jeden Brief unter die Lupe genommen, der für Derek eintraf, und sich Sorgen gemacht, wenn er spät aus dem Büro nach Hause kam?

Er würde sie nie danach fragen können, glaubte aber, es zu wissen. Jeder Tag war zu viel. Jedes Mal war zu viel.

Quinn steckte Felicitys Handy in die Handtasche zurück und trug sie nach unten. Er legte sie wieder in ihren Nachttisch. Felicity schlief, drehte sich weg von ihm, ihr Körper ein Fragezeichen im Bett.

»Fahren Sie nach Hause? Wollen Sie sich ein bisschen ausruhen?«, fragte die Krankenschwester, die ihm geholfen hatte, Felicity ins Bett zu legen. Er nickte.

»Ja«, sagte er. »Ich kann nicht mehr.«

33

Als ich am Morgen aufwache, ist Quinn nicht da. Da sind zwei Schwestern und der Anästhesist, der meinen Blutdruck misst. »Sie kommen ein bisschen früher als geplant in den Operationssaal«, sagt eine Krankenschwester. »Umso besser, nicht wahr? Wo Sie doch nicht frühstücken dürfen.«

»Mein Mann ist noch nicht hier.«

»Rufen Sie ihn rasch an, dann ist er bestimmt da, wenn Sie aus dem OP-Saal kommen. Oder wir können für Sie anrufen, wenn Sie möchten.«

Ich finde mein Handy und sehe nach Nachrichten von Quinn. Er hat nicht angerufen, und Ewan hat irgendwann aufgehört anzurufen. Obwohl es keine ungelesenen Nachrichten gibt, sehe ich nach, ob ich etwas verpasst habe, und ich sehe ganz oben die SMS von Ewan. Er bittet mich, wieder nach Greenwich zu kommen, in drei Wochen. Schreibt, dass er mich liebt.

Sie ist als gelesen markiert. Ich glaube nicht, dass ich sie gelesen habe, auch wenn ich meinem Gedächtnis nicht trauen kann. Allerdings überkommt mich unvermittelt die Gewissheit – die falsch sein kann –, dass Quinn sie gelesen hat und er deshalb nicht hier ist.

In meinem leeren Magen spüre ich Übelkeit. Es ist ganz ähnlich wie das Gefühl, das ich früher hatte, wenn ich Frangipani gerochen habe. Doch jetzt nehme ich die

Medikamente, die jene Erinnerungen unterbinden. Folglich weiß ich, dass meine Nervosität und meine Bestürzung echt sind.

»Es wäre sehr freundlich, wenn Sie meinen Mann für mich anrufen könnten«, sage ich der Krankenschwester. »Danke.«

Sie geben mir ein Formular, das ich unterzeichnen soll, meine Einverständniserklärung zu der Operation. Es ist sinnlos zu zögern. Logik besiegt den Zweifel, auch wenn ich beim Unterschreiben das Gefühl habe, als würde ich einen Teil von mir zum Tode verurteilen.

»Hat sich jemals jemand geweigert, das hier zu unterschreiben?«, frage ich, während ich es mir vorstelle: ein Patient, befreit vom Tropf und von der Verpflichtung, gesund werden zu müssen, der sich anzieht und nach draußen spaziert, um nach Herzenslust seine Wahnvorstellungen für die Wirklichkeit zu halten.

»Nicht bei solchen Operationen«, sagt der Anästhesist. »Sie rettet den Menschen schließlich das Leben.«

Mein Problem ist nicht die Operation. Mein Problem ist, was ich anschließend machen werde.

Falls Ewan mich tatsächlich lieben sollte, falls er auf meine Liebe zählt, von der alle sagen, es sei bloß ein Krankheitssymptom, was wird dann mit ihm geschehen, wenn ich mich in drei Wochen nicht mit ihm in Greenwich treffe? Bei meinem ersten Treffen mit ihm in Greenwich ging es darum, ihm das Leben zu retten, auch wenn ich es nicht wusste. Wenn ich mich nicht mit ihm treffe, wird er im Laufe eines einzigen Sommers seinen besten Freund und seine Geliebte verloren haben.

Vielleicht hätte ich bei seinen Anrufen ans Telefon gehen oder ihn noch einmal anrufen sollen, als ich gerade keinen Anfall hatte, hätte ihm erklären sollen, was nicht mit mir stimmt. Aber ich konnte ihm nicht erklären, dass alles, was ich getan habe, ein Ergebnis von Druck im falschen Teil meines Gehirns ist. Es schien einfacher, abzuwarten, wie meine Gefühle nach der Operation aussehen würden. Ewan ist trotz seines starken Körpers und seiner Sturheit unglaublich zerbrechlich.

Quinn ist nicht zerbrechlich. Ich habe ihm wehgetan, aber er ist in seinem Innern ganz geblieben. Doch die gelesene SMS, seine Abwesenheit jetzt, sagen mir, dass das Gefühl, das ich letzte Nacht hatte, als ich mit ihm geredet habe und in seinen Armen gelegen habe, auch nicht echt gewesen ist. Es war nur eine kurzzeitige Unterbrechung des Schweigens. Unser Gespräch vergangene Nacht unter dem Mond war das Ende.

»Sie sind sehr still«, sagt eine der Krankenschwestern. »Alles in Ordnung?«

»Ich denke noch möglichst viel nach, bevor Sie anfangen, an meinem Hirn herumzudoktern.«

Sie lachen alle.

Die Neuroradiologin trifft ein. Wir haben uns gestern unterhalten, als sie die Operation erläuterte, doch heute Morgen betrachtet sie mich mit größerem Interesse. »Gestern war ich nicht über Ihre Symptome im Bilde«, sagt sie. »Wie ich höre, führt Ihr Aneurysma dazu, dass Sie sich verlieben. Eine wunderbare Art von Anfall, könnte ich mir vorstellen.«

Was soll man darauf sagen? Nein? Ja? Kümmern Sie sich gefälligst um Ihren eigenen Kram und hören Sie auf, von einer aufregenden Fallbeschreibung in Ihrer Fachzeitschrift zu träumen?

»Vielleicht ist die Liebe nichts weiter«, sage ich. »Ein Ungleichgewicht im Gehirn.«

Wieder lachen die Umstehenden. Was für ein Witzbold ich doch heute bin.

»Tja«, sagt die Neuroradiologin. »Keine Sorge. Wenn Sie aufwachen, sind Sie geheilt.«

Diese gut ausgebildete und erfahrene Frau, die so von meinen Symptomen fasziniert ist, wird einen Draht in meine Vene an der Leiste einführen, und er wird sich einen Weg nach oben durch meinen Körper bahnen, vorbei an meinem Herzen, das keine Gefühle empfindet, auch wenn wir das Gegenteil behaupten, meinen Hals hinauf und in mein Gehirn. Da wird eine winzige Kamera sein, um dem Draht den Weg zu weisen. Der Draht wird eine Ladung Platin transportieren und dieses Edelmetall am schadhaften Teil des Gehirns abladen, um das Aneurysma abzuschnüren. Coiling nennt man es. Ein unglücklicher Begriff, wie ich finde. Man denkt unwillkürlich an sich windende, tödliche Schlangen. Da Platin sich praktisch nicht ausdehnt, sollte das Aneurysma schrumpfen, und mein Schläfenlappen sollte vor dem Druck geschützt sein, unter dem er gestanden hat. Meine Durchblutung sollte sich wieder normalisieren.

Natürlich kann es auch anders kommen. Die Erfolgsrate bei diesen Operationen liegt bei fünfundneunzig Prozent, aber das ist die technische Rate. Sie besagt nur, ob alle Instrumente ihren Dienst tun oder nicht. Die klinische Erfolgsrate liegt bei etwa achtzig Prozent. Bei den anderen zwanzig Prozent lässt das Coiling das Aneurysma platzen oder es kommt zu einem Schlaganfall in einem anderen Teil des Gehirns, oder das Coiling funktioniert nicht, und es muss etwas anderes probiert werden. Zusätzlich gibt es natürlich immer die Komplikationen, die bei einer Narkose möglich sind. Aber aller Wahrscheinlichkeit nach wird es gut gehen.

Siehst du? Ich berücksichtige sehr wohl die Fakten, erkläre ich Quinn, der nicht da ist.

Die Narkose ist wie warmer Honig in meinen Adern, Linderung eines Schmerzes, von dem ich gar nicht wusste, dass ich ihn hatte. Ich frage die Ärztin, ob ich träumen würde, während ich bewusstlos bin, und sie sagt Nein. Es ist nicht wie gewöhnlicher Schlaf. Es ist Leere. Sie hat mir erklärt, man wacht auf und erinnert sich an nichts, vielleicht ist einem ein wenig übel, aber das ist normal. Die Stunden, die man bewusstlos verbracht hat, werden die Stunden sein, die dazu genutzt wurden, einen zu heilen.

Demnach ist das hier wahrscheinlich kein Traum, sondern vielleicht etwas, das von dem kleinen Instrument hervorgerufen wird, das sich vorsichtig in mein Gehirn schiebt. In diesem Nicht-Traum sehe ich mich, wie ich ein Buch mit einem farbigen Hochglanzcover halte. Es ist das nächste *Igor*-Buch, dasjenige, das ich noch nicht gemalt habe. Doch als ich die erste Seite aufschlage, stelle ich fest, dass es sich um keine Geschichte handelt, an der ich gearbeitet habe. Auch wenn die Zeichnungen von mir stammen. Ich erkenne den Stil wieder.

Auf der ersten Seite hat Igor sich verirrt. Er fliegt durch einen dunklen Wald, und er kommt nicht hoch genug durch das Blätterdach, um zu sehen, wohin er fliegt. Es ist die Art Bild, die ich gewöhnlich nach drei Vierteln der Geschichte einfüge, wenn wir nicht glauben, dass Igor das knifflige Problem lösen wird, aber als ich zurückblättere, ist da nur das Titelblatt. Das ist eine neue Idee, mit einer gefahrenvollen Situation anzufangen, statt mit der üblichen behaglichen Idylle. Warum ist es mir nicht schon früher in den Sinn gekommen?

Die Seiten zwei und drei bilden eine Doppelseite. Igor ist nur eine kleine Eule, aber die Bäume stehen immer dichter, und er kann die Flügel nicht mehr ausbreiten. Es wird auch dunkler, und in den Schatten sind Wesen. Eulen müssen keine Angst vor Raubtieren haben, aber kleine Eulen, die knifflige Probleme lösen, schon.

Diese Doppelseite ist furchterregend, aber die Geschichten werden natürlich vor dem Schlafengehen vorgelesen, wenn sich das Kind sicher unter der Bettdecke befindet. Es ist eine stillschweigende Abmachung in diesen Büchern, dass das knifflige Problem am Ende geheilt ist, ich meine natürlich gelöst.

Auf Seite vier landet Igor auf einem Ast, und auf diesem Ast befindet sich eine Maus. Selbstverständlich wissen wir alle, dass Mäuse die natürliche Beute von Eulen sind, aber das ist eine weitere stillschweigende Abmachung. Abgesehen davon handelt es sich hier um eine sprechende Maus, und sprechende Mäuse werden nie aufgefressen.

»Was ist los?«, fragt die Maus. »Kann ich dir helfen?«

»Ich habe mich verirrt«, sagt Igor. »Ich bin ein berühmter Eulendetektiv, aber ich kann den Weg nicht finden. Ich fürchte, dass sich mein Weg überhaupt nicht finden lässt.«

»Wenn du Zweifel hegst«, meint die Maus, »solltest du deinem Herzen folgen.«

Auf Seite fünf frisst Igor die Maus. Man sieht, wie ihr Schwanz in seinem Schnabel verschwindet.

Ich kehre zum Titelblatt zurück. Zwar habe ich den Titel gesehen, aber ich habe ihn bis jetzt noch nicht gelesen. *Igor folgt seinem Herzen* heißt das Buch.

Auf den Seiten sechs und sieben folgt Igor seinem Herzen.

Man sieht das Herz, und es sieht Igor recht ähnlich, bloß dass es sogar noch kleiner ist, und es ist rosa mit weißen Flügeln, wie ein kleiner Engel. Die Bäume lichten sich, schrumpfen zu Zweigen, verkümmern. Auf Seite acht befindet sich Igor in einer Wüste. Er landet auf einem Felsen. Überall ist Sand. Eine andere Eule ist nicht in Sicht, aber die Sonne scheint unerbittlich auf die zerbrechlichen Totenschädel von Lebewesen nieder, die hier durchgekommen und gestorben sind. In jedem von ihnen befindet sich ein kleiner leuchtender Fleck, der wie eine Kidneybohne geformt ist.

Und dort blieb er, lautet der Text.

Die nächste Seite ist das leere Vorsatzpapier. Es ist das Ende des Buches.

Das Buch ist zu kurz, kein Verlag würde das drucken. Die Leute würden sich betrogen fühlen. Kinder würden Angst bekommen. Ich blättere zum Anfang zurück und lese die Geschichte erneut, aber sie bleibt jedes Mal gleich: Igor hat sich verirrt, er frisst die Maus, er folgt seinem Herzen, er endet allein in der Wüste.

Das hier ist kein gutes Buch für Kinder. Das hier ist für niemanden ein gutes Buch.

Ewan

Das Haus war das letzte in einer Sackgasse, in einem Viertel außerhalb von Leicester. Es war ein normales Haus. Ewan parkte sein geliehenes Auto davor am Straßenrand und saß ein paar Augenblicke mit den Händen am Steuer da, betrachtete den Rasen vor dem Haus, die rot gestrichene Tür. Hierher war Lee nach Hause gekommen, wenn er nach Hause gekommen war. Hier war die Schlafzimmerdecke eingestürzt, weil Lee zu viel Gerümpel, zu viele Gerätschaften auf den Speicher gebracht hatte, hier hatte er die Küche verunstaltet, als er versuchte, selbst Kacheln zu legen. Lee konnte Geschichten über beinahe jedes Zimmer in diesem Haus erzählen. Ewan war kein Teil dieser Geschichten. Ihre Freundschaft hatte ausschließlich auf Tour stattgefunden.

Der Weg zu der roten Tür war vielleicht der schwerste Weg seines Lebens. Jeder einzelne Teil von ihm wollte sich umdrehen und wieder in den Wagen steigen. Doch er hatte sich geschworen, einen Neuanfang zu wagen. Ein neues Leben. Er würde nicht wieder davonlaufen. Würde verantwortungsvoll handeln. Würde Schalterangestellte auf der Post höflich behandeln.

Er rieb die Finger seiner rechten Hand, wo er immer noch die Rückseite von Lees Sweatshirt spürte, als es ihm entrissen wurde.

Petra öffnete die Tür, noch bevor er klopfen konnte. »He,

Mann«, sagte sie und umarmte ihn auf der Schwelle. Dann trat sie zurück und blickte zu ihm auf, die Hände immer noch an seinen Armen. »Du bist anderthalb Stunden zu spät.«

»Ich habe mich verfahren«, sagte er, verbesserte sich aber dann: »Ich habe eine Ewigkeit an der Autobahnraststätte gestanden. Ich hätte fast gekniffen.«

»Ich bin froh, dass du da bist.« Sie trug eine dicke Hornbrille und einen viel zu großen Pullover, der wahrscheinlich Lee gehört hatte. Abgewetzte Hausschuhe. Ihre sonst kurz geschnittenen Haare waren schulterlang und sahen zottelig aus. Sie war ganz anders als das Lippenstift tragende, lachende Mädchen mit Sexappeal, das er an Lees Seite gesehen hatte. Doch ihr Lächeln war herzlich, wenn auch traurig. Im Haus roch es nach Kaffee.

»Petra«, sagte er. »Es tut mir so leid. Es wäre niemals passiert, wenn ich nicht gewesen wäre. Ich weiß, dass ich es niemals wiedergutmachen kann, aber wenn ich dir irgendwie helfen kann, bitte sag es.«

»Ich mache dich nicht für Lees Tod verantwortlich«, erklärte sie ihm. »Die Tatsache, dass du hergekommen bist, reicht schon. Aber wo du davon sprichst: Kannst du schwer tragen?«

Drei Stunden später lag der gesamte Inhalt von Lees Schuppen auf dem Rasen ausgebreitet. Petra drückte ächzend ihr Kreuz durch. »Ich hatte keine Ahnung, dass es so viel ist.«

Ewan balancierte einen Lötkolben auf einer ausgeweideten Lautsprecherbox. »Er ist ein bisschen sammelwütig gewesen. Aber er konnte einfach alles reparieren.«

»Ja, aber wie lange es gehalten hat, ist eine andere Frage.

Kannst dich im Haus ja mal umsehen.« Petra ließ sich neben der Lautsprecherbox auf den Rasen sacken. »Du verziehst überhaupt nicht die Miene, wenn ich ihn erwähne.«

»Was meinst du damit, die Miene verziehen?«

»Wenn ich vor der Familie nur seinen Namen erwähne, verziehen sie sofort die Miene.« Sie machte es vor, zog übertrieben die Mundwinkel nach unten, riss die Augen auf. »Auch meine Freunde hier. Als wäre es verboten, ganz normal von ihm zu sprechen. Sie erwarten von mir, dass ich in Tränen ausbreche. Versteh mich nicht falsch: Manchmal ist mir schon nach Heulen zumute. Aber manchmal will ich einfach nur von ihm reden.«

»Ja«, erwiderte Ewan. »Manchmal will ich das auch.«

»Du bist sein bester Freund gewesen. Er hat immer von dir gesprochen. Er hat übrigens gesagt, du würdest totalen Mist bauen, aber er hat es liebevoll gesagt.«

»Von dir hat er immer nur liebevoll gesprochen.«

»Alter Schmeichler, ich glaube dir kein Wort.« Sie streckte die Beine aus. »Was sollen wir mit dem ganzen Kram machen? Mülldeponie?«

»Bist du dir sicher, dass du es loswerden willst? Hängen keine Erinnerungen daran?«

»Diese Erinnerungen brauche ich nicht. Dieser Schuppen ist ein Höllenschlund. Hast du die Spinnen gesehen?«

»Wir können es mit eBay versuchen.«

»Bei den meisten Sachen weiß ich nicht einmal, was es ist.«

»Ich schon«, sagte Ewan. »Wenn du einen Fotoapparat und ein Laptop hast, kann ich es für dich machen.«

»Okay. Ja, das wäre super. Danke.« Sie legte sich aufs Gras, die Hände auf dem Bauch gefaltet. »Ich bin total erschöpft.«

Ewan ließ den Blick über Lees Habseligkeiten schweifen. »Was wirst du mit dem Schuppen machen? Streichen?«

»Da hilft auch kein Streichen mehr. Ich reiße das Scheißding ab. Ich stelle lieber eine Schaukel oder so etwas auf.«

»Du bist …«

»Schwanger. Ja. In der vierzehnten Woche. Es ist kurz vor seiner Abreise passiert. Jetzt verziehst du doch die Miene. Hör auf.«

Er setzte sich neben sie. Er schloss die Augen und verdrängte mit Mühe die Schuldgefühle. Denn sie hatte ihm befohlen, damit aufzuhören, und es ging hier einzig und allein um sie.

»Ich habe bloß … Ja. Okay. Hat Lee davon gewusst?«

»Ja. Ich vermute einmal, dass er es dir nicht erzählt hat.«

»Er hat ein paar Dinge gesagt. Hauptsächlich ging es darum, dass ich mein Leben auf die Reihe kriegen sollte.«

»Typisch Lee. Und jetzt fühlst du dich ihm gegenüber verpflichtet, weil es seine letzte Bitte war.«

»Vor noch gar nicht so langer Zeit hat mir jemand das Gleiche gesagt.«

»Auf jeden Fall brauche ich den Schuppen nicht. Oder etwas von diesen Dingen. Ich habe einen viel wichtigeren Menschen, der immer eine Verbindung zu ihm sein wird. Ich will nur nicht, dass die Leute die Miene verziehen, wenn das Kind nach seinem Daddy fragt. Verstehst du?«

»Tja«, sagte Ewan, »ich kenne so einige Geschichten von ihm. Sobald der Kleine alt genug ist, schick ihn zu mir. Oder sie. Ich werde die Geschichte erzählen, wie ich einmal in Memphis Graceland kaputt gemacht habe, und Daddy hat es wieder repariert.«

»Ich wette, es hat nicht lange gehalten«, sagte Petra, und sie lachten beide, die Art von Lachen, bei der man nach einer Weile weint.

Am Abend schaltete Ewan in seinem Hotelzimmer irgendeinen Zombiefilm an. Er lag auf dem Bett, das Handy in der Hand. Flick hatte sich auf seine Nachrichten hin nicht gerührt. Aber das gefiel ihm. Sie hatte ihm gesagt, er solle sich nicht melden, während sie Ordnung in ihrem Kopf schuf, und daran hielt sie sich. Er wollte keine Frau, die mit einem anderen verheiratet war. Er wollte in eine Frau verliebt sein, die zu haben war. Jemanden, der ihn durchschaute. Auf gewisse Weise war es beängstigend, aber er war bereit. Jedenfalls hoffte er das.

Morgen würde er wieder zu Petra fahren und Lees Habe bei eBay einstellen. Sie würden Kaffee trinken und Geschichten erzählen. Heute Abend war er wieder einmal in einem Hotelzimmer, wie fast jeden Abend in den vergangenen zwei Jahren, als er durch die Welt getourt war. Und wie unzählige Male vorher legte er auch jetzt sein Handy beiseite und griff nach dem Festnetzapparat in dem Zimmer. Er wählte die Neun für ein externes Gespräch, und dann gab er Alanas Nummer ein. Alle Ziffern bis auf die letzte.

Es war eine Null. In den vergangenen zwei Jahren schien diese Null für schrecklich viel gestanden zu haben. Vielleicht hatte er sie deshalb nie gedrückt.

Oder vielleicht lag es daran, dass er schlicht und einfach ein Feigling war, der seine Exfrau nicht anzurufen wagte, um sie zu bitten, seine Tochter an den Apparat zu holen.

Der es nicht schaffte, eine Geburtstagskarte zu schicken. Der es nicht schaffte, eine Telefonnummer zu Ende zu wählen.

Er legte auf und beobachtete Geschöpfe auf dem Bildschirm, die hinkend und humpelnd Jagd auf Gehirne machten.

34

In der Wüste vergeht die Zeit anders. Ich öffne die Augen, und es ist heiß, so entsetzlich heiß, und Quinn ist da und blickt auf mich herunter. Ich sehe ihn verschwommen, aber er ist es. Er ist gekommen.

Es ist also alles in Ordnung. Ich bin in Sicherheit.

Ich schließe die Augen wieder. Als ich sie wieder öffne, eine heiß glühende Ewigkeit später, ist Lauren da und isst Weintrauben. »Hey«, sagt sie. »Du siehst schlimm aus.«

Was macht sie hier? Mein Mund ist trocken. Da ist eine Krankenschwester.

»Können Sie mir sagen, wie Sie heißen, meine Liebe?«, fragt sie.

Ich habe Lauren etwas Wichtiges zu sagen. Es ist irgendwo in einem Winkel meines Kopfes versteckt, und mein Kopf tut weh. Etwas über Papier. Nein, etwas, das aus Papier gemacht wird.

»Können Sie meine Hand drücken?«

»Zeitung«, sage ich.

»Das machen Sie wirklich prima«, sagt die Schwester. »Können Sie mir sagen, welchen Monat wir haben?«

»Kopfschmerzen.« Ich schließe die Augen, und als ich sie wieder öffne, sind die Krankenschwester und Lauren immer noch da, und die Weintrauben sind alle weg. Noch etwas fehlt. Jemand fehlt. Ich versuche, an Lauren vorbeizusehen, aber es gelingt mir nicht.

»Zeitungstag«, sage ich. Da ist noch mehr, aber das ist das Wort. Das ist die Sache. Nein, anders herum. »Tageszeitung.«

Lauren lächelt mich an, als wäre ich monatelang weg gewesen. »Hallo, Fliss, schön, dich zu sehen. Wie fühlst du dich?«

»Mies. Trocken. Ist mein Herz noch hier?«

»Sollte sie eigentlich richtig reden können?«, fragt Lauren die Krankenschwester.

»Am Anfang ist man noch verwirrt, bis die Narkose nachlässt.«

»Ich bin nicht verwirrt.«

»Natürlich nicht, Fliss. Dalí war schließlich auch nicht verwirrt.«

»Schmelzende Uhren. Wüste.«

»Genau«, meint Lauren. »Das wird schon, keine Angst.«

Mein Kopf ist voller Watte und Sand und Platin, kleinen Zahnrädern, die in meinem Schädel rattern. Die Tageszeitung fehlt. Nein, nicht die Tageszeitung: »Quinn.«

Lauren ergreift meine Hand. »Quinn ist hier gewesen, um sicherzugehen, dass die Operation gut verlaufen ist. Er hat mich angerufen und gebeten, hier zu sein, wenn du aufwachst. Wir hatten keine Ahnung, dass du so krank warst, Darling.«

»Wo ist er jetzt?«

Sie tauscht einen Blick mit der Schwester aus. »Ruh dich einfach nur aus, okay?«

»Zuerst ein paar Untersuchungen«, sagt die Krankenschwester fröhlich.

Bitte sagen Sie mir, wie Ihre Freundin heißt, bitte nennen Sie mir den Monat, den wir haben, bitte folgen Sie dem Licht, bitte machen Sie den Mund auf, damit wir Ihre Temperatur messen können. Es erschöpft mich, und ich muss wieder schlafen. Es ist nicht die Leere. Ich bin in der Wüste. Die Sonne dörrt meine Federn aus und dringt in meine Haut. Weit weg, auf der anderen Seite der Welt, ruft Quinn Lauren und Naomi an, die bei meinem Erwachen hier sein sollen, weil er nicht hier sein wird. Weil er immer noch im Wald ist. Weil ich für immer von ihm weggeflogen bin.

Ich wache schluchzend auf.

Auf meiner Stirn liegt eine kühle Hand, die kühle Hand einer Fremden, einer neuen Krankenschwester. »Sie haben leicht erhöhte Temperatur nach der Operation. Sie sollte sich bald senken. Wir geben Ihnen Antibiotika. Es ist nichts Besorgniserregendes. Es geht Ihnen gut. Die Neuroradiologin sagt, das Coiling ist ein voller Erfolg gewesen.«

»Wo …«

Sie reicht mir ein Glas Wasser mit einem Strohhalm. Ich trinke es zur Hälfte. Es schmeckt wie die Tränen auf meinen Lippen. »Ihre Freundinnen haben gesagt, sie kommen später wieder. Sie wollten Sie nicht überanstrengen.«

Draußen vor dem Fenster wird es dunkel. »Sieht nach Regen aus«, sage ich und ernte ein zustimmendes Nicken.

»Das ist gut. Sie reden. Es wird Ihnen bald besser gehen. Ja, mein Garten wird sich freuen.«

Sie reicht mir ein Taschentuch, streicht meine Decke glatt, überprüft meine Schläuche, dimmt das Licht, sagt mir, die Ärztin werde bald kommen, um mich gründlich zu untersuchen. Als sie geht, sehe ich, was vorher nicht zu sehen war: Da ist eine Zeitung, sorgfältig gefaltet, auf dem Stuhl neben dem Bett.

Mein Herz macht einen Sprung. Die Zeitung scheint unendlich weit entfernt. Langsam schiebe ich ein Bein zur Kante der Matratze und darüber hinaus. Zwischen den

Beinen spüre ich einen Schmerz, ein Stechen. Er ist dort, wo das Instrument eingeführt wurde. Ich erinnere mich. Mein Kopf tut nicht mehr so weh, bloß noch ein Echo. Mein anderes Bein folgt, und ich richte den Oberkörper auf, indem ich mich mit den Armen hochschiebe. Das übrige Zimmer verschwimmt vor meinen Augen, aber mein Kopf ist klar. Er hat ein Ziel. Ich konzentriere mich auf die Zeitung.

Ich greife danach. Es ist zu weit weg. Ich muss aufstehen, indem ich mich gegen die Seite des Bettes lehne, der Boden ist so kalt, dass ich zittere, ein Plastikschlauch verbindet meinen Arm mit einem Beutel voll Flüssigkeit. Wenn die Zeitung hier ist, habe ich eine Chance. Er wird doch auf mich warten. Er hat hier gesessen, während ich schlief, und hat über mich gewacht.

Meine Finger streifen sie, packen sie, ziehen sie zu mir. In den Schlagzeilen geht es um Syrien und Senioren, die unter der Hitzewelle leiden. Es ist ein zwei Tage alter *Express*.

Er ist nicht zurückgekommen.

Quinn

Sein verfluchtes Fahrrad war schon wieder weg. Die Mauer, an der es eigentlich lehnen sollte, war leer und das Gartentor stand offen. Quinn lief zur Straße, weil er hoffte, Cameron Bishop noch zu sehen, wie er um die Ecke fuhr, aber die Straße war leer.

»Scheiße«, sagte er. Jetzt würde er bei den Camerons vorbeigehen und sein eigenes Fahrrad zurückstehlen müssen, verdammt, und wenn Cameron noch nicht zu Hause war, würde er auf der Suche nach ihm durch das ganze Dorf laufen müssen. Das letzte Mal war der Junge mit einer Gruppe von Freunden zusammen gewesen, die schwer damit beschäftigt waren, mit hochgezogenen Kapuzen cool auszusehen, was ihnen aber ziemlich misslang. Trotzdem war es ärgerlich. Mehr als das, es war respektlos, und er würde mit Lisa sprechen müssen und sie mit Cameron, und es würde nichts nützen, und es würde darauf hinauslaufen, dass sich Camerons Mutter schlecht fühlte und dass sein Fahrrad wieder gestohlen wurde. Und immer so weiter.

Quinn trat gegen die Mauer von Hope Cottage, wo sein Fahrrad hätte sein sollen. Putz rieselte herunter, und er trat noch einmal zu.

Sie hatte wie tot dagelegen. Der Anblick hatte ihn bestürzt. Als sie die Augen öffnete, erkannte sie ihn nicht wieder. Es war, als wäre da niemand in ihr. Aber die Neuroradiologin sagte, es gehe ihr gut, und der Neurologe sagte ebenfalls, es gehe ihr gut. Sie sagten, sie würde bald ganz die Alte sein.

Er trat wieder gegen die Wand und zwar fest. Seine Schuhspitze war weiß geworden, und in der Wand war ein ansehnliches Loch entstanden. Wer immer diese Außenmauer verputzt hatte, er hatte offensichtlich gepfuscht. Auch sonst war alles Pfusch an diesem Cottage. Alles war feucht und schimmelig und drohte jeden Moment einzustürzen.

»Scheiße!«, schrie er, laut genug, dass es widerhallte.

Er war seit Tagen wütend.

Er schlug mit der Faust gegen die Mauer. All die verfluchten Hoffnungen. All die großen Pläne.

»Darling?«

Seine Mutter trat durch das Gartentor, eine Einkaufstasche und einen Rechen in der Hand. Sie trug ihre Gärtnerkleidung.

»Darling, was machst du da? Du wirst dir noch wehtun.« Sie stellte die Tasche ab und eilte zu ihm. »Deine arme Hand, sieh nur.«

»Mir geht es gut.«

»Mach doch nicht so törichte Dinge. Lass mich mal sehen. Das muss verbunden werden. Komm rein. Ich werde dir eine schöne Tasse Tee machen.«

Er entriss ihr die Hand. »Hör auf mit dem Getue! Ich bin ein erwachsener Mann!«

Molly trat einen Schritt zurück. »Ich wollte nicht …«

»Du kannst hier nicht helfen! Also hör einfach auf. Hör auf! Lass mich in Ruhe.«

Quinn wandte sich ab und schlug erneut auf die Mauer ein, diesmal so heftig, dass die Hand zu bluten anfing.

»Quinn?«, sagte seine Mutter hinter ihm, mit kleinlauter Stimme.

Sie begriff nicht. Sie war entsetzt und besorgt. So etwas machte man nicht: fluchen und schreien und gegen Wände boxen.

»Ich bin so wütend«, sagte er zu der Mauer. »Und ich hasse es, so wütend zu sein, und ich hasse sie dafür, dass sie mich dazu bringt, mich so zu fühlen. Ich hasse sie dafür, dass sie krank ist, und ich hasse mich dafür, dass ich es nicht schaffe, sie zu besuchen, wenn sie jemanden braucht. Ich hasse es, dass alles so scheiß kompliziert ist.«

Sie sagte nichts, und auf einmal war er es leid. Das ewige Schweigen, das Ausweichen, die Angst, dass alles zusammenstürzen könnte, wenn man die Dinge beim Namen nennt. Er war es schon lange leid gewesen. Er drehte sich um.

»Wie hast du es geschafft?«, fragte er. »Als Dad die Affäre hatte? Wie hast du das durchgestanden?«

Mit einem Schlag wich alle Farbe aus Mollys Gesicht. Er streckte die Hand nach ihr aus, sie schien jeden Moment in Ohnmacht zu fallen, doch sie hielt sich am Zaun fest. Quinn sah, wie sie sich die Hand vor den Mund legte, als wolle sie die Wörter zurückhalten.

Herrgott. Warum hatte er sie gefragt? Es hatte doch alles keinen Zweck. In einer Minute würde sie wieder vom Teemachen reden.

»Dad hatte keine Affäre«, sagte sie.

»Mum. Ich weiß Bescheid. Ich erinnere mich an die Streitereien. Ich weiß, dass es vor langer Zeit war und dass wir nie darüber gesprochen haben. Ich weiß keine Einzelheiten, aber ich weiß, dass es passiert ist.«

»Dein Dad hatte keine Affäre«, wiederholte sie.

Er ballte erneut die Hände zu Fäusten. »Können wir nicht damit aufhören? Ständig so zu tun, als wäre alles in

Ordnung? Denn das haben wir immer getan, und bei Felicity habe ich auch so getan. Ich habe es von euch gelernt. Und es funktioniert nicht. Es funktioniert einfach nicht.«

»Dad hatte keine Affäre«, sagte sie wieder. »Ich hatte eine.«

Quinn betrachtete die Frau vor sich, die er so gut zu kennen glaubte: das Grau in ihren Haaren, die Falten in ihrem weichen Gesicht, die Art, wie ihre Schultern runder wurden. Wie sich das Alter in Schichten über die junge Frau gelegt hatte, die die Babys auf den Fotos hielt, die Frau, die es gegeben hatte, bevor es ihn gab.

»Es ist ein Fehler gewesen«, sagte sie. »Ein schrecklicher, törichter Fehler. Ich dachte, ich könnte … Aber es ging nicht.«

»Du dachtest, du könntest was?«

Sie schüttelte den Kopf. »Ich weiß es nicht einmal mehr. Etwas anderes haben, schätze ich. Ein anderes Leben, eins, wie man es aus Büchern kennt. Aber so etwas ist nicht von Dauer. Es ist nicht von Dauer, Quinn.«

»Wer …?«

»Das ist doch egal. Wichtig ist, dass ich mich letztlich für deinen Vater entschieden habe. Ich hatte ein Zuhause und eine Familie, und das ist mir wichtiger gewesen. Und wir haben es durchgestanden, weil dein Vater ein wirklich guter Mann ist.«

»Aber die ewigen Streitereien?«

»Es ist eine schreckliche Zeit gewesen. Aber er hat mir verziehen, und wir reden nicht darüber. Es ist vergeben und vergessen. Schon seit langer Zeit.«

Bloß dass es wieder von Neuem geschah und zwar in seinem Leben. Vielleicht weil er als Kind gelernt hatte, alles zu überspielen, die schwierigen Dinge nicht anzusprechen. Wenn er Felicity gefragt hätte und wirklich nachgebohrt hätte, hätte sie ihm dann vor langer Zeit erzählt, wie schuldig sie sich wegen des Todes ihrer Mutter fühlte, und wären sie einander deswegen näher gewesen? Hätte sie ihm anvertraut, dass sie einem anderen Mann gegenüber seltsame Gefühle hegte? Wenn er die richtige Frage zum richtigen Zeitpunkt gestellt hätte, anstatt Angst vor der Antwort zu haben?

»Ich habe nachgedacht«, sagte seine Mutter. »Ich hätte nichts sagen dürfen, ich hätte sie nicht so beleidigen dürfen. Sie ist krank gewesen, und ich habe bloß gesehen, wie viel Kummer sie dir bereitet hat, und das hat mich daran erinnert, dass ich es auch getan habe – und es hat mir wehgetan. Zu wissen, dass auch ich so viel Kummer bereitet habe.«

Einen Moment sah sie kummervoll vor sich hin, dann richtete sie sich auf.

»Wie dem auch sei, das liegt in der Vergangenheit«, meinte sie.

»Da bin ich mir nicht so sicher.«

»O doch. All das ist geschehen, und es nützt nichts, darüber zu reden.« Sie senkte das Kinn. »Wenn es dir hilft, auf das Cottage einzuschlagen, bis du dir die Hand brichst, Quinn, dann mach weiter. Du bist ein erwachsener Mann und hast deine eigenen Entscheidungen zu treffen. Ich bin bloß hergekommen, weil ich dachte, dein Garten könnte ein bisschen Pflege gebrauchen.« Sie tätschelte ihm die Schulter und küsste ihn auf die Wange. Und er fühlte sich kein bisschen wie ein erwachsener Mann. Am liebsten hätte er sich in ihre Arme geschmiegt und hätte darauf vertraut, dass sie alles wiedergutmachen würde.

Sie hatte eine Affäre gehabt. Und trotzdem war sie immer noch seine Mutter.

»Ich weiß nicht, was ich machen soll, Mum.«

»Du wirst es schon noch herausfinden, Darling. Du bist so viel klüger, als ich es je gewesen bin.« Sie strich ihm über die Stelle auf der Wange, die sie geküsst hatte. »Klüger und mutiger. Ich bin stolz auf meinen Jungen.«

Er betrachtete sie. Als Kind hatte er geglaubt, sie wüsste alles. Könnte alles. Könnte jede Verletzung heilen. Aber sie war die ganze Zeit über ein ganz normaler Mensch gewesen, jemand mit Fehlern und eigenem Kummer, jemand, der gar nicht so anders war als er selbst.

Sie nahm sein Kinn in die Hand und lächelte ihn an.

»Ich mache mich mal dran, die welken Blüten abzuschneiden, ja?« Sie griff nach ihrer Tasche und ging geschäftig in den Garten, als hätte sich nichts geändert.

35

Sie sagen, die Operation sei ein Erfolg gewesen. Sie sagen, ich sei geheilt, und sobald ich mich erholt habe, werde ich ganz die Alte sein. Ich werde regelmäßige Computertomografien benötigen und vorsichtshalber erst einmal weiter die krampfhemmenden Medikamente einnehmen müssen, aber ansonsten kann ich mein Leben normal weiterführen. Lauren hat mich bei sich in Canary Wharf aufgenommen. Ohne auf meine Einwände zu achten, hat sie ihre Meetings in Belgien abgesagt, damit sie in London bleiben kann. Wenn sie zur Arbeit muss, sorgt sie dafür, dass Freundinnen nach mir sehen.

Ich fühle nichts. Lauren setzt mir eiweißreiche Shakes, mageres Fleisch, Suppe mit reichlich Gemüse vor. Manches kocht sie sogar selbst. Nichts schmeckt nach etwas. »Die Antibiotika«, sagt sie. »Die bringen den ganzen Körper durcheinander.« Sie gibt mir kleine Plastikfläschchen mit Trinkjoghurt voller guter Bakterien. Ich trinke sie vor dem Fernseher, wo ich mir ein Nest gebaut habe, um mir *Cash in the Attic* und *Bargain Hunt* ansehen zu können, Sendungen, in denen alte Dinge verkauft werden, damit man sich neue Dinge kaufen kann. Trödel und Gerümpel. Es erschöpft mich. Joghurt zu trinken erschöpft mich. Neue Strümpfe anzuziehen erschöpft mich.

Die Ärztin hat gesagt, Müdigkeit wäre normal, aber das hier ist keine normale Müdigkeit. Alles ist grau. Naomi und Yvonne und ein paar andere Freundinnen versorgen mich mit Büchern und Blumen, Pralinen und Tratsch, an dem ich nicht teilnehmen kann. Die Worte kommen nur langsam, wenn ich spreche. Die Hitzewelle ist vorüber, und Lauren macht ständig begeisterte Bemerkungen über das kühle Wetter draußen, aber ich habe das Gefühl, als hätte ich seit jenem Abend auf dem Dachgarten unter dem Mond keine frische Luft mehr eingeatmet. Ich spüre sie nicht.

»Man hat mich zu einem Reflexfrosch gemacht«, erkläre ich Lauren eines Abends, als sie mit einer frischen Ananas von der Arbeit kommt. Ich halte die Frucht in den Händen. Früher hätte ich ihre Stacheligkeit bewundert, ihr erstaunliches Panzerkleid, das ihr nichts gegen ihren verführerischen Duft nützt. Ich drehe sie um und lege sie zurück auf den Couchtisch. »Diese Versuchsfrösche, denen sie das Gehirn herausnehmen.«

»Das liegt daran, dass du am Genesen bist.« Sie legt mir die Hand auf den Arm. »Du hast viel durchgemacht. Dein Körper muss Energie sammeln, um zu heilen. Er hat keine zusätzliche Kraft, um damit umzugehen, was du emotional durchmachst.«

»Ich mache emotional überhaupt nichts durch«, sage ich. »Vielleicht wenn ich mich mit Quinn treffen würde …«

»Das halte ich für keine gute Idee. Ihr braucht beide Zeit, um die Sache zu verarbeiten.«

»Oder Ewan. Ich sollte ihn anrufen. Ich weiß, dass du ihn nicht magst, Lauren, aber er hat auch eine schwierige Zeit durchgemacht. Er hat sonst niemanden.«

»Auch keine gute Idee. Im Moment ist alles zu kompliziert. Lass ein wenig Ruhe einkehren.« Ich habe ihr natürlich erzählt, was vorgefallen ist. Vielleicht hat sie auch von

Quinn Dinge erfahren. Wenn man bedenkt, was sie von Ewan hält, behandelt sie die ganze Angelegenheit bemerkenswert zurückhaltend. »Du bist rekonvaleszent. Nimm dir Zeit, gesund zu werden. Ein Schritt nach dem anderen. In einer Woche wirst du dich schon viel besser fühlen.«

»Ich glaube, es ist weg, Lauren. Was sie mit mir gemacht haben, hat mich auf irgendeine Art beschädigt. Ich kann mich daran erinnern, dass ich früher etwas gefühlt habe, aber jetzt geht es nicht mehr. Wo auch immer mein Gehirn Emotionen erzeugt, der Teil ist offensichtlich außer Betrieb.«

»Schätzchen«, meint sie sanft, »wenn dein Gehirn keine Gefühle mehr produzieren könnte, würdest du nicht jede Nacht im Schlaf weinen.«

Das stimmt. Ich weine nachts. Ich wache auf, und mein Kopfkissen ist tränennass. Ich wache auf und verspüre ein überwältigendes Verlustgefühl.

»Du wirst dahinterkommen«, sagt sie mir. »Es wird dir klar werden, was du zu tun hast. In der Zwischenzeit mache ich dir ein paar Obstspieße. Ananas regt die Dopaminproduktion an. Du weißt schon – das Glückshormon.«

»Woher weißt du auf einmal so viel über Nahrungsmittel?«, frage ich sie.

Sie umarmt mich und küsst mich auf die Wange. Sie ist eine gute Freundin, aber ich komme nicht dahinter, ob mir das mein Verstand verrät oder ein Gefühl.

Zwischen Fernsehsendungen, die an meine niederen Instinkte appellieren, versuche ich, meine Lage einzuschätzen: Ich bin von meinem Ehemann getrennt, weil ich ihn mit einem Mann betrogen habe, den ich zu lieben glaubte. Jedenfalls habe ich zu bestimmten Zeiten geglaubt, dass ich ihn liebe. Ich habe mir meine Schwiegereltern zu

Feinden gemacht und meine Freundinnen in Sorge versetzt. Ich bin eine Beziehung zu einem beinahe Fremden eingegangen und habe ihn dazu gebracht, dass er mehr für mich empfindet, als ich verdient habe, wahrscheinlich viel mehr, als gut für ihn ist. All das habe ich aufgrund einer Fehlfunktion meines Gehirns getan. Oder unter anderen Umständen ebenfalls getan hätte. Vielleicht bin ich von Natur aus treulos, von Natur aus unmoralisch. Ich weiß nur, dass die Welt früher aus Farben bestanden hat, und jetzt besteht sie aus Grautönen.

Ich besehe diese Gegebenheiten und versuche, etwas dabei zu empfinden. Aber es geht nicht. Selbst Schmerzen zu empfinden wäre besser als diese Gleichgültigkeit. Im Krankenhaus nach der Operation habe ich Schmerzen verspürt, das weiß ich. Als ich nach der Zeitung gegriffen habe und sie zwei Tage alt war. Als ich von dem *Igor*-Buch geträumt habe, das ich in Wirklichkeit niemals schreiben werde.

Ich denke wieder an den Scherbenhaufen, der mein Leben ist, aber weinen kann ich nur im Schlaf.

Während der zweiten Septemberwoche werden mir allmählich zwei Dinge bewusst. Zum einen verbringt Lauren recht viel Zeit damit, per Handy SMS zu verschicken, die sie zum Lachen bringen. Zum anderen rückt der 12. September rasant näher, der Tag, an dem sich Ewan mit mir verabredet hat. Ich verstehe, warum er mich gebeten hat, ihn in Greenwich zu treffen, zur gleichen Zeit wie beim ersten Mal. Es ist eine Botschaft an mich, dass er, wenn ich nicht auftauche, tun wird, worum er mich ursprünglich gebeten hatte: das Ganze zu vergessen und weiterzumachen wie bisher.

Aber kann er vergessen? Kann ich es?

Tue ich andererseits das Richtige, wenn ich mich mit ihm treffe? Sollte ich mich in eine andere Beziehung stürzen und noch dazu eine derart leidenschaftliche, wenn ich nicht einmal weiß, was ich fühlen soll? Wenn ich nicht sicher bin, ob ich überhaupt noch fühlen *kann*?

Freitagabend laufe ich unruhig im Wohnzimmer herum. Lauren liegt auf dem Sofa und tippt etwas in ihr Handy. Sie sollte unterwegs sein und sich amüsieren, aber sie hat einen Film mitgebracht, damit wir ihn uns später ansehen können. Draußen ist es schon dunkel. Es wird Herbst, die Tage werden kürzer.

»Hör auf, hier herumzutigern«, sagt sie. »Mir wird ganz schwindelig.«

Ich setze mich auf die Kante des anderen Sofas, stehe aber gleich wieder auf. Ich muss etwas tun, etwas Geistloses wie Aufräumen oder Bügeln, aber die Wohnung ist makellos aufgeräumt, und die Wäsche gibt Lauren komplett in die Reinigung. Ich ziehe wieder meine Runden und stoße dabei an den Beistelltisch, auf den Lauren die Post zu legen pflegt. Ein Briefumschlag segelt zu Boden. Er gehört zum Stapel mit Post, die ich bekommen, aber immer noch nicht geöffnet habe.

Das ist etwas, das ich tun kann. Ich bringe den Stapel zum Sofa und fange an, die Umschläge zu öffnen. Hauptsächlich handelt es sich um Genesungswünsche – von meiner Lektorin Madelyne *(Machen Sie sich keine Sorgen um die Arbeit, Süße, werden Sie nur wieder gesund!)* und meiner Agentin und von Freunden, die nicht in London wohnen. Eine Packung teure Pralinen von Andrew und Tom. Ich öffne sie und biete sie Lauren an.

»Woher wissen all diese Leute überhaupt, dass ich krank bin? Und dass ich hier wohne?«

»Es spricht sich herum. Die Menschen mögen dich.«

»Ich habe alle Karten weggeworfen, die mir die Leute nach dem Tod meiner Mutter geschickt haben«, sage ich ihr. »Ich habe sie noch nicht einmal gelesen. Irgendwie glaube ich, dass das ein Fehler war.«

Ganz unten in dem Stapel befindet sich ein gelber Umschlag. Auf der Karte ist ein flauschiges gelbes Entenküken abgebildet, das einen Arztkittel trägt. QUAKSALBER steht auf dem Kittel. Und weiter unten: GUTE BESSERUNG! Ich öffne die Karte und rechne mit einer launigen Botschaft von einer meiner Freundinnen.

Liebe Felicity,
ich habe dir einmal gesagt, dass du mich als deine Mutter betrachten sollst. Ich wäre eine armselige Mutter, wenn ich dir wegen etwas, das du getan hast, meine Liebe entziehen würde. Mein Benehmen bei unserer letzten Begegnung tut mir leid. Ich hoffe, dass du dich inzwischen besser fühlst.

Alles Liebe, Molly und Derek

Ich lese die Karte und lese sie noch einmal, und dann sehe ich mir erneut die Vorderseite an. Es ist immer noch eine Ente in einem Arztkittel. Ich weiß nicht, wie ich habe denken können, dass sie von irgendjemand anderem als Molly Wickham stammt.

Auf einmal vermisse ich Molly: ihre nach Maiglöckchen duftenden Umarmungen, ihre geblümten Teetassen, die stolze Miene, die sie jedes Mal aufsetzt, wenn die ganze Familie versammelt ist. Mir fällt wieder ein, wie beeindruckend sie mir im Garten erschienen ist, als sie ihren Sohn verteidigte. Wie viel Energie in der sonst so weichen, netten, lieben Person steckt.

»Ich muss mal weg«, sage ich.

»Super«, erwidert Lauren. »Ich sage ja ständig, du solltest mal rausgehen. Wohin möchtest du? In ein Pub?«

»Nein. Ich muss nach St Ives.« Ich gehe in mein Schlafzimmer, um nach meinen Schuhen zu suchen. Lauren folgt mir.

»St Ives? Cornwall? Jetzt gleich?«

»Ja.« Ich ziehe meine Turnschuhe an und schnappe mir eine Strickjacke.

Lauren lächelt. »Also das ist die Felicity, die ich kenne. Wurde auch Zeit. Wie willst du dorthin kommen?«

»Ich weiß nicht. Mit dem Zug?«

Sie sieht rasch etwas auf dem Handy nach. »Darling, so spät am Abend würdest du vor morgen nicht dort ankommen. Du wirst schon mit dem Auto fahren müssen. Und da du selbst nicht fahren darfst, muss ich das wohl tun.«

»Du hast kein Auto.«

Ihr Lächeln wird breiter. »Das lass nur meine Sorge sein. Augenblick.«

Während sie zum Telefonieren verschwindet, packe ich ein paar Kleidungsstücke in einen Rucksack: warme Sachen, eine Regenjacke. Das in eine Plastiktüte gewickelte Bündel ist seit meiner Ankunft in Laurens Wohnung in der Schublade mit meinen Socken gewesen. Es passt ohne Weiteres in den Rucksack. Ich bin davon ausgegangen, dass Lauren einen Autoverleih anruft, aber sie kichert konspirativ, als ich zu ihr ins Wohnzimmer gehe. »Bis gleich«, sagt sie in ihr Handy und lässt es in ihre Tasche gleiten. »Schön. Pack du die Pralinen ein, während ich Kaffee für die Thermosflasche mache.«

»Du besitzt eine Thermosflasche?«

»Immer für eine Überraschung gut«, sagt sie und tippt sich an die Nase.

Eine Viertelstunde später zwitschert ihr Handy, und wir eilen die Treppe hinunter und durch die Eingangshalle nach draußen, während Lauren sich ihre Kaschmirjacke anzieht. »Weißt du noch, wie wir aus der Herberge in Bangkok geschmissen worden sind?«, fragt sie, aber ich bin beim Anblick des Fahrzeugs, das vor dem Haus auf uns wartet, wie angewurzelt stehen geblieben. Es ist ein grüner Lieferwagen mit dem Schriftzug TWO SLICES CATERING an der Seite.

»Wer ist das?«, frage ich. Die Fahrertür geht auf, und ein Mann steigt aus.

»Das ist Bill«, sagt Lauren. Sie errötet tatsächlich. Bill, groß und mit Locken, die einen Haarschnitt vertragen könnten, reicht mir die Hand.

»Ich habe dich schon einmal gesehen«, erkläre ich ihm. »Danke für den Wagen.«

»Hey, ich danke *dir*. Ich hatte nichts vor, und ich liebe den Strand.«

Lauren steigt atemlos auf den Beifahrersitz, und ich suche mir hinten ein Plätzchen neben halb vollen Mayonnaisebehältern und leeren Pizzapappen. Während Bill uns durch London fährt, schicke ich ihr vom Rücksitz aus eine SMS nach vorne: *Ist er finanziell unabhängig?*

Sie dreht sich um. »Nach reiflicher Überlegung und nachdem ich mit angesehen habe, wie du beinahe gestorben bist, habe ich mich ein für alle Mal entschieden, dass die Checkliste zur Hölle fahren kann.«

»Bravo«, stimmt Bill zu und biegt auf die A4.

Ich lasse meine Schuhe oben an der Promenade vom Porthmeor Beach stehen und krempele mir die Hose hoch. Lauren und Bill bleiben hinter mir zurück, vielleicht weil sie wissen, dass ich allein sein will, vielleicht weil sie auch allein sein wollen. Ich gehe über den Strand, hinunter bis zum Wasser und lausche dem großen dunklen Klang des Meeres.

Meine Mutter ist nicht hier. Ich weiß, dass sie nirgends außer in meinen Erinnerungen lebt. Dennoch atme ich tief ein und versuche, ihren Duft einzufangen, suche nach einem Zeichen.

Da ist nichts. Nichts außer dem Zischen des Wassers auf dem Sand, der schäumenden Brandung. Keine Sterne heute Nacht, kein Mond, nur der Geruch nach Seetang und Salz. Und es hat sowieso nie Zeichen gegeben. Das ist bloß ein Blutklumpen in meinem Gehirn gewesen.

Ich hole die Urne aus der Plastiktüte und schraube den Deckel auf. »Leb wohl, Mum«, sage ich und kippe den Inhalt ins Meer. Damit sie Teil wird des Wasserkreislaufs, damit sie im Ozean schwimmt und als Regen niederfällt. Ich stelle mir Partikel ihres Körpers vor, die im Glanz des Mondes in der Brandung tanzen.

Alles, was sie von mir wollte, war, dass ich bereit bin, mich von ihr zu verabschieden.

Ich lasse das Wasser über meine Füße streichen, hier am Küstenrand, wo die Nation aufhört und ich endlich weiß, was es bedeutet, mit leichtem Gepäck zu reisen.

Es geht nicht darum, Dinge wegzugeben. Es geht darum, zu vergeben und vergeben zu bekommen. Es geht darum, dass man an der Liebe festhält und an nichts anderem.

Es hat fünf Stunden gedauert, hierher zu fahren, und vielleicht mein ganzes herumirrendes Leben davor. Doch es braucht lediglich eine Viertelstunde auf dem Strand, bis ich weiß, was ich als Nächstes tun werde. Bis ich weiß, was Liebe ist.

Ob es funktionieren wird – keine Ahnung.

Ewan

Der Regen verscheuchte die Touristen, die losliefen, um sich irgendwo unterzustellen, aber Ewan zog sich nur die Lederjacke über den Kopf und hielt weiter Ausschau. Es war Viertel vor zwölf, und er war bereits eine Dreiviertelstunde hier und stand vor dem Tor zu dem Innenhof, von wo aus er sie sehen konnte, falls sie den Hügel hinaufkommen sollte.

Die letzten paar Tage war er furchtbar nervös gewesen. Er hatte sich die Gibson geholt, die er seit Monaten eingelagert hatte, und hatte wieder mit dem Üben angefangen. Es hatte sich gut angefühlt, aber er konnte sich nicht lange darauf konzentrieren. Er war sich zu sehr bewusst, dass die Tage verstrichen, dass das von ihm mehr oder weniger willkürlich gewählte Datum näherrückte. Mit jedem Tag wurde er ruheloser.

Er war bereit für eine Veränderung. Definitiv bereit. Doch die Zeit, seitdem er jene SMS geschickt hatte, in der er Felicity gebeten hatte, sich hier wieder mit ihm zu treffen, fühlte sich wie eine Ewigkeit an. Seitdem war so viel geschehen: seine Fahrt nach Leicester, ein erneutes Treffen mit Ginge, die ersten beiden Sitzungen mit Ali, seinem Therapeuten. Allmählich verspürte er nicht mehr jedes Mal den Impuls, Flick anzurufen, wenn er etwas sah, wovon er dachte, es würde ihr gefallen.

Aber das würde sich ändern.

Er wippte auf den Füßen auf und ab, sah sich um, erblickte sie überall. Die Leute trugen Anoraks und Mützen, drängten sich zusammen unter Regenschirmen, kamen aus dem Royal Observatory Museum, um breitbeinig über dem Nullmeridian zu stehen. Angeblich endete dort die Welt. Oder sie fing dort an.

Er wollte neu anfangen, sich selbst mit Liebe reinwaschen.

Ein schwarzer Golfregenschirm, unter dem nur eine Jeans und Gummistiefel sichtbar waren, kam auf ihn zu. Die Gummistiefel hatten orangefarbene Punkte. »Flick?«, fragte er und neigte den Kopf, um unter den Regenschirm zu sehen.

Es war nicht Flick. Doch sie war ihm so vertraut, dass es einen Augenblick dauerte, bis er realisierte, wer es war.

»Ich war mir nicht sicher, ob du hier sein würdest«, sagte Alana.

Er starrte sie an. »Was?«

»Es ist ein weiter Weg. Von daher bin ich froh, dass du dir die Mühe gemacht hast zu kommen, auch wenn du dir einen Ort mit einem Dach hättest aussuchen können. Wo ist sie?«

»Wer?«

»Felicity.«

Obwohl er sich keinen Reim darauf machen konnte, sah er sich um und versuchte, Felicity ausfindig zu machen. Der Greenwich Park war fast leer. Er erblickte lediglich einen Straßenmusiker unter einem Baum weiter unten am Hügel. Ein einzelner, unter einem rosafarbenen Regenschirm verborgener Passant sah ihm beim Gitarrespielen zu.

»Ich weiß nicht, wo Felicity ist«, sagte er. »Sie sollte eigentlich hier sein.«

Alana zuckte die Schultern. »Okay. Tut nichts zur Sache.« Ihr Blick huschte an ihm vorbei zu dem Straßenmusiker und dann wieder zurück. »Ich muss wissen, ob du das hier wirklich tun willst. Es ist schon schwierig genug gewesen, auch ohne dass du Unfug mit ihr treibst.«

»Mit wem Unfug treiben?«

Alana starrte ihn zornig an. »Das fragst du noch?« Sie sah wieder den Hügel hinunter zu dem Straßenmusiker, der diesen Song von Katrina and the Waves spielte, und der kleinen Gestalt, die ihm beim Spielen zusah, unter einem rosafarbenen Regenschirm mit rosafarbenen Gummistiefeln, die sich umdrehte, sodass ihr Profil sichtbar wurde und ihr rotes Haar.

Ewans Herz schlug einmal schmerzhaft und dann heftiger.

»Zwei Jahre ohne ein Wort und auf einmal das hier. Es ist in Ordnung, sie wollte kommen, aber diesmal kannst du keine so lange Pause einlegen, Ewan. Du gehörst zu ihrem Leben dazu. Oder eben nicht. Aber wir können nicht jedes Mal, wenn du freundlicherweise ein Lebenszeichen von dir gibst, eine halbe Weltreise unternehmen. Das nächste Mal musst *du* kommen, hörst du?«

Er konnte den Blick nicht von seiner Tochter abwenden, während sie den Straßenmusiker beobachtete. Sie war schmächtig, in einem Regenmantel, dessen Ärmel zu kurz waren. Ihre Füße tanzten in dem sich bildenden Matsch.

»Woher kennst du Felicity?«, fragte er.

»Sie war diejenige, mit der ich gesprochen habe. Diejenige, die die Bahnfahrkarten geschickt und uns gesagt hat, wann wir dich treffen sollen. Was ist sie, deine Freundin oder deine Privatsekretärin?«

»Felicity ist …«

Eine Lebensretterin. Eine Lebensveränderin. Die Frau, die nicht erschienen ist, die nie erscheinen würde, aber gewusst hat, wie seine zweite Chance aussehen würde. Die zweite Chance, die er wirklich brauchte, die gerade im Regen mit dem Kopf zur Musik nickte.

»Möchte Rebecca mich sehen?«, fragte er.

»Hab ich doch gesagt, oder? Die anderen beiden habe ich bei Mike gelassen. Es war ein Glück, dass ich mir so kurzfristig freinehmen konnte. Aber sie ist ganz aus dem Häuschen gewesen, und es ist wichtig.« Alana deutete auf Rebecca. »Sie ist die gute Fee für hoffnungslose Fälle. Sie hat ein unglaublich weiches Herz. Sie hat darum gefleht, dem Mann da beim Gitarrespielen zuschauen zu dürfen. Weil ihm sonst niemand zuhört, hat sie gesagt.« Alana drehte sich um und packte ihn am Ärmel. »Hör mal, Ewan, ich meine es ernst. Nur, wenn du von jetzt an für sie da bist. Sie wächst schnell heran, und du kannst ihr nicht mehr das Herz brechen. Du gehörst zu ihrem Leben oder nicht.«

Der Song war zu Ende, und seine Tochter klatschte, den Regenschirm unters Kinn geklemmt. Da machte sie eine halbe Drehung, und er sah, dass sie den Park absuchte und den Hügel hinaufsah.

»Ich gehöre dazu.« Er konnte sich selbst aufgrund des Regens und seines eigenen Herzens kaum hören. »Ich gehöre dazu.«

Und dann bemerkte sie ihn, seine Tochter, und er rannte den Hügel hinunter, die Jacke fiel ihm vom Kopf, unbemerkt, Regen in seinem Gesicht und in Rebeccas, als sie den Hügel hinauflief, um ihm auf halbem Weg entgegenzukommen.

36

Es ist Mittag, es ist der 12. September, und Hope Cottage wirkt verlassen. Jemand hat im Garten vor dem Haus für Ordnung gesorgt. Das Gras ist gemäht, und die Hecken sind gestutzt. Ich erkenne die Hand meiner Schwiegermutter, auch wenn das Unkraut schon wieder nachwächst. Quinns Wagen ist fort.

Am Gartentor halte ich inne. Ich habe gewusst, dass er nicht zu Hause, dass er bei der Arbeit ist. Quinns Leben ist vorhersehbar. Ich habe mir eingeredet, dass das der Grund ist, warum ich nicht zuerst angerufen habe. Ich habe geplant, ins Haus zu gehen und auf ihn zu warten, hier zu sein, wenn er zurückkommt. Ich wollte endlich auch einmal zu früh kommen und warten. Aber das Cottage sieht verlassen aus, als wäre ihm die Seele entwichen. Vielleicht liegt es daran, dass der Garten so anders aussieht.

Der wahre Grund, warum ich nicht zuerst angerufen habe, ist, dass ich Angst hatte, er würde nicht an den Apparat gehen. Oder er würde mir sagen, ich solle nicht kommen.

Den ganzen Tag schon sind graue Wolken am Himmel. Jetzt beginnt es zu tröpfeln. Ich betrete den Plattenweg, will zur Hintertür gehen, bleibe aber stehen, als ich Quinns Fahrrad sehe. An einem Rad befindet sich ein großes, schweres Bügelschloss.

Ich kann es kaum glauben. Das Schloss ist nagelneu. Es

sieht aus, als könnte ihm kein Bolzenschneider der Welt etwas anhaben.

»Oh, Quinn«, flüstere ich. »Was habe ich dir angetan?«

Kies knirscht, und als ich aufblicke, fährt Quinns Wagen in die Einfahrt. Er ist ein Schatten hinter der Windschutzscheibe. Wahrscheinlich kann er mich noch nicht sehen, da der Schuppen die halbe Einfahrt verdeckt und ich mich dahinter befinde. Der Motor verstummt, und ich höre, wie die Fahrertür aufgeht, seine Schritte auf dem Kies, wie der Kofferraum auf- und wieder zugeht. In einer Minute wird er um den Schuppen auf das Haus zukommen. Ich lausche auf seine Schritte, die sich vom Plätschern des Regens abheben.

Er biegt um die Ecke. Er trägt Jeans und einen blauen Pullover. Er hat einen Rucksack über der Schulter hängen und trägt einen Koffer. Eine Sonnenbrille ist auf seinen Kopf hochgeschoben. Er hat sich einen Bart wachsen lassen, und er ist sonnengebräunt, mit Regen im Haar.

Es ist da, das Gefühl. Pure Freude. Ein Schluck Wasser nach der Wüste.

»Hallo, Liebling«, sage ich.

Er starrt mich an, als könne er nicht glauben, dass ich hier bin. Auf seinem Gesicht spiegelt sich nicht Freude wider, es ist Überraschung und Argwohn – und ich habe diesen Argwohn verdient.

»Es tut mir so leid«, sage ich ihm.

»Ich …« Er schüttelt den Kopf, um einen klaren Gedanken zu fassen, und die Sonnenbrille fällt herunter. Er fängt sie mit einer Hand auf, ohne den Blick von mir zu wenden. »Wie fühlst du dich?«

»Ich fühle mich gut. Ich fühle genau so, wie ich fühlen möchte. Allerdings ein bisschen nervös, dich zu sehen.« Ich deute auf seinen Koffer. »Wo bist du gewesen?«

»Oh, Kroatien.«

»Kroatien?«

»Ich musste weg von hier. Es war das erstbeste Angebot, das ich im Netz gefunden habe. Ich habe mir in der Redaktion zwei Wochen freigenommen und bin losgefahren.«

»War es schön?«

»Ich weiß nicht.« Er hängt sich die Sonnenbrille an den Kragen, etwas, das ich ihn noch nie habe machen sehen, und reibt sich das Gesicht. Es regnet jetzt heftiger, aber das ist uns beiden egal. »Ich dachte, heute wäre der Tag, an dem du dich mit ihm treffen sollst.«

»Ich habe mich dazu entschieden, mich stattdessen mit dir zu treffen. Wenn das in Ordnung ist.«

Er hat sich nicht vom Fleck gerührt, seitdem er mich bemerkt hat, und ich habe mich auch nicht bewegt. Die Haare kleben mir am Schädel, und der Regen rinnt mir allmählich in den Nacken. Seine Augen haben die Farbe des bewölkten Himmels, die Farbe des Regens.

»Ich werde gehen, wenn du das möchtest«, sage ich. »Ich weiß, dass ich dir wehgetan habe. Aber ich vermisse dich so sehr, Quinn. Ich liebe dich. Ich bin hergekommen, um zu sehen, ob du mir verzeihen kannst.«

Quinn lässt den Rucksack fallen, lässt seinen Koffer auf dem nassen Boden stehen und tritt endlich zu mir. Er greift an mir vorbei und schließt das Bügelschloss mit einer raschen Bewegung auf. Dann wirft er es in zwei Teilen ins Gebüsch. Es ertönt jeweils ein dumpfes Geräusch, als die Teile hintereinander zu Boden fallen.

»Grässliches Ding«, sagt er, und dann macht er eine halbe Drehung zu mir, und ich bin in seinen Armen. Ich halte mich an ihm fest und drücke das Gesicht an seine Brust, wo ich sein Herz hören kann, sein starkes, zartes Herz.

Und das hier ist Liebe. All die Dinge, die wir gemeinsam gemacht haben und machen werden, all die außergewöhnlichen gewöhnlichen Dinge. Es ist der Duft eines Lieblingspullovers, nach Wolle und Zedernholz. Es ist das Geräusch von jemandem in der Küche, der bei Tagesbeginn Tee kocht, das Quietschen des Gartentores am Abend, wenn er nach Hause kommt. Es sind Streite und Abschiede, Missverständnisse am Telefon, das falsche Waschen der Schmutzwäsche, sodass sie einläuft. Es ist das hingekrakelte Herz unten auf dem Einkaufszettel, der Moment, wenn beide die Sonne aufgehen sehen, wenn sich die Hände finden und umeinander legen, es sind die gegenseitigen Blicke beim Abendessen am Sonntag, die ein zärtliches Gespräch später im Bett nach sich ziehen. Es sind die Male, wenn seine Mutter einen in den Wahnsinn treibt und er an den Geburtstag deiner besten Freundin gedacht hat, wohingegen du ihn vergessen hast. Es sind nasse vor dem Feuer aufgereihte Schuhe und eine schläfrige Hand, die einem durch die Haare streicht, wenn man traurig aufwacht. Es ist das Schweigen, das immer von den richtigen oder den falschen Worten gebrochen wird, oder den falschen Worten, die eigentlich die richtigen sind. Es wird in Schichten aus Nichts errichtet, mit nachlässig ausgebesserten Löchern, ungejätetem Unkraut, keine Ecke perfekt, alles daran schön.

Er hält mich und flüstert mir ins Haar. »Hallo, Liebes.«

Anmerkung der Autorin

Im Jahr 2010 sagte uns mein Freund Ken, er müsse sich am Gehirn operieren lassen. Er hatte diese komischen Momente, Vorfälle, die sich wie Panikattacken anfühlten, Fetzen halb gehörter Musik oder von Dialogen aus Fernsehsendungen. Als er einen Arzt aufsuchte, fand er heraus, dass er ein großes Hirngefäßaneurysma hatte, das sich wahrscheinlich viele Jahre lang in seinem Gehirn befunden hatte und das verstörenderweise wie ein Tintenfisch aussah. Obwohl er Witze darüber machte, wussten er und jeder, der ihn liebte, dass ihn dieses eigenartig aussehende Ding in seinem Gehirn möglicherweise umbringen konnte.

Mich hat das menschliche Gehirn schon immer fasziniert. Ich verschlang die Bücher von Oliver Sacks wie andere Leute Romane, und in *Der Mann, der seine Frau mit einem Hut verwechselte* stieß ich auf eine Fallstudie, die die sogenannten Schläfenlappenvorfälle bei einer alten Frau beschrieb, die sich dadurch auszeichneten, dass die Frau Musik hörte – aber nicht irgendwelche Musik, sondern sie hörte irische Lieder aus ihrer Kindheit, die sie an ihre Mutter erinnerten und daran, wo sie gewesen war, was sie gefühlt hatte, als sie die Lieder zum letzten Mal im richtigen Leben gehört hatte. Die Lieder waren manchmal sehr laut, sodass sie kaum ihren Alltagsverrichtungen nachgehen konnte … aber sie waren auch tröstlich. Derartige epileptische Halluzinationen, erläuterte Sacks, waren echte

Erinnerungen und lösten exakt die Gefühle aus, die die Frau damals empfunden hatte.

Autoren sind wie diebische Elstern, und dieser glänzende Fund faszinierte mich. Ich notierte es sofort und heftete es an die Pinnwand – die Idee, dass das Gehirn jederzeit nicht nur die Geschehnisse von etwas reproduzieren kann, das einem in der Vergangenheit widerfahren ist, sondern zusätzlich alle Emotionen, die damit in Verbindung standen. Was wäre, überlegte ich, wenn jemand einen Anfall hätte, der sich wie eine echte Emotion anfühlte? Etwas, das sich real anfühlte und intensiver war als das Alltagsleben? Was wäre mit dem Gefühl, sich zu verlieben, dem Gefühl, von dem wir glauben, dass es authentischer und größer als alles andere ist?

Ich lernte Dr. Dirk Baumer kennen, Forschungsstipendiat und neurologischer Assistenzarzt am John Radcliffe Hospital in Oxford, der mir erklärte, dass es zwar nicht häufig vorkomme, aber es sei durchaus möglich, an Schläfenlappenvorfällen zu leiden, die von einem Hirngefäßaneurysma verursacht werden. Er sagte mir außerdem, ja, diese Anfälle könnten mit Phantomgerüchen einhergehen und mit Gefühlen, die man zu einem bestimmten Moment in der Vergangenheit erlebt hat. Er erläuterte mir das Wesen und die Symptome dieser Anfälle, und er stellte mir zudem weitere Fallstudien zur Verfügung. Eine handelte von einem Mann, dessen Hirngefäßaneurysma ihn dazu brachte, in Gedanken bestimmte Szenen aus seiner Vergangenheit erneut zu erleben.

Das Zitat von Dostojewski, das das Motto von Teil 3 bildet, stammt ebenfalls aus Sacks' Buch. Es hat mich nachdenklich gestimmt. Ein an »Liebe« leidender Patient würde vielleicht nicht geheilt werden wollen. Er könnte es vorziehen, verliebt zu bleiben, selbst wenn diese Liebe für ihn tödlich wäre. Es könnte wie eine Sucht funktionieren, eine künstliche Euphorie, die nichtsdestoweniger aus dem innersten Kern eines Menschen stammte.

Ich hatte den Roman zur Hälfte geschrieben, als ich auf das Zitat stieß, das Teil 1 als Motto dient: aus Katherine Mansfields Kurzgeschichte *Glückseligkeit*. Mansfields Protagonistin Bertha, eine verheiratete Frau, fühlt sich heftig zu einer Freundin hingezogen, was sie unglaublich euphorisch stimmt und allem um sie her einen überirdischen Glanz verleiht. Und dennoch ist die Geschichte zutiefst ironisch (und hat eine meisterhafte, grausame Wendung), denn auch wenn wir uns in jemanden verlieben, können wir nie wirklich wissen, wie die innersten Gefühle des anderen aussehen. Wir kennen immer nur die Realität in unseren eigenen Köpfen.

Ich sammelte all diese Dinge, und sie beflügelten mich. Ich wollte eine Geschichte mit einer »unzuverlässigen Erzählerin« schreiben, mit einer Frau, die im Grunde nicht weiß, was Liebe ist oder was »real« ist oder was sie wirklich will. Eine Frau, die authentisch sein möchte, aber doch ein Spielball von Neuronen und deformierten Blutgefäßen in ihrem Gehirn ist. Aus eigener Erfahrung weiß ich, dass Geruch Vergangenes intensiv heraufbeschwören kann. Quinn erzählt Felicity eine Geschichte, wie er ein Buch aufschlug und wegen eines zwischen den Seiten gefangenen Geruches von einer Erinnerung überwältigt wurde. Genau dies ist mir selbst passiert. So viele meiner Freunde und Familienangehörigen haben das Gleiche gesagt: dass ein Geruch einen mit sich forttragen und an einen anderen Ort versetzen kann.

Die Operation meines Freundes Ken verlief erfolgreich, was das Entfernen des Aneurysmas betraf. Er hat keinen

Tintenfisch mehr im Kopf, und er hört nicht mehr Fetzen aus *Star Trek – The Next Generation*. Doch während der Operation erlitt er einen Schlaganfall, bei dem ein anderer Teil seines Gehirns Schaden nahm. Er hat die vergangenen vier Jahre damit verbracht zu lernen, auf neue Weise er selbst zu sein. Ken war so großzügig, offen mit mir über seine Symptome, Behandlung und Rehabilitation zu reden und mir die Erlaubnis zu erteilen, Teile seines in Mitleidenschaft gezogenen Gehirns einer fiktiven Frau zu verleihen. Unter mylifeasasemicolon.com ist seine Geschichte nachzulesen.

Danksagung

Mein Dank geht an Ken Shapiro, Dr. Dirk Baumer, Dr. Natasha Onwu, Dr. Matthew Cohen, Dr. Joanna Cannon, die beiden Krankenschwestern Monika Mann und Jennifer Cohen sowie die Mutter meines Freundes Ben Pearson.

Ich bedanke mich bei Cat Cobain, die die Geschichte mithilfe von Tee entlockt hat. Mein Dank geht an Gemma Sims und ihre Mutter Sue Edwards. Danke an Lee Weatherly und Ruth Ng, Brigid Coady und Anna Louise Lucia und all meine Mama-Freundinnen in Reading. Mein Dank geht an Rowan Coleman, Miranda Dickinson, Kate Harrison, Tamsyn Murray und Cally Taylor für ein bestimmtes Wochenende zu Beginn dieses Buches. Danke an Kathy Lewis, die CLIC Sargent Geld gespendet hat, damit ihr Name für Quinns erste Liebe verwendet wird. Danke an meinen Mann Dave Smith (alias »The Rock God«) für Informationen über Tourbusse und das Leben auf Tournee und dafür, dass er Graceland tatsächlich kaputt gemacht hat.

Ein gewaltiges, knuddeliges Dankeschön an meine Agentin Teresa Chris und an Harriet Bourton, Larry Finlay und jeden Einzelnen im Team von Transworld, die mich alle so wahnsinnig lieb aufgenommen haben.

Zuletzt bedanke ich mich bei meiner Familie, die mir gezeigt hat, was Liebe ist.